大明長歌

卷二 前出塞

酒徒 著

目次

第二卷

前出塞

第一章 冷槍

「砰！」彈丸飛出，白煙繚繞，擺在五十步外的木頭靶子，瞬間被砸了個四分五裂。

迅速從叉棍兒上取下一個巨大的鳥槍，張維善將槍口朝上，利索地從腰間摸出一竹管火藥，直接倒了進去。隨即，填彈，壓實，架槍，瞄準，擊發，所有動作宛若行雲流水，又是「砰」地一聲，將六十步外的第二張靶子也打了個粉碎。

「好槍！」

「少爺使得好槍！」

「少爺厲害……」

喝彩聲宛若雷動，張府的家丁們，爭先恐後地替自家少爺吶喊助威。張維善年輕的臉上，卻不見多少得意之色，再度從叉棍兒上取下鳥槍，裝藥，填彈，壓實，架槍，瞄準七十步外的第三張木靶子，「砰」地一聲，將靶心射了個對穿。

緊跟著，第四張，第五張靶子，也先後被彈丸擊中，家丁們的喝彩聲，愈發響亮。然而當張維善信心十足地開始第六次射擊之時，大夥卻只聽到了火槍的轟鳴，擺在一百步處的靶子，紋絲不動。喝彩聲，頓時就小了下去，張維善的臉上，卻依舊波瀾不興。又瞄著靶子陸續開了四次火，直到確定不是因為自己瞄得不準，而使得彈丸脫靶之後，才將從倭寇手裡繳獲的巨型鳥槍取下來，轉身遞給了一直默不作聲的李彤，「第四張靶子，就向左飄了。第五張靶子，只能算勉強擦了個邊兒。這斑鳩槍，其實也就那麼回事兒。看上去打得挺老遠，八十步以上，能不能打中基本就得靠矇。」

「我托人打聽過了，這東西咱們叫斑鳩槍，佛郎機那邊叫重型火槍。好處不是比鳥槍打得遠，而是用料足，輕易不會炸膛。萬一來不及裝藥，還可以倒著掄起來當鋼鞭使。」李彤笑了笑，伸手將斑鳩槍推了回去。

「那倒是，這傢伙足足有二十多斤！」張維善聽得眼神一亮，立刻單手倒抓著槍管上下揮動。仗著自己臂力過人，竟然將五尺半的槍身，揮得「呼呼」有聲。

李彤禮貌性向他挑了下大拇指，然後又開始對著遠處的湖水發呆，兩道劍眉之間，愁緒濃得宛若墨汁。

這可不是年輕人應有的模樣，至少不是一個年輕勛貴子弟應有的模樣。南京城內，像他這個年紀的公子哥們，大多數還處於「為賦新詞強說愁」的階段，心緒根本不知道什麼叫做沉重。而他，卻在炎炎盛夏時節，滿眼都是秋風。

「怎啦，還為前幾天的事情發愁呢？」張維善明顯感覺出了好朋友情緒不對，將斑鳩槍扔給家丁張樹，操著一口剛剛學來的遼東腔大聲詢問。「王總兵不是說，所有事情他都接過去了嗎。我可是打聽清楚了，這廝的祖父居然是陽明先生注一。怪不得根本不把嚴瘋子的威脅當一回事兒。甭說嚴瘋子，就是南北兩京內的官員，有本事為難他的，恐怕都找不出一巴掌。」

「叔元兄一諾千金，他答應的事情，我自然放心。」李彤咧了下嘴，輕輕搖頭。「我只是覺得心裡頭堵得慌。要不是老天爺忽然開了眼，降下了一場大暴雨。八卦洲糧庫，肯定會被徹底燒成白地。」

「最後不是沒燒嗎，倭寇也被咱們幹掉了一大半兒。剩下的雖然上船逃了，但當時江上白浪滔天，他們能不能活著逃掉，還要兩說。」張維善也咧了下嘴，笑呵呵地大聲安慰。

不像李彤那麼敏感，張維善是個天生的樂觀者，無論遇到多大的麻煩，都該吃時候吃，該睡時候睡，該玩時候玩，從來不讓麻煩影響到自己的性情。

「是啊，最後沒燒。」李彤又嘆了口氣，臉上的表情愈發陰沉，「可那是因為老天爺開眼。人做事情，總不能全靠老天爺。偌大的南京城，文武官員加起來三百餘，從江南突然遭到倭寇刺殺，到最後咱們在姓嚴的府上救下他的命，足足大半個月時間，竟然沒有一個人想到，倭寇的真正目的是八卦洲糧倉。」

這，是他的心裡話，也是最無法理解的事情。

注一、陽明先生：即王守仁。能力強且善於與人相處，生前甚受皇帝器重。在其死後，其兒孫也被明朝皇帝加以重用。其孫王承勛，字瑞樓，連續做了二十年漕運總兵。麾下兵力十二萬，轄區沿著運河兩岸從南京直到北京。

大明乃天朝上國，人才濟濟。南京鎮守衙門、錦衣衛、應天府、南京六部，裡邊的文武官員，個個都是百裡挑一的人精。可這麼多人精，卻全成了泥塑木雕，硬生生讓數百倭寇在自己眼皮底下殺上了八卦洲。

按道理，早在發現江南遇刺的凶手來自倭國，上元縣的官員就應該有所警惕。按道理，在他和張維善去追查謀害江南的幕後黑手，卻不小心堵了半船的倭寇，江寧縣和應天府的官員，就該為之震驚。按理說，倭寇雨夜殺人，並且公開對抗巡街的官兵，錦衣衛、南京鎮守衙門，都應該立刻有所行動。南京六部、督察院、通政司，就該立刻聯手徹查此事，並且要求周圍各個衛所加強戒備，以防萬一。

而事實卻是，以上各衙門的眾多官員，誰都沒當回事兒。南京錦衣衛忙著跟北京的某些大員一道，阻止王錫爵返回朝廷再度入閣；南京城的各部文官，在努力上書朝廷，阻止大明出兵朝鮮，以免將門借此重新崛起，打破百餘年來好不容易形成的「文貴武賤」大局；南京的督察院的嚴大御史，正忙著誣陷兩個籍籍無名的貢生，以給他那個收過王家好處的門生「報仇雪恨」；南京城的武將們，則巴不得事情越鬧越大，以此證明文官們的昏聵無能。

所有人精都很忙，並且忙得理由充足。誰也沒拿倭寇當一回事，更沒功夫，去考慮倭寇頻頻在南京城內製造血案，到底是何企圖？

只有他和張維善兩個貢生，兩個沒有任何職位，沒拿過朝廷一文錢俸祿的貢生，稀裡糊塗地被捲入了一個巨大的漩渦，稀裡糊塗地跟一夥倭寇打生打死，最後又稀裡糊塗地提前一步登上了八卦洲，稀裡糊塗地參與了守衛糧倉的戰事，令倭寇最後功敗垂成。

八卦洲的戰事已經結束三天了，李彤依舊覺得自己像是在做夢。一個漫長而又荒誕的噩夢。

如果是夢，那麼，大半月來所經歷的任何荒誕，都能夠得到合理的解釋。

但是，無論他如何努力，如何用冷水朝自己頭上澆，如何偷偷用針扎自己的大腿，他都無法讓自己從這個荒誕的夢境裡走出來。

原因很簡單，因為大半個多月來所有荒誕，所有匪夷所思，都是現實。

「你呀，就是想得太多，累！」張維善的話忽然從耳畔傳來，每個字都帶著如假包換的關切。換做平時，面對朋友的善意勸告，李彤肯定從諫如流。然而今天，李彤卻忽然覺得對方的話好生刺耳，「不是我想得多，而是不該這樣。大明，大明不該這樣！」

「那你說該怎樣？」張維善抬手撓了撓自己汗津津的腦袋，咧著嘴追問。「咱們平時見到的，不都這鳥樣子嗎？」

「這……」李彤無法回答，更無法反駁。

大明朝平時就是這副模樣，清流們整天找藉口撕咬，武將們忙著種地撈錢，地方官員吃了原告吃被告，小吏們變著法子敲詐勒索。他和張維善雖然都嬌生慣養，卻都不是兩耳不聞窗外事的白痴，以往沒少聽說各種官場奇聞，也沒少見識各種徇私舞弊的手段。

甚至連同他們的父輩，也完全靠著大明朝目前的種種痼疾，才活得有滋有味。才能讓他們兩個吃喝不愁，甚至偶爾出去一擲千金。

可以往大明朝是什麼鳥樣子，都不關他們的事兒。他們就像站在河畔的看客，看著別人在水裡且沉且浮。而現在，他們卻自己不小心掉進了河裡，並且差點就嗆了水，差點活活淹死。大明朝的這副鳥樣子，就再也無法讓李彤高興得起來。

他心目中的大明，即便做不到君賢臣直，眾正盈朝，至少不能差到幾乎沒人肯幹正事兒。他心目中的大明，即便做不到威服四夷，外王內聖，也應該不會對夷狄在自己家裡殺人放火視而不見。他心目中的大明，即便做不到文武相和，齊心對外，至少不應該在外敵都宣告目標是打進紫禁城了，還忙著互相扯後腿。他心目中的大明，即便做不到……

「少爺，張家少爺，國子監劉博士派下人送來請柬，請你們明日中午過府飲宴。」家丁李財忽然跑了過來，雙手呈上一份精美的請貼。

「不去，我最近胃口不好，不想在外邊吃喝。」李彤正憋著一肚子鬱悶之氣無處發洩，果斷搖頭拒絕。

在剛剛過去的那一系列荒誕事件當中，最讓他失望的，就是國子監博士劉方。後者擺出一副老謀深算模樣，煽動他們去將事情鬧大，並且信誓旦旦地說，會有大明將門出面為他們兩個撐腰。然而，在他們兩個真正需要撐腰之時，後者卻果斷選擇了避而不見。

若不是他們兩個善有善報，不經意間救了小春姐，進而得到了漕運總兵王重樓的垂青。若不是王重樓運氣好，誤打誤撞搶先一步帶著他們登上了八卦洲，給了倭寇迎頭一擊。若不是李如松、李如梓等人仗義援手，幫忙組織起了八卦洲的衛所兵將，僅憑著他們兩人的細胳膊細腿兒，根本沒辦法擺脫那個深不可測的漩渦。

他們兩個，極有可能，越陷越深，最後連骨頭渣子都不剩。

按照王重樓和李如梅兩個旁觀者的推測，整件事雖然起因是倭寇刺殺高麗國的郡王世子，後來，卻涉及到了好幾家神仙的鬥法。

南京錦衣衛、南京清流、南北兩京六部、大明內閣、大明將門，都抱著各自的目的，在裡邊渾水摸魚。而他們兩個雖然也是勛貴子弟，但跟幕後出招的神仙們比起來，卻連臭魚爛蝦都算不上。裡邊隨便一路人馬發了狠，都能輕鬆將他們碾成齏粉。

「我覺得還是去得好，劉方再不厚道，也是咱們的老師。」張維善很少當著下人的面兒跟李彤唱反調，今天卻忽然破了一次例。從旁邊快速搶過請柬，大聲提醒，「況且，他還是你的未婚妻的叔叔，駁了他的面子，盈盈姐也跟著沒臉。」

「那就告訴劉府的下人，說我最近淋了一場雨，風寒入體，燙得厲害。怕將疫氣傳給他們。」李彤想了想，隨即大聲補充。

比起先前那句胃口不好，這次的說辭，已經委婉了許多。讓張維善想要再勸，也找不到足夠理由。正猶豫間，卻忽然聽見不遠處傳來一個熟悉的聲音，「哎呀，誰這麼大火氣，連我家都不想去了。李子丹，莫非你最近有了新歡，想把我姐姐給拋棄了不成？那我可是得跟你好好算算，咱們兩家這一大筆糊塗賬。」

「繼業！」李彤頓時顧不上再鬱悶，邁開大步朝樹叢後竄過去，隨即，就又出來一個圓滾滾的「肉球」，「你什麼時候回來的，怎麼不告訴我們一聲！剛才萬一守義朝樹叢裡開火……」

「哎呀，哎呀，別掐，別掐，脖子都給你掐斷了，斷了！」長得像肉球般的胖子劉繼業，淒聲慘叫，彷彿真的隨時都會被活活掐死一般。

「滾，你脖子這麼粗，得多重的手，才能掐得斷？」李彤只好鬆開手，朝著對方作勢欲踢。「這半年來，你究竟躲哪裡去了？怎麼每次派人送信來，都含糊不清。」

「是啊，你小子到底躲哪裡去了？什麼時候回來的？怎麼知道我和子丹在這兒！」張維善也興奮得滿臉放光，上前迎戰胖子，迫不及待地追問。

「老夫不是躲，而是出去修了幾天道法。師父傳下了諸葛亮的馬前課，老夫掐指一算，就知道你們兩個，肯定會來莫愁湖這邊。」劉繼業假裝向前撲了兩步，然後回過頭，晃著胖蠶般的手指大聲回應，「所以老子就過來聽聽，在老子外出修行這陣子，你們兩個又幹了多少齷齪事情！特別是你，李子丹，是不是背著我姐，在外邊偷腥？」

「皮癢了？守義，咱們給他鬆鬆筋骨。」李彤聽他越說越不像話，果斷決定以武力解決問題。

張維善也正高興得不知道如何是好，聽到李彤的提議，立刻欣然以應。兄弟倆一左一右，各自控制住胖子劉繼業的一隻大粗胳膊，隨即舉起另外一隻手，就準備施加「嚴懲」。還沒等第一個殺招使出，就聽劉繼業大聲喊道：「別，別胡鬧。有人，有客人。你們哥倆，多少給我留點臉面。有貴客，真的是貴客！」

「貴客？」李彤和張維善聽得將信將疑，趕緊抬起頭，朝著先前死胖子劉繼業藏身處張望。卻沒看見任何人影，只有密密麻麻的蒲草，在風中搖晃。

「收拾他！」二人互相看了一眼，大叫著就要動手。就在此時，更遠處，忽然傳來一聲清叱：「兩位兄長，且慢！待我將他先送回家，你們再敘舊也不遲。」

「啊——」李彤和張維善再度齊齊舉頭，恰看見，一個長髮飄飄，藍衣如水的高挑女子，從樹後走了出來。雙目之中，宛若有寒星閃爍。

這女子膚色頗深，顴骨頗高，嘴巴頗大，長腿長臂，還穿了雙大號的黑色牛皮靴子，按照大明江南標準，絕對跟「美麗」兩字搭不上關係。

特別是對於見慣了秦淮河上鶯鶯燕燕的李彤和張維善兩人而言，簡直在匆匆一瞥之間，就從對方身上挑出了一大堆毛病。然而，卻不知道為何，二人竟被此女的目光看得有些發虛，先後放開了闊別半年有餘的好朋友劉繼業，訕訕地向女子拱手：「這位，這位姑娘請了，我們，我們兩個只是平素跟他嬉鬧慣了而已，並沒，並沒真的想收拾……」

「噗嗤！」那女子被李彤和張維善二人的木然動作，逗得抿嘴而笑。剎那間，整個人從頭到腳都宛若鍍上了一層日光。

「二位兄長不必客氣。」她飛速側開身子，向李彤和張維善兩個人還了個萬福。同時，大聲補充道，「這死胖子曾經給我多次說起過二位，所以在下剛才的話，沒有任何責怪之意。只是我跟他有約在先，要送他回家，順便取回他欠我的銀子。所以還請二位兄台先別忙著跟他敘舊，且容我將他送回……」

「兩位哥哥別聽她胡說，我，我沒欠她銀子，我，我帶她回家另有要緊，要緊的事情。」劉繼業的臉，迅速紅到了脖子根，跳著腳，大聲否認。

「你說只要我送你回家，就給我銀子的！你敢賴帳？」那女子杏目圓睜，手立刻按向腰間的劍柄。

「且慢，他欠了妳銀子，他欠了妳多少銀子？」張維善見狀，連忙閃身將劉繼業擋在了背後，大聲向女子詢問，「別動手，我替他還。」

「你？」女子楞了楞，上上下下打量張維善，「真的，那可是八百兩銀子呢，你全替他還了？」

「多少？」張維善簡直無法相信自己的耳朵，扭頭看了看臉紅成了熟蝦的劉繼業，再看看滿臉惱怒的女子，困惑莫名。

想當初哥三個輪流做東在秦淮河上玩耍，哪一次花銷不在百兩之上？八百兩銀子雖然聽起來數目甚多，卻絕對不值得劉繼業眨一下眼睛。而今天，他卻當著兩位好兄弟的面兒，公然對一個女人賴帳？他，他到底安的是什麼居心。

「八，八百兩，天地良心，這可是他親口答應的，只要我送他回來，他就給我八百兩銀子。我們黑松寨四百多口男女老少都親耳聽到了！」高個女子還以為張維善發傻，是因為自己要的錢太多，低下頭，有些心虛地快速補充，「我，我可以，可以免去我自己應得那份，但，七百二十兩，不能再少了。再少，我，我回去之後就沒法跟寨上交代了。」

「就為了八百兩銀子，你就……」張維善越聽越離奇，眼睛在不知不覺間瞪了個滾圓。

「嗯哼！」李彤的咳嗽聲恰到好處地響了起來，將他的驚嘆聲迅速憋回了嗓子眼裡。

「姑娘，八百兩銀子可不是小數目，即便在南京這裡，也夠買五十畝上好的水田了。」唯恐自己憋不住笑意，李彤低著頭，努力裝出一副吝嗇模樣，「他肯定拿不出來，我們兩個，雖然有心幫他，一時半會兒，一時半會兒，恐怕也湊，湊不出這麼多現銀。所以……」

「可他，可他說，他說他父親做過，做過二品武官。他還，他年滿二十歲之後，還，還能承襲，承襲什麼什麼伯？他，他還說……」高個子少女急得兩眼冒火，快速向前衝了幾步，恨不得直接將寶劍按在劉繼業的脖頸上對質。

「姑娘勿急，男子漢大丈夫，一言既出，駟馬難追！」李彤偷偷踩了一下張維善的腳，制止了此人站出來替劉繼業還錢的衝動，「他既然答應了，我們兩個作為他的兄長，肯定認帳。八百兩銀子一時不好籌集，我們可以先交付給妳一半兒。剩下的一半兒……」

「剩下的一半兒，二姐，請給我兩個月。不，一個月，一個月時間。我肯定湊足了給妳。」劉繼業忽然福靈心至，從張維善身後衝出了，大聲保證，「這期間，妳可以住在我家，天天就近盯著我。我付妳一分的利息，此外，妳的所有吃住花銷，都由我來供應。」

「哪個需要你來供應？你在我黑松島白吃白住好幾個月，把島上的雞鴨都給吃光了，我還沒找你算錢呢！」高個子少女王二姐翻了翻眼皮，大聲提醒。

「對，對，禮尚往來，禮尚往來。這幾個月叨擾二姐頗多，還請二姐給小弟一個機會回報！」只要能讓少女留下，劉繼業才不在乎這些口頭上的說法，順著對方的話頭，大聲答應。

「我們還以為這小子跑哪去逍遙了呢，原來是去了姑娘那邊。既然他曾經承蒙姑娘收留，姑娘來南京，自然就是我們的貴客。供應二字，這小子實在說得不妥當。姑娘您儘管住下，所有花銷，包在我們兄弟三個身上。順便也可以看著他，免得我們好不容易籌集到的銀子，又被他拿去送給了賭場。」

高個子少女王二丫雖然看上去英姿颯爽，對江南官宦人家的吃穿用度，卻顯然瞭解得太少了點兒。見李彤、張維善兩個說得似模似樣，猶豫著輕輕點頭，「也罷，那就打擾二位兄台了。其實我不必住到他家中，即便住在客棧，相信他也沒膽子……」

「我家中有很多空房子，有很多空房子。還，還可以安排丫鬟來伺候妳！」劉繼業哪裡肯讓她去住客棧，迫不及待地大聲補充。

「我又不是沒手沒腳，要什麼丫鬟。死胖子，你之所以這麼胖，就是因為衣來伸手飯來張口，再不改著點兒，早晚把自己給胖死。」王二丫根本不領情，豎起眼睛高聲數落。

「沒，沒，我在家，我在家也很少讓丫鬟伺候。我只是覺得妳遠來是客，所以才……」劉繼業從諫如流，立刻大聲改口。

「免了，我來你這兒，只是為了討債。」王二丫橫了他一眼，不屑地強調。「咱們把話說清楚，當初綁你走，乃是一場誤會，我給你道過歉了，也早就答應放你離開。是你自己說怕路上不安全，非要央求我送你回來的。這八百兩銀子，也不是綁票索贖，而是你上個月跟一群熊孩子玩火，將我黑松島的房子給燒毀了六十多間……」

「我那不是在教小狗子他們做孔明燈嘛。」劉繼業心虛，擠眉弄眼地小聲為自己辯解。

「你敢說不是你燒的！」王二丫脾氣暴躁，立刻又豎起眼睛，厲聲質問。

「我沒說不是我燒的啊。我只是，只是說，我不是故意，故意放火。」劉繼業當初在南京城裡，也算是個赫赫有名的二世祖，卻偏偏好像上輩子欠了女子的閻王債般，連大聲爭辯的勇氣都沒有。低頭看著自己的腳趾，結結巴巴地嘀咕。

「算了，算了，燒了就燒了，火燒旺運！舊的不去，新的不來。」李彤看著暗自覺得好笑，連忙出言替雙方緩和，「好在是夏天燒的，趕緊蓋還來得及。姑娘，妳別跟他一般見識，他這個人，從小被慣壞了，就不知道認錯。錢，我們馬上去給妳湊，還請姑娘跟我們一道，把他送回家。」

「嗯。」高個子少女王二丫，也覺得爭論到底劉繼業是不是故意放火，沒任何意義，想了想，再度輕輕點頭。

李彤和張維善互相偷偷使了個眼色，喊家丁收起斑鳩槍，牽了坐騎，一道送劉繼業回家。沿途中，少不得互相配合，用話套那高個子少女的來歷，以及此女跟劉繼業兩個相識的經過。那少女也不隱瞞，大大方方告訴二人，自己是去年來南京遊歷，無意間聽說有個紈袴子弟劉老虎壞事做絕，就起了為民除害的心思，將他掠上了船。誰料過後發現，自己居然是受了別人的蒙蔽，抓錯了人，所以就只好向劉繼業認錯，準備將他釋放回家。

怎奈劉繼業卻說他在南京城內跟大人物結了仇，回去之後，恐怕下一次就沒這麼好的運氣，遇到肯聽他辯解的殺手。主動要求跟她一起去北方躲災。所以，她才一時心軟，將這個死胖子災星帶回了島上。結果就是，胖子嘴饞不肯整天只吃魚蝦，先吃光了全島的雞鴨和豬，然後又一把大火燒倒了半個島的房屋。

北方冬天來得早，海上風又大，島上的父老鄉親沒錢蓋新房子，只能向罪魁禍首索賠。因此，她才又不遠千里，將劉繼業這個災星給送回了南京。只求早點取了銀子折返，免得街坊鄰居們冬天挨餓受凍。

「原來這大半年來，他一直躲在姑娘那邊。」李彤和張維善兩個恍然大悟，齊齊向王二丫拱手，「多謝姑娘收留，他得罪的那個大人物，的確凶惡得狠。如果不是他躲得及時，肯定逃不過一場大劫。」

他們兩個，其實早就知道，劉繼業當初是因為糾纏一名美貌女子，被人用計綁上了船。後來又從劉繼業托人送回家中的書信中，知道此人安然無恙，並且好似還樂不思蜀。所以在看到王二丫的瞬間，就猜出此女就是當初綁走劉繼業的紅顏禍水。只是不清楚後來二人之間又發生過什麼事情，如何化干戈為玉帛，故而才一直揣著明白裝糊塗。

如今又發現劉繼業似乎已經對王二丫情根深種，而王二丫對劉繼業態度，卻有些不冷不熱，就只好繼續裝下去了。反正看王二丫的樣子，嘴巴上說得雖然凶，卻不是個不講道理之人。即便過後發覺劉繼業拿不出錢來只是為了將她多留在身邊幾天，也不至於真的動了刀子。

「對了，你們兩個，認識不認識一個叫吳四維的舉人。好像是蘇州府那邊的人士，好像在南京這邊很有些仗義敢言的名頭。」正暗自嘀咕間，卻忽然又聽見高個子少女王二丫大聲問道。

「吳四維，妳認識他？」李彤和張維善兩個臉色大變，轉過頭來，齊聲追問。

「就是那小子，騙二姐說，我搶男霸女，無惡不作！還說嚴大御史是個海公那樣的清官。」沒等王二丫回應，劉繼業已經停下腳步，轉過身來大聲叫嚷，「所以二姐才……」

「砰！」一聲冷槍忽然響起，他身邊的戰馬脖頸上冒出一股血，悲鳴著栽倒。

「少爺小心！」張家和李家的家丁們，嚇得亡魂大冒，果斷撲上前，將李彤、張維善和劉繼業三個，緊緊壓在了身下。

「別管我，二姐，保護二姐！」劉繼業倒也痴心，差點被冷槍射殺在街頭，居然還沒忘記自己的債主王二丫，啞著嗓子，大聲叫喊。

張樹、李財兩個聞聽，連忙轉頭去提醒高個子少女躲避冷槍。誰料，那女子居然一個縱身，撲向了路邊小巷，緊跟著三縱兩縱，就沒了蹤影。

「二姐，鳥槍，刺客手裡有鳥槍！」劉繼業大急，一邊推開自己身上的家丁，站起來大聲提醒。

「妳小心鳥槍！」

話音未落，巷子深處，忽然傳來了一聲淒厲的慘叫。緊跟著，王二丫的身影再度出現，像一隻藍色的孔雀般，優雅地掠過數丈遠距離，將一隻血淋淋的人頭，直接擲在了劉繼業的腳下，「五十兩，你答應過的，不許賴帳！」

第二章　醬缸

「妳不要命了！」劉繼業絲毫不領情，一個箭步竄出去，用身體將王二丫擋了個嚴嚴實實，「為了五十兩銀子，頂著槍子兒往前衝？」

雙方自打相識以來，一直是自己呵斥劉繼業。忽然間角色顛倒，王二丫好不適應。先楞楞地向後躲了兩步，才紅著臉大聲還嘴：「我要不要命，關你屁事？五十兩銀子可以造兩艘漁船，起四間大屋，像你這麼胖的肥猪能買三十多頭！」

劉繼業激靈靈打了個哆嗦，瞬間就氣焰全消。雙手抱在自己胸前賠了個笑臉，訕訕地解釋道：「我，我不是怕，怕妳受傷嗎？畢竟，畢竟妳身手再好，也快不過鳥槍。萬一……」

「誰稀罕！」王二丫的脾氣上來，可不像他那麼容易消。用刀子般的目光狠狠剜了他幾眼，大聲補充：「我又不是傻麅子，只會跑直線兒？鳥槍能打到七個呼吸一輪算快的，有七個呼吸的功夫，足夠我衝上去砍了他的腦袋！」

俗話說，鹵水點豆腐，一物降一物。劉繼業當年雖然在南京城裡橫著走，如今遇到王二丫，卻一點紈絝子弟的架子都端不起來。見對方臉色難看，趕緊低下頭，用軟到發膩的聲音繼續解釋：「二姐，我知道妳身手好，但萬一賊人有同夥呢？萬一妳不小心受了傷，我怎麼跟關叔他們交代？」

「不用你交代，我既然敢護送你回南京，就打定了主意生死自負。」王二丫朝他又翻了白眼，氣哼哼地回應，「如果賊人真的還有第二支鳥槍，剛才你們三個，早該倒下一個去了。哪會留著來對付我？」

這話，卻是真說到了其他人誰也沒想到的地方，頓時，就讓劉繼業變成了啞巴。李彤和張維善兩個，也對她的反應速度和過人的洞察力甚為佩服，雙雙走上前，笑著道謝：「姑娘，剛才多虧了妳。救命之恩不敢言謝……」

「別，你們還是直接付錢的好。不敢言謝就是不想感謝，江湖上這種人，本姑娘可是見得多了。」王二丫果斷側身避讓，然後義正辭嚴地提出要求。

「姑娘妳……」李彤和張維善兩個被對方的直率，弄得目瞪口呆。楞楞半晌，才先後紅著臉點頭，「也罷，五十兩就五十兩，我們倆現在就付！」

「這五十兩，劉胖子答應妳的。我們倆各自再付五十。不，付妳七十五兩，給妳湊成二百。姑娘妳看這樣可行？」

「真的！」沒想到如此輕鬆就賺到二百兩銀子，王二丫頓時眉開眼笑。然而，很快，她就又記起李彤和張維善先前要傾盡所有，才能湊出四百兩銀子的說辭，兩道劍眉迅速皺了個緊緊，「你們如果手頭不缺銀子，為何剛才只借給死胖子四百兩，莫非……」

「不一樣，不一樣！」李彤和張維善兩個頓時羞紅了臉，連忙擺著手解釋，「救命錢是救命錢，借給劉胖子的錢是借給劉胖子的錢，不能相提並論。」

「姑娘，這麼跟妳說吧。妳剛才如果不出手，說不準賊人會打第二槍過來。我們三個誰吃槍子兒，就很難說了。所以，哪怕是去當，我們也會今天就把酬謝交到您手裡頭。」

這些話，沒有一句屬實，卻聽得王二丫將信將疑。眨巴了幾下眼睛，正準備交代李彤和張維善兩人，不需要那麼急著去當鋪，等劉繼業把剩餘的四百五十兩交給自己的時候，再將「救命錢」一並送來就成。話還沒等說出口，卻聽見街道盡頭傳來了一陣洪亮的吶喊聲，「賊子，哪裡走。當街殺人，妳當我們應天府的公差都是吃閒飯的嗎？」

「放下刀，束手就縛。否則，報到上頭去，以謀反論處！」

「放下刀，否則休怪我等對妳不客氣！」

「放下……」

「狗屁，剛才賊人放鳥槍時，你們都躲哪裡去了？」王二丫勃然大怒，顧不上再交代李彤和張維善如何還債，舉起鋼刀，就準備給姍姍來遲的差役們一個教訓。

「二姐，我來。砍他們，實在髒了妳的刀！」劉繼業好不容易得到一個在「美女」面前的表現機會，豈肯平白錯過？先一把按住王二丫的胳膊，隨即，大步流星走向眾差役，勇猛如長坂坡前趙子龍，威武若汜水關下關雲長。

「你們這群廢物沒長著眼睛嗎？小爺剛才差點沒被賊人用火槍開了瓢？」人未至，聲先到，登時震得眾差役耳朵嗡嗡作響，「小爺正打算，去南京守備衙門告狀，問爾等一個失職之罪。你們倒自己先送上門來了？走，走，咱們一起走，小爺倒是要看看，有賊人光天化日之下持火槍刺殺勛貴，你們哪個在暗地裡替他撐腰？」

「你，你……」眾衙役雖然數量龐大，氣勢卻被他一個人給壓了下去，好不尷尬。其中有兩個楞頭青，氣得舉起鐵尺，就要給他一個教訓。胳膊上的力道還沒等用足，屁股上卻先挨了自家捕頭兩大腳。

「瞎了嗎，你們，連劉伯爺都不認識？」兩腳踹翻了自家幫閒的江寧縣捕快邵勇，像只肉球般「滾」了出來，圓潤的身體，與肥頭大耳的劉繼業相映成趣，「小伯爺，您啥時候回來的？卑職聽說您被賊人抓走了，一直揪心的很。正打算糾集起各地同僚，尋找您的下落。卻沒想到您福大命大，居然逢凶化吉！」

「你這廝倒是會說話。」劉繼業一改在王二丫面前彬彬有禮形象，居高臨下地數落，「可惜就是腿腳太慢了些，眼神也一般。謀害老子的刺客，已經死了這麼久了，你居然才帶著手下人趕到。還，還上來就想給老子一個下馬威。」

「哪敢。哪敢？」邵勇擺著胡蘿蔔般粗細的手指，大聲喊冤，「伯爺您誤會了，真的誤會了。弟兄們以為巷子裡還藏著賊人，所以才大聲替您吶喊助威。其實小的心裡也知道，區區賊人，怎麼可能傷得了您一根寒毛。所以才故意來晚了一些，以便您親自向賊人審問口供。否則……」

「否則個狗屁！你們分明是聽聞刺客已經死了，才有趕過來的膽子。然後又把老子當成了肥羊，想不問青紅皂白先宰上一刀。」劉繼業才不肯相信此人的鬼話，指著此人的鼻子破口大罵。

那江寧縣的捕頭邵勇，也不還嘴，只是陪著笑臉，不斷打躬作揖。直到劉繼業把肚子裡的火氣撒夠了，才又拱了下手，訕訕地請求：「小伯爺，千錯萬錯，都是小人的錯。您老大人大量，別跟我們這些苦哈哈一般見識。地上的人頭，先交給小的們帶回衙門，然後也好讓有司結案。否則，這血淋淋的東西，您帶回家去也晦氣，屍體上沒有了腦袋，小人……」

「拿走，拿走，拿走！」劉繼業終究還沒繼承家裡的爵位，手頭也沒任何實權，見對方給足了自家面子，只好不耐煩地揮手。

那捕頭邵勇喜出望外，高聲道了一個謝，隨即，帶領著麾下衙役和幫閒，衝進了巷子。先將無頭的刺客屍體拖到了大街上，然後又撿起了首級，拿麻布裹了，用竹竿兒抬起來快步離去。臨行前，還念念不忘跟李彤和張維善兩個人施禮，以免自己怠慢了這二位爺，將來被上司給小鞋穿。

李彤、張維善和劉繼業，都早知道地方小吏是什麼德行，所以對邵勇前倨後恭的行為，見怪不怪。王二丫這個外鄉姑娘，卻看得兩眼發直。好不容易等到眾差役和幫閒們抬著屍體去遠，立刻將頭轉向劉繼業，迫不及待地詢問：「你們南京城的官老爺，都是這般德行嗎？見到小老百姓是鼻子不是鼻子眼睛不是眼睛，見到有錢人就立刻比灰孫子還要孝順？」

「不，不是！真的不是這樣！捕頭只是小吏，不能算官兒。不是，不是，小吏也不該這樣。不是，不是，其他的南京官員和小吏都不是這樣。至少，至少不是所有人都這樣。至少，至少不是所有人都這樣。」李彤、張維善和劉繼業哥三個，雖然都沒當過官兒，卻羞得無地自容。紛紛大叫著用力擺手，唯恐解釋的慢了，讓王二丫把自己跟邵勇當成了同類。

「我又沒說你們三個也是這樣？」王二丫翻了翻眼皮，笑著奚落，「你們怎麼急得連汗都冒出來了？」

這本是再普通不過的一句玩笑話，卻讓兄弟三個，全都失去了辯駁的勇氣，一個個先後將目光側開，誰都不願意跟王二丫的目光相接。

「好了，你們別覺得寒磣了，他們是他們，你們是你們。」王二丫雖然行事霸道，心腸卻不壞。見哥三個尷尬得臉色鮮紅欲滴，連忙笑著將話題朝別處岔，「剛才咱們說到吳四維，李兄，張兄，你們兩個誰跟他熟。改天帶我去找他算帳去，這廝，可是把我給騙慘了！」

「姑娘沒必要再浪費功夫了，吳四維已經死了！」李彤先前曾經聽劉繼業提了一嘴，後者之所以被王二丫劫持，就是因為吳四維顛倒黑白。所以，也不繞彎子，直接將吳四維的下場坦誠相告。

「死了，怎麼死的？莫非是你們殺了他？他那個人雖然壞得透氣，卻罪不至死。」王二丫的思路，根本不能用常理來揣度，立刻瞪圓眼睛大聲追問。

「我們倆躲他還躲不及呢，哪敢去滅他滿門。」張維善看了她一眼，搶在李彤做出回應之前悻然聳肩，「這事兒說起來長著呢，姑娘妳就不用問了。反正，吳四維遭了報應，全家都被倭寇殺了個精光。」

「倭寇，南京距離吳淞口有好幾百里路，倭寇怎麼能打到這裡來？」王二丫聽得好生奇怪，頂著滿頭霧水刨根究底。「沿江那麼多衛所，裡邊的官兵全都是豬嗎？我記得他們抓我們走私挾帶，可是一個比一個勇猛！」

「大股倭寇倒是沒辦法打到南京來。但小股混進南京，卻也不怎麼困難！」張維善又聳了一下肩膀，臉上表情好生無奈，「姑娘，你跟劉胖子來南京多久了。莫非沒聽說過前幾天的事情？」

「前幾天，前幾天發生了什麼事情？」王二丫越聽越困惑，繼續瞪圓了水汪汪的大眼睛追問。

「我們倆今天早晨才從水西門那邊進的城。她想看莫愁湖，我就帶她來轉轉。沒想到一眼就看到了你們哥倆。」劉繼業在旁邊聽著著急，忍不住大聲插嘴。「南京城裡前幾天怎麼了？莫非有什麼大熱鬧不成？還有，你們倆口口聲聲說倭寇滅了吳四維滿門，那倭寇不是無惡不作嗎，怎麼又跟吳四維這個壞種成了仇家？」

「你們倆才進城，怪不得連八卦洲差點被大火燒成白地都沒聽說。」張維善恍然大悟，撇著嘴高聲回應，「那倭寇為啥要滅吳四維滿門？我們哥倆到現在也沒想明白。反正吳四維死了，你不用再想著找他報仇了。殺他全家的倭寇，跟試圖放火燒掉八卦洲糧庫的，應該是同一夥。還好老天爺及時下了一場雨，硬把火給澆滅了。倭寇見勢不妙，坐上船順著長江跑了。沿江水師衛所這幾天都在追剿他們，但是未必能追得上。」

「哎呀。這麼大的熱鬧，我居然沒趕上。」劉繼業的想法，與王二丫一樣飄忽，懊惱地連連拍自己大腿。

「沒趕上最好，趕上你就知道了，當時到底有多危險。」張維善狠狠白了他一眼，帶著幾分自豪補充。「我和子丹，都抄傢伙衝到最前頭了。駐守八卦洲的龍江左衛，實際人數居然還不到定額的四成，並且很多人只懂得種地，這輩子都沒摸過幾次刀槍。」

「真的？那你們倆豈不是殺掉了很多倭寇？按照當年戚少保的規矩，你們倆這回立功立大了！」劉繼業沒經歷過戰陣，根本猜測不出當時的危險程度，羨慕得兩眼放光。「我怎麼沒早回來幾天呢，要是當時我也在場，肯定……啊呀！」

後背處傳來一陣劇痛，他的好夢沒等來得及做，就瞬間疼醒。

王二丫用手指狠狠掐著一下他後背上的肥肉，大聲呵斥：「不懂就別瞎說。你以為倭寇是那麼好殺的呢？敢從海上坐船跑到大明這邊搶劫的，哪個不是將腦袋別在褲腰上？要是當時你也在，要是當時你在，早就被人一刀砍到長江裡頭餵螃蟹去了，哪有機會活到最後？」

「不是，不是妳也肯定在嗎？我不行，還有妳呢！」劉繼業絲毫不覺得屈辱，涎著臉，大聲強調。

「我又不是你的貼身丫鬟，走到哪都跟著！」王二丫氣得直翻眼皮，然而，內心深處，卻終究覺得劉繼業的話有幾分道理，撇了撇嘴，繼續數落。「況且即便我跟著你去了，打到要緊時刻，也未必能保護得你周全。」

「沒事，沒事，我還有兩位哥哥，我可以朝他們身後躲。」劉繼業心裡一陣甜水兒上湧，繼續嬉皮笑臉。

然而，話才說了一半兒，他忽然發現王二丫臉色不對。趕緊又收起笑容，大聲保證：「我只是那麼一說。其實，我武藝雖然差了點兒，膽子卻也不小。真到需要拚命的時候，肯定不會落在……」

「別胡說。我巴不得你往別人身後躲！」王二丫臉上的笑容全然不見，兩道濃眉皺得宛若一團墨汁，「不對，這事不對。剛才朝著你們開火的那個，肯定不是倭寇。倭寇長得根本不是那樣？也不會被我提著刀一衝，就立刻手忙腳亂！」

「不是倭寇？」李彤和張維善大驚失色，趕緊低頭去檢視地上的首級。哪裡還找得到？刺客的首級，早就跟刺客的屍體一起，被邵勇帶著衙役們收了去。想要再追回來，難比登天。

「不是倭寇。」王二丫雖然思維飄忽，在重要事情上卻不犯糊塗。皺緊了眉頭，低聲補充，「我們島上的人，以前跟倭寇起過衝突。他們個子矮，皮膚黑，牙齒長得也很不整齊。關鍵是，倭寇如果想刺殺你，不應該就來一個人，並且鳥槍打得也毫無準頭。」

這幾句話，全都落在了點子上。即便已經失去了首級和屍體，李彤和張維善兩個，也毫不懷疑推論的正確。然而，如果不是倭寇蓄意報復，追著兄弟倆不放。這南京城裡，還有誰非要將兄弟倆除之後快？按理說，隨著八卦洲的火起，所有誤會都已經徹底揭開了，繼續跟兄弟倆糾纏不清的那個人，又能落下什麼好處？

「老爺，劉七失手了！」應天府江寧縣仁義坊，書童嚴壽頂著一腦門子汗衝了進來，朝著自家主人嚴鋒大聲彙報。

「失手了？這個廢物！」南京右僉都御史嚴鋒被嚇了一大跳，站起身，啞著嗓子低聲詢問，「他不是吹噓說五十步內指哪打哪嗎？怎麼居然還失了手？他現在人在哪？那倆小畜生可曾押著他去見官？」

「沒，沒去見官。他只開了一槍，沒有打中。然後有個長腿女人就像瘋子般拎著刀衝了過來。他嚇得不敢再裝彈丸和火藥，拎著鳥槍撒腿就跑。結果卻沒跑過人家，被那個瘋女人從背後追上，一刀砍掉了腦袋！」書童嚴壽用手扶住門框，一邊補充，一邊氣喘吁吁。

「被人殺了，還是個瘋女人？你親眼看到的？還是沒膽子跟著去，事後道聽塗說？」南京右僉都御史嚴鋒身份尊貴，哪裡會體諒一個下人的辛苦，上前一把抓住書童的領子，厲聲追問。

「是，是小人親眼看到的。小人怕，怕劉七拿了老爺您的錢不做事，就，就偷偷在後邊盯他的梢兒。結果，結果沒想到他膽子那麼小，居然沒勇氣再開第二槍。」書童嚴壽被勒得喘不過氣，臉色一片青紫，卻掙扎著快速補充。

他是父親犯了事情，被連坐發賣的官奴。哪怕被嚴鋒給活活累死，也不會有人替他主持公道。更何況，他家老爺嚴鋒乃是赫赫有名的清流，與其他同僚聯合起來，能將墨汁說成白酒。即便事後被人告發，也能找出一千二百個理由說明他這個當奴僕的自尋死路，絕不會准許他區區一個官奴去玷污清流翹楚的名聲。

「屍體呢，屍體在哪？他們，他們認出劉七的身份沒有？」絲毫沒察覺自己用力過猛，嚴鋒繼續大聲追問，就像一頭病紅了眼睛的野狗。

「屍體，屍體江寧縣的衙役收走了。還，還有劉七，劉七的首級。他們，他們沒來得及，也，也，不可能認得出來！劉，劉七賭光了身家之前，是，是個，獵，獵戶。很，很少進，進城。」強忍著一陣陣暈眩，嚴壽繼續結結巴巴地補充。

「廢物！」南京右僉都御史嚴鋒猛地揮了下胳膊，將書童嚴壽摔了出去，如同摔一個破舊的草筐，「真是廢物！這點小事兒都做不好。白瞎了老夫那五十兩現銀。」

臨時租住的住所，遠不如原來的御史府寬闊。小書童嚴壽向後踉蹌數步，摔倒，後腦勺重重地撞在了石頭甬道，「砰」地一聲，濺起一團殷紅色的血珠。

然而，他卻既不敢慘叫，也不敢哭泣，手捂住被撞破的後腦勺，快速跪起，「老爺息怒，老爺息怒。小人這就再去想別的辦法幫您出氣，小人這就……」

「免了！」嚴鋒看都懶得多看自家書童一眼，鐵青臉在租來的院子裡踱步，「你小小年紀，能認識什麼高人奇士？有那功夫，不如替老爺我盯著那兩個小畜生，看看他們又準備鬧出什麼么蛾子？」

「是，是！老爺您放心，小人天天都會替您盯著他們。」書童嚴壽被摔得眼前發黑，卻回應得畢恭畢敬。

「嗯。」也許是滿意於書童的態度，也許是終於良心發現，南京右僉都御史嚴鋒想了想，緩緩點頭，「也不用天天，記得留意他們的行蹤便可。那兩個缺心眼兒的小畜生，翻不起多大風浪來。從賬上領五錢銀子，去找郎中把腦袋包一下。免得被人看見了，以為老爺我又苛待下人。」

「謝老爺，謝老爺！」書童嚴壽感動得眼眶發紅，對著嚴鋒連連作揖，「剛才是小人自己沒站穩，不關老爺的事情。小人隨便找個布子裹一下就好，不敢讓老爺破費。」

「讓你拿著你就拿著。」嚴鋒忽然大方了起來，朝著書童高聲吩咐，「賞給你的錢，老夫沒有再收回的道理。」

「謝老爺，謝老爺！」感謝聲接連不斷，書童嚴壽拱起滿是血跡的手，向自家主人作揖。

「下去吧。」嚴鋒嫌棄血跡礙眼。不耐煩地揮手。隨即，轉過身，倒背著手開始圍著房子轉圈兒，那模樣，像極了一頭拉磨的老驢。

「老爺，我有一個同鄉，在江寧縣衙門裡擔任……」管家嚴福偷偷地跟了上來，追在他的背後用極低的聲音提醒。

「沒必要，既然死的只是刺客本人，那群廢物，才不會認真去追查幕後主使者。你去了，反而容易惹起他們的懷疑。」對大明朝的官吏，嚴鋒瞭解得可是比世間絕大部分人都透澈，停住腳步，用力搖頭。

「老爺高明！」管家立刻挑起右手拇指，做恍然大悟狀。「若不是您制止得及時，小人今日差點畫蛇添足。」

「知己知彼爾。」嚴鋒高高地揚起頭，絲毫不掩飾自己心中得意。

「劉七那邊老爺放心，他老婆早就跟人跑了，父母也過世多年。不會留下任何首尾。」管家笑著將頭湊到嚴鋒的耳畔，用更低的聲音快速保證。

刺客劉七是他替嚴鋒請的，沒想到居然是個亂吹法螺的廢物。所以，他必須及時向嚴鋒證明自己當初不是敷衍了事，而是看中了刺客形單影隻這個大好條件，才做出了對自家東主最有利的選擇。

「行！沒首尾就好。」嚴鋒心思根本不在刺客身上，想都不想，就輕輕點頭。「你是紹興人吧，過幾天乾脆回老家去探望一下親朋，免得給外邊抓到什麼把柄。」

「多謝老爺！」管家嚴福喜出望外，連忙俯身施禮。隨即，又快速直起腰，繼續低聲補充：「下關碼頭那邊，據說住著許多無業的老兵痞。小人晚上蒙了眼睛過去雇上幾個……」

「不必了，有劉七一個就夠了。」嚴鋒笑了笑，忽然間變得氣定神閒。「老夫如果真的想要那兩個小畜生去死，有的是辦法。」

「那老爺您……」管家跟了嚴鋒這麼多年，對他的瞭解比自己拉出來的屎都清楚。立刻又做出了一副驚詫狀，瞪圓了眼睛請求指點迷津。

「如果倭寇走了，南京城裡立刻就安靜下來，豈不是說明他們兩個小畜生一開始就做對了，比老夫，比南京城內所有文武官員都要高明？」嚴鋒看了他一眼，滿臉高深，「那南京城裡頭還要文武官員幹什麼？南京六部以及各司衙門，還有什麼存在的價值？」

「英明，老爺果然英明！」管家嚴福真心實意地挑起大拇指，連聲讚嘆，「這樣一來，水就混了，他們立下多大的功勞，都是誤打誤撞。先前老爺要應天府對他們施加嚴懲，也完全理所當然。」

「水，太清了，就沒有魚了。」嚴鋒倒背著手，繼續緩緩踱步。黃色牙齒後噴出來的氣息，像生了蛆的大醬一般濃重。

第三章　勾兌

「什麼味道？」成賢巷深處的一所幽深院落的後花園，有個文靜的少女放下手中書卷，眉頭緊鎖，「芍藥，去前面看看，二叔又在弄什麼花樣！」

「是，小姐。」頭上梳著雙髻丫鬟芍藥答應一聲，飛跑著出了花園。不多時，就滿臉興奮得跑了回來，「是魚翅，二老爺指揮著寶哥、栓哥他們往家裡搬乾魚翅和燕窩，還有鹿脯、大蟹之類的山珍海味。好像是要招待北京來的貴客。」

「貴客！還是從北京來的？」少女楞了楞，眉頭鎖得更深。

自己的父親已經過世多年，本該承襲爵位的弟弟劉繼業，也因為闖下了大禍，借著被山賊掠走的由頭躲在外邊不敢回家。唯一的叔叔又只是個國子監的博士，說話雲山霧罩，做事顛三倒四。這種時刻，怎麼還可能有貴客願意登門，並且還是來自高官雲集的北京？

「我是聽二老爺親口說的，明天中午有個了不得的貴客會過府飲宴。好像，好像……」丫鬟芍藥迅速朝周圍看了看，將嘴巴附在少女的耳畔，用極低的聲音補充，「好像二老爺還請了李公子和張公子過來。小姐，妳要……」

「誰？」少女猛然站起，大腿碰在身前的石頭桌案邊緣，剎那間疼得淚花亂冒。「他還有臉請人到家裡來，剛剛把人坑得那麼狠？他，他肯定是又在憋什麼壞水！不行，芍藥，妳趕緊給我備車，我要去，我出門買胭脂水粉。」

「小姐！」丫鬟芍藥被嚇了一跳，連忙上前挽住了少女的胳膊，「小姐妳別著急，二老爺明天中午才會請李公子過來！妳如果想要攔阻，總得拿出個像樣的由頭。否則，沒憑沒據的，就懷疑二老爺未安好心，萬一被李公子誤會了，反而會覺得妳有失身份。」

「我，我……」少女急得眼淚在眼眶裡打轉，卻拿不出任何好辦法。

丫鬟說得好，無憑無據，她去阻止別人接受自家叔叔的邀請，肯定會在對方心目中留下一個多疑且不孝的印象。可由著自家二叔劉方折騰下去，她又怕過後自己也被視作後者的同謀。畢竟二叔曾經坑過，又馬上邀請過府赴宴的李公子，乃是她的未婚夫李彤。現在於對方心裡留下任何壞印象，都會影響到她成婚後的地位和幸福。

「不如這樣，小姐，妳先靜下心來休息，我去外邊繼續打探。如果能抓到一點二老爺的把柄，您去阻止李公子來咱們家，也不至於被他好心當了驢肝肺。」丫鬟芍藥自幼跟少女一起長大，早就將對方當成了自己的親人。想了想，小聲提議。

「這……」少女低聲沉吟，臉上的表情好生猶豫。

即便能抓到真憑實據又如何？劉方是自己的二叔，他做了對不起人的事情，自己怎麼可能不被未婚夫家看輕。況且大明民間提倡孝道，作為未分家單身未過門的侄女，出面拆自己叔叔的台，即便拆得再有道理，也會背上一個不敬長輩的罪名，這輩子也許都無法洗脫。

「哎呀！我的小姐，有什麼好猶豫的？大不了，妳不出面，我去提醒李公子別來咱們家就是。」丫鬟芍藥很講義氣，發覺少女的難處，立刻提出了另外一套解決方案，「他如果是個聰明人，自然知道小姐妳對他的一番真心。如果他讀書讀傻了是非不分，頂多也只是笑我這個當丫鬟的多管閒事，無論如何都怪不到妳的頭上。」

話音剛落，少女立刻果斷搖頭，「不行，這樣也太委屈了妳。芍藥，妳只管去打探好了，弄清楚了情況之後，我再想辦法如何既讓李公子不來咱們家，又不至於引起其他誤會。哪怕是被他和他的家人瞧不起，總好過眼睜睜地看著他往陷阱裡頭跳。」

「嗯。」丫鬟芍藥想了想，用力地點頭。轉過身剛要離去，背後，卻又傳來了自家小姐的聲音，「且慢，芍藥，先回我房間去取五十兩銀子。二叔身邊的寶哥貪財，妳想從他嘴裡問出實話，非得用銀子砸不可。」

「小姐妳……」這回，輪到丫鬟芍藥猶豫了，瞪圓了眼睛，遲遲不願意朝閨房移動腳步。

劉家在南京城裡，雖然也算一等一的大戶，但每年分到自家小姐劉穎手裡的份例，卻只有七、八十兩的模樣。剩下的要麼被二叔劉方拿去置辦田產，要麼花費在人情往來上，家中幾個未出閣的女子，都沒任何資格插手。

而劉穎性喜藏書，每年花在買書上的銅錢，也以萬計。所以，這五十兩銀子，聽起來數量不算龐大，卻差不多掏空了她的全部家底。主僕兩個，從下月開始，恐怕胭脂水粉都沒錢再去買，無論出門還是在家，全都要素面朝天。

「拿去吧。」知道丫鬟芍藥是為自己著想，劉穎嘆了口氣，苦笑著搖頭，「反正咱們倆平時又很少出門。」

「嗯。」丫鬟芍藥紅著眼睛點頭，隨即，又憤憤不平地嘀咕道，「小姐妳這麼為李公子著想，他卻半點兒都不知道，真是虧得慌。他若真是個聰明的，上次的事情，就該親自找妳問個清楚。而不是好像妳也得罪了一般，連咱們家的門都不再肯進。」

「我只是求自己心安，原本也沒指望他知道。」劉穎又輕輕嘆了口氣，強笑著搖頭。「況且前一段時間，他陷入泥潭裡差點拔不出來，哪還顧得上再找我詢問事情的究竟。」

「小姐妳又向著他說話！」丫鬟芍藥很是不服，腮幫子瞬間鼓得滾圓。

「不是替他說話，是就事論事。」劉穎又笑了笑，目光明澈宛若秋水，「畢竟我們兩個還沒成親，二叔剛剛坑了他，繼業又不在家，他無緣無故，怎麼能厚著臉皮往咱們家跑。」

「還說不是向著他。妳現在就處處為他著想，將來嫁了過去，肯定得被婆家活活欺負死。」見自家小姐性子如此綿軟，丫鬟芍藥急得直跺腳。

「那倒不至於，他從小喜歡讀書，心眼不至於長得太歪。」劉穎卻對自己未婚夫，有一種堅定的信心，再度輕笑著搖頭。

丫鬟芍藥拿她沒辦法，也不敢說得太多，嘆了口氣，轉身去取銀兩。才邁開腳步，忽然又扭過頭，低聲抱怨：「也不知道公子被哪隻狐狸精給迷住了，居然連續好幾個月都不肯著家。他跟李公子從小一起玩到大，如果此刻他在……」

話才說了一半兒，她的聲音忽然卡在了嗓子裡。眼睛瞪得滾圓，嘴巴也張大得可以直接塞進一個雞蛋。

「妳怎麼了，芍藥？妳別嚇……」少女劉穎被嚇了一大跳，趕緊大聲詢問。一句話沒等問完，身背後，已經傳來了一個晝思夜想的聲音，「怎麼了？當然是背後說人壞話，被抓了個正著唄！姐，什麼事情讓妳如此為難？交給我，我這就去給妳辦妥妥的，讓任何人都挑不出半點兒毛病來。」

「老二？」少女長身而起，漂亮的大眼睛裡，瞬間湧滿了歡喜的淚水，「你，你回來啦？你什麼時候回來的？你，你怎麼連封信都沒先寫過來？」

「我本來想寫的，後來想想信還沒有我本人快，所以就算了。姐，別哭，別哭，我這不是囫圇個回來了嗎？」劉繼業最見不得姐姐的眼淚，立刻慌了手腳，紅著臉大聲勸慰。

「你又何必回來！滾出去，家裡不需要你。」做姐姐的卻不肯聽，手揉著眼睛，泣不成聲。

自打二人的父母亡故之後，她這個做姐姐的，就為弟弟操盡了心。唯恐哪一天劉繼業稀裡糊塗被人謀害了，讓父母的靈位，無法享受後輩們的煙火供奉。而劉繼業，卻越大越不爭氣，平時惹是生非也就罷了，前一陣子居然直接玩起了失蹤，並且一消失就是大半年！

「我，我想姐姐了，就回來了。姐，妳想我不？」劉繼業自知理虧，一張嘴就像抹了蜜般甜，

「姐，看我給妳帶了什麼好東西，北珠，粉紅色的北珠。妳將來成親縫在鳳冠上，包準讓所有人的羨慕地挪不開眼睛。姐，妳看，妳看，還有紅珊瑚、玳瑁梳子、象牙貝、鸚鵡螺……」

「嗚嗚……」回答他的，依舊是低低的哭聲。姐姐劉穎雙手掩面，轉身直奔閨房，對他帶來的各種「寶貝」看都懶得看一眼。

「姐，不要走。我不是一個人回來的。這是二丫。二丫，這是我姐。」劉繼業把心一橫，果斷祭出了大招。

哭聲戛然而止，劉穎停住腳步，迅速扭頭。淚眼朦朧中，看到一個修身長腰的少女，個頭跟自己的弟弟一個樣高，劍眉斜伸入鬢，麥粉色的瓜子臉上寫滿了羞惱。

她立刻忘記了對自家弟弟的怨恨，掏出手帕迅速擦乾臉上的淚痕，快走幾步，一把拉住正欲轉身離去少女的手。「二丫妹妹，讓妳見笑了。我剛才是惱他長時間滯留外邊不歸，故意裝哭嚇唬他。我這個弟弟雖然貪玩了些，其實性子極好，對我這個當姐姐的也極為尊敬。來，來，別站著，趕緊跟姐姐去二堂坐，姐姐這就讓人安排茶水和點心。」

「我，我是，我不是，我，他答應我……」被劉穎的熱情，弄得渾身上下都不自在。天不怕，地不怕的王二丫，忽然失去了現在就討債的勇氣。紅著臉，半晌都說不出一句完整的話來。

做姐姐的劉穎見此，心中愈發認定了，此人就是弟弟從外邊「拐」回來的弟媳。開心之餘，說出來的話也更加熱情，「別怕，都進了家了，什麼話都可以慢慢說。我這個當姐姐的，替妳做主。我這個弟弟啊，雖然行事隨意了些，卻是正經八本的貢生，他承諾妳的事情，肯定不會反悔。」

「妳看，我沒騙妳吧？嗯，嗯！」劉繼業如蒙大赦，趕緊跟在自家姐姐身後，朝著王二丫悄悄使眼色。「我們劉家的人，最守承諾。說出口的話，如白染皂。妳儘管放心在我家安歇，我姐姐好著呢，絕對不會讓妳受到半點委屈。」

說著話，又將左手食指和中指伸開，在自己胸前，比了個「二」字。王二丫正回過頭來對他怒目而視，見了他那個代表二百兩銀子的手勢，眼睛裡的怒意立刻就變成了遲疑。想了想，無可奈何地點頭。

做姐姐的劉穎，哪裡看到自家弟弟跟王二丫之間的交易？兀自陶醉在教弟有成的美夢當中，先偷偷掐了一下自己的手背，然後微笑著對王二丫說道：「妹妹家是哪裡人，以前來過南京嗎？我家弟弟怎麼認識的妳，他估計沒少給妳和妳的家人添麻煩吧？」

「這，還好，他除了吃得挑剔了些，其他都好。」王二丫被問得臉色愈發紅潤，帶著幾分驚慌快速回應，「我家是鬱州那邊一個島上的，說出來姐姐估計未必知道。傳說保護大唐三藏去西天取經的孫悟空，就出生在我家那邊。」

「花果山？」劉穎聽得又是一楞，兩隻眼睛頓時笑成了月牙兒，「那你們家那邊，豈不是有許多猴子？春天時漫山遍野都是桃花？」

「猴子倒是不多，桃花的確到處都是！」沒想到劉繼業的姐姐，居然還知道自己的老家，王二丫心中對她的好感大增。帶著幾分自豪，笑著回應。

「那多好，春天時可以賞花，夏天時就可以吃桃子。還可以看大海，看日出，看大船乘風破浪。」

劉穎雖然很少出門，書卻讀了一肚子，根據書上看到的內容，幾句話，就勾勒出了一個堪稱完美的畫面。

王二丫被她誇得有些不好意思，連忙笑著解釋：「也沒有那麼好，桃子花開時，會熏得人打噴嚏、桃子多得吃不完也賣不掉，會爛在地裡。至於日出和大海，也沒啥好看的，風如果太大，還會將漁船打翻……」

「那是妳看習慣了，所以才不覺得好。」劉穎不肯讓她繼續破壞想像中的風景，迅速開口打斷。「我還奇怪呢，我家弟弟為何樂不思蜀，原來是跑到了花果山上。」

「我可不是自己跑去的！」劉繼業心裡偷偷嘀咕，眼前迅速閃過數月之前，自己被王二丫綁了票，帶在船上一路向北的情景。

整個過程，除了恐慌，刺激之外，還有許多甜蜜。每次回憶起，都讓他心醉不已。所以，既然千方百計騙了王二丫跟著自己一起回家，無論如何，他都不想再放對方離開。

「妹妹家裡的老人都好嗎？妳出這麼遠的門，他們想必心裡很是放不下。等一會兒安頓下來，妳就自己寫封信，或者讓我弟弟替妳寫一封，先給家裡報個平安。我安排下人走官驛給妳送回去！」劉穎不知道自家弟弟肚子裡打的主意，拉著王二丫的手，繼續熱情地試探。

「我，我父母走得早，家裡只有幾個遠房親戚。他們都不怎麼管我，所以，姐姐不用那麼替我費心。」王二丫被撲面而來的熱情，弄得心裡發虛，想了想，用極低的聲音回答。

作為一個半土匪性質的寨主，她從記事時開始，就跟在師父身後舞刀弄槍。很少品嘗到親情的滋味，也從沒有一個姐姐或者哥哥替自己遮風擋雨。特別是在師父亡故之後，她更是把自己當成了整個海島的主人，終日為了弄錢養活一寨子老少男女絞盡腦汁，漸漸地竟忘記了自己的年齡與性別。

而今天，被劉繼業的姐姐拉著手，不停地問東問西。讓她在緊張之餘，心中竟湧起了幾分倦意。忽然覺得，其實像這樣一直被拉著也好，渴了餓了有人管吃管喝，累了疲了，也有一處不漏雨的屋檐可以安身。

「原來妳也是個可憐的，跟我們姐弟倆的身世一模一樣。」劉穎的話繼續傳來，像絲線般，將王二丫的心臟，與自家弟弟越拉越近。「我們倆，父母也是早早地就駕鶴而去。守著這麼大個家，終日擔驚受怕，說是相依為命也不為過。妳來了，就好了。這個家，就更完整了。我這個做姐姐的，也對父母好歹有了個交代。」

「不是，不是姐姐想的那樣！我這回跟著他來是為了……」王二丫不忍心再幫著劉繼業騙人，停住腳步，準備說出自己其實是債主的真相。

「我懂，我懂。」劉穎再度拉住王二丫的手，不由分說繼續走向招待貴客二堂，「父母之命，媒妁之言對不？規矩我都懂，保證一樣不會少，讓你們兩個沒了臉面。咱們先吃飯，然後再慢慢說。妳抹不開臉，就先告訴我弟，然後讓他告訴我。」

「我……」當看到劉穎那帶著淚痕未乾的笑臉，王二丫忽然心裡一軟，已經湧到嗓子處的說辭，半個字都講不出來。被後者渾渾噩噩地拉進了二堂，渾渾噩噩地按坐在了椅子上，渾渾噩噩地吃茶、吃點心，渾渾噩噩地將謊言一步步拉向事實。

由於家中人丁單薄，且不太善於經營，南京劉家，在勛貴當中，只能算是中戶。然而，即便如此，其家中的茶點美食的精緻程度，也非尋常百姓之家所能相比。很快，就將王二丫給吃得眉開眼笑，迅速把跟劉繼業劃清界線的事情，忘在了腦後。

劉繼業的姐姐劉穎從小就被迫像男兒般支撐她和弟弟這一支的門戶，心思成熟程度，能甩開王二丫十幾條街。趁著後者目光和心思都被精美的茶點所吸引的時機，偷偷給自家弟弟使了個眼色，打著小解的由頭，告罪而出。

劉繼業知道逃脫不過，也硬著頭皮跟上。才出了二堂的後門兒，耳朵就猛地被自家姐姐狠狠揪住，緊跟著，幾句連珠箭的質問，迅速砸了過來。

「你真的長本事了！幾個月不見，居然自己拐了一個媳婦回來。她家裡是做什麼的？怎麼舉手投足，都好像個山大王一般？還有，你當初被人綁走，到底是怎麼回事？綁走你的那個女人，跟二丫到底什麼關係？」

「姐，鬆手，鬆手。疼，真的很疼！疼死我了！」劉繼業不敢反抗，啞著嗓子連聲討饒，「她家裡是鬱州那邊一座島上的，那裡原本有個水寨。隸屬於大明第一代信國公湯和帳下。後來朝廷禁海，水寨廢棄，一千兵卒及其家人，就在島上扎下了根。二丫的父親是上一代寨主，因為沒有哥哥和弟弟，這一代寨主位置就落到她頭上。上次她是從海裡採到了兩支紅珊瑚，帶到南京來販賣，碰巧我惹了禍想要出去躲災，就假裝被綁架，跟她走了一路。」

「你是說，當初從南京城裡把你綁走的，就是她？」儘管劉繼業已經全力遮掩，熟悉自家弟弟的劉穎還是敏銳地從前者的話語裡捉到了破綻，一雙煙眉瞬間皺了個緊緊。

「不是綁，起初是誤會，後來是，是我想出去躲躲，故意讓她帶我離開的。要不然，要不然她怎麼沒向咱們家索取贖金，還把我全鬚全尾地給送了回來？」劉繼業搖頭掙脫自家姐姐的掌控，然後拱著手，快速解釋。「至於為什麼會發生誤會，這事兒說來話長。反正，反正她沒有害我之心就是，我也算因禍得福，更沒想過跟她翻舊賬。」

「你都把人家拐回家裡頭來了，當然不打算再計較最初被綁了票的事情。」劉穎見他急得額頭冒汗，心疼地翻起了白眼兒，「放心，你姐我不是那種不講理的人，不會棒打鴛鴦。有大明太祖皇帝帶頭兒，咱們這樣的人家雖然婚嫁不講究門當戶對，可若是連她的來歷都說不清楚，你將來恐怕會有的是麻煩。」

「清楚，清楚，我拿性命擔保，她的來歷，像珍珠泉的水一樣清楚！」劉繼業知道自家姐姐說得在理，趕緊舉著手賭咒發誓，「寨中所有人的戶籍，早就改成了尋常民戶，只是要防備海賊或者倭寇前來搶劫，島上的大部分男女都自幼練武。我這幾個月，借著打獵釣魚的由頭，在島上四下查驗，見到的所有船隻都是十料以下的小破漁船，連一隻可以拉貨的沙船都沒有，更不用說是打仗的大海船！」注二

注二、料：古代衡量船隻載重單位。通常一料為三百斤。

「你現在情濃，自然什麼都敢擔保。」熟知自家弟弟秉性，劉穎對他的話將信將疑。嘆了口氣，低聲數落。「我看她的模樣，心裡頭恐怕也對你情根深種，只是她自己強撐著不願意承認罷了。」

「就是，就是，我早看出來她已經離不開我了。所以，所以才找個了護送的理由，給足了她台階下。」劉繼業果斷忽略了自家姐姐前半句話，帶著滿臉得意小聲回應。

「閉嘴！先別得意。」劉穎瞪了他一眼，臉色迅速轉冷，「情到濃時，自然什麼都好說，哪怕兩人出身和經歷相差懸殊，彼此也能互相理解包容。可將來若是情變淡了，現在互相包容甚至互相欣賞的地方，就全成了毛病。到那時，你若是敢壞了心腸，以她的性子，恐怕要跟你白刀子進，紅刀子出。」

原本只是想敲打一下自家弟弟，不要冒冒失失就決定了終身大事。誰料話說到最後，她把自己給嚇了一大跳，雙目圓睜，右手本能地捂向了心臟。

劉繼業卻對自家姐姐的擔憂，不屑一顧。笑了笑，晃著腦袋回應：「怎麼可能？我花了多大力氣，才讓她不討厭我！怎麼會那麼快情就淡了？姐，妳也知道，我這個人以前雖然胡鬧，做什麼事情都不認真。可只要認真起來，就絕對不會半途而廢。對她，我也是一樣，從第一眼看到，就知道她是我想找的老婆，這輩子哪怕招惹再多的麻煩，都不會反悔。」

「你……」劉穎原本還想要再告誡幾句，聽自家弟弟說得鄭重，剩餘的話，就只能憋回了肚子裡。扭頭迅速朝屋子裡看了看，發現王二丫已經開始坐立不安，於是乎，乾脆選擇先結束今天的話題，「我先去招呼客人，你晚一步進來。自打娘親去了之後，咱們這個家，只有你我姐弟兩人。只要你喜歡，做姐姐的肯定不會阻攔你。但是，西院叔叔那邊，你多少小心一些。他這些年來能忍著不打父親傳下來的爵位主意，已經是極限。若是再讓他發現你有可能給家族招來禍患，肯定會借機發難。」

說罷，邁步就往屋內走。劉繼業卻想都不想就追了上來，大聲說道：「要就給他，一個破爵位，我還真沒在乎。倒是妳，姐，可別被他給帶溝裡去。他前一陣子做事太不地道，害得子丹都不願來咱們家了。剛才我跟他好說歹說，他才答應明天跟守義一起過來咱們家……」

「你遇到子丹了？」劉穎頓時方寸大亂，一改剛才那副當家長姐的鎮定模樣，「你怎麼會遇到他？他，他到底怎麼說？」

「是二丫想看看莫愁湖到底是什麼樣，我們倆，就恰好遇到了子丹和守義，還遇到了一個刺客向他行刺。虧得二丫身手過人，才有驚無險。」劉繼業也迅速朝屋裡看了看，發現王二丫已經將目光轉向了後門，立刻開始替她表功。

「刺客？他傷到沒有？那刺客是誰派的，官府呢，你們有沒有告知官府？」劉穎越聽越著急，眼睛裡迅速就現出了淚光。

「沒事兒，沒事兒，不信妳問二丫！」劉繼業不敢再讓姐姐著急，連忙笑著回應，「有她在，尋常賊子，怎麼可能害得了我們？官府嗎，刺客伏誅之後就趕來了。但刺客的身份卻有些稀裡糊塗。子丹和守義兩個，到現在都沒弄清楚，到底是誰要害他們。姐，妳是個女中諸葛，妳來算算，這件事背後還藏著什麼貓膩？」

第四章 掀桌

「貓膩！他們兩個那件事不是已經了結了嗎，怎麼還會有貓膩？」聽聞有人要害自己的未婚夫，劉穎在額頭上迅速擰成了疙瘩。

正所謂，知姐莫如弟。見劉穎的注意力，果然被自己引到了李彤身上，劉繼業心中好生得意。笑了笑，故意慢條斯理地回應道：「這事兒說起來，話就長了。並且詳細情況，我其實也不甚清楚。只是在回家的路上，從子丹和守義嘴裡聽說了一些。具體……」

「前面的我已經聽說了，他們的同學遇刺，他們倆去抱打不平，結果在秦淮河上堵到了一船倭寇。你說，今天到底怎麼遇到的刺客。又發現了哪些不對勁的地方？」劉穎心中急得火燒火燎，哪裡有功夫聽自家弟弟從頭道來？跺了跺腳，低聲打斷。

「噢，原來姐姐妳已經知道了。那妳怎麼不早說？」劉繼業只是想試探一下，自家姐姐到底對李彤是什麼態度，根本就沒打算從頭把故事說完整。見劉穎已經上了火，趕緊迅速進入正題，「按理說，事情到了八卦洲遇襲那會兒，就真相大白了。子丹和守義一開始就沒什麼錯，也沒有仗勢欺人。倭寇想要燒掉存放在八卦洲上的夏糧，所以故意在城內亂殺無辜，擾亂官府視聽。可今天突然冒出來的刺客，卻讓案子出現了新的變化。二丫說，那人一看就不是來自海上，並且是初次作案。官府將他的屍首撿了回去，如是再硬行倒推……」

「有人不甘心以倭寇燒糧未遂作為結案，想把水攪渾。」劉穎眉頭跳了跳，再度高聲打斷。「他們不想讓子丹和守義兩個立功，他們甚至不想將先前的刺殺案、滅門案，與最後的燒糧案聯繫在一起。他們，他們為什麼要這麼幹？子丹和守義跟他們到底有多大的仇？他們，他們這麼做，自己能落到什麼好處？」

越問，她心裡頭越迷茫，到最後，聲音小得宛若蚊蚋。

「所以得妳這個女中諸葛出馬呢？子丹、守義兩個，是當局者迷。妳也知道，妳弟弟我從小就不愛動腦子。」劉繼業看了一眼自家姐姐，笑呵呵地開始撂挑子。

自家姐姐心裡頭還惦記著好朋友兼未來的姐夫李彤，這讓他感覺到很輕鬆。從回家路上跟李彤的交談當中，他也能感覺到，後者心裡頭未必沒有自家姐姐的身影。既然這樣，接下來的事情就簡單了，不需要他這個當弟弟和當朋友的過多操心。至於橫亙在雙方之間的攪屎棍二叔，說實話，劉繼業從一開始，就沒太拿此人當一回事兒。

「你又偷懶！」拿自家弟弟無可奈何，劉穎大翻白眼兒。然而，翻過之後，卻再也放不下對方丟給自己的謎題，「今天的刺客如果真的像二丫說的那樣，是初次作案。那他肯定與前面的案子無關。現在問題是，如何才能證明這一點。怎樣才能找到幕後主使者，將其齷齪心思公之於眾。」

「官差恐怕指望不上，咱們大明朝的官差，唯一會做的就是變著法子撈錢。」劉繼業悻然回應了一句，隨即迅速將目光轉向自己的客人，「二丫，如果我給妳十幾個人，足夠的錢財作為開銷，妳有沒有辦法將幕後主使者替子丹他們揪出來？」

「老二，別胡鬧！」劉穎聞聽大急，連忙開口喝止。

然而王二丫，卻絲毫沒有做閨中淑女的覺悟。聽劉繼業說要人給人，要錢給錢，立刻就來了興趣，「三兩天內就找出來，估計不行。人都死了，即便有同夥，肯定也會躲起來避一避風頭。若是花上十天半個月，倒也未必尋不到刺客的根腳。」

「不怕，不怕！花多長時間都不怕，只要妳能將事情查得水落石出。」劉繼業巴不得將王二丫永遠留在南京，立刻沒口子答應。「今天太累了，等吃過飯，我馬上安排人帶妳去休息。明天起，我會親自帶領家丁，跟妳一起去……」

「別胡鬧，哪有讓女人帶著家丁……」劉穎越聽越覺得不像話，再度出言阻止。然而，話說到一半兒，她忽然意識到，自家未來弟妹，根本不是一個尋常脂粉，將後半句，又主動咽回了肚子裡。隨即顧左右而言他，「我是說，我是說，二丫畢竟是咱們的客人。況且明天二叔還要請很多客人過府飲宴。你哪裡調得動那麼多家丁？」

「沒事兒，我找守義去借，他家的家丁都是脫了軍籍的老兵，最為好用。實在不夠，子丹那邊也能湊一些。」戀愛中的男子為了將心上的女子留在身旁，智力會迅速飛升。劉繼業就是一個最好的明證，隨便一個點子，就解決了自家姐姐眼裡的難題。

「又去麻煩別人，他們倆又沒欠了你。」劉穎反駁不得，鬱悶地輕翻白眼兒。

「朋友麼，不麻煩他們麻煩誰，況且，咱們姐倆也是為了幫助他們。」劉繼業得意地仰起頭，對自家姐姐的指責做不屑一顧狀。「正好，他們倆明天也要過來赴宴，我乾脆派劉七兒去通知他們，直接將家丁給我帶過來，省得我再去他們府上要。」

「你倒是不客氣。」劉穎找不到更多理由勸阻，只能悻悻地皺眉。

「最開始倒是不需要那麼多人手，有我自己足夠。人多了，反而容易打草驚蛇。」見姐弟倆關係如此融洽，王二丫在旁邊好生羨慕，猶豫了一下，低聲說道。

「那可不行，南京城妳又不熟悉，萬一妳有了閃失，我豈不後悔一輩子！」劉繼業才不願意自己好不容易創造的相處機會，突然飛走，果斷湊上前，大聲否決。「至少，至少得帶上我。遇到情況，彼此之間還有個照應。況且我熟悉地形，還可以跑回來搬救兵。」

「就你……」王二丫看了劉繼業一眼，本能地就想要表示不屑。然而，忽然意識到對方的姐姐在旁邊，果斷決定，先給此人留一點兒面子，「就你一個人，也行吧。你至少練過武，應變能力也還不錯。」

「當然，我可是四歲起，就開始練走樁。」難得被心上人誇了一回，劉繼業飄飄欲仙。順著對方的話，開始自我標榜。「我算得上是貨真價實的童子功，一般四、五個人，根本近不了我的身。啊——」

一句牛皮沒等吹完，卻被衝過來的小丫鬟芍藥撞在身上，瞬間撞了個四腳朝天。後者根本顧不上向他道歉，紅著眼睛，向劉穎小聲彙報：「小姐，不好了，不好了。我剛才去前院向二老爺通報少爺回來的消息，剛好聽到有人在書房裡跟他偷偷商議。說，說要把李家少爺和張家少爺的功勞，全都讓給別人。還說，還說明天吃飯時，要讓你和少爺出面說項，免得他們兩個找藉口拒絕。」

「憑什麼啊？」劉繼業一邊從地上往起爬，一邊氣急敗壞地叫嚷。「那可是他們拿性命才換回來的功勞。」

也不怪他如此激動，實在是自家二叔的行為，過於讓人震驚。他原本以為，自家二叔跟兩個好朋友之間之所以差點兒變成老死不相往來，肯定是因為什麼地方發生了誤會。現在卻發現，自家平素那個仗義和藹的二叔，居然生了一副墨汁般的黑心腸。

「他，他居然，居然想，想讓我們，我們出面。他，他不怕丟人，我們，我們姐兩個卻還想要臉。」劉穎又是羞愧，又是委屈，淚水不受控制地往外淌。

未婚夫忽然連續多日對她不聞不問，已經讓她感覺到了極大的壓力。而自家二叔的無恥行為，更是讓情況雪上加霜。道理很簡單，即便她和弟弟，都拒絕了二叔今天的謀劃。姐弟倆，也無法完全與這件事切割清楚。都會讓她在將來成親之後，於丈夫和丈夫的家人面前抬不起頭。

然後，羞惱歸羞惱，姐弟倆心裡卻都清楚，他們根本無法阻止二叔劉方的圖謀。他們不答應去做說客，二叔劉方也會想方設法讓李彤和張維善，滿足他的要求。雙方一個是學生，一個是老師。地位根本不對等。況且從即將前來赴宴的客人名單上看，從李彤和張維善兩人頭上搶走功勞，也不是劉方一個人的決定。在劉方身後，還有一大堆來頭極大的勛貴，公開對這種齷齪勾當表示支持。

「你二叔對你跟你姐姐，有養育之恩，還是你們欠了他好多銀子，必須拿命來償還？」就在姐弟倆急得方寸大亂之時，王二丫忽然皺緊了眉頭，大聲問道。

「沒，沒有！」劉穎這才想起來，未來的弟妹，還站在身邊，頓時羞得恨不得找個地縫往下鑽。「真的沒有。我們跟二叔雖然沒分家，可這份家業，卻是爺爺傳下來的。家父生前乃是指揮使司僉事，俸祿也不算低。此外，家裡的田產，每年都有不少進項。按規矩，二叔那邊，和我們姐弟這邊，都是各分一半兒。」

「我還不到加冠的年紀，姐姐又是女的，所有家裡的錢實際上都是嬸娘在管。雖然我日常開銷大一些，但細算下來，分到我們姐弟頭上那份兒，應該每年都有不少結餘。」劉繼業想了想，氣哼哼的補充。

「那你們為啥要聽他的？」王二丫眨巴著水汪汪的丹鳳眼，追問得格外理直氣壯。「叔叔又不是親爹，他憑啥要求你們做這做那？李公子和張公子，一個是你姐夫，一個是你朋友，又不是他的親女婿，憑什麼要聽從他的安排？」

「這……」劉繼業被問得無言以對，苦著臉輕輕搖頭。

「子丹和守義，都是國子監的學生。我二叔，卻是國子監博士。」知道二丫出身寒微，不懂得官場裡的彎彎繞，劉穎只能紅著臉小聲解釋，「如果他們兩個不答應，二叔肯定將來給他們倆小鞋兒穿。此外，明天來我家赴宴的，還有許多是二叔的朋友，都是南京或者北京的官員。把子丹和守義的功勞奪走，應該是他們一起商量出來的決定。」

「商量，沒跟當事人商量，算什麼商量？那跟明搶還有什麼區別？」王二丫根本聽不懂她的解釋，也沒耐心去聽，瞪圓了眼睛大聲反問。「況且國子監又不是你二叔一個人開的，他還能要了兩位公子的命？李公子和張公子不是沒爹沒娘的孩子吧，真的給人欺負的狠了，他爹娘難道就眼睜睜地看著？」

「那倒是！」劉繼業想了想，輕輕點頭。

「他們兩個如果不給，就會讓很多人下不了台。」劉穎嘆了口氣，憂心忡忡地補充。

在她以往的印象裡，李彤和張維善兩個，都是弟弟的好朋友。自家二叔，以及二叔的朋友，跟李彤、張維善的父親，也彼此熟識。大夥雖然沒有住在同一個巷子，甚至不在同一個城市，彼此之間卻好像是街坊鄰居。總會互相幫忙，互相照顧。而如果這次李彤和張維善不給自家二叔和其他客人面子，有可能就會永遠被踢出這群人之外，真的老死不相往來。

「他們既然厚著臉皮討要，丟了面子就屬自找的！」王二丫跟她生長的環境差異巨大，考慮問題的方式和角度，也大相徑庭，「老死不相往來又怎麼樣？在我們家那邊，像這種拚命占你便宜的親戚或者老鄉，滾得越遠才是越好，誰稀罕跟他們來往。」

「二丫，話不能這麼說！」劉穎越聽越覺得雙方雞同鴨講，苦著臉低聲解釋，「子丹和守義，將來還要出仕，有這些人幫忙，比他們光憑著自己，要省力得多。並且那些人如果說服不了他們，還會繼續去說服他們的父親。讓他們的父親出面，逼著他們答應自己的要求。」

「憑什麼，哪有父親不向著自家兒子的？」王二丫柳眉倒豎，目光當中，充滿了懷疑，「若是實在抹不開面子，就說一句，兒大不由爺便是！至於幫忙，連他們兩個拿命換來的功勞，都想搶走。我真的想不出，真的需要哪些人幫忙的時候，那些人會仗義援手。」

「這……」劉穎和劉繼業，姐弟倆雙雙啞口無言。

他們兩個都是在勛貴圈子裡，思維也嚴重被這個圈子左右。雖然也覺得長輩們這次做得很過分，卻從沒懷疑過，後者在自己需要的時候，會提供力所能及的保護和支持。而聽了王二丫的話，姐弟倆卻忽然發現，自己先前的想法，好像傻得厲害。那些自私自利的長輩們，對他們來說，根本不是可以遮風擋雨的屋檐，而是共同組成了一個巨大的囚籠。

「要我說啊，明知道宴無好宴，乾脆讓李公子和張公子不要過來吃就是！他們兩個，反正又不是吃不起一頓酒席。」王二丫的話，繼續傳來，每個字，都化作鼓槌，敲打著姐弟倆的耳膜和心臟。

不吃了，不吃了，不吃了當然就不必聽那些人的噪呱。

既然他們打算在宴會上提出非分要求，又何必給他們機會開口？

既然勛貴圈子，已經成為囚籠，又何必主動被關在裡邊，等著每天那幾口嗟來之食？

既然……

「如果有人不知道好歹，繼續糾纏不清！」見姐弟倆都沒了話說，王二丫想了想，皺著眉頭補充，「那就直接拿大耳刮子抽他就是。只要抽了一個，其他人就都長記性了，從此再也不敢過來煩人！」

「不知道好歹，不知道好歹！這南京城的文武官員，全都長的是狼心狗肺！」龍江關碼頭，李如梓舉起佩刀，將水師官船的桅杆砍得木屑亂濺。

船老大心疼得嘴角抽搐，夥計們也一個個不停地皺眉。然而，他們卻誰都沒膽子上前阻止李如梓的破壞行為，更沒膽子大聲喝令對方停手。

原因不僅僅是李如梓身上穿的武將常服，大夥心裡頭，實在是覺得理虧。李如梅、李如梓兩兄弟與一群豪傑，捨命大戰倭寇，救下八卦洲數百萬石存糧的英勇事蹟，早已在水師當中傳了個遍。凡是聽聞此事的弟兄，無不對當日參戰的豪傑，暗暗挑起大拇指。然而，南京六部的官員們，非但沒有感激李家兄弟的救命之恩，反倒聯手上本，彈劾李家兄弟和駱七等人，擅離職守。

在大明朝，武將不經請示脫離軍隊乃是重罪。雖然李家兄弟是在平定哱拜注三叛亂凱旋而歸的途中溜到南京散心，身邊沒有帶領一兵一卒，但是，如果朝廷中有人盯著不放，兄弟倆連同與他們一道「溜號」的朋友們，也全得吃不了兜著走。更何況，此番回北京接受校閱，乃是大明皇帝對凱旋之師的特別嘉獎。不去北京見皇帝，卻跑到南京來管別人的閒事，說是「欺君」，恐怕都不為過。

所以，儘管李家在軍中樹大根深，儘管兄弟倆先前在平定寧夏叛亂的戰鬥中功勞顯赫，二人聽聞南京六部官員的恩將仇報行為後，也只能趕緊結束遊歷，以最快速度去與凱旋過來的大軍匯合。至於「擊敗倭寇，保護大明夏糧」的功勞，兄弟倆是想都不用再想。

注三、哱拜：明代寧夏副總兵，萬曆二十年春叛亂。很快就被名將李如松平定。是為三大征中的第一征。

「老六，別砍了，一旦砍斷了桅杆，咱們走得更慢。」作為比李如梓年長許多的五哥李如梅倒是非常看得開。見自家弟弟一刀砍得比一刀用勁兒，快步走上前，笑呵呵拉住後者的胳膊，「咱們自己問心無愧就行。只要在弟兄們入京之前跟他們會合在一起，誰都不能告咱們欺君。至於功勞，有寧夏平叛所立的那些，已經足夠。再多了，反而未必是好事。」

「是啊，六哥，我父親也說過，朝廷中許多官員，都覺得武將個個腦袋後都長著反骨。」不待李如梅的話音落下，駱七笑著上前，輕輕拉住了李如梓的另外一隻胳膊，「先前剿滅哱拜的功勞，已經足夠咱們幾個都連升好幾級。大哥如今是寧夏總兵，中軍都督府同知，此番班師回朝，弄不好就能升都督。二哥是中軍都督府僉事，這回估計也能升同知。三哥，四哥都是指揮使，如果五哥和你再變成指揮使，皇上即便再信任李家，麻煩恐怕也是一大堆。」

「清者自清！我們李家，世代忠良，才不怕那群瘋狗亂咬。」李如梓氣得兩眼冒火，卻只能悻然丟下鋼刀，低頭朝著甲板上狂啐。

他心裡非常清楚，五哥李如梅和好朋友駱七，說得都是金玉良言

遼東李家在平定哱拜的戰事中，立下的功勞實在太大了。大到朝廷幾乎無法酬謝的地步。如果按照正常的標準論功行賞，甭說一門兩都督四指揮使，就是一門六個總兵，都極有可能。如此，朝廷在北方的軍隊，就有將近六成，要由李家掌控。在太平時節，如此龐大的實力，對一個家族來說，絕對不是一件好事兒。

最鮮明的前車之鑑，就是大明已故太子少保戚繼光。儘管此人想盡各種手段自污，甚至不惜讓

人編造自己怕老婆的謠言，依舊無法讓朝廷相信他的忠誠。到最後，竟然被朝廷以貪墨的罪名趕回老家，貧病而死。

「在沒跟倭寇交手之前，我還有點害怕，萬一被言官發現咱們私自脫離軍隊，會給家裡招災惹禍。呵呵……」正憤懣間，五哥李如梅聲音卻又傳入了他的耳朵，隱隱約約，竟帶著幾分慶幸，「等見了重樓兄所作所為，我才明白，像咱們這種人，偶爾犯些不大不小的錯兒，才是真正的會做事。所以啊，重樓兄能執掌禁軍十多年，然後又被外放到漕運總兵這個天下一等一的肥差上，真的半點兒都不奇怪。」

「他們……」李如梓雙拳緊握，用腳將甲板跺得「咚咚」作響。

自家哥哥說的，又是一句大實話，讓聰明的他，根本沒辦法，也沒力氣去反駁。

王重樓上任第一天，不去接印，不去拜會南京城內的同僚，反而到秦淮河上找昔年的老相好小春姐，種種行為看似荒唐，卻包含著一個非常高深的做官道理。那就是，犯錯要衡量輕重，並且選好時機。

同樣是自污，他去秦淮河上找小春姐，就是絲毫沒有生硬的痕跡，並且令人覺得他有情有義。讓紫禁城裡的那位皇上聽聞了，能夠對此事一笑了之。而選擇把錯誤犯在上任之前，非但能令此人的漕運總兵生涯，不會落下任何污點。還可以讓天下人都知道，哪怕麾下的漕兵再多，他這個漕運總兵，都沒有足夠的名望，帶著麾下的弟兄們謀反。

「南京六部那些狗官，像護食的烏鴉般，唯恐咱們搶了牠們嘴裡的死老鼠。」見李如梓好像依舊無法釋懷，駱七笑了笑，繼續低聲給李如梅幫腔，「卻不知道，他們的這幾聲烏鴉叫，反倒是幫了咱們的大忙。只要咱們能及時與大軍會合，一並去接受皇上的校閱，欺君這個罪名就無法成立。至於其他罪名，都可以拿平叛中的戰功相抵。反倒省得咱們也想方設法自污了，萬一自污得太著痕跡，反倒又成了別人手中的把柄。」

「那倒是，唉——」李如梓想了想，終於嘆息著點頭。

他今年只有十七歲，駱七與他同齡。五哥李如梅雖然大了一些，也不到三十。都屬氣血方剛的年紀，打完了一場惡戰之後，偷跑到江南尋花問柳，實在算不上什麼大罪。所以，只要避開了欺君這一條，言官們彈劾的再凶，朝廷都不會對他們處罰得太狠。頂多也就是個功過相抵，官職原地踏步而已。

「只可惜，讓子丹和守義兩個，也跟著吃了掛落。」嘆過之後，他又悻然補充：「功勞對於咱們來說，的確多餘。但是對於他們哥兒倆……」

「你放心，即便不受咱們的牽連，識破倭寇陰謀，保護八卦洲夏糧的功勞，也落不到他們哥倆兒頭上。」李如梅看了他一眼輕輕搖頭。「那個功勞太大了，他們哥倆兒根本吃不下。甚至有可能，連口湯都喝不到。」

「嗯？」李如梓聽得滿頭霧水，兩隻眼睛瞬間瞪了個滾圓。

「倭寇前前後後在南京城裡折騰了小半個月，南京守備衙門、南京錦衣衛指揮使司、南京六部、應天府，地方水師和衛所，那麼多衙門，數百名官員，全都沒發現。就他們倆貢生發現了，若是如實向上彙報，得多少人丟官罷職？」有心給自家弟弟普及一些官場中的常識，李如梅嘆了口氣，繼續笑著補充：「所以啊，這個戰報發到朝廷，還不知道會變成什麼模樣呢？給他們兩個定的功勞越大，別人的罪責也就越大。相反，把前面的事情，與最後這一場惡戰，分開來說，才是最好的解決方法。他們倆，頂多是那天誤打誤撞，跟著王重樓登上了八卦洲，恰好遇到倭寇逆江而至，不得不血戰自保。而前面那些事情，與倭寇必須一點兒關係都沒有。」

「這……」李如梓聽了個目瞪口呆，好半晌，才喃喃地呻吟，「這，這不是睜著眼睛說瞎話嗎？就不怕，就不怕今後被皇上知道？」

「今後被皇上知道，又能怎麼樣？皇上還能為了給倆貢生出氣，將整個南直隸的文武官員，都撤職查辦？」李如梅笑了笑，方正的面孔上，寫滿了無奈。「他們倆如果聰明，就不要掙扎，聽從別人的安排，也許還能多少得到點好處。如果仗著立下了大功，就選擇硬頂。唉，說實話，雖然張家和李家，都是勛貴。可他們，他們畢竟不是主枝……」

「不行，我得回去！」沒等五哥把話說完，李如梓忽然俯身撿起了刀，隨即，一個箭步竄到了船尾。

船已經拔錨啟程，他卻絲毫沒有猶豫。又一個箭步，直接竄上了碼頭。隨即，撒開雙腿，轉眼間就消失於熙熙攘攘的人群當中。

第五章 同行

「老六——」李如梅拉了一把沒拉住，手僵在了半空之中。

「讓六哥去吧，要不然，他這輩子內心都不會安寧。」駱七笑了笑，快速走到李如梅身邊，低聲替李如梓求情。

「胡鬧，都多大的人了，居然還做俠客夢！」李如梅大聲反駁，然而，卻沒有派人上岸去追。朝四下看了看，轉身返回了船艙。「開船！」

「五哥，不等六哥回來嗎？」崔九聽得好生不忍，趕緊追進了船艙裡。

「等他幹什麼？他有手有腳，口袋裡還有銀子。」回答他的，是一句冰冷的質問。李如梅背對著艙門，身體將窗口處的陽光，遮了個嚴嚴實實。

崔九和駱七相對吐了下舌頭，躡手躡腳地離開。聽到他們兩人的呼吸聲在門外消失，原本滿臉怒容的李如梅忽然笑著搖頭。

少年時，喜歡做夢，其實沒什麼不好。

至少睡眼裡看到的世界，更溫柔一些。遠不像成年後看到的那樣冰冷。

船晃了晃，緩緩離開了江岸。繁華的南京城，煙波浩蕩的玄武湖，在他眼睛裡漸漸飄遠。這一趟江南之行，看到了很多新鮮事情，整個過程非常驚險刺激。然而，他心裡，卻絲毫不覺得留戀。

如今，整個南京城內，唯一值得他牽掛的，只剩下了他那個沉浸在俠客夢裡遲遲不願醒來的弟弟李如梓。但是，他卻不會為了自家弟弟的安全擔心。因為，他知道，弟弟李如梓要去哪，接下來會遇到誰。

……

「這不公平，不公平！」當李如梓的雙腳，剛剛邁入張府的大門，他的耳朵，立刻聽到了來自後院的怒吼聲。

是張維善在叫嚷，很顯然，李如梓和他五哥李如梅在船上的那些推斷，已經一步步變成了事實。張維善和李彤兩個，帶領家丁捨命保護了八卦洲糧倉，到頭來，卻連口「功勞」的清湯，都沒喝到。

「不夠公平，子丹，不公平！我跟他們沒完，我要去北京，去北京找我堂兄。」叫喊聲繼續傳來，帶著明顯的氣急敗壞。

家丁和僕婦們誰也不敢勸阻，全都低著頭，繞著聲音來源處走。而陪同李如梓進門的家丁頭目張樹，則紅著臉，訕訕地向他求肯：「李公子，等會兒，您千萬要幫忙勸勸我家少爺。我家老爺已經答應別人了，他如果堅持不肯，自己到最後什麼都撈不著不說，還會害得老爺裡外不是人。」

「我去勸？」李如梓楞了楞，緩緩停住腳步。「怪不得你不經通稟，就直接領我進了院子。原來打的是這種主意。」

「李公子勿怪，李公子勿怪！」家丁頭目張樹聞聽，臉色瞬間變得更紅。抬手擦了一下額頭上並不存在的汗珠，繼續訕訕補充：「我家老爺，也是被逼得沒辦法了，所以下令，只要是我家少爺的朋友，都可以接進來試一試。您跟我家公子曾經並肩作戰過，又生性豁達，您的話，他肯定會聽一聽。」

「要是我勸他，死扛到底，不讓那些人如願呢？」李如梓搖搖頭，臉上的表情似笑非笑。

「啊——」家丁千算萬算，卻沒算到這一層。笑容立刻僵在了臉上，反覆吸了好幾口氣，才喃喃地道：「不會，不會這樣的。公子你是明白人，不會眼睜睜地看著我家少爺犯傻。更何況，他犯傻也沒用，胳膊擰不過大腿。」

「你沒擰，怎麼知道擰不過？」李如梓瞪了他一眼，繼續笑著反問。

「擰不過的，擰不過的，肯定擰不過的……」家丁頭目張樹臉上的慚愧，漸漸變成了絕望。低下頭，像念經一般嘟囔，「您不知道他們的厲害。錦衣衛、南京府、留守衙門、御史台，無論如何都擰不過的。」

同樣的話，李如梓已經從自己哥哥嘴裡聽過。再聽一次，依舊覺得無比刺耳。皺了皺眉，斥責的話脫口而出：「張叔，你原來是戚少保的手下吧。戚家軍打仗，什麼時候未戰先退過？」

本以為，這一句話，定然能像當頭棒喝，將張樹給直接打醒。誰料，後者身體卻晃了晃，脊背迅速佝僂了下去，瞬間變成了一個又老又邋遢的「乞丐」。

「擰不過的，擰不過的。李公子，你別害我家少爺。這不是打仗。戚爺爺打仗，這輩子都沒輸給過別人。可戚爺爺，戚爺爺到最後，卻死在了他們手裡。」

「我不會勸他，也不會煽風點火！我跟他們倆打個招呼，然後掉頭走了便是。你不用跟我裝可憐。」被張樹的模樣弄得心裡頭發堵，李如梓猶豫了一下，決定不給對方雪上加霜。

「走就好，走就好。」張樹卻兀自沒從打擊中緩過神，楞了楞，本能地重複。雙目當中，充滿了痛苦和迷茫。

「唉——」不願意再看到此人的窩囊模樣，李如梓邁開大步，直奔張維善的所在。沿途中，不停地有怒吼聲給他引路，「媽的，憑什麼，老子捨了性命才立下的功勞，憑什麼說抹就給抹了？他們沒發現倭寇混進了城裡，是他們眼瞎。憑什麼老子要替他們圓謊！老子被那姓嚴的瘋狗冤枉時，他們怎麼誰都沒替老子著想過？不公平，老子即便上北京告御狀，也要把這件事掀個底朝天……」

說來也怪，從始至終都是張維善一個人在咆哮。同樣受了委屈的李彤，卻始終不聲不響。直到李如梓已經將雙腳邁上了書房臺階，才忽然聽有李彤幽幽地說道：「其實，我覺得王重樓說得沒錯，這世上，根本沒有絕對的公平。能將八卦洲的戰鬥，單獨摘出來算，其他事情都弄成糊塗賬，已經最好結果。至少，把咱們倆徹底摘了出來，不用再摻和錦衣衛和南京六部那些爛事兒。」

「可這樣，咱倆就成了誤打誤撞上了八卦洲，頂多獎幾十兩銀子，至於將來能不能畢業推舉歷事注四，還得看嚴瘋狗和劉博士他們認不認帳。」張維善的聲音也小了下來，帶著濃濃的不甘。「要答應你一個人答應，老子寧可死，也不會向他們低頭。」

「兩個歷事當官的名額？看來他們家中長輩，已經答應了對方的條件。」李如梓再度停住腳步，很是猶豫，自己該不該現在進去打擾。「我也沒想過向他們低頭。至於歷事，更沒想過靠著他們的施捨。」李彤的聲音，再度從窗內傳了出來，帶著一股子說不出的疲倦。

「那你還說，已經是最好結果。」張維善楞了楞，繼續低聲抱怨。

「那是對他們，對你我兩人的父輩。他們都在這座南京城裡，走不開，也逃不掉。」李彤的回答聲，一字不漏地，鑽入了門外人的耳朵，「咱們倆不一樣，咱們倆，完全可以一走了之。」

「走，往哪走？」張維善從小到大都沒單獨出過遠門兒，楞了楞，詢問的話脫口而出。

「隨便去哪。樹挪死，人挪活。劉繼業出去轉了一圈兒，不是活得好好的？我就不信，整個大明到處都是這般鳥樣子？至於路引，肯定難不住你我。」李彤心中彷彿早有準備，想都不想，幽幽地回應。

「那咱們的貢生身份……」張維善又楞了楞，遲疑著繼續追問。

「你是南京國子監的貢生，到北京也可以就讀，轉學對你來說，並不是難事。另外，我的孝期未滿，兩年內注定無法參加科舉，與其蹲在南京城裡天天憋得透不過氣來，還不如出去走走。」李

注四、歷事：明代對貢生中成績優異者，給予的一種照顧。可以不畢業就出去當官，類似於實習。實習結束之後，根據考評決定是否繼續留用，或者打回國子監繼續深造。通常歷事者，都不會打回。比起畢業後等待分配官職，算是捷徑。

彤笑了笑緩緩給出答案。

眼下他在南京看到的大明，絕對不是他心目中的大明。既然這座城市讓他感覺到窒息，他又何必繼續蹲在城裡等死？

離開，看似無奈，其實是最好的選擇。他和張維善都還年輕，都沒有及冠，沒有必要陪著一群行將就木的老頭子們，玩那種自己看不懂，又根本沒有任何規則的遊戲。

「那倒是，到了北京，我一樣能夠進國子監。」張維善皺著眉斟酌了片刻，忽然笑逐顏開，「老子不陪他們玩了，他們愛玩自己玩去。老子直接掀桌子走人，看他們最後到底如何給自己圓謊。老子這就收拾行李，然後跟你一起去北……」

「與其去北京，不如去遼東！」李如梓的聲音，忽然從窗外響了起來，伴隨著他滿是陽光的笑臉，「二位這麼好的身手，何不跟我一起去遼東立功？」

「立功？」李彤和張維善被嚇了一跳，齊齊將目光轉向窗口。

「是啊，立功！」李如梓快步走上台階，推門而入。「你們剛剛捨命保護了八卦洲上的糧食，應該知道倭寇為啥會盯上那批糧食吧？大明馬上要出兵援朝，那是出征將士的軍糧。而到了戰場上，大夥功勞都是一刀一槍拚出來的，主將除非想挨黑槍。負責，絕對不敢像南京這邊的狗官一樣昧了良心。」

「你是說，我們兩個乾脆投筆從戎，去朝鮮繼續殺倭寇？」彷彿面前忽然被打開了一扇窗，李彤和張維善兩個的眼睛，突然都開始閃閃發亮。

「是啊，那個長得像娘們一樣的倭寇頭目在跳上船逃走之前，不是朝你們倆喊了一句，這不算結束嗎？」李如梓彷彿忽然發現了寶貝般，兩隻眼睛裡也射出興奮的光芒，「他從江上逃走，接下來會去哪？還不是朝鮮！而你們兩個並非軍籍，並且身手都非常了得。以書生之身投筆從戎，前途最光明不過。即便是那些眼睛長在額頭上的純粹文官，都不敢輕易在你倆面前抖威風。」

「這倒也是個辦法！反正老子兩年內不能參加科舉。」李彤越聽越覺得對方的話有道理，開心地連連撫掌。

「我跟你一道出去轉轉也好。」張維善學問做得不如李彤好，對科舉原本就不感興趣，猶豫了一下，笑呵呵點頭，「拉上劉繼業，他有個舅舅，據說在遼東做游擊……」

「何必捨近而求遠！」李如梓氣得直翻眼皮，大聲打斷，「我可是實授的指揮使僉事，難道還請不起你們兩個做幫手？將官的職位不敢說，千總，把總，只要你們倆肯張口。」

說罷，竟仰起頭，擺出一副高高在上的模樣，暗示李彤和張維善兩個趕緊說好話相求。

「才是個把總，誰稀罕！」李彤和張維善早就摸透了此人的脾氣，故意笑著貶低。「我們即便不尋任何門路，也能做個百戶。」

「你們倆別嫌官小，這是募兵，和南面的衛所兵大不相同。」李如梓趕緊收起架子，紅著臉大聲解釋，「參照的是戚帥當初在總理薊、遼四鎮之時，所創的營兵制度。入營者皆為良家子弟，不入軍籍，戰後隨時可以選擇退伍。非但不會耽誤你們兩個將來考科舉，憑著戰功，肯定還會被考官高看一眼。另外，手下弟兄也都是招募來的，身強力壯。每個千總可領戰兵八百八十九，放在衛所

這邊，比衛所指揮使手下的兵都多。」注五

「那就說定了，至少是兩個千總。」李彤和張維善立刻咬住了他的話頭，大聲敲磚釘腳。

「你們……」李如梓楞了楞，這才想起來，眼前這哥兩個，都是貨真價實的勛貴子弟。對軍營中的各項制度，即便算不得門清兒，至少也不會弄不明白營兵和衛兵的差別。「你們兩個，可真不傻。」

「傻了怎麼好跟你李六郎做兄弟。」李彤和張維善互相看了看，然後笑呵呵地向他拱手，「我們兄弟倆不懂規矩，以後還請李僉事多多照顧一二。」

「滾！誰再相信你們，誰傻。」李如梓說出的話，無法再往回收，氣哼哼地做勢欲踢。

然而，將腳抬到了半空中，他又忽然停了下來。皺著眉頭，低聲催促：「如果決定跟我走，就抓緊時間。我五哥他們的船剛剛離岸，咱們抓緊點兒，還能在北京跟他們會合。另外，走得越早，那群狗官越沒有防備，到時候，一個個臉色肯定好看。」

想到那些正準備逼迫李彤和張維善兩個就範的「狗官」們，忽然失去了目標的模樣，他就覺得好生有趣。笑了笑，又低聲催促道，「最好神不知鬼不覺，天黑之前就出城。他們忙活了好半晌，一扭頭卻發現你們倆不見了……」

「我給我父親留一封信就行，他其實也不願意向那夥人低頭。」張維善想都不想，大聲回應，「子丹那邊，恐怕就麻煩些，畢竟明天請我們去赴宴的，是他未婚妻子的叔叔。」

「我父親也是不願意跟他們撕破臉，才勉強答應了他們的要求。我留一封信離家出走，他反倒落得輕鬆。」李彤猶豫了一下，也緩緩做出決定，「至於劉家那邊，只能先寫一封信，讓人明天給繼業送過去，然後再由繼業向他姐姐解釋了。如果……」

想到可能因為自己的離去，導致婚約作廢。他的心臟，就瞬間變得好生沉重。

雖然他與劉穎的婚事，屬標準的「父母之命，媒妁之言」，可二人以前也不是毫無往來。本以為，這輩子注定要白頭偕老了，誰料現在，卻憑空生出了如此多的枝節。

輕輕嘆了口氣，他緩緩搖頭，「如果不能得到她的見諒，就算我福薄吧。這一去不知道要幾年才能回來，原本不該再耽誤了她。」

「你怎麼知道，不能得到我的見諒？」窗外，忽然又響起了一個熟悉的女子聲音，隱約間，帶著如假包換的羞惱。

張維善和李如梓兩個都被嚇了一跳，連忙尷尬地側開頭，避免跟外邊說話的女子對視。李彤則瞬間羞了個滿臉通紅，連忙快步迎了出去，「穎兒，妳怎麼……」

「我和舍弟嫌家裡悶，準備去遼東探望舅舅。」他的未婚妻劉穎狠狠瞪了他一眼，臉上的表情且羞且怒，「既然李公子準備去遼東投軍，不知道可否與我姐弟同行？」

「求之不得！」李彤大笑著向劉穎拱手，剎那間，連日來籠罩在頭頂上的陰雲消散得一乾二淨。

注五、明代中晚期，衛所制度敗壞，募兵制度再度興起，稱為營兵。兩種制度並行一直到明亡。整體上，營兵建制相對完整，比衛所兵戰鬥力高出許多。營兵軍官升職的速度也遠超過衛所兵。

第六章　雛鷹

塞下秋來風景異！

與暑氣遲遲不肯消散的江南不同，八月的馬寨水畔，已經是寒風蕭瑟。楊柳的樹葉，幾乎在中元節到來的同一天，就落了個乾乾淨淨。連綿的荒草，也早早地變成金黃色，隨著風停風起，宛若海浪般上下翻湧。

「阿嚏！」選鋒營左部千總[注六]李彤狠狠打了個噴嚏，身體在秋風中前仰後合。胯下的遼東雪花青也激靈靈打了個哆嗦，緩緩在一座土丘上停下了腳步。細細的白色煙霧，在人的頭盔邊緣和戰馬的腿部，蒸騰而起，轉眼便被秋風吹散，在身後化作一縷縷白煙。

注六、明代衛所制在英宗時代就已經崩壞，逐漸為營哨制所取代。營哨制的兵卒皆為招募，編制自由度也極大。由於李成梁的軍隊受戚繼光影響較大，本書統一採用戚家軍編制。十二人為隊，設隊長。三隊為一旗，設旗總（三十六人）。三旗為一局，設百總、副百總，在編官兵總計一百一十人，親兵（家丁）一隊。四局為一司，在編官兵四百四十人，正副把總各一。兩司為一部，設正副千總。三部為一營，設營將一人，中軍一人，通常為游擊將軍。（見紀效新書）

「真冷！」副千總張維善騎著一匹桃花驄，貼著李彤的肩膀衝上土丘，人和馬身上同樣煙霧繚繞。「早知道，當初在北京時，就該買兩件貂裘帶上。這地方的風真硬，跟江南那邊半點兒都不一樣。」

「估計貂裘也夠嗆。」左司把總劉繼業的聲音，緊跟著響起，隱約之間，竟帶著幾分得意，「風一吹，就透了。還不如自己身上多積點肥膘，擋風，還不累贅。」

他身材比李彤和張維善兩個，都寬出了半尺餘，胯下的戰馬也是以負重著稱的河曲落日黃。雖然同樣是渾身上下白霧滾滾，人和馬卻都彷彿沒感覺到絲毫的寒意。反倒都昂首挺胸，意氣風發。

「你狠！」李彤和張維善齊齊回頭，撇著嘴向此人拱手，「看看這匹價值五百兩的落日黃，能馱得了你幾天？等再把牠壓趴下了，可別跟我們哥倆哭窮。」

「這話說的，好像我連一匹好馬都換不起般！」劉繼業撇嘴搖頭，滿臉不忿，「再說了，要不是為了陪著兩位哥哥出來躲災，我手頭也不至於這麼緊。才到了遼東，就差點兒……」

「別，別，這人情我們哥倆可欠不起！」李彤和張維善二人聽了，連忙雙雙開口打斷，「我們哥倆，可沒分你一大半兒家當走。」

「可不是嗎？你哪裡是為了陪我們，分明是捨不得某位黑牡丹。否則，鬼才信你捨得離開南京。」

劉繼業聞聽，頓時大急，揮舞著胳膊高聲反駁：「沒良心，你們哥倆兒可真沒良心！二丫都肯跟我回家了，怎麼可能說走就走？我要不是覺得，你們倆來了遼東，這裡人生地不熟，而我舅舅恰好……」

「呸，也不知是誰，前幾天喝醉了，還對著柳樹念叨，二丫到底會不會回來！」一句話沒等說完，就再度挨了張維善「當頭棒喝」，「我說胖子，你若是捨不得那黑牡丹，當初過了長江後，幹麼不陪著她再回一趟老家？她老家那邊的長輩即便再不待見你，衝著你一次拿了上千兩白銀出來，也肯定會幫忙勸二丫早點嫁給了你。」

「可不是嗎？你雖然胖了點兒，模樣也不算周正，但對二丫卻是真心實意。她的家人只要眼睛不瞎，肯定想方設法，將二丫逼上花轎。」李彤笑了笑，也快速在旁邊補刀。

對於劉繼業痴情於王二丫之事，兄弟倆雖然都覺得有些奇怪，卻樂見其成。所以，每當閒暇之餘，總不忘了用調侃的口吻，替後者出謀劃策。只是，二人的主意，在絕大多數情況下，都有些餿。所以劉繼業聽了之後，要麼被氣得哇哇大叫，要麼就擼胳膊挽袖子，威脅要「殺人滅口」。

然而今天，後者的反應，卻非常令人意外。聽了他們兩個的調侃，居然沒有反擊。先是收起笑容，幽幽地嘆了口氣，然後小聲說道：「若是拿錢去砸，我跟戲文裡跟那些仗勢欺人的惡少，還有什麼分別？若是二丫根本不喜歡我，只是把自己賣了換錢，她這輩子跟我在一起，又怎麼可能開心？所以，我分了一半兒盤纏給她回島上交差，不光是為了還人情，也是為了讓她多一份選擇。」

「胖子，你沒被風吹壞了腦袋吧？」沒想到平素缺心短肺的劉繼業嘴裡，居然說出如此清醒的話來，張維善被嚇了一跳，本能地就抬起手，去摸此人的額頭。

劉繼業提了下落日黃的韁繩，輕輕躲開。緊跟著，又笑著補充：「若是她真的心裡頭沒我，有那些錢，下半輩子在島上，肯定被所有人都當姑奶奶看待。若是她心裡頭有我，替我給島上的鄉親們賠完了燒壞的房子錢，自然會過來找我。總之，等上幾個月，就能看到結果的事情。我又何必非要那麼著急。」

「你……」不光是張維善一個，比劉繼業大了兩歲多的李彤，也楞住了。扭頭望著自己這個未來的小舅子，兩隻眼睛裡充滿了佩服。

有道是行萬里路，如讀萬卷書。劉繼業大半年前將錯就錯，跟王二丫離開了南京。雖然因為第一次脫離家人的庇護，捅了不少簍子，鬧了無數笑話。但其身上從內到外的改變，也著實令人刮目相看。

正準備說上幾句鼓勵的話，讓對方寬心。卻又聽劉繼業大聲補充道：「況且以二丫的性子，即便現在肯嫁給我，成親之後，也受不了我叔父和嬸娘的白眼兒。而如果我能趁機在遼東建功立業，就可以風風光光娶她進門。我叔父不過是國子監一個博士，哪有什麼資格再對我們兩個指手畫腳。」

「有種！」李彤和張維善兩個人又楞了楞，齊齊向劉繼業挑起大拇指。「胖子，你真的有種！」

「什麼有種不有種的，你們倆不也一樣。」劉繼業笑著咧了下嘴，瞬間又恢復了平素那副大咧咧模樣，「放著南京那邊穩穩的功勞不要，卻千里迢迢跑到朝鮮來喝西北風！我姐姐說了，這才是真正的奇男兒，放眼大明，也找不出第四個來。」

李彤的臉頓時漲得通紅，威脅的話，脫口而出：「死胖子，我就知道你不會吃啞巴虧！等這趟差事做完了，我肯定將你剛才的話，原封不動告訴你姐。看她到時候怎麼收拾你。」

「要告你就去告，誰怕！」劉繼業一梗脖子，七個不服八個不忿，「哪個又稀罕編瞎話騙你？我姐還說，你當日如果留在南京，像烏鴉般跟那群人搶腐肉吃，她會非常非常失望。而你在她提醒之前，就已經準備一走了之，才讓她覺得你跟她兩個心有靈犀。」

「好，穎兒姐姐，不愧為女中豪傑！」張維善唯恐天下不亂，拍著巴掌在旁邊大聲喝彩。

劉繼業受到他的鼓勵，頓時說得愈發理直氣壯，「我姐還說，將門為啥日漸式微，就是出了我叔叔那種窩囊廢。自己沒膽子上戰場，整天算計著從晚輩身上分潤。那種人，即便這次如願以償，將來也是個混吃等死廢物，一輩子的前景都看到了頭。而像你這樣有膽子又捨得放下的，跳出了那個牢籠，反而海闊憑魚躍，天高任鳥飛。」

「行了，行了，我服你了，心服口服。」聽劉繼業越說越細，李彤只好紅著臉求饒。

劉繼業和張維善兩個，被他狼狽的模樣，逗得哈哈大笑。笑過之後，身上的疲憊，也跟著一掃而空。

抬頭望去，只見前方天空地闊，四野一片金黃，心中豪氣頓時直衝斗牛。

「上頭今日給咱們的任務，是趕到南十里堡，探查前鋒營的消息。」猛地一抖戰馬韁繩，張維善大聲喊道，「我頭前先走一步，你們兩個可以帶著弟兄們慢慢趕過來。」

說罷，催動坐騎，飛一般衝向了遠方。

「想得美！」劉繼業笑著撇了撇嘴，策動落日黃，緊隨其後。

「你們兩個——！」李彤攔了一下沒攔住，只好望著二人的背影高喊，「你們兩個小心，朝鮮

兵都跑光了，小心半途遇到倭寇！」注七

喊罷，又回頭看了看滿臉擔憂的家丁隊長張樹和躍躍欲試的家丁們，大聲吩咐：「你協助趙、許兩位把總，帶著弟兄們慢慢朝十里堡趕。其餘人，跟我來！」

說罷，也一抖韁繩，風馳電掣般衝入了金黃色的原野。

「諾！」李、張兩家的家丁們答應一聲，齊齊策動戰馬，風一般緊隨其後。

「少爺——」張府的家丁頭目張樹阻攔不及，只好扯開嗓子，朝著家丁們的背景大吼，「保護好三位少爺，否則，仔細你們的皮！」

「知道了！」

「放心。」

「倭寇遠著呢，包在我們身上。」

「樹兒自己保重……」

眾家丁都是軍隊中退下來的老兵，豈會把他的威脅當一回事兒？一邊七嘴八舌地應付著，一邊將心中的男兒豪情盡數化作笑臉。

張樹無奈，只好跟李府的家丁頭目李盛一道，轉頭去輔佐右司把總趙登和左司副把總許堰約束其餘的兩司兵卒。

這個工作，倒是遠比伺候幾位少爺輕鬆。首先，趙登和許堰兩位把總，臨行之前都得到了李如梓的交代，知道新來的三位上司，都是遼東李氏看好的英才，不敢輕易怠慢。

其次，選鋒營左部雖然規模齊整，裡邊人員卻以新兵居多，初次踏上異國領土，大夥個個心懷忐忑，誰也不敢表現得過於囂張。

於是乎，張樹和李盛兩個，幾乎沒費任何力氣，就接管了選鋒營左部剩餘弟兄的指揮權，帶著大夥一道，去追趕三位上官的腳步。

蕭瑟秋風中，「大部隊」踩著幾乎要被枯草吞沒的道路，迤邐向南而行。越走，周圍的景色越是荒涼。非但曠野裡看不到半個人影，即便是村落中，也沒有任何炊煙。

與馬寨水北側的大明相比，只隔了二十幾里遠的朝鮮，簡直是一個鬼域。除了這支規模不大的軍隊之外，所有活物都銷聲匿跡，連本該在這個季節噪呱異常的蟋蟀，都不肯發出絲毫的動靜。

「都說高麗男人膽小孱弱，卻也不至於膽小到連百姓都逃光了吧！畢竟倭寇的前鋒才剛剛抵達平壤。」李盛越走越心驚，忍不住湊到張樹身邊，小聲嘀咕。

「國王三個月前就帶頭跑到遼東了，還指望百姓拿起刀槍衛護社稷，這不是扯淡嗎？」張樹年齡比他大，閱歷比他深，說出來的話也更為一針見血。「況且即便拿起了刀槍又能怎麼樣，一群連最基本的戰陣配合都沒訓練過的菜鳥，即便人數再多，也都是送死的貨。對手一次齊射或者一次強突，就能將他們全趕了羊。」

注七、日軍四月十二日登陸朝鮮，六月十五日即攻破其首都。而在那之前，朝鮮國王已經逃到了中國。

「那倒是。」李盛想了想，欽佩的點頭。隨即，目光就不受控制的往自己身後瞧。

在他和張樹兩個身後，除了右司把總趙登和左司副把總許堰和二人各自的家丁之外，也是一群臨時招募來的菜鳥。真正上了戰場，能保證不掉頭逃走就已經算本事，很難指望他們有什麼戰鬥力。而這樣一群菜鳥，卻是上頭看在李如梓的情面上才劃撥到選鋒營左部，讓人很是懷疑，遼東李家對李彤、張維善和劉繼業三個，重視程度到底有幾分？

「不用看了，能保證人員和兵器鎧甲不缺，已經很是難得。」彷彿猜到了李盛心裡在想什麼，張樹故意將戰馬速度加快了一些，小聲告誡。「人的臉都是自己爭來的，靠別人給，肯定中途要打一些折扣。更何況遼東李家如今樹大招風，父子兄弟幾個都要避嫌。也就是六郎仗義，說出來的話如板上釘釘。換了他人，甭說給你配上了兩司戰兵。只給你兩百屯兵，你還能跟誰說理去？」

「嗯！」不想趙登和許堰聽到這邊在說什麼，李盛也悄悄加快速度，然後輕輕點頭。「也對，跟三位少爺有交情的，只是六郎，而他自己又僅僅是個都指揮同知。」

「其實這樣安排也不見得是壞事。」見他依舊憤憤不平，張樹想了想，繼續低聲補充，「有多大能耐，幹多少活。三位少爺初來乍到，如果一部兵馬都是百戰精銳，肯定就會被派到最前方去跟倭寇硬碰硬。而像現在這樣，麾下全是新兵，哪個上司有臉派他們去打硬仗？只能先做些探聽消息，打掃戰場，或者鎮壓盜匪的雜事，不用冒任何風險，就能把功勞立了。等打完了仗，憑著他們義募的身份，無論是去考進士，還是做官，都輕而易舉！」

「立功，哪那麼容易？以李六郎的面子，答應的兩個千總，才只給了一正一副。」對於張樹的觀點，李盛不敢完全表示贊同。皺著眉頭，繼續小聲抱怨。「將來即便打了勝仗，遼東這邊自己還不夠分，哪裡……」

「這話不要亂說！」張樹立刻瞪圓了眼睛，低聲斷喝，「更千萬不要在三位少爺們面前說。咱們的任務，是保證他們三個活著回家，至於能否立功，還在其次。」

「我知道，我知道！」李盛自己也知道失言，迫不及待地解釋，「我只是替少爺們覺得不值。」

「你是怕自己沒機會出人頭地才對。」張樹眉頭跳了跳，毫不客氣地小聲拆穿，「想升官發財，你自己跟你家少爺要了賣身契，前去投軍，他肯定不會不給你。但是，千萬別慫恿你家少爺往刀尖上撞。否則，即便到時候你家老爺不追究，咱們這些受了他們兩家恩惠的老弟兄，也饒不了你！」

「看你說的，我是那種人嗎？我的心，在十年前就已經死了！」李盛被說得面紅耳赤，低著頭，小聲解釋，「這次要不是李老爺放心不下少爺，點了我的名，我根本就不會來。」

「不是就好。」張樹看著他的額頭，目光宛若兩道閃電。「我實話告訴你，南京那邊的事情，還沒有完。你我兩家的少爺這一走，那群沒出息的老東西，肯定全都抓了瞎。到最後，想要蒙混過關，少不得要把原本瓜分掉的功勞，還回一些兒來。憑著那些功勞，再加上『投筆從戎』這個名頭，你我兩家的少爺，就不可能只做個區區千總。」

「嗯——。如果那樣，三位少爺，真的沒必要去前面冒險。」李盛越聽越佩服，忍不住用力點頭。「帶上一群菜鳥，幹點兒雞零狗碎的事情，反而最為妥當！反正功勞已經有了，名聲也賺到了，再豁出銀子去上下打點一番，一個正五品肯定把攥。」

「就是這個道理。」見此人終於開了竅，張樹欣慰地點頭。「三位少爺都年輕，正值血氣方剛，有些喪氣話，咱們說了，他們也不會聽。但咱們倆自己肚子裡得有數，遇到危險，一定拉著少爺躲著走。萬不能由著他們三個性子，衝到最前面去跟倭寇……」

話才說了一半兒，他忽然停住了嘴巴。兩耳豎起，眼睛隨著頭顱迅速看向了曠野東南。

「怎麼了？」李盛被他的怪異舉動嚇了一大跳，趕緊也將目光朝同一個方向看去。只見一條模糊的黑線，忽然橫在了金黃色的曠野裡。曲曲折折，像水波般快速朝自己這邊滾動。

「是潰兵！朝鮮潰兵。快，將隊伍拉……」張樹大叫著轉頭，四下尋找合適的結陣位置，「拉向東北側那個土丘，在半山腰結陣！快，千萬別讓潰兵衝亂了陣腳。」

「上山，跟我上北面那座山。」

「上山結陣！」

右司把總趙登和左司副把總許堰兩人，也是經驗的老行伍，緊跟著張樹的叫喊聲做出了決斷。

「上山，上北面那座山。」

「上山結陣！」

「臨陣脫逃者殺無赦！」

「人生地不熟，逃也找不到路！不如豁出性命去拚個痛快。」

「來的都是朝鮮人，倭寇未必有多少……」

兩位把總麾下的家丁，還有隊伍中的百總、旗總們，紛紛扯開嗓子高聲大喊。一邊約束著弟兄們一起朝東北方半里遠的丘陵處轉進，一邊將手中的鋼刀高高地舉了起來，隨時準備誅殺那些帶頭逃命者。

隊伍中的兵卒們別無選擇，只好強忍住心中的恐懼，撒腿朝上官們指定的方向狂奔。沿途中，箭矢、乾糧、頭盔，甲片兒掉了滿地。好在與潰兵之間的距離足夠遠，張樹等人決策做得也足夠及時，大夥才趕在潰兵來到前，爬上東北方的土丘。

「結陣，左右兩司結直方陣！所有家丁下馬，取火銃，準備射擊！」家丁頭目張樹迅速朝周圍看了看，扯開嗓子，再度越俎代庖。

「張兄弟——」右司把總趙登眉頭一皺，本能地就想要提醒對方越權。嘴巴剛剛吐出了三個字，就被李盛暴怒地打斷，「少囉嗦，讓你怎麼做就怎麼做。張老哥殺倭寇的時候，你小子還在穿開襠褲！」

「照張老哥的話去做，咱們手下的弟兄都是菜鳥，放在前面等同於送死。」左司副把總許堰果斷伸出手，拉著趙登就往隊伍旁邊走。一邊走，一邊扯開嗓子朝著自己的家丁呵斥：「還楞著幹什麼？都去聽張老哥指揮。誰今天敢拉稀，老子回去後活剝了他的皮。」

「家丁隊聽張老哥指揮，其他人，給老子打起精神來，結直方陣。」右司把總趙登終於開了竅，也瞪圓了眼睛，迅速向周圍大聲喝令。

直方陣是訓練和接受校閱時才用到的一種陣型，最大的好處就是看上去整整齊齊。而此陣最大的缺陷，則是行動不便。無論是向前發動進攻，還是掉頭逃命，都很難保證速度。

所以在戰場上，通常沒有任何將領，會選擇擺直方陣接敵。也很少有將領，會將自掏荷包訓練養護的家丁隊，擺在普通營兵前方。然而，對於今天這種情況而言，老行伍張樹所提出的建議，卻是最佳的選擇。

首先，缺乏嚴格訓練且沒有經過任何戰火洗禮的新兵，無論擺成什麼陣型，都對敵軍構不成太多威脅。與其費力氣帶著他們玩那些精細花樣，還不如擺一個最簡單的直方陣。好歹能虛張聲勢，弟兄們彼此之間也可以互相壯膽兒，並且誰都沒那麼容易掉頭向後逃跑。

其次，用沒有戰鬥力的新兵去迎戰洶洶而來的敵軍，恐怕連一輪攻擊都招架不住，陣型就會崩潰。到那時，家丁們被潰敗下來的新兵們衝得立足不穩，半點作用都發揮不出。還不如直接將他們擺在最前頭，好歹能給敵軍一個下馬威。

再次，就是軍中的武器配備問題了。家丁們都有坐騎代步，所以除了携帶長矛、戚刀之外，幾乎人人馬背上都掛著弓箭或者鳥銃。並且每一把鳥銃都經過多次檢驗，輕易不會炸膛。而尋常士卒手中的兵器，則以長矛、盾牌和雁翎刀為主，火器和弓箭只占了兩成，倉促之間很難集中起來使用。

「結陣，都不要亂，按照平時訓練的樣子，整隊，結直方陣。」

「整隊，整隊，結直方陣有什麼難的？平時訓練時的飯菜，都餵到狗肚子裡頭了？先按局整隊，然後兩司之間互相穿插。」

「動作麻利點，別拉稀！荒山野嶺的，跑你也跑不回去。」

「整隊，整隊，沒看見把總的家丁都站前頭了嗎？人家的命不比你值錢。」

「整隊，結陣，跟著我……」

識貨的，不僅僅是左司副把總許堰一個。隊伍中的百總們，也都明白此時此刻張樹的指揮絕對正確。紛紛扯開嗓子，去約束各自麾下的弟兄。

所謂，「行家一伸手，就知有沒有。」雖然選鋒營的正副千總都不在隊伍中，兩個司的兵卒也都是新手。可是在張樹的及時指點，和下級軍官們的努力配合下，弟兄們依舊把握住了最後機會，將軍陣擺出了一個簡單的傘形。

兩個司的新兵，連同百總、旗總、隊長等軍官，都站在了傘柄位置。而各位把總和百總麾下的家丁，則被張樹、李盛、趙登、許堰和另外一位姓王的副把總帶著，排成了一個傘面兒。所有家丁都被勒令下馬步戰，其中攜帶鳥銃者，則被放在了傘面最靠前的隆起處，黑洞洞的銃口一致指向了山下。

山下，潰兵已經進入了鳥銃射程之內。非但腳步沒有做絲毫停頓，反而嘴裡發出了狂喜的大叫，如同螞蟻般一擁而上。

「鳥銃開火！」張樹毫不猶豫地下令，聲音中不帶任何憐憫。

「乒！」七十餘桿鳥銃，同時噴出了濃煙。子彈呼嘯，瞬間將向明軍靠近的朝鮮潰兵從正中央處打翻了足足兩層。而老行伍張樹對射擊的結果看都沒看，果斷地再度舉起了手中鋼刀，「弓箭齊射，給鳥銃爭取裝填時間！」

「嗖嗖嗖——」擅長使用弓箭的家丁們，紛紛鬆開弓弦，將三十餘支雕翎射向山腳。被鳥銃打懵了的朝鮮潰兵根本不懂得躲閃，楞楞地站在原地，眼睜睜地看著自家袍澤一個個被羽箭射倒。

「嗖嗖嗖——」

「嗖嗖嗖——」

「嗖嗖嗖——」

眾家丁都經歷過戰陣，知道如果讓潰兵衝上來，自己這邊今天會落個什麼下場。不需要任何人督促，就繼續扯動弓弦，將鐵鏃雕翎箭，不要錢般砸向山腳。

四輪齊射之後，一部分朝鮮潰兵們終於明白，對面的天朝官兵不打算為他們提供庇護。哭喊著調轉身形，繞著土丘繼續向北。而潰兵中一部分無賴，則惱羞成怒，在某個將領的慫恿下，從地上撿起石塊木頭，就準備跟半山腰上的明軍拚命。

「砰！」迎接他們的，是又一輪的鳥銃齊射。滾燙的彈丸呼嘯著略過六十餘步距離，將帶頭拚命的幾個刺頭兒，全都打成了馬蜂窩。其餘潰兵瞬間恢復的清醒，簇擁著自家將領，撒腿就跑。

「弓箭手待命，嚴防倭奴趁機發起進攻。」張樹的聲音，再度傳入大夥的耳朵，聽上去不帶半點兒喜悅。「鳥銃手，檢視火器，繼續裝填。三位把總，麻煩到後面的直方陣裡，把會使鳥銃和弓箭的弟兄拉出來。由你們三個帶著，在我背後再拉一條橫線。無論打得準不準，至少能給其他人爭取一點裝彈時間。」

「是！」家丁們對張樹的本事心悅誠服，毫不猶豫地齊聲答應。

「張老哥放心，你背後交給我們。」趙登、許堰和另外一位姓王的副把總，也自認做不到像張樹那般臨危不亂，答應一聲，轉身就走。

「呼——」眼看著被潰兵衝擊本陣的危險解除，而追殺朝鮮潰兵的倭奴，與山腳之間還有一大段距離，家丁頭目李盛，終於偷偷鬆了一口氣。

雖然潰敗下來的朝鮮兵卒鋪天蓋地，但追殺他們的倭軍，規模卻未必太大。而只要倭軍的數量不超過兩千，明軍這邊雖然以新兵居多，卻未必就沒有一戰之力。

「嗚嗚，嗚嗚嗚，嗚嗚嗚嗚嗚嗚——」還沒等他吐出來的白煙，被秋風吹散。一陣淒厲的海螺聲，就在曠野間響了起來。

緊跟著，上百面黑紅相間的旗幟，出現在了大夥視線之內。每一面旗幟後，都跟著密密麻麻的倭國兵卒，就像一群低飛掠食的蝗蟲。

第七章 互啄

「狗日的，怎麼會有這麼多倭奴？」饒是身經百戰，張樹也被日軍的規模，嚇得連連倒吸冷氣。

「前鋒營不是已經殺進了平壤嗎？倭寇怎麼會又出現在馬寨水邊上！」

「萬人隊，這是一個萬人隊！」

「至少有四千戰兵，裡邊好像還有不少人拿著鳥銃。」

「好在騎馬的只有百十來個……」

議論聲，在他身後迅速響起，隱約間帶著幾分驚恐。趙登、許堰、王睿，甚至包括另一位家丁頭目李盛，都瞪圓了眼睛，握在刀柄上的手微微顫抖。

也不怪大夥表現失態，按照官方傳達下來的情報，倭軍主力此刻應該正在平壤一線，與先期出發的明軍前鋒營對峙。能繞過前鋒營向平壤以北各地展開攻擊的，都是些散兵游勇。而現在，一支規模萬人上下的倭軍，卻忽然出現在了他們面前，隨時都可能向大夥發起進攻。

「嗚嗚嗚，嗚嗚嗚，嗚嗚嗚，嗚嗚嗚……」淒厲的海螺號聲，再度響徹原野。蝗蟲般鋪天蓋地而來的倭軍，開始在山腳下整理隊伍。

有根一面四丈多高的旗杆，被從馬車上卸下來，筆直地豎於地表，緊跟著，兩名像猴子般倭兵赤著雙腳，背著繩索和旗子爬上旗杆，將一面黑紅色的絲綢大纛迅速繫於旗杆頂。

「呼啦啦……」寒風呼嘯，吹展旗面，宛若一團跳動的火焰。

「嗚嗚，嗚嗚嗚，嗚嗚嗚嗚嗚……」「嗚嗚嗚，嗚嗚嗚嗚嗚，嗚嗚嗚……」「嗚嗚嗚……」海螺號聲淒厲悠長，此起彼伏。如同無數把生了銹的鋸子，不停地折磨著人的耳朵和心臟。

一隊隊日軍組成方陣，開始向大纛附近聚集。領軍的將校們騎著驢子大小的戰馬，操著怪異的口音，不停地在隊伍前後左右逡巡。就像一頭頭餓狼，隨時準備擇人而噬。

這些將領的個頭看起來也頗為矮小，但是，身上的鎧甲，卻無比的華麗。其中不少將領的頭盔上，還帶著兩根高高豎起的犄角，與臉上的面甲互相襯托，宛若從地獄中爬出來的鬼怪。

受周圍將校襯托，大纛之下，騎著高頭大馬的主帥，就顯得格外扎眼。只見此人，全身上下都被黑紅色的鎧甲包裹得嚴絲合縫，只有面甲上方三分之一處，露出了一個黑漆漆的眼洞。在眼洞之上，則是一頂鍍了金粉或者銅粉的巨大頭盔，三支兩尺長的牛角，在盔頂直指天空，就像頂了一杆北方莊戶人家積肥用的糞叉。

「誰帶了大銃？給對面那個戴糞叉的來上一下。」不願意眼睜睜地看著倭奴在山腳下耀武揚威，老行伍張樹忽然回過頭，朝著身後的弟兄們喊道。

「卑職，卑職這裡有，有一把。西洋，西洋魔神銃[注八]！」有名百總哆嗦著走上前，雙手托起一支巨大的火銃和支架。「打，打得了那麼遠。但是，但是，保證不了準頭！」「不需要準頭，老子只想殺一殺倭奴威風！」張樹雙手接過魔神銃，乾脆俐落地架上支架，裝填火藥和彈丸，隨即，點燃火繩，將銃口對準了山下的倭軍主帥。

倭軍的主帥，絲毫沒感覺到大難即將臨頭。兀自揮動著令旗，調整麾下兵馬的陣型。他身邊有兩百多名武士，四千多名足輕，還有臨時抓來的五千多名朝鮮僕從。而山坡上的明軍，看起來還不到一千人。此戰基本不用打，勝負就已經分明。

「叮！」銜口叼著燃燒的火繩迅速下落，在藥鍋內，濺起一團火星。「砰！」魔神銃發出一聲巨響，支架和持銃的張樹，被反推力推得同時搖搖晃晃。

下一個瞬間，倭寇的主帥身旁七尺遠位置，有一名身穿鎧甲的武士被打得倒飛而起。血漿和內臟從傷口處噴湧而出，落了身後的倭軍兵卒滿頭滿臉。

「鐵炮，鐵炮——」鬼哭狼嚎聲，在軍陣內響起。被污血淋頭的兵卒，慘叫著向兩側閃避。頂著一根糞叉的倭軍主帥，被嚇了一大跳，拉著坐騎果斷橫向加速。足足跑到了整個軍陣的邊緣處，才冷靜下來，又咆哮著撥轉馬頭，再度返回帥旗下，拔出鋼刀衝著山坡上張牙舞爪。

「乒、乒、乒、乒……」倭軍中的鐵炮手不堪受辱，紛紛舉起火繩槍，對山坡上的明軍展開報復。他們的反應不可謂不果斷，只可惜雙方之間的距離，遠遠超過了普通火繩槍的有效射程。射出來的

注八、西洋魔神銃，即西班牙重型火槍。原名為穆什特科火繩槍。

彈丸，大部分都落在兩軍之間的空地上，徒勞地濺起了一串串煙塵。只有零星幾個落在明軍的陣地內，威力小得如同撓癢癢。

結陣而立的大明官兵先是被嚇了一跳，隨即，就爆發出哄堂大笑。

對於他們來說，鳥銃根本不是什麼稀罕玩意兒。即便是入伍沒多久的新兵，也知道，那東西的有效射程通常不超過五十步，準確射程一般為三十步上下。西洋魔神銃因為裝藥量大，才能打到三百米外，但準頭一樣無法保證。

所以，剛才張樹用西洋魔神銃瞄著倭軍主帥開火，卻射中了距離倭軍主帥半丈多遠的一名倭將，純屬僥倖。讓他本人再來一次，都未必能重複先前的戰果。而對面的倭兵，居然想隔著兩百步遠用普通火繩槍立威，無異於白日做夢。

「這群倭奴，比當年海上來的倭寇，還不如！」笑過之後，右司副把總王睿，心情立刻不像先前那樣緊張。咧著嘴巴，高聲數落。「怪不得先前幾十萬人馬，被祖總兵注九用一個營，就推回了平壤。」

「可不是嗎？連鳥銃怎麼用都不會。」

「一個個穿得像個戲子般，倒是挺嚇唬人。」

「將佐與兵卒之前，好像也不怎麼齊心。整隊得鞭子抽，這麼半天了，還沒把軍陣列好。」

「你看看那些當兵的，即便是戰兵，好像都光著腿兒。這大北風吹著，他們也不怕冷。」

……

軍陣中，議論聲再度紛紛響起。凡是有一些戰鬥經驗的大明軍官，都驚訝地發現，倭軍雖然規模龐大，但實際戰鬥力卻非常值得懷疑。「半斤對八兩而已，大夥別光顧著笑話別人。」聽到弟兄的反應，又要走向另外一個極端。老行伍張樹，趕緊停止給魔神銃裝藥，回過頭來大聲提醒。「咱們這邊，也是新兵居多，人數還照著對面差了十倍。」

「那倒是。」眾把總、百總和旗總們，如同被人兜頭潑了一盆冷水，縮了縮脖子，嘆息著左顧右盼。

對面來的倭軍，看上去徒有其表。自己這邊，何嘗不是外強中乾？這一仗，恐怕是菜鳥跟草雞互啄，誰也別鄙視誰。至於哪方能夠獲勝，則完全得看老天爺的心情。

「趙兄，等會兒倭軍發動進攻之時，你先用鳥銃打一輪兒。然後帶著所有家丁上馬，從側面繞過去，衝擊他的中軍。」老行伍張樹也偷偷嘆了口氣，憑著經驗，開始調兵遣將。「李兄，許兄，還有王兄，咱們三個，就帶著這群新兵，從正面阻擋敵軍。只要騎兵能從側後將其中軍擊穿，其前部就只有掉頭後退一途。然後咱們就帶領大夥順著山坡衝下去，爭取一舉鎖定勝局。」

「就依照張兄安排。」

「好。」

注九、在朝廷做出決策之前，遼東巡撫可憐朝鮮使臣，派出祖承訓、史儒等人進入朝鮮一探虛實。結果祖承訓很快就殺進了平壤，然後因為輕敵而潰敗。

「就這麼辦。死馬當做活馬醫。」

「爭取第一陣，就殺破倭奴的膽子。接下來，無論是戰是走，都會輕鬆許多。」

趙登、許堰、李盛、王睿四人想了想，先後答應著點頭。

「嗚嗚，嗚嗚嗚，嗚嗚嗚嗚——」話音剛落，山下的螺號聲就再度炸響。倭軍中的鐵炮手收起火繩槍，迅速撤向了軍陣兩側。三名將領模樣的傢伙，各自帶領著二十餘名騎兵以及千餘名戰兵，從正前，左側和右側，同時發起了衝鋒。

「趙兄，鳥銃準備！」張樹狠狠吸了一口氣，果斷下達命令。隨即，將魔神銃的銃口，對準迎面衝過來的倭軍將領，狠狠地扣動了扳機。

「砰！」彈丸伴著巨響，射向敵將。卻在半空中拐了個彎，不知去向。被嚇了一大跳的敵將，立刻變得興高采烈，揮舞著一杆長槍，策動胯下的驢子，大聲咆哮，「呀呀呀呀呀呀——」

「鳥銃開火。」眼看著敵軍已經殺到了五十步之內，張樹丟下魔神銃，高舉著戚刀大喝。

「乒乒乒乒乒乒……」數十把鳥銃同時開火，將衝在最前方的倭軍，不分兵將，打得人仰馬翻。但是，比起倭軍的規模，這點兒傷亡，卻可以忽略不計。沒有中彈的倭軍將士，嘴裡發出野獸般的咆哮，邁動一雙雙小短腿，繼續向山坡上猛衝。

「騎兵出擊！」張樹再度發出大吼，隨即，舉起戚刀，站在了直方陣的中央。

以一千對一萬，他根本沒有任何勝算。但是，他卻相信，自己要保護的張維善、李彤和劉繼業三人，足夠聰明。聽到這邊的鳥銃聲和喊殺聲，肯定知道繞路返回馬寨水北。先帶回倭軍大舉北犯的消息，然後再找機會收斂他的屍體。

趙登等人帶著家丁飛身上馬，從側翼殺了下去。他的眼前迅速變得空曠。數不清的倭兵蜂擁而來，宛若一群螞蟻，準備吞噬大象。

「戚帥，小的來追隨你了！」嘴裡忽然發出一聲大吼，張樹揮刀擋住衝過來的第一名敵將。隨即抬腿橫掃，將對方直接踹下了坐騎。

即便倭將的坐騎矮得如同驢子，也好過沒有！先一刀將倭將送回老家，緊跟著，他單手拉住韁繩，飛身而上。正準備策馬去支援身邊的同伴，眼角的餘光卻發現，有一道細細的煙塵從南而來，直撲倭軍的帥旗。

「少爺！」嘴裡發出一聲驚呼，張樹渾身上下的血液，一片冰涼。

煙塵的頂端，是三個他熟悉的身影。李彤、張維善和劉繼業。本該趁機繞路逃走的他們三個，居然帶領著五十幾名家丁，從敵軍背後殺入了戰場！這一刻，每一個人的身影，看起來都無比地高大挺拔。

「砰砰砰砰……」鳥銃聲響成了一片，白煙瀰漫。

張樹的心臟迅速抽緊，然而，卻無法再看清遠處疾馳而來的那些身影。眼前的倭奴太多了，像飛蝗一般阻擋住了他的視線。兩根細長的包鐵竹槍，也狠狠地刺向了他的胸口。

「死開！」他不得不收起心神，揮刀將竹矛一一削斷，然後策馬前衝，將兩名攻向自己的倭軍士兵挨個砍翻。

周圍的倭奴紛紛後退躲避，他趁機再度抬頭遠眺。只看見李彤、張維善和劉繼業三個，在疾馳中組成了一個簡單的品字形。沒有中彈！包括他們身後的家丁，全部都騎在馬上。距離太遠，倭軍中的鐵炮手又是倉促開火，能不能打中目標全靠運氣。而很顯然，運氣並不站在他們那一邊。

這個觀察結果，讓張樹精神大振。緊跟著，他便又陷入三名倭奴的圍攻之中，再也無法分心。只能一邊奮力應敵，一邊在心中替自家少爺祈禱，「老天爺，你可千萬開開眼。少爺這輩子沒做過任何虧心事，少爺他是第一次上戰場……」

「趁著他身邊人少，幹他娘的。」張府少爺張維善，卻沒有初次上戰場的覺悟，揮舞著一把大劍，扯開嗓子高聲呼喝。

李彤持長纓跟在他的身左，劉繼業力氣大，拎著一根小兒手臂粗的鋼鞭，跟在他的身右。三人彼此之間隔著半個馬身的寬度，在狂奔中，化作三把鋒利的長矛。

「幹他娘的！」「幹他娘的！」

家丁李方、李渠、張貴等人，也全都熱血上頭。一邊扯開嗓子大呼小叫，一邊策馬緊緊跟隨在三人身後。

「砰砰砰砰……」又是一串爆豆子般的射擊聲，有名家丁胯下的坐騎轟然跌倒，將他遠遠地摔了出去，不知死活。其餘家丁卻誰都不側頭他顧，繼續促動坐騎加速向前狂奔。

他們當中大多數人都是從戚家軍或者俞家軍中退下來的老兵，心中對鳥銃的威力瞭如指掌。每個人都清楚地知道，以那東西射速和準頭，想打中高速移動中的目標會有多難。因此，對停下來重新裝填火藥的倭國鐵炮手注十，根本不予理會。只管跟在自家少爺身後，直取敵軍主帥。

「が吹えに！が吹えに！」眼看著雙方之間的距離越拉越近，倭軍主將小野隆一不敢再做任何耽擱，啞著嗓子，命令身邊留作預備隊的兩支部屬中的一支，挺身迎戰。

一名將領打扮的傢伙，帶著四十幾名騎著戰馬的武士，立刻開始催動坐騎。在奔跑中，組成了一個簡單的三角形。跟在他們身後步卒，則紛紛張弓的張弓，舉矛的舉矛，手忙腳亂地在帥旗附近正對張維善等人馬頭的位置，排成了一道人牆。

「他們在幹什麼，找死嗎！」張維善、李彤和劉繼業三個，看不懂倭軍的武將和騎兵，為什麼要甩開自家的步兵單獨迎戰，驚愕的扭頭互望。

雙方之間的距離只剩下了四十幾步，這種時候出陣阻截，坐騎根本不起速度。而戰馬的速度，在兩騎交戰時作用至關重要。速度慢的一方，非但衝擊力要大打折扣，出手機會往往也落後半拍。

沒有答案，也沒有時間去想答案。四十幾步距離，對於遼東馬與河曲馬來說，都只需要一個呼吸，更何況是雙方對衝。還沒等倭軍的弓足輕來得及射出第一輪羽箭，張維善手中的大劍，已經借著戰馬衝擊的速度，劈向了迎面衝來的倭將頭頂。

「唧！」不知道是什麼等級的倭將，倉促舉起一把長刀迎戰。單薄的刀身，卻被大劍直接劈成

注十、鐵炮手，即火槍手。當時倭國將火繩槍叫鐵炮，大明叫鳥銃。

了兩段。銳利的劍刃餘勢未衰，帶著風聲繼續下落。像切豆腐一般，從倭將頭盔上兩個犄角之間切了進去，瞬間直沒入脖頸。

血光飛濺，倭將的屍體被坐騎帶著繼續向前衝出了十幾步，緩緩墜地。緊跟在他身後的一名武士看得肝膽俱裂，尖叫著揮動倭刀，掃向張維善的小腹。

「噗！」李彤手中的長槍搶先一步找上了他，從小腹處一直刺到了後背。雪白的槍纓，瞬間被染紅。在反衝下，槍杆迅速彎成了一張巨弓，隨即，猛地彈起，將武士的屍體直接挑上了到半空。

「去死！」劉繼業揮動鋼鞭，將第三名武士砸下了坐騎。隨即，策動戰馬直接撲向了第四名武士。他胯下的河曲馬落日黃，比對方坐騎整整高出了兩頭。而他的肩膀，比對手也寬出了足足一尺。雙方之間的差距是如此之明顯，任對手的動作多麼靈活，都無濟於事。又是短短的一招，後者就墜馬而死，白花花的腦漿灑得到處都是。

眼前的阻擋瞬間消失，三人策馬從前來攔截的敵軍騎兵隊伍中央，透陣而過。跟在三人身後的家丁們，則像劍刃般，從缺口處快速跟進，不斷將敢於迎戰的武士砍於馬下。

「咻咻咻……」一排羽箭，迎面射了過來，銳利的箭鏃，帶著刺骨的陰寒。張維善、李彤和劉繼業三個，果斷將身體下墜，整個人躲入了坐騎體側。羽箭帶著風聲從他們的馬鞍上掠過，隨即帶起一串淒厲的哀鳴。

有三名家丁中箭，但是因為距離太近，箭鏃都只刺破了他們身上的鎧甲，根本無法構成致命傷。而背對著自家弓足輕的日本武士們，則有數人被羽箭命中了毫無遮擋的後背，慘叫著墜落於地，躺在血泊中痛苦地翻滾。

「這是一群菜鳥！」剎那間，李彤就發現了對方真實水準。擰身返回馬鞍，揮舞著長槍高聲斷喝，「直接衝進去，鑿穿他們！」

「鑿穿他們！」張維善和劉繼業兩個，也跟著高聲叫喊。身體返回馬鞍，兵器再度舉過了頭頂。下一個瞬間，桃花驄因為位置最突前，已經抵達了終點。面對密密麻麻的竹矛，它本能地悲鳴著側轉了身體。張維善被坐騎帶著，於竹矛叢林前迅速橫掠，手中大劍所過之處，包鐵矛頭像秋風中的松塔般紛紛墜落。

李彤緊跟著他到達，身體前傾，手中長纓凌空橫掃。胯下遼東雪花青側身跑出一條完美的曲線，速度和長纓積蓄的力道，配合得恰到好處。矛頭被切斷的倭軍兵卒找不到武器阻擋，剎那間掃得東倒西歪。

「轟！」河曲落日黃體重最大，負重也最大，無法像桃花驄與雪花青那樣及時轉向，徑直在長纓掃過的位置，撞入了敵陣。

十幾名站立不穩的兵卒，被河曲落日黃撞得倒飛出去，將周圍的同夥砸翻了一大片。河曲落日黃的身體上，也多處受傷，悲鳴著緩緩減速。馬背上的劉繼業大吼一聲，如鐵塔般翻身而下，手中鋼鞭借著下落掄開，將躲避不及的倭軍足輕們，砸得筋斷骨折。

「直接往前突，不用管身後。身後有我。」李彤大叫一聲，策馬沿著劉繼業捨命撞出來的縫隙長驅而入，手中纓槍刺出點點寒光。

周圍的倭軍足輕身高才超過他的馬鞍，體力和對武器的熟練程度，也遠不及他這個上過專門技擊課的將門子弟。轉眼間，就被刺翻了四、五個，不得不叫嚷著踉蹌閃避。

「鑿穿他們！」張府和李府的家丁們，也突破了倭國武士的阻截，從劉繼業和李彤兩人身邊殺進，將敵陣的縫隙轉眼撕成了一道血淋淋的裂口。

比起傻大膽劉繼業和公子哥李彤，他們的身手更高明，彼此之間的配合也更默契。就像兩把鋒利的鐮刀，毫無停頓地向北推進。沿途所遇到的倭軍兵卒，皆像麥子般紛紛被割倒。

一名因為距離遠，沒有被擊落於馬下的武士不願眼睜睜地遭受羞辱，策動坐騎撲向了家丁們身後。他的勇氣令人欽佩，然而，他的運氣卻差到了極點。被足輕們擋在軍陣邊緣的張維善，剛好撥轉馬頭，看到有人居然又追了上來，立刻高高舉起了大劍挺身而上。

「噹——」雙方的兵器在半空中相撞，濺起數十點淒厲的火星。寬不及三指，厚僅如豆粒的倭刀，應聲而斷。手裡只剩下半截兵器的倭國武士嚇得厲聲尖叫，撥歪坐騎，掉頭就跑。

正憋了一肚子火氣的張維善，哪裡肯放他活命？一催桃花驄追了上去，手中大劍如鐵板般拍落，「噗」地一聲，從背後將此人拍成了肉餅。

另外兩名原本打算衝過來抄家丁們後路的武士，被嚇得魂飛魄散。竟然雙雙拉偏了戰馬，分頭遠遁。張維善見了，也懶得去追。將桃花驄撥向李彤所在位置，雙腿再度狠狠磕打馬腹。

「唏吁吁吁——」原本就以速度見長的桃花驄吃痛不過，咆哮著邁開了四蹄，兩三個縱躍，就跟李彤胯下的遼東雪花青追了個馬頭銜馬尾。

因為周圍阻力大部分都被家丁們所承擔，李彤的位置已經再度突到了隊伍前部。手中的長纓左挑右刺，幾乎沒有一合之敵。

裝備低劣，且缺乏訓練的倭國足輕們，被殺得膽寒，本能地側著身體挪動雙腿，避開他的正面。一名頭目打扮的足輕仗著身材矮小，蹲在地上，試圖從側面刺殺他的戰馬。不幸正好被徒步而行的劉繼業看見，一鋼鞭抽得腦漿迸裂。

一名甲冑絢麗，看起來職位更高的倭國軍官，帶著幾名親信逆人流而上。手中武士刀不停地揮舞，將消極避戰的足輕們挨個斬殺。「腹背受敵」的足輕們慘叫著回頭，卻被騎在馬上的家丁迎頭痛擊。丟下了二十多具屍體，轉身繞路狂奔。

倭軍橫陣上的裂口，越裂越寬，越裂越深。缺口邊緣處，屍橫滿地。接近裂口位置的足輕，拚命向遠處躲。而遠處的倭國武士和軍官，卻不相信一千人的隊伍擋不住區區數十名騎兵，大罵著拔刀督戰，將逃到自己身邊的潰兵挨個砍倒。

「有種單挑！」張維善用眼角的餘光發現了那名甲冑絢麗的倭國軍官，策動桃花驄越過數具屍體，手中大劍直接來了個力劈華山。

那甲冑絢麗，看似職位很高的倭國軍官，膽子卻比足輕頭目小了許多。看到張維善朝著自己撲來，果斷將身體縮在了親信背後。其麾下的親信無奈，只能用身體組成一道人牆，手中的倭刀齊齊舉過頭頂。

「噹啷啷……」脆響聲連成一串，一把倭刀被劈斷，兩把倭刀被砸飛，還有一把被砸成了火鈎子，徹底失去作用。張維善的戰馬揚起前蹄四下亂踢，與他手中的大劍一道，將四名死士踩翻在地。

「呀呀呀——」甲冑絢麗的倭國軍官嘴裡發出一聲大叫，像猴子般側著躍開三尺遠，然後一個縱身，撲向了張維善背後。徒步接應的劉繼業恰恰趕到，先是一鞭抽飛了此人手中的武士刀，緊跟著又是一鞭，將此人的頭盔連同腦袋，都抽進了那身絢麗的甲冑當中。

「別戀戰，咱們人少！」李彤催動遼東雪花青跑了過來，與張維善兩個一左一右夾住劉繼業，繼續向前突擊。一名頭上頂著高高扇子狀飾物的傢伙，帶著兩名武士上前擋路，被他三人各自接下一個，轉眼送回了老家。

擋在路上的足輕紛紛躲開，卻又有五名騎著矮馬的武士，咆哮著迎面撲上。每個人手中倭刀，被日光照得耀眼生寒。李彤看準了位置最中央的一個，挺槍刺過去。「咔嚓」一聲，將此人的胸甲身體和背甲，刺了個對穿。

他的長纓被屍體和甲冑卡住，無法立刻抽回。另一名倭國武士見到便宜，咆哮著舉刀砍向他的手臂。電光石火之際，家丁李渠拍馬趕到，隔著三丈遠擲出了自己的長矛。

「噗！」長矛將武士撞下馬背，直接釘在地上。黑紅色血光，貼著矛頭上的凹槽，如噴泉般射出，噴了第三名武士滿頭滿臉。還沒等此人來得及抬手去擦，李彤手中的長槍，已經帶著第一名武士的屍體掃了過來，「砰」地一聲，將此人掃成了滾地葫蘆。

劉繼業大笑著撲上去，用鋼鞭結果了「滾地葫蘆」的性命。隨即又徒步衝向一名正在跟張維善廝殺的武士，將此人一鞭抽了個筋斷骨折。嘴裡發出一聲長嘯，他將鋼鞭再度舉起，雙腿蓄力準備向下一個目標發起進攻，卻發現眼前忽然變得空空蕩蕩。

第一波奉命前來攔截他們的倭軍，被殺穿了。倭軍主帥的位置，就在他側前方橫向二十步的位置，一身華麗的甲冑和頭頂上的三股鐵叉，格外醒目！

「轟ぬまで！」那倭軍主帥惱羞成怒，毫不猶豫地揮手下達了開火命令。

「乓乓乓乓乓乓乓……」數十杆鐵炮同時噴出了濃煙，將眼前目標不分敵我掃翻了一片。

第八章　噩耗

「小心——」李彤在關鍵時刻，大喊著將長槍收了回來，用掛在槍杆前部的屍體當做盾牌，把自己護了個結結實實。

兩枚彈丸正中屍體後背，將屍體打出了兩個透明的窟窿。雙臂猛地用力，他將屍體朝對面的倭軍鐵炮手甩了過去，同時瞪圓了眼睛左右觀看。

徒步而戰的劉繼業趴在血泊裡，生死未卜。

殺穿了敵陣跟過來的家丁們，至少損失了一半兒。剩下的一半兒沒想到倭軍主帥居然連他們自己人也殺，剎那間全都楞住了，騎在戰馬上滿臉惶恐。

「唏吁吁——」左後方不遠處，忽然傳來一陣戰馬的悲鳴。李彤的心臟猛地一抽，迅速扭頭，恰看到張維善的桃花驄軟軟栽倒，馬脖頸處，血落如瀑。

張維善的雙眼，瞬間也變得像血一樣紅，縱身跳到地上，雙手拎著大劍直奔倭軍主帥，「我要你的命——」

這個動作，宛若一道閃電，剎那間照亮了李彤雙眼。雙腿猛地一踹馬鐙，他催動遼東雪花青，撲向正在調遣武士護駕的倭軍主將，再也不管周圍任何人的死活。

他也沒機會去管別人的死活。

他和張維善、劉繼業三人帶著家丁們，之所以能如此容易的殺穿倭軍的阻攔，最關鍵原因就是，打了後者一個措手不及。

如果任由對方從容調整戰術，光是憑藉人堆，也能將他們哥倆和麾下的家丁們活活堆死。所以，此時此刻，張維善狂怒下的舉動，恰恰是最佳選擇。向前衝，衝到倭軍主將身邊，將其挑上半空。失去主帥的倭奴必然軍心大亂，正在山坡上苦苦支撐的選鋒營左部將士，就能趁機發起反攻。雖然選鋒營左部只有一千人，也照樣能鎖定勝局！

「ガーディアン！」沒想到挨了一輪鐵炮齊射之後，對手居然還敢向自己發起衝鋒。倭軍主將小野隆一被嚇得方寸大亂。冒著淪為麾下將領笑柄的風險，扯開嗓子招呼身邊的高級武士們上前迎戰。

武士們楞了楞，咆哮著一擁而上。只剩下的十幾步距離，已經不夠戰馬加速，更能組成什麼陣型。

「去死！」李彤大喝著揮槍橫掃，憑著戰馬的速度和高度雙重優勢，將擋在自己正面的武士掃下了坐騎。緊跟著，又是一記回抽，利用槍桿彈性與腰部的配合，將第二名武士抽上了半空。第三名武士策馬繞向他的身側，準備從背後發起襲擊。殺紅了眼睛的張維善快速趕至，跳起來使出一記驚濤拍岸，用大劍將此人連同快些的矮馬一道拍了個筋斷骨折。

第四名武士嚇得哇哇怪叫，手裡的鋼刀舞成了一只風車。李彤一個側挑，刺瞎此人胯下的坐騎。然後直接從此人面前闖了過去，手中槍鋒遙遙指向倭軍主將胸口。

「啊——」第四名武士控制不住瞎眼坐騎，被摔在地上，厲聲慘叫。其餘武士距離李彤太遠，已經來不及阻擋他的去路，幾乎眼睜睜地看著他殺到了自家主將面前。

那頭上頂著一個巨大糞叉的倭軍主將小野隆一，身手也很是不俗。見已經來不及再喊親信幫忙，果斷舉起一把修長的倭刀，朝著李彤的槍桿迎頭便剁。

「噹啷！」本該送到他刀刃之下的長槍，忽然向後縮了半尺。精鋼打造的槍護，恰恰擋住了刀鋒。金鐵交鳴聲中，火星四下飛濺。小野隆一手中的倭刀，被彈起了兩尺多高。而李彤手中的長槍，卻借著戰馬奔跑的慣性，繼續刺向他的胸口。

「呀呀呀——」小野隆一大叫著仰身，用脊背去貼胯下戰馬的屁股。銳利的槍鋒貼著他的胸甲一帶而過，暗紅色的皮革和竹片紛紛墜落。隨著槍鋒的回抽，被人血潤濕的槍纓在半空中抖成了一團火焰，末梢處，正是小野隆一的眼睛。

「啊——」面甲可以擋住銳利的流矢，卻擋不住柔軟的槍纓。雖然只有幾根槍纓的末端，從面甲魚頭盔之間的眼孔掃了進去，依舊疼得小野隆一聲慘叫。

受傷不重，頂多是掃了一下，根本不可能導致眼睛瞎掉。然而，雙目處傳來的劇痛，卻讓小野隆一將身體縮成了一團。淚水混著血水，也從眼眶內不受控制地往外流。

這個本能的反應，足以致命。意外得手的李彤，毫不猶豫地掄起長槍，先一槍掃飛了試圖上前救護自家主帥的倭國武士，又一槍，直奔小野隆一軟肋。

「噗！」槍鋒與華麗的護甲相撞，如刺厚紙般沒入半尺。沒有鮮血，也沒有慘叫，握槍的雙手處，也沒感覺到任何肉體的阻力。李彤的眼睛，本能地瞪了個滾圓，脊背後寒毛瞬間倒豎而起。

下一個瞬間，小野隆一的鎧甲，四分五裂。他本人如同脫殼的螃蟹般落下馬背，手腳並用，拚命往後面的足輕隊伍中鑽。

「別跑！」李彤氣得七竅生煙，策動戰馬緊追不捨。不是鬼魂，對方有身體。只是身體過於瘦小，偏偏為了裝點門面，套了一副華麗和巨大的甲冑。所以他先前那一槍，根本沒刺中此人的身體，只是挑破了那套華麗的甲冑。而對手雖然睜不開眼睛，卻憑著求生的本能，直接來了一招金蟬脫殼。

「まもる！」附近的倭軍足輕們知道如果主帥被殺，自己也落不到什麼好下場。紛紛大叫著上前擋路。他們的身手平庸，又是徒步迎戰，倉促間，很難給李彤造成什麼傷害。然而，他們的數量，卻嚴重遲滯了遼東雪花青的速度，令已卸掉了鎧甲，身材矮小的小野隆一越跑越遠。

「不想死的讓開！」張維善徒步超過李彤，手中大劍掄起來左劈右砍。一名足輕連人帶槍，被他砍成兩段。一名武士被他劈得倒飛出去，大口吐血。第三名對手蹲下身，試圖用竹槍絆他的雙腿，被他一劍削掉了腦袋，血漿瞬間竄了周圍足輕和武士們滿頭滿臉。

周圍的武士也衝了過來，拚死阻擋他的去路。而倖存的家丁們，則策馬一擁而上，將敢於擋路的武士和足輕，一個接一個剁翻。留在山下做預備隊的千餘倭軍，徹底亂成了一鍋粥。能擠到自家主帥附近的武士和足輕，根本擋不住李彤、張維善以及眾家丁的腳步。而其他武士卻被自己人阻擋，只能眼睜睜看著攪做一個疙瘩的戰場核心，束手無策。

就在此時，有個渾身是血的身影，忽然從屍體堆中爬了起來。是劉繼業，只見他單手舉著鋼鞭，踉蹌前行，宛若一個惡魔。「去死！」他揮動鋼鞭，將一名手足無措的足輕砸翻在地。緊跟著，又是一鞭，從背後將一名努力向戰團核心擠的武士，砸了腦漿迸裂。

「ゆうれい——」背後受襲的足輕們不知道如何應對，驚叫著四下躲避。劉繼業抬頭看了看，紅色的視野中沒有看到李彤和張維善的身影，心中大痛，嘴裡發出一聲淒厲的咆哮，舉起鋼鞭，狠狠抽向了日軍主將的帥旗。

「咔嚓！」碗口粗的旗杆，被他直接抽成了兩段。上半截旗杆扯著絲綢做的大纛迅速栽落，將躲閃不及的倭軍足輕們，砸得頭破血流。

「軍旗，軍旗！」臨近一名正準備去營救自家主帥的武士，急得大喊大叫，掉轉頭，就往旗杆附近衝。

軍旗乃是一軍之魂，旗幟倒下，會讓己方所有參戰將士失去依傍。所以，他必須盡最快速度將帥旗重新豎起來，以免自家軍隊陷入混亂。

「全都去死！」誤以為李彤和張維善兩人已經戰死的劉繼業瞪著通紅的眼睛，舉鞭迎上。一鞭抽飛了武士手中的倭刀，又一鞭，將此人抽下了坐騎。四名小廝打扮的傢伙慘叫著撲上，兩人舉刀擋住他的鋼鞭。另外兩人從地上拖起受傷的武士，撒腿就跑。他也想不到去追殺，揮動鋼鞭將擋住自己的兩名小廝挨個抽翻，然後猛地一轉身，撲向了另外一夥試圖將旗杆重新豎起來的敵軍，如惡虎撲向了狼群。

帶隊的足輕頭目大驚失色，尖叫著將竹矛朝面前亂捅。劉繼業一鞭掃過去，將竹矛掃成了兩截。然後搶步上前，來了一記野戰八方。鞭影過處，足輕們紛紛踉蹌而倒。

所謂足輕，乃是倭軍部隊中的底層。通常都是些臨時徵召入伍的農夫，非但裝備簡陋，士氣低迷，因為平素在家很少能吃上肉的緣故，身高只有五尺上下，體力也非常有限。而劉繼業平素卻是錦衣玉食，生得虎背熊腰，武藝又經過專人的訓練指導，是以雙方近距離搏鬥，勝負根本沒有任何懸念。

「殺した！」「彼を殺した！」終於有其他武士發現情況不妙，咆哮著從戰團外圍迂迴過來，試圖幹掉劉繼業，扶起自家軍旗。

他們的身體素質遠遠好於普通足輕，武藝也經過嚴格訓練，因此幾人聯手，迅速將劉繼業壓得連連後退。正當有人騰出手來，下馬去抓地上的旗杆之時，忽然間，身側傳來了一陣劇烈的馬蹄聲。

「的的的的的……」選鋒營左部右司把總趙登，帶著各位把總、百總的家丁們終於策馬迂迴而至，一個衝刺，就將倭軍帥旗附近的武士和足輕們，衝了個潰不成軍。

「殺光他們，殺光他們。殺光他們給我姐夫報仇。」劉繼業如同瘋了一般，跟在家丁的戰馬後，衝向附近的倭軍。不管對方是武士，還是足輕，都用鋼鞭砸得筋斷骨折。

「趙正、趙奇，你們兩個護住劉把總。」趙登不知道劉繼業為何會如此瘋狂，趕緊留下兩名下屬保護此人，以免其繼續自尋死路。隨即，在馬背上抬起頭，努力向戰團中央處眺望，正看見李彤和張維善兩個，跟在敵軍主帥背後緊追不捨的身影。

這哪裡是兩軍交鋒？根本就是無賴打群架。至少，在趙登的記憶當中，從沒有遇到過像這種敵軍將士們擠成一鍋粥，而自家主帥追著敵軍主帥在人堆裡亂鑽的情況。

這種情況下，他即便想幫忙，短時間內也擠不上去，只能努力另闢蹊徑。

蹊徑很快就被經驗豐富的他發現了。那就是，被倭軍挾裹著一道作戰的朝鮮偽軍。「剩餘人，跟我來！」猛地扯開嗓子一聲斷喝，趙登策動坐騎，撲向了亂做一團，不知道該何去何從的偽軍們。手中鋼刀被日光照得比閃電還亮，「倭奴帥旗已倒，主帥戰死，爾等此刻不逃，更待何時！」

「不要聽他的！」帶領偽軍的朝鮮降將朴哲元對新主人非常忠心，揮舞著兵器挺身迎戰，「跟我來，把他拿下！」

「是！」響應者，寥寥無幾。除了此人的親信之外，其餘朝鮮僕從們，茫然地向帥旗原本豎立的位置看了看，站在原地一動不動。

「跟我來，拿下他們，小野大人有賞金！」朝鮮降將大急，一邊奮力揮舞手中長槍，一邊繼續高聲叫喊。

除了他的十幾名親信之外，依舊沒有其他人跟上來。被倭奴挾裹著一道作戰的朝鮮僕從們，從沒被倭奴當過自己人看待，平時吃得是最拙劣的食物，承擔的是繁重的勞役，作戰獲勝，也沒有分享戰利品的資格。今天忽然看到傳說中的大明天朝軍隊前來救援朝鮮，不臨陣倒戈，已經非常難得。怎麼會在倭軍極有可能戰敗的情況下，向前來拯救朝鮮脫離苦海的恩人舉刀？

「跟我——」朝鮮偽軍將領朴哲元第三次發出邀請，然後無可奈何地與趙登交手，就像一頭試圖擋住戰車的螳螂。

其身後的親信，也都被跟上來的家丁們攔住，轉眼間，就被殺得落花流水。

「趕緊逃命，否則，殺無赦！」趙登一刀將朴哲元斬於馬下，隨即，舉起血淋淋的鋼刀，向這朝鮮偽軍作勢欲衝。

這句話，他是用大明官話所說。但是，對面的朝鮮僕從們，卻全都理解得毫釐不差。嘴裡發出一連串尖叫，丟下木棒、短刀和盾牌，撒腿就跑。

「倭奴敗了！」趙登要的就是這個效果，扯開嗓子，繼續高聲大叫。

「倭奴敗了，倭奴敗了！」其餘家丁們，紛紛舉刀高呼，隨即跟在趙登身後，組成了一個簡單的攻擊陣型。

「倭奴敗了！」山坡上，正帶著千把明軍苦苦支撐的張樹、李盛等人，敏銳地感覺到了敵軍攻勢在迅速減弱，抬起頭，發出一聲聲驚喜地歡呼。

「倭奴敗了，倭寇敗了！」原本已經準備逃命的明軍士卒，也迅速發現，敵軍的攻勢在減弱，而山坡下，還有大批大批的敵軍四散奔逃，頓時士氣大振，紛紛拿出全身的本事，撲向對手，唯恐錯過這一輪立功的良機。

再看從三個方向殺上山坡的那三千倭軍，原本因為自家帥旗的倒下，導致人心惶惶。待發現大批大批的朝鮮偽軍已經逃離戰場，更是徹底失去了死戰到底的勇氣，支撐了幾下後，也慘叫一聲，掉轉身，落荒而走。

「倭奴敗了！」張樹和李盛兩人，都是曾經在戚家軍效力過的老行伍，豈會放過如此好的戰機？立刻用更大的聲音高呼著，帶領明軍沿著山坡直衝而下。

明軍中的家丁，身手絲毫不輸倭軍中的武士。明軍中的普通兵卒，戰鬥力則遠超倭軍中的足輕。先前被三倍於己的倭軍圍著打，明軍在士兵平均素質方面的優勢，很難找到機會發揮。而現在變成了主動追殺，則立刻表現得極為明顯。

身高只有五尺上下的倭軍足輕，才邁動小短腿兒逃了十幾步遠，就被比其高了一頭半的明軍士兵追上。或從背後一刀砍翻在地，或者一槍扎個透心涼。

而倭軍中的武士，雖然身手不凡。可潰敗之下，哪裡有空間發揮？往往只要停下來抵抗，就會被四五個明軍團團圍住，然後刀槍齊下，轉眼送回了老家。

「倭奴敗了，敗了！」右司把總趙登一招得手，就打算吃遍天下。帶著臨時拼湊出來的家丁們，一邊高呼，一邊殺入山下被攪成一鍋粥的倭奴預備隊中，所過之處，如入無人之境！

「やばい，逃げろ！」眼看著自家同伴像暴風雨中的麥子般紛紛倒在明軍的馬下，倭軍預備隊中的足輕們再也沒勇氣堅持下去，慘叫紛紛逃走，再也沒心情去管自家主帥的死活。

倭軍中的各級武士，倒是還在努力堅持。甚至一些從山坡上退下來的，也咬著牙向小野隆一身側靠近。然而，在全軍崩潰的情況下，他們的個人勇武，能起到的作用非常有限。沒等山坡上那千餘明軍衝過近前，就已經被趙登帶著家丁給殺了個屍橫遍地。

「やばい，逃げろ！」小野隆一的親信們見此，知道大勢已去，不敢再繼續做無效的掙扎，推著他跳上一匹戰馬，朝著南方瘋狂遠遁。

李彤和張維善兩個正紅著眼睛殺得全神貫注，哪裡肯讓此人如此容易就溜？一人在馬上，一人在步下，怒吼著緊追不捨。

到了此刻，武士與足輕的不同之處，就顯現了出來。雖然明知道逃得慢了肯定會死，大多數倭國武士，卻從四面八方向李彤的戰馬前聚攏，寧可拚掉自家性命，也要給主帥爭取撤離時間。

「閃開！」不明白倭軍當中武士和足輕的區別，也沒功夫去理解那些甲冑華麗的武士，為何要爭著替一個差點兒光了屁股的膽小鬼去死，李彤大吼著挺槍前刺，將一名又一名攔路者挑翻於地。

此時此刻，他的身體上染滿了血，不知道哪些是來自對手，哪些來源於自己。他胯下的桃花驄也被染成了赤紅色，粗重的鼻息帶著霧氣從鼻孔中噴出來，就像一頭噴雲吐霧的怪獸。他手中的長槍已經變得又濕又滑，槍纓上的血漿也早已經結了塊兒，每次揮動，都比上一次沉重。他腰桿、手臂和胸口，都痠痛得離開，彷彿無數隻螞蟻在撕扯他的血肉，啃噬他的骨胳……

然而，攔路者卻總是殺不完，哪怕張維善衝上來幫忙，也無濟於事。無恥的倭軍主帥，像剛出了殼的小雞般，在武士們的拚死保護下，越跑越遠，越跑越遠。

「姐，姐夫，別追了。人生地不熟，小心再遇到別的倭奴。」劉繼業的聲音，忽然從背後傳了過來，刹那間，讓李彤和張維善兩人眼睛裡的凶光，全都變成了驚愕。

二人本能扭過頭，恰看到劉繼業那足以壓垮大部分戰馬的碩壯身軀。質問的話，脫口而出，「你，你沒死，你還活著？」

「挨了一槍，好像打在了護胸甲上，當場就把我給打暈了過去。」劉繼業騎在一匹繳獲來的日本馬上，兩條腿兒需要彎曲起來，才能避免挨著地面，整個人看上去極為滑稽。「後來又給喊殺聲驚醒，看不到你們倆，以為你們倆給倭奴的火槍打死了，就爬起來跟他們拚命。幸虧趙把總趕來得及時，否則，不被倭奴殺死，也得把老子活活累死。」

「劉把總砸斷了倭奴的帥旗，一舉鎖定了勝局。」知道劉繼業等人都是李如梓的朋友，右司把總趙登不敢貪功，紅著臉輕輕擺手，「千總，千副，別再追了！兔子逼急了也會咬人，更何況咱們對這邊很不熟悉，萬一遇到別的倭軍，就得不償失了。」

「千總，千副，大勝，以千破萬，咱們是大勝。有沒有敵軍主將的腦袋，都差不多。」左司副把總許堰也帶著一身的血跡趕上來，氣喘吁吁地勸阻。

「是啊。破敵乃是全功，斬將只是錦上添花。」右司副把總王睿不敢落後，也緊跟著高聲補充。

他們三個，都是內行中的內行。非但熟悉戰陣戰術，而且懂得大明軍隊之中所有明暗規則。更知道，「功勞不能一次立得太高」的道理。

作為一支被派出打聽消息的偏師，忽然遭遇了十倍於己的倭軍，並且戰得大獲全勝，已經足夠讓所有參戰將領和底層軍官躍升兩級，砍下來的倭奴腦袋用石灰醃了交上去，也足以讓普通兵卒獲得一筆封厚的賞錢。此外，還能剩下一大半兒的功勞來，給上司和同行們去分潤。而再加上一個斬將之功，情況也是一樣，除非上面有超級大人物關照，軍官不可能連升三級，兵卒們的賞金不可能翻倍，冒險多殺出來的功勞，只會白白便宜了他人。

「行，你們說不追就不追。」李彤追殺敵軍主帥，原本就是為了給小舅子劉繼業報仇。如今既然看到劉繼業沒死，當然心中的殺氣就散了，果斷決定聽從老江湖們的勸告。

「哼，便宜那隻光屁股家雀兒！」張維善餘興未盡，氣哼哼地停住腳步。「敢跟老子玩火銃，要是老子剛才手裡有一桿突厥大銃注十一，他不知道死了多少回！」「下次，下次見了他，少爺再找他討還此債！」家丁頭目張樹帶著其餘家丁紛紛追上，將李彤、張維善和劉繼業三個，團團圍在了隊伍中央。「這次怪我，大意了。沒把大銃給少爺帶在身邊！」

「是啊，少爺，窮寇莫追。咱們這次至少砍了六、七百倭奴，功勞夠大夥分了。」李盛、李巨等人，跟在張樹身後笑呵呵地補充。

在眾人的勸說下，張維善和劉繼業兩個雖然心有不甘，也只能放棄了追殺到底的想法。跟著李彤一道，被家丁和部屬們，前呼後擁地返回了戰場。

早有留下來的家丁，配合著幾位沒有戰馬的百總們一道，將戰果清點完畢。核實之後，讓所有人都忘記了先前的緊張和恐懼，大聲歡呼。

這一仗，明軍一部新兵，擊敗了入寇朝鮮的倭軍一萬。格殺倭兵五百二十四，奪取不知道等級大旗一面，認旗三十有二。此外，還俘虜了來不及逃走的朝鮮叛軍三千有奇，繳獲精製鳥銃六十餘門，各種成色倭刀一千多把，以及糧草、火藥、馬車若干。

倭軍足輕也被俘虜百餘人，但是，還沒等李彤這個千總在追殺敵將的途中返回，被俘虜的朝鮮叛軍忽然一擁而上，手腳並用，將倭軍足輕全給送回了老家。

看押俘虜的明軍看了，也不干涉。直到呻吟聲全都停了下來，才拿著明晃晃的鋼刀，上前去砍倭兵的首級。

如此一來，倭兵的首級總數，已經將近七百。而明軍自己這邊，雖然是倉促迎敵，戰死者卻只

注十一、突厥大銃：即土耳其進貢的火銃，後被大明仿製，稱為魯密銃。因為採用雙層卷鐵法打造，膛內會產生一根簡單的天然膛線。所以射程和精度都遠強於普通鳥銃。

有六十餘人，輕重傷號加起來不過一百一十上下，遠不到傷筋動骨的地步。兩相比較，的確稱得上是，大獲全勝。

「這回，哪怕南京那邊的功勞，全都被別人貪掉，三位少爺每人一個游擊的位置，也穩了！」最開心的，是李彤的家丁頭目李盛，沒等第二遍核驗結束，就開始手舞足蹈。

不像張樹那樣早已心如死灰，他從軍中退下來，成為李府的家丁頭目之後，卻依舊幻想著哪日能再遇到一個像戚少保那樣的主帥，跟在對方身後建功立業。而現在，自家少爺稀裡糊塗贏得的一場大勝，將他心中的那個火苗，又點了起來，並且越燒越旺，越燒越旺。

「光是一個游擊，恐怕不夠。朝廷如果想鼓舞士氣，至少還得加上一個指揮僉事，甚至直接升參將，授指揮使。」右司把總趙登，也覺得自己這回終於跟對了人，笑呵呵地在一旁補充。

「可不是麼，朝鮮俘虜再不值錢，五個頂一個，也是五百生俘。上頭還能有臉全拿走？怎麼算，也得給兩個參將或者指揮同知職位下來，哪怕後面那個是虛職。」

「虛的也是同知，軍田和兵卒可以不給，俸祿不能少。」

「可不是麼，虧待了咱們，今後誰願意跑到這鳥不拉屎的地方拚命？」

……

其餘家丁和軍官們，也興奮地大聲嚷嚷。彷彿每個人，都看到了耀眼的賞金和光鮮的官袍。

只有家丁頭目張樹，不像大夥一樣高興。而是扯了扯李彤和張維善兩人絆甲絲縧，低聲提醒：「兩位少爺，情況不太對勁兒。如果前鋒營已經打進了平壤，按道理，倭軍應該大舉南撤才對，怎麼又殺回到了馬寨水邊上？」

「你是說，前鋒營出岔子了？」李彤的心臟一抽，瞬間從獲勝的欣喜中警醒，扭過頭，低聲詢問。

「你別嚇唬人，呸呸，壞的不靈好的靈，壞的不靈好的靈。」張維善直接選擇了拒絕相信，朝著地上大吐口水。

張樹才不管什麼口彩不口彩，眉頭緊鎖，繼續低聲補充：「少爺，小人不是危言聳聽。這夥倭軍來得實在蹊蹺，您最好派人去被俘的朝鮮人中，找個懂大明官話的問問，前鋒營那邊……」

一句話沒等說完，不遠處，忽然有個百戶拉著一個身穿朝鮮僕從軍服色的人，跌跌撞撞地跑了過來，「千總，千總。這廝，這廝說他是，他是錦衣衛。說有要事，必須當面向您彙報。」

「錦衣衛？」李彤、張維善兩個，俱是一驚，趕緊走上前，核實對方身份。

「大明福建錦衣衛指揮史世用[注十二]，見過兩位千總！」那身穿朝鮮僕從服色，卻自稱錦衣衛男子，也不畏懼。從腰間隱蔽處取出一塊象牙製造的牌子，高高地舉過了頭頂，「請兩位千總，速速派人送我回報遼東巡撫，軍情緊急！」

「錦衣衛，你怎麼會混在朝鮮人叛軍裡頭？」李彤和張維善兩個將信將疑，接過腰牌，努力辨認真偽。

劉繼業卻急得火燒火燎，上前一把揪住對方衣領，大聲追問：「到底是怎麼回事？前鋒營到底

注十二、史世用：歷史真實人物，福建錦衣衛指揮。率領心腹幾度潛入日本探聽情報，為明軍的戰略決策提供了重要依據。

怎麼了？我舅舅，我舅舅他，他是否平安？」

「令舅？敢問這位把總，乃是哪位將軍的外甥？」史世用後退半步，輕輕掰開劉繼業的手掌。

「繼業，不要莽撞！」李彤怕劉繼業得罪了錦衣衛，後果不好收拾，先大喝了一聲，隨即陪著笑臉，向史世用拱手，「見過史指揮，在下李彤，這位是在下的好友，誠意伯的後人劉繼業。他的舅舅，乃是追隨祖總兵先期入援朝鮮的史游擊，單名一個儒字。」

「你是史儒的外甥？」史世用聞聽，頓時顧不上再保守秘密，拉著劉繼業的衣袖，低聲催促，「快，想辦法去救你舅舅和祖副總兵，他們，他們在平壤城內，遭受到了倭軍的重兵埋伏。麾下弟兄們戰死了七成以上，剩下的，正被他們兩人帶著，逃入了平壤北邊的太白山，彈盡糧絕。」

第九章　逆流

「你胡說，前鋒營光是騎兵就有三千多人，我舅舅做事向來謹慎……」劉繼業大急，再度上前去扯史世用的外衣，不料卻扯了個空。

後者只是輕輕向後退了半步，就閃開了他的撕扯。隨即，冷笑著說道：「胡扯不胡扯，你們護送本指揮回去見了巡撫，自然知曉。如果沒膽子去救人，也不必給自己找藉口。舅舅畢竟不是親爺，按理說死活都輪不到做外甥的來操心。」

「你他娘的……」劉繼業又急又怕，哪裡還有理智可言，舉起拳頭，就要追著對方拚命。李彤和張維善兩個見了，趕緊上前拉住他的胳膊，同時向史世用大聲道歉：「指揮您大人大量，切莫跟他計較。他剛才挨了一火銃，氣血憋在了心口，這會兒根本分不清楚好歹。您老稍待片刻，我們兩個安頓一下傷員，就派人護送您回遼東。」

說著話，又迅速將頭扭向家丁頭目張樹和李盛，高聲吩咐：「你們兩個，趕緊去給史指揮備馬。剛才若不是他及時向咱們傳遞倭軍的虛實，咱們哪可能勝得如此容易。」

「是。」張樹和李盛二人心領神會，立刻走上前，陪著史世用去挑選坐騎。然後又故意將正在記錄戰功的把總趙登喊過來，向他傳達兩位千總的最新指示，功勞簿上必須充分顯示出錦衣衛指揮大人所起到的關鍵作用。

那錦衣衛指揮[注十三]史世用雖然對朝廷忠心耿耿，卻也不會嫌棄自己的功勞多。見李彤和張維善兩個雖然年紀輕輕，就如此「懂事兒」，心中的火氣頓時就消了七八分。挑選完了戰馬之後，主動拉著韁繩走了回來，低聲向二人指點：「史某剛才的話，說得有些唐突了。你們麾下只有千把個新丁，的確很難將祖總兵救下來。這些話，你們就當史某沒說過，史某回去之後，自然也不會記得。但是，如果你們不跟史某一起北返的話，接下來可千萬要謹慎。畢竟，倭國那邊也有善戰之將，並非所有軍主，都像小野隆一這般無能。」

「您說，剛才逃走那個傢伙，叫小野隆一？」張維善聞聽，立刻大聲追問，「他這種貨色，在倭軍那邊多嗎？還有，剛才在下跟倭軍交手，怎麼覺得他們當中只有那種全身套著鎧甲的，才有些真本事。而尋常兵卒，非但個頭長得像隻猴子般，膽氣和身手，也都一塌糊塗。」

「不瞞史指揮，我們三個都是初來遼東，對朝鮮和倭軍的情況，俱是兩眼一抹黑。」李彤年齡比他略大，心思也比他成熟。拱起手，非常認真地向史世用這個專職刺探倭軍情報的錦衣衛軍官請教，「若是您老能指點一二，我們兄弟三個日後必有重謝。」

「重謝就算了，史某家中不缺金銀。」史世用早就看出來，他們三個都是菜鳥，笑了笑，非常大氣地輕輕擺手，「更何況，剛才已經白分了你們一份戰功。實話實說，倭軍那邊，情況也跟咱們大明這邊差不多。兵卒當中有百戰精銳，也有湊數的廢物。將領也是如此，有靠本事升上來的，也有靠拍馬屁爬上來的。你們三個，的確是運氣好，剛過了馬寨水，就遇到了靠賣屁眼兒上位的小野隆一，而他麾下，帶的還都是些農兵。」

「農兵！難道還有戰兵嗎？史指揮可否替小弟詳細分說？」李彤越聽越覺得頭大，忍不住低聲求肯。

「農兵，就跟咱們的衛所軍戶差不多，甚至還不如軍戶。平素都是專門種地的，只有接到徵召令後，才將鋤頭換成長矛。雖然也叫足輕，可跟專職作戰的足輕，完全是兩回事兒。」史世用有心結個善緣，蹲下身，撿了根斷箭，在地上開始寫寫畫畫，「至於戰兵，你就理解是咱們這邊的營兵吧。雖然不是招募來的，也叫足輕，可已經不怎麼需要幹農活了。這好像是他們倭國先前被幹掉的那個權臣的創舉，叫什麼兵農分離。至於你剛才說的那些穿著全身鎧甲的，則是武士，基本上相當於這邊將佐，還有主將的家丁。專門負責廝殺，並且待遇很高，平時在其國內，即便殺了農夫，通常也不會被判罪。」

「怪不得，剛才倭軍足輕分明已經崩潰了，那些穿鎧甲的傢伙，還不要命般往上撲。」張維善恍然大悟，瞪著圓溜溜的大眼睛連連點頭。

注十三、錦衣衛指揮：錦衣衛南北鎮撫司，各下設五個衛所。衛所負責人為指揮使，下面也設指揮同知，僉事、千戶、百戶、總旗等。通常只要是百戶以上，都自稱指揮。普通衛士，則自稱校尉。

「還有一種流浪武士，一般是犯了罪，或者原來的主人被幹掉了，自己沒找到地方混飯吃的。雖然穿著不怎麼樣，可身手卻不會太差。並且急於立功表現，萬一你們在戰場上遇到了，可是千萬小心。」史世用見他孺子可教，點點頭，笑著繼續補充。

「我明白了！」張維善越聽眼睛越亮，迫不及待地開始分析，「我們幾個先前帶著家丁，試圖衝擊其主將。結果倭軍第一波騎著馬上前攔路的，就是他們的武士。武士被衝垮了，原本是農夫的足輕就慌了手腳。再加上其主將，是個賣，賣屁眼上位的窩囊廢，不懂及時調整戰術……」

「所以，說你們哥仨運氣好呢！」史世用笑了笑，再度大聲感慨，「小野隆一這廝，是其國權臣豐臣秀吉的親信，靠著長得細皮嫩肉，才一路高升。這次我軍被倭奴騙入平壤，插翅難逃。倭奴的主帥宇喜多秀家為了討好其國權臣豐臣秀吉，專門給了他一個撈取戰功的機會，讓他帶著本部兵馬征討朝鮮各地。結果這廝殺得興起，一路就殺向了馬寨水。並且以為你們也和他先前遇到的朝鮮兵馬那般，一觸即潰。」

頓了頓，他笑著搖頭，「誰料，你們哥仨全都是不要命的，竟然把主力放在山上做誘餌，各自帶著家丁從背後直撲他的帥旗。這一招，若是用來對付加藤正清、島津義弘等倭軍宿將，肯定會吃大虧。用來對付小野隆一卻是歪打正著。」

「我們哥仨其實……」張維善被誇得臉紅，趕緊擺著手解釋。

一句話沒等說完，家丁頭目張樹已經大聲打斷，「我家少爺他們兄弟三個，其實也是被逼得沒了辦法。畢竟倭軍和朝鮮叛軍混在一起，看上去是自家的十倍。為了不丟大明的臉面，只能兵行險著。好在上蒙天子福德深厚，下賴弟兄們不畏生死，再加上大人您及時的指點，竟然打了個開門紅。」

「你這廝，忒不老實。」史世用抬頭看了他一眼，笑著數落。然而，卻終究沒戳破其話語中的不實。

無論李彤、張維善等人是誤打誤撞，還是故意將大部隊放在山坡上誘敵，他們以一千出頭的兵力，擊潰了十倍於己的敵軍，都是事實。戰場上從來都是只看結果，不會問過程。

至於這十倍於己的敵軍之中，有幾成是倭奴，幾成是朝鮮僕從，也沒必要分得太清楚。遼東總兵和巡撫那邊不會在意這些細節，朝廷中的大老們更不會在意這些細節，史某人剛剛白分了一份戰功，更沒必要去當那個惡人。

「多謝指揮大人成全。」另外一個家丁頭目李盛為人處世極為老到，見了史世用反應，連忙笑著在旁邊拱手。

「罷了，你們兩個看樣子，都是老行伍。軍中那些花樣，想必都是門兒清。」史世用笑了笑，輕輕擺手，「總之，這次功勞著實不小，特別是前鋒營收復平壤失利之際，這場大勝，說是及時雨也不為過。史某乃是錦衣衛，知道的還未必有你們多，就不再多嘴了。接下來該如何運作，你們跟你們家千總掂量著辦就是。」

「多謝指揮大人指點。」李彤和張維善兩個，也趕緊上前行禮。隨即，點了十幾個機靈的家丁，就準備讓他們先行護送史世用北返。誰料，還沒等眾人來得及跟後者拱手道別，左司把總許堰卻頂著半身的血跡，氣喘吁吁地跑了過來，「千總，不好了，不好了，劉把總，劉把總吐血暈倒了！」

「什麼！」李彤和張維善兩個大驚失色，顧不上跟史世用打招呼，撒腿就往回跑。一邊跑，一邊焦急地追問：「到底是怎麼回事？他剛才不好好的嗎？怎麼忽然就吐起血來了？」

「他，他說胸，胸口悶。要，要卑職幫他脫，脫下鐵甲來歇息片刻。卑職就上前幫，幫忙。誰料剛剛揭開胸甲上的鐵絆兒，他，他突然就吐，吐了一大口血。然後，然後就暈了過去。」左司副把總許堰抹了把頭上的冷汗，一邊掉頭帶路，一邊大聲解釋。

「恐怕是受了內傷。」跟上來的張樹楞了楞，判斷的話脫口而出。「先前他已經暈倒過一次，是把血憋在了肚子裡。然後急著給你們兩個報仇，就暫時壓住了傷勢。如今仗打完了，精神一鬆，那口血便又重新噴了出來。」

這個判斷未必準確，但已經是大夥唯一能夠想到的答案。因此，所有人都不再多說廢話，用最快速度，跟著許堰來到劉繼業身畔。

定神再看，只見後者被兩名兵卒抱著頭，半躺在冰冷的地面上。原本白淨的圓臉，灰得宛若下雪時的天空。精鋼打造的護胸甲正中央偏右下位置，凹進去了拳頭大的一個深坑。

「繼業！」李彤一個箭步撲上去，雙手抱住劉繼業的肩膀，後悔莫及。

先前只顧著高興大戰勝利，他根本沒來得及細問，劉繼業到底受傷沒有。更沒有看到，被血染紅的胸甲上，居然還藏著如此大的一個深坑。而現在，錯過了最佳救助時機，身邊又缺醫少藥，他幾乎只能眼睜睜地看著，劉繼業在自己懷裡慢慢失去呼吸。

「劉少爺，劉少爺！」張樹、李盛等人，也急得兩眼發紅，卻同樣是束手無策。作為老行伍，他們最害怕遇到的，就是這種情況。由於身體表面完好無損，你根本不知道昏迷者到底傷在了哪。更不知道，該如何止血，如何包紮，才能讓昏迷者的傷勢不再繼續惡化，然後有機會脫離危險。

「胡鬧，誰把他鐵甲給他脫下來的，還嫌他死得不夠快嗎？」正當大夥都六神無主之際，耳畔，卻又傳來了錦衣衛頭目史世用的聲音，雖然語氣十分不善，卻讓所有人眼睛裡都充滿了希望。

「指揮大人，您老如果能幫忙……」張維善第一個做出反應，紅著臉向對方求教。

「讓開，算老子欠了你們的。」史世用狠狠瞪了他一眼，非常不客氣地分開人群，蹲在劉繼業的身邊，單手揭開棉甲，在其小腹與胸甲相對位置，上下按動，「拿幾塊粗布來，沒有，就從屍體身上扒衣服。肋骨斷了兩根兒，情況不算嚴重。這小子夠聰明，在鑌鐵甲裡邊還套了一層棉甲。否則，光是這變了形的鐵甲，就能直接將他開了膛。」

「哎，哎——」李彤和張維善等人如蒙大赦，連忙帶著家丁去找粗布。倒也不用去屍體上扒，從軍中的旗面割幾塊下來，就已經足夠。

史世用顯然是個對付各類傷勢的高手，先用刀子割掉劉繼業的棉甲丟在一邊，然後摸索著幫其接上了被鐵甲擠斷的肋骨。緊跟著，又從李彤手裡接過旗面兒，一邊指揮張樹和李盛兩個，將劉繼業的身體裹成一個巨大的蠶繭，一邊大聲解釋道：「先前他的鑌鐵甲凹了進去，隔著棉甲擠斷了肋骨，好在他小子足夠胖，這身肥肉又擋了一下，否則，肋骨直接倒插入肚，九條命也得當場丟掉。用力，勒緊，沒吃飯嗎？別心軟。你這時候越是心軟，他可能死得越快。」

後兩句話，是對張樹和李盛而說。唯恐二人不理解自己的良苦用心，他又迅速補充：「鑌鐵是硬的，凹進去的同時就將肋骨擠住了，又通過裡邊的棉甲勒住了腰腹，所以即便有內臟受傷，一時半會兒也顯示不出來。而某個楞頭青幫他解開了鑌鐵甲，等於突然撤去了外部支撐，他的傷勢，當然立刻就開始發作。現在你們用布子將他纏個結實，等同於給他又裝了一層皮肉。讓他受了震動的內臟不再繼續惡化，能夠活著返回遼東。然後，才方便找郎中開藥調養。」

「多謝大人！」李彤和張維善聽史世用說得頭頭是道，雙雙拱手致謝。

後者卻把眼睛一橫，撇著嘴大聲回應：「謝什麼謝，這一套在我們錦衣衛裡，人人都會。否則，弟兄們憑什麼天南地北，為皇上刺探四夷動靜？你們將來如果想活得長久，最好也找機會學上一學。域外作戰，人生地不熟，多掌握幾手保命的本事，肯定不會吃虧。否則，立下再大的戰功，沒本事活著回家，也是白立。」

「是，是，您老說得對。晚輩多謝您老指點，多謝您老！」李彤和張維善心服口服，紅著臉繼續拱手作揖。

「讓人做個軟床，抬著他，以最快速度返回遼東，沿途切忌過分顛簸。九連城那邊，就有幾個好郎中，都是治療軍中紅傷的高手。」也是長期潛伏在異國他鄉，很久沒跟自己族人打交道了，史世用見李彤和張維善兩人十分順眼，少不得就又低聲指點：「遼東這邊什麼都缺，就是人參、虎骨之類不值錢。他這個年紀身體壯，醒過來之後豁出錢去補上一補，歇兩三個月，就又能活蹦亂跳。」

「是，是，多謝您老！」李彤和張維善越聽越感激，連忙再度大聲道著謝。隨即，安排家丁帶著朝鮮俘虜去砍伐樹木，打造軟床。

「至於你們兩個，帶著隊伍不要返回得太快。至少，要等史某將前鋒營戰敗的消息帶回九龍城，然後再率部過河。否則，雖然遼東巡撫和總兵這邊，知道你們是力有不逮。可落在那些吃飽了沒事幹專挑毛病的傢伙嘴裡，少不得又要往你們頭上潑見死不救的髒水。」

「多謝史公！」李彤和張維善也算經歷過風雨的人，楞了楞，隨即，就明白了其中彎彎繞，雙雙躬下了身體。

那史世用知道他們兩個心裡著急，也不再多廢話。帶領撥給自己的家丁，先行離開。不多時，軟床也打造完畢，李彤和張維善兩個親手將劉繼業抬了上去，然後安排副把總許堰帶領若干親信，以所有朝鮮俘虜為苦力，抬著軟床，背著倭奴的首級以及大戰的繳獲，迅速北返。

待目送眾人的背影遠去之後，兄弟倆互相看了看，在彼此眼睛裡，都看到了幾絲跳動的火焰。史世用離去之前最後那句忠告，說得很掏心。如果現在大夥便掉頭返回遼東，落在某些「清流」的嘴裡，肯定會被說成見死不救。那樣的話，今天大夥拚了命才立下的戰功，肯定也會大打折扣。

這很不公平，卻是大明朝官場的現狀。在南京時他們對此無能為力，到了朝鮮也是一樣。他們如今還太弱小，根本沒力量跟別人抗爭。他們能做的，最聰明的做法，便是聽從史世用這位官場老前輩的建議，帶著麾下弟兄慢慢悠悠往回走。

這樣，等大夥渡過馬塞水，前鋒營戰敗的消息，也已經送到了九龍城。已經抵達九龍城裡的遼東巡撫郝傑與遼東總兵楊紹勛為了避免選鋒營也步前鋒營後塵，肯定會發出軍令，要求選鋒營各部全體後撤，大夥撤回的就順理成章。

只是，如此聰明且老成的選擇，適合於史世用，適合於選鋒營右部千總李大諫，卻讓李彤和張維善兩個無法坦然從之。二人剛剛投筆從戎，身上還帶著明顯的書生義氣。二人還太年輕，雖然經歷過一些風雨，卻依舊沒被磨掉稜角，不甘心，也不願意現在就隨波逐流，然後一天天迅速變老，最後變得行將就木。

「我想把弟兄們留在馬寨水旁，自己帶家丁往南走。」忽然笑了笑，李彤緩緩說道，「運氣好的話，也許正好能接上繼業的舅舅。他已經受了重傷，我如果再對他舅舅的生死置之不理，怕回去後，無法面對他的姐姐。」

他長得原本就很白，略顯柔美的瓜子臉，被寒風吹得有些發硬，此刻看起來更加乾淨帥氣。說出來的話，也不帶任何悲壯之意，彷彿真的準備去朝鮮的京畿道晃上一圈兒，就乖乖地折回來。

「右司趙把總人不錯，讓他帶弟兄們在馬寨水旁找個偏僻地方躲幾天，他應該能做得到。」彷彿根本沒聽懂李彤的話，張維善笑著接茬兒。略顯開闊的額頭上，灑滿了秋日的陽光。「你的家丁沒我的多，不如咱倆繼續搭伴兒。反正樹兒和盛兒他們彼此之間也都熟悉了，萬一不小心遇到了倭奴，也能互相有個照應。」

「行！」李彤知道自己即便拒絕，對方也不會服從，果斷笑著點頭。

早就料到他不會拒絕自己，張維善笑著大聲補充：「那我這就去安排。讓趙把總那邊，把馬都借給咱們。這樣，萬一遇到麻煩，咱們輪換著坐騎逃命，也能逃的更順當。」

兄弟倆是總角之交，打小就合夥做事做習慣了，因此根本不用商量更多，就知道各自該分頭去做哪些準備。很快，就將麾下兵馬分成了兩路，一路全變成了步卒，由右司把總趙登帶著，返回到馬寨水南岸找僻靜處紮營安歇。另外一路，則全都變成了騎兵，主要由張、李兩家的家丁，和軍中幾個膽大喜歡冒險的百總、總旗組成，帶足了乾糧，繼續朝南而行。

軍中原本有一些膽大的兵卒受到了先前那一戰大獲全勝的激勵，主動請纓，要求追隨在兩位千總身側效力。李彤和張維善仔細斟酌了一番，覺得這些弟兄們雖然勇氣可嘉，卻畢竟不像家丁那樣用起來順手，所以好言誇讚了一番，就又將其留了下來。以免麾下隊伍組過於龐大複雜，反而失去了應有的純粹和靈活。

如此一來，二人所帶的騎兵隊伍，總人數就只剩下了四十幾個，規模差不多剛好是一旗。遇到小股的倭軍，足以戰而勝之。不幸遇到倭軍大部隊，也有機會逃走一部人向九連城那邊報信。

朝鮮北部，山多平地少。大夥又全都是第一次入朝鮮，對周圍情況基本上兩眼一抹黑。所以，不敢走得太快。沿途遇到朝鮮城池，也儘量遠遠地繞行，無論其已經被倭軍奪下，或者暫時還控制在朝鮮地方官員之手。

如此謹慎，雖然嚴重拖慢了行軍的速度，但效果也非常明顯。一直快走到了太白山腳下，大夥的行蹤，都沒被倭軍哨探發現。偶爾遇到一兩股躲入深山的朝鮮潰兵，看到這種時候，居然還有一旗明軍敢逆流而上，也全都肅然起敬。非但不會主動出賣他們，反而主動提供輿圖、嚮導，以及關於先前在平壤戰敗的那支明軍消息，以便他們及時調整自己的戰略。

也是到了此時，李彤和張維善兩個才發現，先前自己所掌握的情報，是何等的匱乏！非但對敵軍瞭解的不多，對自己想要救助的對象，所知也非常寥寥。

事實上，先前戰敗的那支明軍前鋒營號稱五千，卻只有戰兵兩千出頭，以及負責運送糧草物資的民壯若干。並且民壯們過了大定江之後，就立刻被丟下了一個叫做青松寨的地方休息，根本沒有繼續追隨軍隊前行。倒是戰馬，前鋒營帶了兩千四、五百匹，基本保證了人手一騎。

而駐紮在平壤城內和已經趕到附近的倭軍，當時卻已經高達四萬。並且還抓了大量朝鮮戰俘，充當弓箭手和炮灰。

如此懸殊的兵力，基本沒等打，前鋒營就敗局已定。而據太白山附近的朝鮮潰兵頭目彙報，遼東副總兵祖承訓注十四，居然帶著區區兩千多將士，冒著大雨殺進了平壤城內，下馬與守城的倭軍巷戰一整天，然後又帶著近半弟兄奪門而出。

注十四、明軍前期渡江人數有史可查，六月十五日參將戴朝弁與游擊史儒渡江，帶一千零二十九名士兵、馬一千零九十三匹。兩日之後，祖承訓帶領將士一千三百一十九名，戰馬一千五百二十九匹。一個月後殺入平壤，中計，潰敗。

第十章　拯救

「祖帥，祖帥，天兵不能撤，不能撤啊！天兵如果撤了，朝鮮就完了！」就在李彤和張維善兩人為明軍前鋒營的戰鬥力而驚嘆的時候，跟他們隔著十餘里遠的太白山小金寨，朝鮮國王的親信，白髮蒼蒼的問安使尹根壽拉著祖承訓的衣袖，苦苦哀求。

「放手，今兒個你叫祖宗都不管用。」遼東副總兵祖承訓毫不猶豫地抖動繮繩抽下去，頓時就在尹根壽白淨細嫩的手臂上，抽出了半寸寬，三指長的一道瘀青，「老子的好兄弟戰死了，老子麾下的兩名參將一死一傷，老子帶了兩千四百名親信精銳跟你去打平壤，如今身邊就剩下不到一千。你還想老子繼續為你賣命，老子是偷了你婆娘，還是上輩子欠了你過夜錢？」

「祖……」尹根壽年輕時乃是朝鮮有名的風流才子，這輩子幾曾受過如此羞辱，頓時氣得眼圈發紅，淚水如決堤般往外淌，「祖帥，你和你麾下的天兵，乃是朝鮮各道軍民的基樑。哪怕是吃了敗仗，只要還留在馬寨水南，各道軍民就知道天朝沒有放棄他們。可如果您就這樣走了，嗚嗚，嗚嗚嗚……」

「嗚嗚個屁。」祖承訓乃是家丁出身，讀過的書有限，也看不慣一個年過花甲的老頭子像個娘們般哭哭啼啼。「你們自己願意認慫，關老子何事？老子既沒拿過你們朝鮮國王的俸祿，也沒吃過你們朝鮮人的糧食，憑什麼替你們做這個基棷？別擠貓尿，老子不吃這一套！有那功夫，你不如去山外整頓一下潰兵，光是老子這一路上見到的，少說也有七八萬了。沒本事自己收復平壤，在各地給倭奴搗搗亂，扯一扯後腿總能做到。」

「祖，祖帥，那，那些潰兵，早，早就嚇破了膽子，根本，根本收攏不到一起。」尹根壽沒臉反駁，一邊哭，一邊用力擺手，「即便，即便能收攏起來，下官，下官這裡也沒糧食和軍械可以供應。沒有糧食，沒有糧食和軍械，他們就不會聽從下官的指揮！更，更甭說帶著他們，去，去跟倭寇拚命。」

他說的乃是實情，朝鮮國在大明的保護下，已經近百年沒有遭到過大的戰事，所以武備鬆弛，大多數將士都不堪一戰。再加上此前朝鮮國王李昖剛剛血洗了一大批老將，更導致軍心混亂，士氣低迷，遇到有備而來的倭軍，無論雙方兵力相差有多懸殊，基本上都是一觸即潰的結局。

然而，實情歸實情，卻無法說服明將祖承訓堅持留在太白山小金寨等死。後者聽罷，立刻不屑地撇嘴：「我說老尹，這話你還真有臉往外說？敢情你們朝鮮既不出人，又不出糧食和軍械，就指望我大明幫你們光復被倭軍攻占的國土。我大明皇帝是你們朝鮮國王什麼人啊，即便是親爹，兒子如此不爭氣，也沒有捨了全部家業去幫扶的道理。更何況，你們朝鮮前一陣子對大明並不恭敬，多次抓我大明子民，毀我大明漁船，從來沒有給過一個具體的解釋！」

「那，那都是奸臣鄭汝立麾下的爪牙所做。鄭汝立已經被我王下旨斬殺，他的首級，他的首級前一陣子就掛在宮城門口。」尹根壽嚇得打了個哆嗦，趕緊大聲解釋。

這話，雖然回應得快，卻連三歲孩子都騙不過。因為內部黨爭，朝鮮國王李昖近年來已經砍了數十名文臣武將的腦袋，其中最有名的就是這個鄭汝立。而鄭汝立死後，朝鮮水師和陸卒，對大明的商販和漁民的欺壓行為，卻沒見到過半點兒收斂。

祖承訓雖然讀書少，好歹也是遼東的幾位副總兵之一。以前在兩國邊境上，沒少跟朝鮮國的「土匪」兵打交道，所以聽了尹根壽的話只會連反駁都懶得反駁。雙腿一磕馬鐙，立即開始促動坐騎加速。那尹根壽見此，嚇得魂飛魄散，不顧身體已經老邁，一個魚躍追上去，雙手緊緊抱住祖承訓的大腿，「祖帥，祖帥開恩啊！我朝鮮，我朝鮮君臣過去的確有對不住大明之處，可，可朝鮮已經遭到了報應！如果，如果祖帥你還覺得不解氣，尹某願意向西自刎，以贖我君臣先前對天朝不敬之罪。可你不能走，真的不能走啊。您若是走了，倭將小西行長立刻就沒了顧忌，分兵四下征討，朝鮮就徹底沒有寸土可持了。嗚嗚，嗚嗚，嗚嗚嗚……」

「朝鮮沒有寸土可持，關老子屁事！」遼東副總兵祖承訓聽得又是鄙夷，又是好笑，輕輕晃了下小腿，將尹根壽摔了個仰面朝天，「老子能做的事情，已經全都做了。再繼續於這山中躲下去，一旦被倭奴發現，派兵四下合圍，到那時，弟兄們全都得死在鳥不拉屎的異國他鄉。」

「不會，不會！」尹根壽被摔得滿臉是血，卻掙扎著爬起來，繼續去拽游擊張國忠的護腿甲，「我朝鮮軍民，感天朝官兵的恩義，絕不會走漏半點消息。下官，下官可以用性命來做擔保。萬一，萬一情況真如祖帥所說，下官，下官願意交出項上首級。」

「我呸，感恩，感恩就是在老子背後放箭！要不是老子當日穿了兩層鎧甲，早死在你們這群不要臉的朝鮮人手裡了。」張國忠讀的書比祖承訓還少，抬起腳，一腳將尹根壽就踹出了三尺遠，側轉身，在馬背上手指對方鼻子，破口大罵。

「呸，老子才不信，你們朝鮮人懂得感恩！當初跟我家祖帥說，平壤城內只有九百倭軍留守的，是你們。催著我家祖帥去攻城的，也是你們。見到倭奴之後，臨陣倒戈，在我等背後放冷箭的，還是你們！我家祖帥又不傻，吃了這麼大一個虧，還會信你們跟我等是一條心？」

「呸，老狗，別裝死！你如果能解釋清楚，為啥平壤城內倭軍數量是你當初所說的十倍，爺爺就繼續留在這裡。」

「對，那天在老子背後放箭的，可都是你所說的義軍？」

……

眾將領一肚子委屈都無從發洩，一邊快步從尹根壽身邊跑過，一邊指著他厲聲質問。

大夥所說的，都是事實。明軍之所以在平壤城內吃了大虧，一方面是因為祖承訓這個主帥被接連的輕鬆獲勝沖昏的頭腦，另外一方面，就是因為替明軍引路的朝鮮官兵，忠誠度出了極大的問題。

最初，祖承訓原本打算止步於平壤城外，讓倭寇知道大明將士的厲害，見好就收。誰料尹根壽派出的朝鮮斥候，卻彙報說，倭軍都忙著四下搶掠，平壤城內留守者數量只有九百出頭。才導致祖承訓決定趁機收復平壤，冒雨進兵，最後中計遇伏。

而就在明軍與十倍於己的倭寇血戰之際，跟隨明軍一道進入平壤的朝鮮兵馬，居然瞬間崩潰。同時，有人臨陣倒戈，在明軍身後亂箭齊發。參將王守官、游擊史儒兩人猝不及防，當場身受重傷。祖承訓全憑鎧甲精良，才在親信的保護下殺出一條血路，帶領剩餘的弟兄們逃入了山區。

「祖帥，祖帥，放箭的朝鮮人，與跟在您身後殺入平壤的兵馬，不是一夥，真的不是一夥啊！」尹根壽無辦法回應，一眾明軍將領提出的質問，只能趴在地上，不停地磕頭，「下官，下官真的沒騙您。下官也沒想到，自己派出的斥候，居然收了倭寇的銀子，掉過頭來出賣了您。下官……」

祖承訓和他麾下的將士們，哪裡肯聽？一個個不屑地搖了搖頭，加速向山外衝去。他們已經在小金寨休息了整整四天，隊伍中重傷者早已經死去，輕傷和其他人的體力，也都恢復了大半兒。不趁著倭軍追殺過來之前離開，更待何時？

「祖帥……」尹根壽又嚎了十幾嗓子，卻沒得到任何回應。只好收住眼淚，哆哆嗦嗦從地上爬起來，踉蹌著走向寨門。

他的親隨尹方義憤填膺，伸手拉住他的胳膊，大聲勸告：「主上，何必如此低三下四。山裡山外，咱們朝鮮自己的將士也有好幾萬人。如果您帶著王上的旨意去將他們收攏到一處……」

「你懂個屁！」尹根壽忽然大怒，不顧自己的大儒形象，抬手就給了對方一個耳光。「此乃兩國之戰，倘若不把大明拉進來，朝鮮怎麼可能是日本的對手？而姓祖的如果回了遼東，將咱們朝鮮官兵的作為添油加醋彙報上去，大明朝豈會像先前一樣，輕易就派來援兵？」

「小人知錯，主上息怒，主上息怒！」尹方被抽得眼冒金星，趕緊跪倒在地，大聲請罪。

「起來！老夫知道你對老夫的忠心。」尹根壽眉頭皺了皺，又俯身將此人拉起，「眼下有一件事情，需要你替老夫去做。老夫有個故交，姓孔名撝謙，如今就在倭軍那邊效力。你，速去告訴他祖承訓的消息。讓他不惜一切代價，說動小西行長，派遣武士，將祖承訓留在朝鮮，生死不論！」

「停下，從這裡轉頭向東！」彷彿與尹根壽心有靈犀，遼東副總兵祖承訓忽然在岔路口拉住了坐騎，低聲向身邊的弟兄們吩咐。

「祖帥，馬寨水在北邊！」游擊張國忠抬頭四下看了看，本能地出言提醒。「如果往東繞個打圈子，恐怕要耽誤兩三天功夫，並且……」

「你懂個屁，直接往北走，老子保證大夥誰都沒法活著返回遼東。」祖承訓狠狠瞪了他一眼，大聲打斷。

眾參將、游擊、千總當中，老粗居多。誰也不明白祖承訓為何得出了如此危險的結論，頓時，一個個拉住坐騎，面面相覷。

「你們這群蠢貨，也不想想，那姓尹的在朝鮮是什麼官職。」祖承訓見狀，忍不住大聲提醒，「問安使知道嗎，專門派來拉著咱們大明下水的。還他娘的曾經是朝鮮國王的親信，做過他娘的禮部尚書注十五。他今天都跪下來求咱們了，咱們沒給他面子留下來等死，他心裡能不恨嗎？」

「祖帥是說，是說他會勾結倭奴？」

「您是說，您是說他會惱羞成怒！」

「奶奶的，我就感覺那廝最後眼神不對。」

……

眾將佐被嚇了一大跳，頓時個個驚呼出聲。

「爾等記得史五郎身上那支箭射在哪嗎？」祖承訓撇了撇嘴，抬手繞向自己後心，「這兒，並且上頭還帶著毒。老子這個做大哥的，沒法給他報仇。但至少吃一次虧，得長一次記性。」

眾將聞聽，臉上的表情愈發憤怒。紛紛撥轉坐騎，帶著麾下僅存的弟兄，掉頭向東而去。再也沒人懷疑，祖承訓的決定是不是多此一舉。

朝鮮君臣不可信，這乃是大夥用鮮血和生命換回來的教訓。從其國王李昖、國相[注十六]柳成龍起，一直到下面的普通兵曹，誰嘴裡都沒一句實話。

為了騙明軍出兵，他們一會兒說倭國攝政[注十七]豐臣秀吉組織了百萬大軍，試圖借道朝鮮毀滅大明。一會兒，又會信誓旦旦地保證，倭軍只有四萬餘人，根本沒有能力占領整個朝鮮，只要大明天兵一到，就會在心懷忠義的朝鮮軍民支持下，輕鬆將倭奴全部趕進大海。而朝鮮百姓，似乎對他們的國王也沒多少好感。大夥過江南下替朝鮮收復故土這段日子裡，的確看到了不少捨家為國的忠義

注十五、禮部尚書：尹根壽的職位是朝鮮國禮曹判書，祖承訓不懂朝鮮官制，所以想當然地認為其為禮部尚書。

注十六、國相：在朝鮮的官名為領議政。因為朝鮮是附屬國，所以明人認為其職位相當於封國的國相。壬辰之戰初期，朝鮮君臣始終沒有說實話，使得大明對日軍的兵力判斷平添許多困難。

注十七、攝政王：豐臣秀吉是日本關白，相當於攝政王。所以明軍中的老粗，認為其為攝政。

之士。但心甘情願給倭奴帶路，並且夥同倭奴一道偷襲明軍的朝鮮人，同樣車載斗量。特別是前幾天的平壤之戰，如果不是因為朝鮮官兵臨陣投敵，明軍根本不會敗得這樣慘。參將王守官、游擊史儒等人，更不會稀裡糊塗地戰死沙場。

既然其國王和官員都是「騙子」，其百姓也不在乎換日本人來統治，大明再繼續救援朝鮮，就沒任何意義了。至少，在此刻祖承訓、張國忠等人眼裡，大明真的沒必要，讓自己的將士，為了一個不受其百姓愛戴的藩王去死。

雖然剛剛吃過一場敗仗，可大夥卻愈發堅定的認為，倭國吞併了朝鮮之後，就會停住腳步。無論其攝政王豐臣秀吉的野心有多大，倭軍想要入侵大明，都沒有任何可能。更沒可能，一路殺進北京。「倭奴也就是鐵炮手還像個樣子，其他兵種，根本上不得檯面兒。真的殺過馬寨水來，老子保證，他們來多少，死多少！」粗人肚子裡藏不住話，策馬向東走了一陣子，游擊張國忠忽然咧了下嘴，甕聲甕氣地說道：「也不知道郝巡撫那邊發哪門子瘋，非要逼著咱們來替朝鮮人出頭！」

「可不是麼，要不是他催得緊，咱們又何必這麼急著去打平壤？」很多將佐，想法都跟張國忠差不多，只是不敢公開宣之於口而已。聽見有人帶頭，立刻開始小聲附和。

「敵情不明，地形不明，糧草輜重都得自行携帶，這哪裡是去打仗，分明是讓咱們去送死！」

「可不是麼，就因為朝鮮使者哭了幾嗓子，就逼著咱們兄弟渡江。根本不管渡了江後，咱們這兩千多人，最後有幾個能活著回來！」

「莫不是他郝巡撫暗地裡收了朝鮮人的好處……」

自從戚繼光移鎮薊門以來，明軍已經多年沒吃過敗仗，所以張國忠等人，都對數日前的平壤之敗極為不甘。說著，說著，就開始懷疑起遼東巡撫郝傑在朝廷沒集結起足夠兵力之前，就派大夥進入朝鮮的居心。

「不懂就別瞎胡咧咧！」祖承訓心中，對遼東巡撫郝傑的瞎指揮，也非常不滿。然而，作為官場老油條，他卻果斷出言喝斥，「郝巡撫雖然看不上咱們這些粗痞，可他也不至於下賤到收朝鮮人的髒錢，送自家將士去死的地步。」

「那他為啥非要催著咱們過江？」眾人卻是不服，梗著脖子低聲嚷嚷。

「可不是麼，咱們這群武夫，又沒擋著他文官的道。」

……

「這就是你們平素不肯讀書的壞處。」祖承訓翻了翻眼皮，有氣無力地數落，「申包胥哭秦廷，聽說過沒？書沒讀過，折子戲總是看過吧？當年吳國滅楚，楚國的讀書人申包胥，就是到秦國哭了七天七夜，終於哭來了秦國的救兵，硬生生幫助楚君復了國。咱們郝巡撫是讀書人，最吃這一套。那朝鮮使者李德馨，也是個讀書人，既能說，又能哭。」

「原來如此！」眾將這才恍然大悟，紛紛嘆息著點頭，「咱們這些兵痞的性命，在巡撫眼裡，終究比不上異族的幾聲嚎啕……」

「別胡說，趕路！小心引來追兵。」祖承訓無法再替巡撫郝傑辯解，瞪圓了眼睛低聲呵斥。

「是。」眾將佐罵了半天，嘴巴早就乾了，心裡也知道，自己無論怎麼罵，也罵不掉巡撫大人分毫。低低答應了一聲，策動坐騎繼續向東飛奔。

「祖帥，前面，前面山坡下好像有動靜！」負責探路的斥候頭目祖信，忽然策馬奔回，頂著滿頭大汗，小聲彙報。

「哪裡？」祖承訓被嚇了一大跳，趕緊帶住坐騎，低頭向山腳下的另外一條小路上觀看。借著月光，果然看到隱約有一支隊伍，正策馬向西奔去。領軍的將領很顯然是個外行，居然連斥候都不派，更沒有注意到，自己就在他頭頂上方，彼此之間隔著還不到半里遠。

「看身材不像是倭奴。」游擊張國忠貼著祖承訓的耳朵，小聲嘀咕，「也不像是朝鮮人。祖帥，莫非巡撫得知了咱們戰敗的消息，特地派了兵馬前來援救？」

「你做夢吧你。」祖承訓狠狠瞪了他一眼，用極低的聲音打斷，「巡撫是文官，哪裡會在乎咱們這群武夫的死活。況且，他要派人前來相救，也不會只派區區幾十號，帶隊的還是個生瓜蛋子。」

「這……」張國忠被駁得無言以對，只能紅著臉點頭。

「別這這那那的，讓弟兄們停下來，誰也不要發出聲音。讓下面那夥人先過去，無論他們到底是誰。」祖承訓皺了皺眉頭，果斷作出決策。

「少爺，通知弟兄們不要往山上看，加速往前趕！」崎嶇的山路上，家丁頭目張樹忽然低下頭，附在張維善耳畔低聲提醒。

「往後傳，告訴弟兄們加速趕路，誰也不許東張西望！」張維善心裡打了一個哆嗦，果斷朝著身後小聲吩咐。

「往後傳，告訴弟兄們加速趕路，誰也不許東張西望！」

「往後傳，告訴弟兄們加速趕路，誰也不許東張西望！」

「往後傳……」

隊伍中的軍官和家丁們，都是生死之間打過滾的老手，瞬間就猜到了可能有強敵在側。一個接一個將命令傳了下去，同時雙腿悄悄磕打坐騎小腹，催動戰馬加速。

轉眼間，大夥跑出了六七里遠，聽到周圍始終沒傳來追殺聲，才喘息著拉住了馬頭。隊伍的首領李彤兀自懵懵懂懂，頂著一腦門子熱汗，低聲向張樹請教：「樹兄，剛才到底是怎麼回事兒。莫非山上有大股敵軍趕路？」

「千總稍待！」張樹沒有立刻回答他的話，先伸豎起了耳朵，仔仔細細聽了片刻四周圍的動靜。然後才衝著他恭恭敬敬地抱拳行禮：「啟稟千總，剛才距離咱們三百步左右的山坡上，的確有支隊伍在連夜趕路。一時間敵我難辨，所以小人才提議大夥，先跟他們拉開距離，然後再做打算。」

「會不會是祖總兵他們？樹兄，你剛才其實應該……」張維善楞了楞，帶著幾分期盼追問。

「樹兄做得對。無論是不是，咱們剛才都不該留在那支隊伍的正下方。」話才說了一半兒，立刻被李彤低聲打斷，「否則，一旦他們順著山坡衝下來，後果不堪設想！」

「啊！」張維善激靈靈打了個冷戰，這才意識到，剛才大夥的情況有多危險。萬一山坡上那支身份不明的隊伍是倭軍，對方人多勢眾且居高臨下，廝殺起來，大夥今夜肯定死無葬身之地。

「兩位千總請帶領弟兄們在此歇息片刻，小人這就去打探對方真實身份。如果是祖總兵，其即便不派人過來查驗咱們，也會留下一些蛛絲馬跡。如果是倭奴，也不會任由咱們擦肩而過。」家丁頭目張樹，詫異地看了李彤一眼，隨即果斷低聲請纓。

「帶幾個弟兄一起去。」李彤想都不想，立刻做出了決定。「如果發現對方是倭奴，不要戀戰，立刻退回來。我和守義在這裡擺好了陣型接應你。」

「多謝千總。」張樹再度拱起手，大聲道謝。隨即，點了四名平素跟自己熟悉，且身手高強的家丁，策馬如飛而去。

「叫弟兄們全都換了備用坐騎，然後把兵器準備好，站在馬身旁休息。最遠不要超過那棵大樹。聽到動靜，立刻回到我身邊整隊。」不待他的背影去遠，李彤立刻向身邊的幾個軍官下令。

眾軍官也知道，情況未必如張維善剛才說得那樣樂觀。答應一聲，紛紛去安排弟兄們休整。卻不敢過於放鬆，只是將頭靠在剛剛換好的備用戰馬的鞍子旁，稍稍喘幾口氣而已。更不敢找避風處吃乾糧，以免遇到突發情況，來不及整隊迎敵。

「朴兄，你傍晚之前說，祖將軍可能在小金寨，那裡距離此處還有多遠？」見弟兄們都不需要自己去操心，李彤也悄悄鬆了一口氣。更換了坐騎之後，又將主動給大夥領路朝鮮嚮導叫到身邊，非常客氣地向對方詢問。

「不敢，不敢。天朝老爺折煞了，折煞小人了！」那朝鮮嚮導雖然因為經常到遼東倒賣藥材，學會了說漢語，其出身卻極為寒微，以往在自己國家被官員和貴胄們呼來斥去，幾曾受過如此禮遇？忽然見到天朝上國的「大將軍」主動向自己拱手，嚇得立刻跪在了地上，連連磕頭。

「你起來，這裡是軍中，不必老像個磕頭蟲一般。」李彤被磕了個猝不及防，連忙在馬背上避開了半個身子，然後皺著眉頭低聲吩咐。

「不敢，不敢。小人吃了三斤人參，也沒這個膽子。」朴姓嚮導一邊抬手抹汗，一邊快速解釋，「小人平時見了官老爺，從來沒站著說過話。您是天朝上國的大將軍，比我們朝鮮的縣主大一百倍……」

「一個千總，算哪門子將軍？」李彤越聽覺得荒唐，忍不住笑著呵斥，「叫你起來就起來，別囉嗦。有這功夫，早把我的問題解答完了。」

「別囉嗦，你只要好好帶路，這裡就沒人會雞蛋裡挑骨頭。咱們大明的官兒，跟您們朝鮮不一樣。」張維善在旁邊看得不耐煩，也瞪圓了眼睛大聲補充。

「是，是，小人明白，小人明白。」朴姓嚮導連聲答應，卻依舊不敢起身。跪在地上，快速回應，「啟稟兩位大將軍，小金寨距離這兒大概還有三十里山路。小人，小人也是從逃難的其他弟兄嘴裡，聽說的這個消息。至於做得不做得準，小人，小人真的不敢保證。」

「放心，即便錯了，也沒人會怪你。」李彤聽他說得小心翼翼，笑著低聲許諾。

那朴姓嚮導聞聽，感動得眼睛都紅了起來。抬起乾枯手掌，在自家臉上揉了兩把，然後哽咽著補充：「大將軍您是好人，老天爺保佑您，肯定百戰百勝。小金寨是太白山裡最大的一座寨子，逃難的弟兄們說天朝的兵馬去了那裡休整，應該沒錯。如果他們不在那兒，小人就帶著你們去白馬寨，刺猬寨和黑石頭寨找。反正太白山裡總計才有五個寨子，只要天朝兵馬的確進了山，大將軍您肯定能找得到。」

「那就有勞您老人家了。」李彤聽他說得認真，再度笑著拱手。

「折煞了，折煞了！」朴姓嚮導被嚇得一哆嗦，連忙又將頭伏了下去，連連叩地，「您是天上的星宿轉世，小人，小人，小人不配受您的禮。小人能給您帶路，是，是三輩子修來的……」

「盛兒，替我把他攙起來，然後賞他二兩銀子。」李彤被他拜得渾身上下都不自在，扭過頭，朝著自己的家丁李盛吩咐。

在他印象裡，大明的官員，也經常欺壓百姓。但是多少都會注意一點兒界限，從來沒有誰把百姓欺負到不當人看待的份上。而在朝鮮，官員、士族、讀書人和普通百姓之間的界限，卻像天塹般分明。前幾種人彷彿天生就該高高在上，而後一種人，則好像生來就是賤種，活該給前者做牛做馬。

如此，當倭奴大舉向朝鮮發起進攻，朝鮮百姓，怎麼可能會不惜性命地去抵抗。打輸了，不過是換了被另外一夥人欺負而已。同樣是做牛做馬，給倭國人做，和給自己人做，到底能有多大的分別？

「千總，樹兄他們好像回來了！」正悶悶地想著，耳畔卻忽然又傳來了家丁頭目李盛的彙報聲。

「啊，這麼快！」李彤楞了楞，迅速抬頭。恰看見張樹帶著四名家丁，風馳電掣般朝自己這邊衝了過來。還沒等將坐騎停穩，就大聲彙報：「稟千總，剛才那支隊伍已經跑得遠了。沒留下任何標識身份的東西。也沒派人過來查驗咱們的身份。屬下從馬蹄留下的印記上看，不像是倭奴。」

[illegible]

[illegible]

第十一章 絕境

「應該不是倭奴，屬下留意過跟咱們交手的那夥倭奴的坐騎，馬蹄子很小。」陪張樹一起去打探敵情的家丁李寶，也策馬上前，大聲補充，「並且大多數步卒穿的都是草鞋。而剛才過去那批，好像全都是騎兵。」

「那太好了，肯定是祖總兵。咱們不用繼續去那個什麼小金寨了。現在就掉頭折回去，跟他們一起返回遼東。」張維善聽得大喜，揮舞著胳膊高聲慶祝。

「應該就是祖總兵他們，否則不可能眼睜睜放咱們離開。」

「肯定是，朝鮮已經八道盡失。哪可能還養得起如此大規模的騎兵？」

「回去了，回去了，現在回去，誰也不能再誣陷咱們見死不救。」

「嗯，追上祖總兵，跟他一起……」

眾家丁和百總、旗總們，也都興高采烈。紛紛開口提議，大夥現在就去與剛才避之不及的那支隊伍匯合，然後結伴渡河回家。

「樹兄，你估算過沒有，剛才那支隊伍有多少人？」唯獨李彤依舊將眉頭皺得緊緊，看著張樹的臉，繼續詢問。

「從馬蹄印記和馬糞上分辨，至少還有八、九百騎。」月光下，張樹臉色明顯一暗，想了想，苦笑著回答。

這也是他不敢直接確定剛才與大夥擦肩而過的那支隊伍真實身份的原因，按照錦衣衛指揮史世用所提供的消息，前鋒營即便沒有全軍覆沒，損失也在九成以上。能跟著祖承訓和史儒兩人突圍而出的將士寥寥無幾，根本不可能高達近千。

而根據朝鮮潰兵和義軍的描述，前鋒營當時原本就不是全軍殺向了平壤。跟在祖承訓和史儒兩人身後的只有兩千多戰兵，隨行的輔兵和民壯，全被祖承訓留在了馬寨水南側一個名叫青松寨的地方，根本沒有同行。

兩千多戰兵，在不小心踏入了倭軍陷阱的情況下，怎麼可能還會有一半兒潰圍而出？這樣的結果，讓人完全難以置信，並且與傳言和情報也完全不符。

「對啊，如果真的是祖總兵，麾下還帶著八、九百精銳，他著急跑什麼？至少應該派幾個斥候，核實一下咱們的身份？」聽李彤和張樹兩人說得鄭重，張維善心裡頭也泛起了嘀咕，皺著眉頭低聲小聲追問：「你們剛才，就沒碰到對方的斥候嗎？或者找一找對方留下的身份標識？」

「沒斥候，也沒任何標識。」張樹的臉色又暗了暗，繼續搖頭苦笑。

遼東副總兵祖承訓，乃是赫赫有名的宿將，按理說，既然麾下還有近半兒兵馬，就不該走得如此匆忙。更不該犯下如此低級的錯誤，連核實身份的斥候都不派，就跟大夥擦肩而過。除非，除非，這裡邊還藏著別的隱情。

「會不會，會不會祖總兵已經，已遭不幸？」另一個家丁頭目李盛遇事喜歡往壞處想，湊上前，小心翼翼地推測。

「不可能，如果那樣，前鋒營肯定崩潰，更不可能還餘下八、九百騎。」李彤、張維善兩個，齊齊搖頭。

雖然投筆從戎時間不長，但是，對於大明官軍，特別是遼東各路官軍的情況，他們已經大致有所瞭解。與他們所在的選鋒營左部差不多，在整支隊伍中戰鬥力最強大，裝備也最好的，乃是主將和各級軍官的家丁。甚至許多軍官，原本是主將的家丁，因為立下的戰功太大，才被主將「恩准」另立門戶，從而擺脫了原來的身份。

這樣的軍隊結構好處是，主將和各級軍官，很容易做到上下齊心，在戰鬥中共同進退。但是，缺點也極其明顯，那就是，一旦主將陣亡或者逃走，整支部隊就立刻失去了依傍，瞬間墜向崩潰的邊緣。

所以，李盛的推測，根本不成立。否則，大夥剛才遇到的就不該是一整支隊伍，而是一夥亂哄哄的潰兵，並且數量也非常有限，不可能高達近千。

「那，那就麻煩了？」一見沒人支持自己的推論，家丁頭目李盛面孔，立刻皺成了包子。「不是倭軍，不像前鋒營，總不能是朝鮮國的官兵吧？他們如果有本事如此整齊，就不會短短幾個月，就被倭軍攻占了全境了！」

「可不是嗎？」

「這帶隊的也是，你沒膽子派人聯絡，倒是留下個記號啊！」

「嘖嘖，嘖嘖……」

眾家丁和把總、旗總們，也覺得好生困惑。一個個苦著臉，竊竊私語。

確定不了對方身份，他們就沒法現在掉頭北返。而繼續太白山深處走，萬一對方真的是祖承訓，大夥要白跑幾十里山路不說，回去的路上，還有可能被聞訊趕來的倭軍堵個正著。

「朴兄，你再確認一下，這裡距離小金寨還有多遠？」作為一軍主將，李彤卻不敢再耽擱，低下頭，朝著嚮導大聲詢問。

「三十里山路，最遠四十里。」朴姓嚮導楞了楞，本能地回應。隨即，又趴在了地上，連連叩頭，「折煞了，折煞了。大人您是何等高貴的身份，小人即便借一百個膽子，也不敢跟您稱兄道弟。」

李彤這次，卻沒功夫再跟他客套。扭過頭，朝著所有人高聲喊道：「行百里者，半九十！如果剛才那支隊伍是祖總兵所帶，以他們的規模，平安殺回遼東，問題應該不大。用不到咱們再去錦上添花。所以小金寨咱們今夜必須走一遭。否則，萬一剛才那夥人不是，咱們現在折回去，結果跟沒來一模一樣。」

「也是，八十里山路，快點走，也就一個時辰的事情。咱們已經到這兒，不差最後一個時辰。」張維善向來跟他配合默契，立刻扯開嗓子，大聲附和。

「去就去，來回不過兩時辰。」

「千總，您下令吧。反正弟兄們走到這了。」

……

四下裡，立即湧起了一片響應之聲。大部分家丁和軍官們，都認同自家千總的決定，笑著高聲附和。也有個別人認為不如現在就掉頭北去，但聽到同伴們的話語，知道自己即便現在開口反對，非但起不到任何作用，反而會遭到嘲笑。只好果斷閉緊了嘴巴，策動坐騎跟大夥一道繼續沿山路向西南而行。

大傢伙兒都不惜體力加速趕路，後半夜，終於成功抵達了目的地。才看到寨門兒，朴姓嚮導立刻興奮地手舞足蹈，「是這裡了，這就是小金寨！我以前來過，整個太白山裡，這是最大的一個寨子！」

「小心！」張樹手疾眼快，一把拉住了此人的胳膊，「裡邊沒有燈光，門口也沒有任何人當值。」

「啊！」朴姓嚮導被嚇了一哆嗦，冷汗順著額頭淋漓而落，「怎，怎麼會，怎麼會這樣。我，我分明我家統領說過，天兵，天兵就去了這裡。他，他……」

「千總，你和弟兄們在這裡稍等，在下去去就來！」張樹沒時間跟他囉嗦，扭過頭，衝著李彤主動請纓。隨即，縱身跳下坐騎，單手拎著一把戚刀，如猿猴般向寨門口摸了過去。

「李盛，你帶十名弟兄跟上去接應。」唯恐他人單力孤，李彤果斷下令。

另一位家丁頭目也知道事情不妙，答應著跳下坐騎，點了十名家丁，快步追向張樹。其餘家丁和軍官們，則主動向李彤靠攏，抽刀在手，組成了一個簡單的三角陣，隨時準備迎接突然殺出來的敵軍。

大夥跑了大半夜，人困馬乏，精神又高度緊張，呼吸聲沉重得宛若風箱。就在此時，卻又見張樹像旋風般，從寨門內衝了出來，飽經風霜的臉上，寫滿了悲愴。

「啟稟兩位千總，裡邊已經沒人了，前鋒營已經撤離。」將戚刀插回腰間，他拱起手，大聲向李彤和張維善兩人彙報。

「確認是前鋒營！他們留下了什麼印記？」緊繃的精神瞬間一鬆，李彤皺著眉，快速詢問。

「確認。」張樹抬手在自己臉上抹了一把，紅著眼睛回答，「裡邊，裡邊留下了許多墳冢。都是，都是重傷不治的大明官兵。史，史游擊他，他老人家也長眠於此。」

「怎麼可能？你剛才還說，前鋒營還剩下八、九百人？」張維善大驚失色，瞪圓了眼睛高聲質問。

每一位總以上的軍官，都可以自養一定規模的家丁。史儒的官職是游擊，身邊家丁肯定不會少於三十個。而前鋒營從平壤城裡突圍出來的將士足足有一半兒，按常理，無論如何都輪不到史儒這個在二十餘名家丁保護下的游擊將軍戰死。

「應該是重傷不治。」張樹側了一下身子，讓開同往寨門的道路，「裡邊還葬著十幾個前鋒營的將佐，身份都不算低。」

「重傷不治！」張維善又楞了楞，喃喃的重複。

如果是重傷不治而死，倒解釋得通。按照史世用和朝鮮潰兵提供的情報，游擊將軍史儒是第一位率部殺進平壤城的大明將領，其所遭受到的攻擊，也肯定最突兀。驟然受到襲擊，哪怕身邊的家丁數量再翻上兩倍，也不能保證毫髮無傷。

而前鋒營既然把輔兵和民壯都丟在了身後，恐怕也不會攜帶足夠的草藥，更未必會帶著郎中隨行。重傷之後缺醫少藥，游擊將軍史儒當然會在劫難逃。

「子丹……」迅速想清楚了前因後果，他將頭扭向好朋友李彤，準備勸對方早做決斷。

然而，李彤卻好像沒聽見他的呼喚一般。跳下坐騎，大步流星朝營內走去，包裹了鐵皮的戰靴，踩在冰冷的土地上，每一下，都無比沉重。

「子丹……」張維善也翻身下馬，快步追了上去。剎那間，心中百味陳雜。

將軍難免陣前死，最近幾個月來，連續經歷風雨，他對身邊的死亡已經不再敏感。而游擊將軍史儒雖然曾經是他試圖投奔的對象，卻跟他素昧平生，所以，對於此人的死訊震驚歸震驚，他的心臟，卻不會因此變得沉重。

剎那錯愕之後，他卻清晰地感覺到此時此刻好朋友李彤的心情。

先前李彤之所以做出帶領少部分精銳去營救前鋒營的決定，一方面是為了避免被言官將來挑刺，說大夥對袍澤見死不救。另外一方面，則是因為游擊將軍史儒恰恰就在前鋒營中。

而這位游擊將軍，恰恰是劉繼業和劉穎兩個的親舅舅。在劉繼業本人身受重傷的情況下，率部替他將舅舅接回來，就成了李彤不可推卸的責任。

連日來，李彤帶著大夥披星戴月，緊趕慢趕，冒著被大隊倭奴截殺的風險，才終於趕到了前鋒營曾經的駐地。卻不料，接到的卻是一堆冰冷的墳冢。

「唉，這都是命！」家丁當中，許多人也都知道史儒跟劉繼業之間的關係，嘆了口氣，下馬快步跟上。

「唉——」家丁頭目李盛，點燃一支火摺子，嘆息得尤為沉重。

游擊將軍不算什麼高官，可舅甥之親，總比朋友之間的泛泛之交更可靠。更何況，實踐已經證明，李家六郎李如梓說的話，在其家族中並沒那麼管用。

如果最初李彤、張維善和劉繼業三個，來遼東之時，游擊將軍史儒還沒隨前鋒營出發。兄弟三個到了此人麾下，雖然未必能像現在這般直接坐上千總之位，手裡所帶的，卻絕不會是一群連血都沒見過的新丁。

在生死都決定於一瞬間的戰場上，帶著一群新丁出征，和帶著數百老兵，差別會是地下天上。前者很容易突然崩潰，拖累主將丟官罷職，甚至直接身首異處。而後者，卻往往能創造出奇蹟，推著主將一路加官進爵。

所以，在家丁頭目李盛看來，只要走出了投筆從戎這一步，以李彤、張維善和劉繼業三人的資歷和家世，最開始做把總和做千總，其實差別不大。身邊如果能有一群經驗豐富的老兵鼎力相助，由把總升到千總，也就是一、兩場戰鬥的事情。可如果身邊帶著一群新丁，有千總降至把總，百總甚至旗總，也是一、兩場戰鬥的事情。像前幾天那種稀裡糊塗的勝利，純屬狗屎運中的狗屎運，想再重複第二次，根本沒有任何可能。

不像張樹那樣，對自己的人生已經不抱希望。李盛今年才三十五歲，無論身體和心臟，都還強壯。還期待著能附自家少爺尾驥，一道平步青雲。據他所知，拜目前大明混亂的軍制所賜，由家丁出身，登上游擊、參將甚至總兵之位者，並不少見。剛剛跟大夥擦肩而過的遼東副總兵祖承訓就是一個先例。而他自問武藝、謀略、經驗都不比祖某人差，又怎甘心做一輩子家丁。

這一路上，他努力表現，他每戰必先，圖的就是李彤救下了前鋒營之後，能帶著自家托庇於背景深厚的史儒這位游擊將軍麾下。然後自己找機會脫穎而出，在戰場上斬將奪旗，一步步走向人生的巔峰。而現在，所有好夢都瞬間破滅，他只能跟自家少爺一起，接受眼前這冰冷而無奈的現實。

「大明遼東游擊將軍史公儒之墓。」

「大明遼東游擊將軍王公守官之墓。」

「大明遼東千總馬公世龍之墓……」

「大明遼東千總戴……」

火光跳動，照亮兩大排簡陋的土丘，還有土丘前，兩大排用木片倉促做成的墓碑。一個個熟悉的官職和陌生的名字，隨著火光的跳動，忽明忽暗。

戰場容易建功立業，卻更容易讓人變成一具屍體。這一刻，所有人，都瞬間明白，他們如今不是身在南京。

家丁會死，把總會死，千總也會死。死亡距離大夥從沒像現在這麼近，大夥對戰爭的認識，也從沒像現在這樣清晰。

「子丹，人死不能復生，你已經盡力了。」默默地向墳冢添了一把土，張維善扭過頭來，向著好朋友李彤低聲奉勸。

平素都是對方像大哥一樣照顧他，今天，卻輪到他來照顧對方了。小舅子身受重傷，妻舅也沒接回來，對方返回遼東之後，肯定不好向未婚妻劉穎交差。但此處乃是朝鮮腹地，距離大明和朝鮮的邊境馬塞水有一百六七十里遠，為了安全起見，他必須勸對方儘早帶領大夥北返。

「是啊，千總，既然小金寨已經沒了人，先前跟我等擦肩而過的，肯定就是祖總兵。咱們這邊一人雙騎，現在追過去，肯定有機會追上他們，然後結伴返回遼東。」家丁頭目李盛，也強打起精神，大聲建議。

雖然沒接到人，可捨命前來相救的壯舉，卻得想辦法讓遼東總兵祖承訓知道。失去了史儒這個靠山，今後自家少爺李彤想在遼東官場上混，多一條大腿抱，總比沒有好。

「將，將軍大人！」朴姓嚮導，也不喜歡好心的大明將軍，稀裡糊塗落在倭寇手裡。湊上前，結結巴巴地提醒，「剛才，剛才那夥人規模，規模龐大，肯定會引起倭寇的注意。您，您老最好現在就走，即便不跟他們搭伴兒，至少別被聞訊趕過來的倭寇堵個正著。」

「的確。」入了營後，一直楞楞對著墳冢發呆的李彤，忽然轉過身，給了所有勸告自己的人，一個疲倦的笑臉，「上馬，咱們回遼東。」

沒接到想要營救的目標，還親眼目睹了兩排剛剛堆起的墳墓，弟兄們的心情可想而知。後半夜，誰都沒興趣再說話，悶著頭徑自匆匆往北走。一口氣走到紅日初升，才在晨曦中拉住了坐騎。

「將軍大人，這裡叫黃葉嶺，是平安東西兩道的分界線，再往北十五里上下，就出了太白山區了。」朴姓嚮導的心情，卻與大夥截然相反，指著不遠處已經落光了葉子的樺樹林，笑著介紹。馬上就能完成上司交給自己的任務，並且還從李彤手裡得了一大筆賞金，他渾身上下都透著輕鬆。將頭朝四下看了看，又繼續大聲補充：「中原賣十幾兩銀子一支的高麗參，在這邊才二百個銅錢。一會兒如果遇到趕山的參客，各位大人不妨多買幾支。即便自己不用，送人也是好東西！」

「都什麼時候了，居然還有人進山採參？」張維善聽得好生奇怪，忍不住皺著眉頭低聲問道。

「沒辦法啊，不採參，他們就沒飯吃了！況且最近地方官老爺都跑了，還沒人設卡抽水，剛好能多攢一點兒。」已經跟李彤等人混熟了，朴姓嚮導的說話時就沒那麼多顧忌，心裡怎麼想的，就原樣往外倒。

「以往官府抽水抽得很重嗎？」從小就受儒家教育的張維善，實在理解不了對方的心態，想了想，繼續低聲追問。

「不能算多，就是每個卡子都收。每次都沒定數。若是趕上倒楣，一路上遇到七八個卡子，基本上幾個月的山就白幹了！」朴姓嚮導嘆了口氣，幽幽地回應。

「哦——」張維善聽得似懂非懂，笑著輕輕點頭，「那是狠了點兒。我還以為跟大明一樣呢！」

「可不敢跟天朝比！」朴姓嚮導聞聽，立刻將手擺成了風車，「天朝做買賣，三十才抽一。並且只要捨得繞遠路，不總是往城裡頭跑，通常都不會被攔下抽第二回。」

「哦——」對於大明稅制，張維善其實也不太瞭解，再度暈乎乎地點頭。「那你以後，乾脆搬遼東去住好了。反正都是做生意，在哪不是做？」

「我的將軍大人啊，小人哪有那個福氣！」朴姓嚮導咧了下嘴巴，苦笑著解釋，「大明子民，都是有戶籍在册的。除非小人哪天鴻運當頭，遇到貴人提携。否則，去遼東販參可以，想要留在那，門都沒有！」

說罷，又低下頭，不停地拿眼睛往李彤身上瞄。彷彿剛剛做了賊被抓現行一般，從頭到腳都虛得厲害。

「你這廝！」張維善聞聽，立刻知道朴姓嚮導肚子裡到底打什麼鬼主意了，忍不住笑著數落，「想要讓爺爺幫你到遼東落戶，直說就是，何必非繞這麼大個圈子。」

「嘿嘿，嘿嘿，嘿嘿……」朴姓嚮導的小心思被識破，訕笑地撓頭。

「你叫什麼名字，家裡還有其他人嗎？」一直默不作聲聽兩人說話的李彤，卻對此人感了興趣，笑著低聲詢問。

「小人，小人，小人……」朴姓嚮導不知道李彤到底是什麼意思，摸著自己的後腦勺繼續訕笑不止。

「嘿嘿，嘿嘿，小人……」

「還不趕緊跪下磕頭？我家千總看你帶路有功，想拉你一把。」李盛在旁邊看得不耐煩，抬手就給了此人一纆繩。

一縷暗紅色的血印子，立刻在朴姓嚮導臉上顯了出來。然而，他卻好似根本不知道疼，迅速趴在地上，對著李彤連連叩首：「將軍大人，將軍大人在上，小人朴七，願意一輩子給您老人家牽馬墜鐙。」

「起來吧！」李彤笑了笑，輕輕擺手，「這幾天，辛苦你了。」

「不辛苦，不辛苦！」嚮導朴七抬手在自己臉上抹了一把，回應聲帶著明顯的顫抖，「大人您才辛苦。小人一個跑小買賣的，走點路根本不算啥。大人，您先下馬吃點兒乾糧，小人這就去找趕山客，保證給您弄幾支八兩以上的高麗參來。」

「不必了，我要那東西沒用。你也吃點乾糧，然後咱們繼續給大夥帶路，咱們直接返回遼東。」李彤笑了笑，再度輕輕擺手。

「那，那怎麼行。大人您，大人您給了小的天大的恩情，小人……」嚮導朴七激動得語無倫次，一邊抹淚，一邊繼續大聲說道，「小人別的本事沒有，給您弄點朝鮮土貨，總也心安。」

「我說不必，就不必了。舉手之勞而已。不過，當下你只能先給我做個家丁，日後等打完仗，才能准許你退伍。」李彤搖搖頭，笑著補充。

這不會是他最後一次來朝鮮，返回遼東之後，估計用不了太久，就得跟隨大軍再此渡過馬寨水。人地兩生，像朴七這種熟悉朝鮮情況的人才，正是他所急需。所以，即便先前對方不主動求肯他幫忙到遼東落戶，他也會想方設法將對方留在身邊，以備不時之需。

嚮導朴七，哪裡知道李千總早就在打挽留自己的主意。聽對方竟然直接提拔自己做了家丁，愈發感動得心潮翻滾，「將軍大人，能投到您的旗下，是，是小人幾輩子修來的福分。小人……」

「等過了河，你先回去把家眷接到九龍城那邊。」不花錢買了對方做家丁，還落得一份感激，李彤自覺心中有愧，擺了擺手，低聲打斷。「剛好我夫人也在那邊，手頭正缺人使喚。」

「哎，哎……」朴七喜出望外，答應著跪下去，再次給李彤叩頭，「大人，您就是小的再生父母。

小人，小人寧願給您做一輩子家丁，死也不會離開。」

「想得美，我家千總才不會養你一輩子！」一名自告奮勇加入隊伍的總旗在旁邊看得眼熱，笑著大聲數落。

「可不是麼，你小子，算是燒高香了！」

「嗯，想給我家千總做家丁的，從遼河能排到獅子口，偏偏這次便宜了你。」「你這廝，倒是有福……」

其他家丁和軍官，也都紛紛笑著打趣。

按照大明現在的軍制，給一個武將做家丁，前途遠好於做普通民戶和軍戶。特別是給像李彤和張維善這種有一定背景，讀書人出身，還敢於拚命的將領做家丁，等同於人生搭上了順風車。只要不倒楣到戰死沙場，退役時少不得能混個百戶當。

「小人，小人明白。小人，小人一定會賣力幹活，回報將軍大人的提携之恩！」朴七心裡高興，說出的話也愈發利索。

朝鮮兵荒馬亂，而大明那邊卻一片太平。哪怕他本人將來真的倒楣戰死，至少家裡的老婆孩子變成了大明子民，不用再繼續過那種朝不保夕的日子。

想到這兒，朴七頓時覺得全身上下都充滿了力氣。抬起頭，正準備再說上幾句表忠心的話，卻不料，耳畔忽然傳來了一個無比熟悉的聲音，「好你個爛腿兒朴七，讓你給將軍老爺帶路，你竟然一走就沒了消息。回頭去，看本官不扒了你的皮。」

第十二章 拚命

「金大人！」嚮導朴七打了個哆嗦，如同見到貓的老鼠般跪倒在地，朝著來人連連叩頭，「小的正打算將天朝將軍送走之後，就回去向鄭將軍覆命。小的……」

「讓開，別擋路！」來人抬起腳，將朴七踹出了三尺遠。隨即，又迅速換了一副笑臉，朝著李彤等人拱手，「哪位是天朝李千總？在下乃是朝鮮寧邊大都護府帳下……」

「李澤，他是誰？」李彤對突然冒出來的不速之客極為警惕，將手按在刀柄上，厲聲打斷。

「啟稟千總，此人自稱是朝鮮王子的親舅舅，平安道下面一個州的郡守。奉了其王子之命，前來勞軍。是先前派朴七給咱們指路的那個車千戶帶著他一起來的。所以小人才將他領到了您面前來。」負責頭前警戒的家丁李澤，紅著臉低聲彙報。

「在下的姐姐乃是貴人，寧邊大都督……」金姓官員又往前走了半步，涎著臉繼續向李彤拱手。

一句話沒等說完，卻被李彤再度高聲打斷：「車千戶呢，他怎麼沒跟著一起過來？」

「千總大人，車千戶只是個帶兵的武夫，不懂禮儀……」金姓郡守毫不氣餒，繼續紅著臉解釋。

「我沒問你，你先等一會兒。」不喜歡此人先前對朴七的跋扈，李彤橫了他一眼，大聲呵斥。隨即，繼續將目光轉向家丁李澤，「你說！軍中之事，自有軍中規矩。」

「是。」家丁李澤知道自己辦錯了事情，趕緊肅立拱手，「車千戶身邊帶著三百多名朝鮮騎兵，不方便下馬，所以，屬下就自作主張，讓他們留在了兩里之外的岔路口。屬下知錯了，請千總責罰。」

除了先前將姓金的朝鮮郡守帶過來之外，其他處置，倒還算妥當。李彤先揮手令他退下，然後又回過頭看了看身後滿臉疲倦的弟兄，隨即，笑著向金姓官員詢問：「金大人是吧？你大老遠跑來，有何見教？」

「不敢，不敢。」被李彤故意冷落了好半天，金郡守卻絲毫不敢發怒。先躬身行了個禮，然後滿臉堆笑地彙報，「番邦小國，哪裡敢在將軍面前稱大人。下官這次來，乃是奉了我家臨主上海君之命，特地請貴部前往寧邊大都護行轅休息。他已經專門安排下了酒宴，準備為各位將軍一洗征塵。」

「臨海君又是誰？還有，寧邊大都護是什麼官職？前幾天李某南下之時，怎麼沒見他派兵阻截倭軍？」非常不給對方面子，李彤直接了當說出心中疑惑。

「回將軍的話，臨海君，乃是我家國王的長子。奉命擔任寧邊大都護，率領平安、咸鏡兩道的軍民討伐倭寇。」金郡守的口才非常了得，短短幾句話，就將李彤的疑問解釋了個清清楚楚，「至於我家主上為何前幾天沒率部跟倭寇交手，乃是因為前幾天他剛剛接到我王的上諭，還沒來得及赴任。」

「哦，原來又是一個王子。」李彤終於大致弄清了對方的身份，遲疑著點頭。正準備出言推辭，卻忽然聽張樹低聲問道：「金郡守在來的路上，可曾遇到了另外一支大明兵馬。規模在千人上下，並且跟我們一樣，全都是騎兵？」

「沒，沒有，肯定沒有！」金郡守楞了楞，旋即就將頭搖成了撥浪鼓，「下官接到我家主上的命令之後，就由車千戶帶著往太白山這邊趕，沿途沒有遇到過任何隊伍。」

「那你家王子，可曾命令你請祖總兵？」平素一直很注意上下尊卑的張樹，忽然變得魯莽了起來，繼續大聲越俎代庖。

「下官，下官不知道。」金郡守又楞了楞，信誓旦旦的補充，「下官這個郡守，也是剛剛到任。對什麼事情都兩眼一抹黑。您說的祖總兵，如果我家主上知道他來了朝鮮的話，肯定會請。但是，具體派誰去請，下官就不清楚了。」

「噢，原來如此。」張樹偷偷向李彤使了個眼色，然後繼續大聲追問，「那金郡守可知道，距離這裡最近的一夥倭寇在哪，具體有多大規模，其領兵主將又是哪個？」

「回天朝上差的話，下官，下官乃是文職，不，不通曉武事。您老如果需要詢問倭寇的情況，不妨在酒宴上，跟其他朝鮮武將打聽。我家主上，也請了附近各處帶兵的朝鮮將軍。」金郡守抬手擦了擦額頭上的汗，回答得滴水不漏。

張樹聞聽，便不再繼續難為他，只是將目光轉向李彤，靜靜地等待後者做出決斷。

李彤雖然剛當上選鋒營左部千總沒幾天，對朝鮮的情況也是兩眼一抹黑。但基本的防人之心卻不缺，見張樹突然纏著金郡守刨根究底，立刻就失去了接受朝鮮王子邀請的興趣。搖搖頭，笑著向金郡守說道：「多謝你家王子美意。洗塵，就不必了。遼東祖總兵已經帶著麾下弟兄甩開李某老遠了，李某得趕緊追上去與他會合。實在不敢中途赴宴，耽誤軍機。」

說罷，又迅速扭過頭，朝著所有家丁和軍官吩咐：「就在此處休息一刻鐘，大夥趕緊吃點乾糧，把身邊的坐騎也都餵上一餵。一刻鐘之後，就上馬出發。以免祖總兵等咱們不著，還又派人過來接應。」

「諾。」弟兄們雖然不明白他為何非要把祖承訓部給扯上，卻果斷地齊聲答應。

「這，這怎麼行。」金郡守聞聽，立刻著了急，躬身下去，連連作揖，「將軍大人，將軍大人。我家主上自打聽聞有天朝兵馬南下，就盼望著能當面向各位將軍致謝。他的大都護行轅距離此處不到三十里，您麾下的弟兄們，又累得人困馬乏。何不過去吃頓飯，順帶歇上一歇。說不定祖總兵會去，您和他在行轅匯合，豈不省得彼此再你追我趕。」

「還是不勞煩了。你家臨海君有招待李某那份錢糧，不如去多徵募一些壯士。李某這一路上，看到好些被殺散的朝鮮兵卒，身上連件像樣盔甲都沒有。包括幫李某安排嚮導的車千戶，李某見到他時，他麾下的弟兄都有一大半兒拿青布裹頭。」

「這，這是因為我家主上剛來，沒，還沒顧得上，沒顧得上整頓各路兵馬，發放武器輜重。」金郡守難得臉紅了一次，擺著手大聲解釋。「天朝將士捨命為朝鮮而戰，我，我家主上總該盡一份心意。再省，也不敢省掉一頓接風宴。還請，還請將軍大人賞光。」

他是文官出身，嘴巴相當靈活，說出來的理由頭頭是道。但無論他如何口燦蓮花，李彤卻好像對朝鮮王子有什麼偏見般，堅決不肯賞光。到最後，甚至連此人的話都懶得回應了，只管著取了乾糧，坐在馬背上就著冷水慢慢咀嚼。

金郡守無奈，只好悻然作罷。臨離去之前，卻又讓隨從取了一小袋子高麗珍珠，交給李彤給弟兄們「添置趁手武器」。這回，李彤沒有再推辭，笑著收了，然後帶著弟兄們，揚鞭啟程。

一口氣走出了五十餘里，大夥才又停下來休息。張維善累得盔斜甲歪，半癱在坐騎背上，低聲抱怨：「子丹，既然有人請吃飯，為啥不去啊！那個叫什麼君的既然是朝鮮王子，身邊肯定還有不少兵馬。總不至於飯吃到一半兒，就被倭奴殺上門來。」

「所有人，下馬休整，給坐騎餵水餵豆料。然後整頓鎧甲兵器，以備不測。」李彤沒有第一時間回答他的話，扯開嗓子，朝著所有弟兄招呼。隨即，又壓低了聲音，用只有兄弟倆能聽見的聲量解釋，「你剛才沒聽樹兄問什麼嗎？他是專程來請咱們的。根本沒理祖總兵。」

「那又如何？」張維善楞了楞，依舊滿臉茫然。

「無論排第幾，好歹人家也是朝鮮王子。放著祖總兵這麼座大佛不拜，卻上趕著巴結我這個小小的千總。還不夠奇怪嗎？我是怕，咱們去赴宴容易，再想脫身，卻難比登天！」

「你是說，那個高麗王子，給咱們準備下了鴻門宴？為什麼，咱們可是來幫他爹復國的。」張維善倒吸一口冷氣，質疑的話脫口而出。

「復了國，朝鮮也是他父親的，未必就傳位到他頭上。況且真是那個高麗王子請客，還是別人冒充他請客，還未必可知。」李彤嘆了口氣，幽然說道。

其他弟兄聞聽，一個個忍不住也跟著大聲嘆氣。不是為了朝鮮國可能出現的父子相殘，而是為了自己和即將馳援朝鮮的大明官軍。

在一個完全不相干的國度作戰，人地兩生，糧草輜重也無法保障，想要打贏，談何容易？更可怕的是，你還根本弄不清周圍那些朝鮮官員和將士，到底友軍，還是敵人？

如此看來，昨夜祖承訓寧可跟大夥擦肩而過，也不留下斥候聯絡的舉動，就容易理解了。與其跟一支敵我難辨的隊伍同行，還不如各走各的路，至少，第二種選擇，不會讓他們再次冒被出賣或者背後捅刀的風險。

「如果我沒記錯的話，前方應該有個岔路口。咱們轉頭向東折，從咸鏡道繞回去。」李彤本人，卻沒功夫去考慮祖承訓的苦衷，抬起頭四下望了望，繼續大聲吩咐。

「你要換路？沒有嚮導，你認識從咸鏡道回遼東的路嗎？」張維善又被嚇了一大跳，瞪圓了眼睛大聲提醒。

「朴七被姓金的帶走了，他知道咱們從哪個方向過來。萬一姓金的真的對咱們沒安好心，肯定會逼著他帶路追殺咱們。」李彤的回應聲，聽起來又冷又硬。

「這……」張維善沒有勇氣反駁，氣得咬牙切齒。

內心深處，他真的不認為一部分朝鮮官員會像李彤想得那麼無恥。然而，他卻冒不起相信對方的危險。萬一李彤的判斷準確，大夥繼續沿著原來的路北返，就會遭到重兵圍追堵截，進而全都死無全屍。

正鬱悶間，耳畔忽然傳來一陣急促的馬蹄聲。緊跟著，這一回負責外圍警戒的百總張洪生，帶著三名渾身是血的朝鮮人快速衝了過來。左右兩側的朝鮮人面孔看上去十分陌生，鮮血沿著馬鐙不停地淅淅瀝瀝往下落。正中間，卻是個熟悉面孔，沒等抵達李彤身邊，就扯開嗓子高聲示警：「將軍，將軍，快跑，快跑，金郡守投降了倭寇。正帶著大隊人馬追殺你們。」

「朴七！」李彤楞了楞，策馬上前，一把拉住了示警者的戰馬韁繩，「到底是怎麼回事，車千戶呢，莫非他投降了倭奴？」

「車千戶被殺了！」朴七從馬背上滾落在地，放聲大哭，「剛回到營地，金郡守和李將軍就拿出了臨海君的一道手諭，命令大夥上馬整隊，跟別人一起追殺你們。車千戶不肯，上前跟他理論。被他們以抗命為由當場斬首。弟兄們不服，也被他們兩個派兵包圍彈壓。張百戶和鄭百戶他們想給車千戶報仇，就帶著小的一起逃了出來。」

「大人，請給我等做主。」兩名護送朴七的朝鮮騎兵，也翻身下馬，帶著傷向李彤行跪拜之禮。

「車千戶被處斬了？那個朝鮮王子下的令？」雖然早就心裡有了一些預料，李彤依舊被朴七帶來的消息，驚了個目瞪口呆。

無論在大明，還是在朝鮮，千總算不上什麼高官。可正在用兵之際，將一位千總毫不猶豫就給幹掉，卻需要為帥者冒很大風險。特別是這位車姓千總，作為少見的敢跟倭寇作戰的將領，還頗受其麾下弟兄的擁戴。萬一引發了兵變，肯定會讓為帥者吃不了兜著走。

「車千戶是民軍千戶，不算，不算朝廷正式官員。」唯恐李彤不相信自己，跪在朴七身體左側的朝鮮百戶，哽咽著用漢語大聲解釋，「金郡守是貴妃的堂弟，以前就瞧不起他，只是忌憚他手下的弟兄，才不敢過分欺凌。如今得了翊衛大將李瑋的撐腰，所以就對他痛下殺手。」

「民軍就是自己起來抵抗倭寇的義兵，沒吃過朝廷的一粒米。嗚嗚，嗚嗚……」朴七雖然膽子小，為人市儈，跟車千戶的交情卻頗深，一邊哭，一邊大聲補充。「大王前幾天還派人傳下口諭，答應給車千戶正式官職，給弟兄們發放兵器和箭矢，今天，今天，嗚嗚，嗚嗚……」

「嗚嗚，嗚嗚……」跪在他身體右側的另外一位朝鮮百戶不會說漢語，只管趴在地上不住的磕頭。轉眼間，額頭上流下來的血就跟身體上滴下來的血混在了一處，將地面染得像火一般紅。

「該死！」李彤原本對車千戶印象就不錯，聽聞此人居然稀裡糊塗死於了權力傾軋，頓時覺得義憤填膺。

「姓金的和姓李的，也忒無恥！」

「那個朝鮮王子，恐怕也不是什麼好鳥！」

「沒本事去殺倭奴，殺自己人卻爭先恐後。怪不得幾個月就被人滅了國。」

「朝鮮國上下若都是這樣，根本沒救的必要。救了這一回，救不了……」

周圍的弟兄們，也氣得咬牙切齒。

然而，氣歸氣，大夥現在卻沒辦法答應朴七等人，替枉死的車千戶討還公道。一邊罵，一邊將頭轉向李彤，用目光請求自家千總趕緊下令啟程。

「你們三個，傷勢如何，可還騎得了馬？」李彤也知道此時自己力量單薄，低下頭，向著朴七和兩位朝鮮民軍百戶詢問。

「小人，小人沒事兒。張百戶身上中了兩箭，沒傷到骨頭。鄭百戶受的是刀傷，也，也暫時還能堅持著跟大人一起走。」朴七跟李彤最熟，代替所有人哭著回應。

「那就一起走，來人，給他們牽三匹空馬來。朴七，你帶路，咱們走咸鏡道，繞路回遼東。」李彤聞聽，立刻做出了決斷。

朴七是個出色的嚮導，而跟著他一起前來示警的兩位朝鮮百戶，也忠義可嘉。所以，無論李彤和張維善二人的家丁，還是追隨他們一道前來接應祖承訓的軍官，都不排斥這三人加入隊伍。在他們的主動協助下，朴七三個，很快就更換了坐騎，與大夥一道在前方岔路口撥轉馬頭，徑直向東。

「將軍，咸鏡道，也被大王交給了臨海君。」已經徹底對故國死了心，朴七在路上，主動抓住一切機會向李彤介紹朝鮮的情況。「大王特別寵愛臨海君，雖然他不是正宮所生，卻幾次想要立他為世子。姓金的和姓李的，都是他的死黨。」

「既然準備將王位傳給他，他為何還要勾結倭寇？」李彤聽得很是奇怪，一邊策馬趕路，一邊喘息著追問。

「小人不知道，弟兄們都說，他是被手下劫持了。但是小人感覺，他就是急著登位，不惜出賣祖宗。畢竟他還有還有一個弟弟，也就是光海君，名聲遠好於他。」朴七抬手在臉上抹了一把，恨恨的補充。

「又是王位之爭，國都被人滅了，居然還忙著爭奪世子之位。這高麗王子可真有出息。」張維善在旁邊越聽越氣憤，忍不住大聲數落。

「這廝，將來千萬別落單被鄭某遇見。」會說大明官話的鄭百戶絲毫沒有替自家王子辯護的興趣，咬著牙，大聲詛咒，「否則，鄭某一定將他千刀萬剮。」

「你還是想著，怎麼才能讓自己活著抵達遼東吧！」嫌棄此人說話口氣太大，家丁頭目李盛忍不住低聲提醒。

話音剛落，隊伍外圍忽然傳來一陣淒厲的號角聲，「嗚嗚嗚，嗚嗚嗚，嗚嗚嗚……」如同臘月的北風，瞬間吹得人心底一片冰涼。

大夥抬頭看去，只見兩道煙塵，一左一右從側後方包抄過來。滾滾煙塵前，十餘隻高麗大狗吐著猩紅色的舌頭，賣力飛奔。油綠色的眼睛，就像一團團跳動的鬼火。

「女直人，他們還勾結烏拉女直！」朴七嚇得魂飛天外，雙腳狠狠磕了下馬鐙，手捂著自己的腦袋落荒而逃。

「小心，別讓狗子靠近戰馬。這不是高麗狗，是烏拉女直的趕山犬！高麗狗長不了這麼大。」鄭姓朝鮮百戶也嚇得寒毛倒豎，一邊加速前衝，一邊扯開嗓子，大聲向周圍示警。

朝鮮人喜歡吃狗肉，穿狗皮，然而日常所飼養的狗，卻跟大明百姓家裡養的土狗差不多。用來看家護院勉強還合格，用來當做獵犬，無論體型和智力都明顯不夠。

而散居於馬寨水兩岸的烏拉女直卻不一樣。這些連文字都沒有的「野人」，完全靠捕魚和打獵為生。幾乎每個部落裡，都會養大量的獵狗。其中最著名的就是趕山犬，前腿站起來足有一人高，盯上獵物之後，就會循著味道緊追不捨，不將目標撕成碎片誓不罷休。

「女直人，女直人不都在建州嗎？」張維善聽得滿頭霧水，迅速從馬鞍後抽出前幾天繳獲來的倭國火槍，大聲追問。

「不一樣，建州女直是熟女直，很多人都會說大明官話。烏拉女直[注十八]是生女直，不會說，還，還喜歡生吃人肉。」張百戶的話語裡已經帶上了哭腔，一邊拚命催動坐騎逃命，一邊繼續大聲嚷嚷。「靠邊！不想死就靠邊！」李彤抬起手，一巴掌將此人拍翻在馬背上。隨即，策馬拎槍，帶頭向前衝去。「所有人，整隊，突出去！」

「衝出去！」張樹和李盛二人互相看了看，將張維善夾在中間，緊隨其後。其餘同伴見樣學樣，也紛紛用雙腿磕打馬腹，轉眼間，就將整個隊伍的速度催到了極限。

朴七、鄭百戶和張百戶三個，既融入不了隊伍，騎術又不高明。很快就被大夥超過，只能策馬跟在了整個隊伍末尾。一邊逃，一邊在心裡向漫天神佛禱告，「玉皇大帝，如來佛祖，還有那個遠

注十八、烏拉女直：即海西女真的一支。明代中晚期居住於鴨綠江兩岸和吉林一帶，受大明羈縻。曾經受日本雇傭進攻朝鮮，明末被努爾哈赤強行征服。

道而來的什麼天主，求你千萬保佑小的能逃過此劫。小的給您買最好的高香，初一、十五各上三支，若有拖欠，不得好死……」

彷彿聽見了他們的禱告，整個隊伍，包括他們三個「吊車尾」，居然在兩支朝鮮追兵合攏之前，搶先一步從接口處衝了過去。緊跟著，半空中又響起了幾聲「砰砰」的巨響，硝煙大起，追在最前方的三隻女直趕山犬應聲而倒。

「嗚嗚嗚嗯嗯……」犬吠聲，迅速變成了委屈的悲鳴。女直趕山犬雖然凶惡，卻懂得珍惜自家性命，先聽到了霹靂般的火槍響，又看到同伴到底慘死，紛紛停住腳步，回頭向自家主人張望。

這下，兩支疾馳而來的追兵，可是亂了套。衝在最前方的戰馬沒膽子從停下來的趕山犬背上踩過，不得不嘶鳴著減緩速度或者改變方向。而跟在後方的騎兵們，卻不知道前方到底發生了什麼事情，接二連三撞上來，將自己人連同胯下的坐騎，撞得筋斷骨折。

「誰帶了弓箭，回射！」李彤雖然還是個菜鳥，可連日來跟小股敵軍作戰，也打出了經驗，發現對手亂做一團，果斷下令擴大戰果。

「嗖，嗖，嗖，嗖……」二十幾支雕翎迅速向後射去，將數頭趕山犬連同其主人一並射翻在地。追兵的隊伍愈發混亂，馬背上的朝鮮人你擠我，我推你，不知所措。

「射得好，射得好！」朴七頓時心大定，揮舞著手臂，高聲給李彤等助威，「狗仗人勢，把牠們的主人全都射死了，那些趕山犬肯定沒膽子再追過來。」

「將軍大人，別聽他的，趕緊走。趁著追兵沒反應過來！他們人多，他們人多！」鄭姓百戶大急，揚起脖子高聲向李彤發出提醒，「您帶的弟兄太少，一旦被他們圍住，就難以再脫身。」

他們兩個都是出於好心，拿出的也是各自認為最好的建議。然而，李彤卻對他們的建議置若罔聞，在馬背上擰過身子，用長矛朝著追兵斜指，「守義，你帶著有火槍的弟兄，再射一輪兒。其餘人，用弓箭隨意尋找目標。」

「是。」李盛，李澤、張洪生等人，答應著從馬背上轉身，彎弓向後而射。雖然因為坐騎顛簸的緣故，根本保證不了什麼準頭。然而，卻憑著嫻熟的手法，用二十幾張騎弓，在極短的時間內，向追兵頭上潑了三波箭雨。

烏拉女直人心疼自己的狗，拉著戰馬和趕山犬四下躲閃。朝鮮偽軍胯下的坐騎沒受過專門訓練，對體型巨大的趕山犬，本能地感覺畏懼。打著響鼻不停地後退，讓將佐們所有重整隊伍的努力，都瞬間付之東流。

「哇啊咿呀嗚囉哈……」追兵隊伍中，叫罵聲沖天而起。數十名剛剛擺脫了與自己人糾纏的朝鮮騎手，張弓搭箭，向明軍發起了反擊。

他們的選擇不能說錯，然而，卻高估了手中騎弓的射程和自己的箭術水平。射出來的羽箭，大部分沒等抵達目標附近，就軟軟的墜落於地。零星幾支勉強追上了明軍的馬尾巴，也無一支命中。

「砰，砰，砰，砰，砰，砰……」張維善和他身邊弟兄們，終於重新將火槍裝填完畢，轉身倒坐在馬鞍上，朝著追兵發出了第二輪齊射。

這一輪，雖然距離稍遠了些，效果卻比先前第一輪倉促開火好了一倍。登時，又有兩頭趕山犬和數名追兵中彈，鮮血淌了滿地。

這下，受雇而來的女直獵戶全都急了眼，掉過頭，朝著帶隊的朝鮮將領大聲咆哮。而帶隊朝鮮將領，卻惱恨先前趕山犬擋路，令麾下弟兄平白受傷，毫不猶豫地舉起了刀，朝著叫嚷聲最大的一名獵戶脖頸處一掃而過。

「噗——」鮮血竄起三尺高，半空中，一個滾動的頭顱圓睜著雙眼，死不瞑目。

「阿瑪——」兩名年輕的女直獵人慘叫著上前拚命，卻被朝鮮將領身邊的兵卒亂刀砍到，轉眼就步了其父親的後塵。

「要麼繼續給老子追，要麼死！」那朝鮮軍官一不做，二不休，揮刀直奔下一個獵人脖頸。沿途一隻趕山犬咆哮著上前攔阻，被他身邊的親兵挺槍刺了個透心涼。

「要麼追，要麼死！」甭看沒膽子抗擊倭寇，對著自己眼裡尚未開化的烏拉女直人，朝鮮偽軍們卻忽然變得英勇無比。紛紛揮舞著兵器一擁而上，轉眼間，就將雇傭來的女直獵人們，殺了個屍橫遍地。

「怎麼回事兒，他們怎麼自己打起來了？」張維善等倒坐在馬鞍上的將士，將追兵的反應全都看在眼裡，一個個目瞪口呆。

「還能怎麼回事兒？越是無膽鼠輩，殺起他們的自己人來，才越肆無忌憚。」發現自己與敵軍的距離已經超出了手中武器最大射程，李盛收起騎弓，撇著嘴回應。

「可不是麼，車千戶也死在他們手裡。」

「還好有朴七，多虧逃得快。」

「對上倭寇，卻不見他們的本事。恨不得立刻跪倒在地，抱著大腿叫爹。殺起同夥來，可真他娘的順手。」

「怪不得兩個月不到，其國王就跑過了馬塞水……」

見追兵對自己的威脅，遠不如想像中大。其餘家丁和軍官們，也忍不住撇著嘴，大聲奚落。

「雖然是一群無膽鼠輩，若是一直被他們像狼一樣跟著，也是個麻煩。」唯獨經驗最豐富的家丁頭目張樹，沒有開口奚落朝鮮追兵的醜態，而是加速向前趕了幾步，將嘴巴對著李彤的耳朵大聲提醒。

「樹兄你是說……」李彤迅速扭過頭，目光變得比刀光還亮。

「朝鮮人還留著女直獵人照看獵狗，不可能將他們全都殺掉。而剩下的女直獵人，肯定恨這群朝鮮人恨到了骨頭裡頭。只要得到機會……」張樹詭秘一笑，說話的聲音越來越低。

[illegible]

[illegible]

第十三章　反殺

「大人，那夥大明騎兵從這裡又往北拐了，好像要鑽黃葉谷！」兩個時辰之後，一名朝鮮斥候從地上爬起來，朝著騎在馬背上的金郡守高聲彙報。

「黃葉谷，該死，他們到底要去哪？那幫女直獵人呢，他們怎麼說？」金郡守的八字眉迅速皺成了疙瘩，三角眼中寒光閃爍。

「女直獵人的狗，也在將隊伍往哪個方向領。」斥候被嚇了一跳，趕緊躬下身子，大聲補充，「小的剛剛找他們詢問過，然後又根據馬蹄印記和糞便反覆核實了三次。」

「嗯——」金郡守沉吟著點頭，隨即，將目光轉向了自己身邊一個全身包裹在鐵甲裡的傢伙，「李將軍，您看……」

「繼續追，這夥人對主上有用。」儘管從金郡守的話語裡，聽出了明顯的退縮之意，渾身包裹在鐵甲內的李將軍，依舊毫不猶豫地揮手，「前一陣子，小野將軍剛剛在明軍手裡吃了虧，如果咱們能砍下幾顆大明將士的腦袋送給他，想必他會感受到主上這邊的誠意。」

「小野將軍，你是說連小西行長都不放在眼裡那個小野隆一？」金郡守聽得心中火熱，瞪著一雙三角眼詢問。

「不是他還能有誰？主上這次雖然是被身邊家奴所逼，才不得不跟倭人虛與委蛇。但如果搭上了小野將軍這條線，未必不能將壞事變成好事。」李將軍雖然是個武將，心思卻比金郡守這個文官還細，笑了笑，用極低的聲音回應。

「在下明白，在下明白！」金郡守恍然大悟，眨巴著一雙三角眼連連點頭。

明眼人都知道，所謂被身邊家奴所逼，不過是臨海君給他投靠倭國的行為所找的藉口。事實上，臨海君李珒身邊的家奴和麾下的武將，個個都對他忠心耿耿。如果將來宣宗陛下帶著大明援軍從遼東殺回，那些「逼迫」臨海君的家奴，當然會死無葬身之地。而萬一大明不肯出兵，或者即便出兵也沒打得過倭寇，那些「逼迫」過臨海君的家奴，就全都會成為保住了朝鮮社稷不斷的忠勇之士。

至於聽命於倭寇的朝鮮，還是不是原來的朝鮮，就沒人會深究了。反正，國王還姓李，臨海君也是宣宗的長子，這都如假包換。

「明白就辛苦一些，繼續追上去，將那些明人一網打盡。」見金郡守「孺子可教」，李將軍滿意地點頭，「另外，麻煩你拿些銀子和食鹽，安撫一下那些女直人。告訴他們，剛才李某嚴肅軍紀，乃是迫不得已。」

「好！」金郡守猶豫了一下，拱手領命。正要策馬而去，卻又聽見將軍李瑋在自己身後小聲叮囑，「如果他們中間有人膽敢懷恨在心，立刻下手斬殺。這種吃生肉穿魚皮的野人，天生都是賤骨頭，畏威而不懷德。」

「明白，將軍儘管放心。」金郡守轉過身，笑著拱手。

作為一個沒少跟女直人打交道的地方官員，他當然知道該如何「安撫」對方。恩威並施之下，很快，就讓那些心懷怨恨的女直人恢復了平靜，再度認認真真地驅趕起獵狗，追尋明軍的蹤跡。而他身後隊伍中的朝鮮兵卒，也在翊衛大將李瑋驅策下，加快了速度，沿著岔路掉頭向北。

不多時，大隊人馬就追到了黃葉谷口。先驅趕女直人牽著趕山犬頭前探了一段路，待確認沒有埋伏之後，又呼嘯著殺了進去。

時值秋高，進了山谷之後，眾朝鮮將士，就都覺得身上一涼。抬頭看去，原本寬闊的天空，在正上方漸漸收攏成了一條線，而腳下河水的轟鳴聲卻忽然被放大了十倍，「轟隆隆，轟隆隆」宛若海浪咆哮。

「都打起精神來，大夥放慢速度，跟著帥旗走，小心遭到埋伏。」翊衛大將李瑋也是領兵的老手，知道這種地形，最容易布置陷阱，果斷下令麾下將士向自己靠攏。

眾兵卒早已跑得人困馬乏，聽他決定放慢速度，頓時喜出望外。答應一聲，迅速將隊伍拉成了一條直線。

至於那些女直人，則沒有追隨在帥旗之後的資格。而是被金郡守和部族中長老們逼著，將隊伍分散成片，前頭繼續替全軍開路。有誰不小心被蛇蟲所咬，或者掉進河水裡，也得不到任何救助，只能圓睜著雙眼聽天由命。

如是又走了三四里，始終沒遇到任何攔阻。李瑋和郡守金聖強二人終於放鬆了警惕，互相商量了一下，遍吩咐全軍就地休整。

眾將士聞聽，歡呼聲宛若雷動。那些拉著趕山犬帶路的女直人，也全都鬆了一口氣，爭先恐後跳下坐騎，蹲到河畔，用手捧起冰冷的河水往嘴裡猛灌。

「到底是一群蠻夷，連打水的器具都不會用。」翊衛大將李瑋看得直皺眉頭，撇著嘴低聲數落。

「他們平素連肉都是生吃，茹毛飲血。」金郡守對替自己帶路的女直人，也非常鄙夷，搖搖頭，在旁邊小聲介紹。

作為兩個朝鮮貴族，他們即便再渴，都不會直接捧了河水飲用。而是讓各自的親信架起了火堆，用銀壺現場開始煮茶。不多時，茶水煮沸，倒進銀碗裡正準備享用，鼻孔處，卻忽然聞到了一股烤肉的濃香。

「誰在生火？這地方到處都是落葉，找死啊！」直接忽略掉自己面前煮茶的火堆，翊衛大將李瑋皺著眉頭，大聲喝問。

「趕緊把火熄掉，河灘只有巴掌寬，萬一火星濺到草地上可如何是好？」金郡守也飛快地站起來，扭著頭朝身後的將士們大聲命令。

沒有人回應，狹窄的河灘上，正在就著冷水吃乾糧的朝鮮將士，紛紛抬起頭，詫異地望向整個隊伍之後。兩道淡淡的青煙，在西南風的吹動下，正從隊伍末尾處，迅速朝他們頭上靠近。空氣中，烤肉的味道，越來越濃，越來越濃。

「汪汪，汪汪，汪汪汪汪汪……」女直人的趕山犬，忽然跳了起來，朝著青煙來源方向，拚命地狂吠。

「著火啦——」一個已經爬上了樹冠的女直獵戶，猛地縱身躍下。「著火啦，著火啦，快跑，再不跑就來不及了！」

「著火啦，著火啦……」其餘女直人一躍而起，或者跳上馬背，或者邁開雙腿，奪路而逃！

「天殺的明軍！」不愧為朝鮮國赫赫有名的才子，金郡守在剎那間，就猜到了起火的原因。並非因為那群丘八隨意生火做飯引發了火災，而是明軍故意將他們騙入了山谷，然後在他們身後點燃了地上的乾草和枯葉。至於女直人的趕山犬為何沒有判斷出明軍的真實去向，道理也很簡單，那群狗的主人對朝鮮「上國」心懷怨恨。

「不要慌，拉著馬下水。山谷很寬，火燒不到水裡頭。」關鍵時刻，還是翊衛大將李瑋靠得住，不去追究山火為何會在自己身後燒起來，而是果斷替所有人指明生路。

「拉著馬下水，下水！」他身邊的親信部將鄭酈、朴德歆、柳重等人，趕緊扯開嗓子，大聲向驚慌失措的騎兵們提醒。

「下水，拉著馬下水。下不了水也儘量往水邊靠。水能剋火！」金郡守的嫡系下屬金哲、金永等人，也瞬間醒悟過來，大聲指點麾下弟兄們如何躲避即將到來的災難。

「不要跑，下水，下水。人跑不過山火！」金郡守有了活路，也不獨享。扯開嗓子，給尚未逃遠的女直人指明生路。

明軍那邊只有四十來號，而他和李瑋兩個麾下的騎兵加起來，卻超過了五百。等躲過了這輪山火，一定要掉頭殺出山谷去，將那群「不識抬舉」的明軍碎屍萬段。

而那時，女直人就又有了用途。只要將他們全都殺光，再將他們手裡的趕山犬搶過來，無論那夥明軍藏到什麼地方，都在劫難逃。

「不要跑，下水，下水。人跑不過山火！」金哲、金永等人非常貼心，見自家郡守在危難時刻，還掛記著女直人，也趕緊調轉頭，將提醒聲一遍遍重複。

然而，那群「茹毛飲血」的女直人，竟不肯接受金郡守的好意。一個個回過頭，像看傻子般看了他兩眼，然後繼續催動坐騎，亡命奔逃。

「不准跑，回來。你們如果跑了，老夫絕不會放過你們部落裡的任何人！」金郡守的自尊心大受傷害，揮舞起濕淋淋的手臂，在水裡厲聲咆哮。

跑了和尚跑不了廟，這是他對付女直人的經驗絕招。以往只要祭出來，後者就只能乖乖就範。畢竟，朝鮮軍隊雖然對上倭寇一觸即潰，去收拾拿石頭做箭鏃的女直人，還是綽綽有餘。

然而，今天他的威脅，居然徹底失了效。那些亡命朝山谷另一側出口狂奔的女直人聽到了他和他麾下親信的叫囂，非但沒有停下坐騎，反而轉過頭來，繼續像看傻子一樣看著他。飽經風霜的面孔上，寫滿了復仇的快意。

「不准……」金郡守氣得火冒三丈，一邊咆哮，一邊從馬背上解下弓箭。還沒等將弓臂張開，忽然覺得臉上一熱，緊跟著，就拚命咳嗽了起來，「咳咳，咳咳咳，咳咳咳……」

「咳咳咳，額咳咳，咳咳咳……」

「咳咳咳，咳咳咳，咳咳咳……」

狹窄的河道中，咳嗽聲此起彼伏。拉著戰馬躲避山火的朝鮮偽軍將士，一個個彎下腰，拚命將腦袋栽向水面，鼻涕和眼淚，不受控制地往下淌。

水能克火，這道理沒錯。借著風勢席捲而來，並且越燒越旺的山火，始終沒有靠近河水，甚至跟河岸還保持著一丈多寬的距離。然而，濃煙和熱浪卻不受河水的克制，如同一頭頭出了穴的妖魔，在半空中四下翻滾。

秋天的河水已經非常冷，朝鮮偽軍將士站在水裡的下半身，很快就被凍得發木。然而，他們暴露於水面外的上半身，卻要受到熱浪和濃煙的雙重折磨，轉眼間，耳朵和面部就起了水泡，牛皮鎧甲也迅速發黃，冒出一股股烤肉的味道。

冰火兩重天，這滋味，絕對不是享受。很快，就有人堅持不住，丟下戰馬，一邊大聲地咳嗽，一邊邁開雙腿，逆著水流去追趕女直人的腳步。

有人帶頭，就有人追隨。一股股朝鮮偽軍像螞蟻搬，脫離隊伍，逆著齊腰深的河水倉皇逃命。翊衛大將李瑋和郡守金聖強兩個試圖努力約束他們保持隊形，所發出的命令聲，卻被淹沒在一片瘋狂的咳嗽聲中。

「咳咳咳，額咳咳，咳咳咳……」

「咳咳咳，咳咳咳，咳咳咳……」

……

「走，快走！咳咳，咳咳咳，否則，不被烤死，也得被活活熏死。」聰明的金郡守，終於明白為何先前女直人像看傻子一樣看自己了，用沾了水的披風捂住口鼻，一邊加入逃命隊伍，一邊大聲向已經被烤暈了的李瑋提醒。

「大人，走，咳咳咳，快走，咳咳咳，留得青山在，不怕沒柴燒。」

「咳咳，咳咳，大人，留得有用之身，才能以圖將來。」

「咳咳，咳咳咳，君子可復九世之仇，咳咳，咳咳，大人，趕緊走。活著才能報仇。」

自立國初年起，朝鮮的考試語言便是漢語。所以，偽軍將領們，對漢文化極為熟悉。張開口，就是一句句華夏名言。

翊衛大將李瑋原本也沒打算被活活烤死，只是先前不小心被濃煙給熏迷糊了，所以才表現出一副準備以死謝罪狀。聽到周圍的親信將領們的叫喊，頭腦迅速恢復了清醒。果斷丟下坐騎，邁開雙腿，努力去追趕金郡守的背影。

「呼——」「呼——」「呼呼——」西南風捲著火苗和濃煙，不停向山谷深處推進。宛若一群地獄裡衝出來的惡魔，在追逐可口的血食。

偽軍將士們在「惡魔」面前，毫無抵抗之力。只能一邊走，一邊拚命低著頭，將鼻孔貼向水面，靠著水面升起的那團冷氣，對抗半空中的高溫與濃煙。

很多人脊背上的皮甲，都被烤成了焦黃色，不停地散發出烤肉味道。然而，牠們卻根本沒時間去將皮甲脫下，也沒時間去用河水給自己的後背降溫。只管像搬家的螞蟻般，不停地走，不停地走，越來越靠近河道中央，身體在河水裡越陷越深。

河道深淺不一，水下也充滿了淤泥和各種陷阱，走著，走著，就有偽軍將士身體一晃，便不見了蹤影。而其身邊弟兄們，卻誰也不肯施以援手。只管繼續低著頭，弓者腰，一個接著一個，繼續逆著水流向北，向北，再向北。

「唏吁吁……」「唏吁吁……」被偽軍拋棄的戰馬，也悲鳴著爭相逃命。它們對於自然災難，遠比各自的主人有辦法。憑藉著遺傳下來的本能，就游到了河水最深處，只將鼻孔露出水面，長長的脖頸和軀幹，在水中且沉且浮。

「抓著馬尾巴一起游出去！」終於有聰明者發現了新的逃命手段，脫離隊伍，大喊著撲向河道中央。

一語驚醒夢中人，剎那間，所有偽軍將士，都將目光轉向了從背後追上來的戰馬。隨即調轉身形，瘋狂地向戰馬靠近，根本不管自己會不會游泳。

正在結伴逃生的戰馬，被嚇得魂飛天外。拚命划動四肢，向前游去。沒有任何一匹，肯停在原地等待曾經的主人。

不是因為恨先前被主人拋棄，而是牠們本能地感覺到了危險。馬乃是陸地上的奔跑高手，游泳本領非常普通。一匹馬帶著一個主人游泳，基本上就是極限。那麼多偽軍爭先恐後地撲過來，牠們如果不加速躲開，就等同於找死。

「畜生，等我！」一名偽軍哭喊著，朝一匹模樣好像自家坐騎的戰馬揮手。然而，那匹戰馬卻不肯回頭，只顧劃動四肢，越去越遠。

「救命，救命，我，我不會游水！」數名偽軍，衝到水深處，才忽然意識到，自己是個旱鴨子，一邊拚命踮起腳尖往上跳，一邊哭喊求救。

誰也不會多看他們一眼，在求生的本能驅使下，人和動物的表現其實沒啥兩樣。水性嫻熟的偽軍將士，快速划動著去捕捉戰馬，無論是不是自己先前的坐騎，只要抓到一個，就死死抱著馬鞍不放。

水性一般的偽軍，則很快就放棄了以坐騎為舟的妄想。而是學著戰馬的模樣，將身體和脖子都藏在河面之下，只露出一個鼻孔，且沉且浮。

水冷，風熱。上浮的水汽，恰好能在貼近河面處，形成一個肉眼看不見的隔層。只要將鼻孔躲在這個隔層中，就不會被濃煙熏到，也免除了熱風烘烤之苦。對於大部分水性一般的偽軍來說，這是最聰明的求生辦法，遠好於努力去追逐戰馬。

然而，對於那些一點水性都不懂的偽軍將士來說，先前爭相朝馬群靠近的行為，則無異於自殺。發現自己沒本事追上坐騎，他們想要掉頭往岸邊撲騰，卻發現無論自己如何努力，都距離岸邊越來越遠。並且還被水流推著，不停地向野火燒過來的方向漂動。

「救——」很多人撲騰著撲騰著，身體就被河水凍僵，像石頭一樣沉了下去。

很多人則被濃煙熏得失去了知覺，然後順著水流，不知去向。

作為整支追兵的主將和臨海君麾下的親信，李瑋與金聖強二人，遠比麾下的偽軍們幸運。根本不用自己去追，便有忠心的侍衛，去拉了戰馬，送到了他們面前。然後，又被親信們齊心協力推上馬背，沿著河道中央，加速逃出生天。

黃葉谷只有七、八里長，只要找對逃命方式，脫險並不比他們實現想像的困難。很快他們就看到了另外一側谷口。

搶先一步策馬逃命的女直獵戶，連同聰明的趕山犬一道，都已經不見蹤影。而他們身前身後所剩下的弟兄，也只剩下了不到一百人。

「該死的明軍，李某跟爾等不共戴天！」濕漉漉地爬上河灘，翊衛大將李瑋雙手捶地，放聲嚎啕。

五百騎兵連敵軍的馬尾巴都沒摸到，就丟了四百有餘，回去之後，即便他的主公臨海君不處罰他，倭國人眼裡，他也徹底成了笑話。今後想要做個開國功臣，難比登天。

「咱們，咱們還可以，還可以再去招攬民軍！先，先以抵抗倭寇的名義騙來，然後再恩威並施。」郡守金聖強冷得嘴唇發紫，卻依舊對前途保持著樂觀態度。低下頭，大聲提議。

民軍都是由自發起來抵抗的「賤民」組成，在他眼裡，是最好的吞併對象。只要以國王的名義，將一支民軍騙到軍營，然後就可以緊閉營門，殺其將，奪其兵！

這種手段，翊衛大將李瑋也不止使用了一次。聽到金郡守的提議，他的眼淚迅速收攏。「來人，給老夫生火烤乾衣服，然後……」抬起頭，他朝著自己身邊僅剩下的親信們，大聲命令。然而，卻發現親信們一個個呆呆地站在了河灘上，像羊羔般瑟瑟發抖。

「就是他，就是他殺了車千戶！」一個熟悉的聲音，從附近的山坡上傳了過來。緊跟著，三十餘名大明騎兵，在朝鮮嚮導的帶領下，如飛而至。

「殺了他，殺了他給族長報仇！」十幾名女直人，也牽著趕山犬掉頭而回。手中鋼刀，倒映出一團團橙色的火光。

第十四章　寶物

「奮勇爭先，浴血而戰，百死而不旋踵……，」呵呵，那都是寫在戰報上糊弄上司的瞎話。事實上，接下來的戰鬥，是如假包換的痛打落水狗。

百餘名被煙火熏了個暈頭轉向，又游得筋疲力竭的朝鮮偽軍，在養足了精神的大明遼東選鋒營弟兄面前，根本沒有任何抵擋之力。被後者堵在河畔，像宰羊般挨個屠殺。到最後，大明官兵自己都覺得勝之不武，紛紛收起了鋼刀長槍，剩下的二十幾名偽軍，依舊未能逃脫死劫。

搶先一步逃出山谷的烏拉女直人，不恨明軍放火將他們的人燒死了大半兒，卻牢牢記著朝鮮偽軍先前以殺戮逼迫他們屈服的舊仇。見大明官兵似乎是準備留活口，立刻加速衝上去，用木棒和石塊將剩下的朝鮮偽軍硬生生砸成了肉醬。

朴七、鄭百戶和張百戶三個見了，也不去阻攔。先前李將軍和金郡守沒把他們視做同胞，他們心裡，也將李將軍、金郡守及二人的爪牙，當成了寇仇。倒是李彤和張維善兩個公子哥兒，見眾女直人報復的手段如此凶殘，心中未免升起幾分警惕，悄悄將弟兄們集中到自己身邊，以防眾女直人在偽軍身上發洩過之後，又掉頭反咬大夥一口。

事實證明，他們兩個的擔心純屬多餘。還沒等周圍的弟兄們弄明白自家千總的真實意圖，一個頭髮灰白的女直老者，已經高舉著血淋淋的雙手向他走了過來。隔著一丈多遠，就跪倒在地，一邊用膝蓋繼續前行，一邊大聲唱道：「阿拉胡累庫爾纏蝦魚蛙裂額朱和勒貼勒衣蛾……」

「他想幹什麼？」李彤被弄了個滿頭霧水，迅速將目光轉向朴七，低聲跟對方求教。

「他說，他是烏拉女直人，河南左翼紅柳林部的大長老灰鶴，感謝二位大明的將軍帶兵幫助他打敗了屠殺他族人的魔鬼。從今往後，紅柳林部上下六十三個男丁，二百一十五個女人，還有六十七個孩子，就都是您的奴才。願意將他們的一切都奉獻給二位恩公。部落裡的牛羊、戰馬和獵狗，也都是兩位恩公的，只要兩位恩公一聲令下，無論天涯海角，他們都給二位恩公送過來。」朴七雖然膽子小，身手也差了些，做個翻譯卻非常合格。想都不想，就將女直長老的歌聲給翻譯成了大明官話。

「免禮，免禮。告訴他趕緊起來，我們是為了自保才放了這把火，沒幫到他們什麼。」李彤聽得心中好生慚愧，連忙側開身子，同時大聲吩咐。

「我們兩個，哪養得起那麼多奴僕？並且大部分還都是女人！」張維善也緊跟著將身體側到一邊，皺著眉頭嘀咕。

他們二人心裡頭都非常清楚，先前被朝鮮偽軍胡亂斬殺的女直獵戶，數量絕對沒有稀裡糊塗被燒死在山谷裡頭的多。所以，也都覺得獲救的女直人能明辨是非，不找大夥報仇，已經難能可貴。

真的不敢再腆著臉做別人的恩公。

更何況，從目前觀察到情形上判斷，眼前這夥自稱為紅柳林部的女直人，還處於漁獵為生的狀態。既說不得大明官話，也識不得漢字，除了懂得養狗之外，種田、織布、做生意等謀生手段，估計也是一竅不通。收下這些人做奴僕，肯定是賠本買賣，無論從短期看，還是從長遠看，都沒任何好處。

「灰鶴長老，恩公說剛才那夥人，是你們紅柳林部和他的共同仇敵。所以，他不能接受你們的感謝。也不能接受你們做奴隸。」為了避免纏上誤會，朴七先用大明官話，將自己想表達的意思說了一遍。然後又迅速翻譯成了女直語。

白髮老者灰鶴聞聽，心中好生失望。抬手擦了下額頭上的血漬，繼續大聲唱道：「勒貼勒衣蛾嘻喝……」

「稟告將軍，他說如果沒有兩位恩公出手，他們早晚都會被朝鮮人，朝鮮偽軍殺光。而他們死了之後，部落裡的女人和孩子，也都全活不過下一個冬天。所以，即便您當初沒有打算救他們，結果卻是一樣。所以，他們現在全都屬於兩位恩人……」朴七眉頭皺了皺，再度將灰鶴長老的話翻譯成了大明官話。

「沒事兒，你就說，我們不需要奴隸，決定放他們各自回家！他們若是感激我們兩個的恩情，今後見了穿著同樣衣服的大明官軍，能帶一下路，就儘量帶一下路。」身居陌生之地，李彤實在沒心思跟灰鶴長老糾纏不清，皺著眉頭大聲吩咐。

「是。」朴七答應一聲，立刻如實翻譯。那灰鶴長老聽了之後，身體竟然晃了晃，然後趴在地上，痛哭失聲。

「他怎麼了！哪有上趕著給人做奴僕的？」李彤被哭得莫名其妙，忍不住低聲詢問。

「他們不會是養不起部落裡的女人和孩子，賴上我們了吧？」張維善骨子裡頭非常傲慢，立刻開始懷疑灰鶴長老的真實用心。

「估計有一點兒！」朴七想了想，小聲附和。「部落裡頭的男丁死了一大半兒，萬一有別的部落打上門來，他們很難保住女人、孩子和牲畜。還不如托庇到二位將軍麾下，好歹還有一條活路。」

「怪不得！」李彤終於恍然大悟，看了滿臉忐忑的灰鶴長老一眼，非常無奈地向朴七吩咐，「你告訴他，我們不需要奴隸，也養不起這麼多人。如果他害怕朝鮮，害怕朝鮮國敗類報復的話，儘管帶著部落遷徙到馬寨水北側就是，那邊有足夠的空地兒可供容身。」

「庫爾纏，嗚魯額啊莎莉雞利……」朴七挺胸拔背，居高臨下地將李彤的話翻譯給了對方聽。

「巴陵納尼額馬……」哭聲戛然而止，灰鶴長老滿是淚水的皺紋臉上，立刻湧滿了狂喜。雙手前伸，趴下去，行五體投地大禮。

「巴陵納尼額馬……」部落中幾個看上去最為強健的男子，也紛紛趕了過來，跟在灰鶴長老身後，朝著李彤和張維善兩個頂禮叩拜。

「起來，趕緊起來！你們用不著這樣。」李彤和張維善被拜得渾身上下都不自在，一邊躲閃，一邊大聲吩咐。

朴七立刻用對方的話語高聲翻譯，然而，灰鶴長老卻堅決不肯起身。接連拜足了九次之後，才又抹著眼淚說道，「巴陵納尼額……」

「恩公，馬寨水北側雖然寬廣，但是沒有大明官府的允許，他們不能隨意遷入。否則，即便官府不趕他們走，當地的女直人，也會攻擊他們。」不用李彤催促，朴七就大聲翻譯。

「這事兒簡單。」李彤稍加斟酌，就找到了解決辦法。快步走到金郡守的屍體旁，揮刀割下一條綢布，然後用自己的千戶腰牌從此人被砍斷的脖頸處沾了些血，重重印了上去，「朴七，把這個給他。告訴他，如果有官差詢問，就讓他們拿著這個給對方看，說是我要他們替我在河畔養馬。如果有其他女直部落打上門來，也可以將這個掛在大門口兒。」

「將軍，您心腸真好，他們這個便宜可占大了。」朴七楞了楞，馬屁話脫口而出。

「別囉嗦，咱們得抓緊時間趕路。誰知道附近會不會有別的朝鮮官兵投靠了倭奴。」李彤狠狠瞪了他一眼，低聲呵斥。

「明白，小人明白！」朴七嚇得打了個哆嗦，連忙收起媚笑，躬身謝罪。隨即，拿著綢布，快速走到灰鶴長老面前，將李彤的善舉大聲告知。

「巴陵納尼額馬……」下一個剎那，所有女直人都跪了下去。眼含熱淚，朝著李彤和張維善等人叩頭不止。

對於大明來說，李彤和張維善兩個，不過是兩個投筆從戎的低階武夫，端的是人微言輕。而對於他們這些游牧為生的女直人，李彤和張維善兩個，卻是他們這輩子見過的最大官員。而二人賜予的布條，則決定了整個紅柳林部落的生死存亡。

「告訴他們，如果他們拿得動，也可以把仇人身上的鎧甲和兵器帶走。」感覺到對方的生存艱難，李彤嘆了口氣，決定送佛送到西。

「哪啦伊娃西裡哈……」朴七翻譯聲，緊跟著響起，讓一眾女直人個個不敢相信自己的耳朵。論體力和身材，紅柳林部的女直男子絕對不輸於任何朝鮮士兵，甚至部落中的女子，也比朝鮮士兵高大魁梧。但他們手中的兵器鎧甲，卻跟朝鮮人差得太多。所以先前只能任對方蹂躪，根本沒有辦法反抗。

而得到了屍體身上的武器鎧甲，整個部落的戰鬥力，就頓時上升了一大截。雖然因為男丁太少，暫時沒辦法公開與朝鮮偽軍對抗，但對抗其他打上門來的女直部落，卻綽綽有餘。

「哪啦伊娃西裡哈……」知道眾女直獵人是喜歡傻了，朴七不屑地撇了撇嘴，再度大聲將李彤的話翻譯給對方聽。

「巴陵納尼頷馬……」眾女直人，連同灰鶴長老在內，又一次趴到了地上，對著李彤等人頂禮膜拜。

「走吧！」李彤心中百感交集，搖了搖頭，朝著身邊弟兄們低聲吩咐，「趁著天還沒完全黑下來，咱們儘量走遠一點兒。」

「是。」張樹、李盛等人答應一聲，牽了剛剛繳獲的戰馬，帶著朝鮮將領李瑋和郡守金聖強的首級，快速跟在了他身後。

「如果這次沒來遼東，真看不到這些。」張維善心裡頭，卻充滿了各種滋味。側頭看向李彤，小聲感慨。「弱肉強食，翻臉無情，輸了的人，連做奴才都成了幸運！」

「兩位將軍真是菩薩心腸。這個紅柳林部上下，今天算是撿著大便宜了。」朴七自覺得了賞識，晃悠著腦袋跟上來，繼續大拍馬屁，「從低賤的野人，轉眼就變成了大明百姓。換了小的，做夢都會笑醒。」

「希望他們能平安渡過這個冬天吧！」李彤笑了笑，嘆息著回應。

那個千戶標識，到底能管多大用，他自己心裡其實一點兒數都沒有。當時之所以痛快地給了灰鶴長老，只是為了擺脫對方的糾纏，儘早帶著弟兄們離開。而之後看了紅柳林部舉族上下的反應，心裡難免感到有些負疚。

「將軍您放心，庫爾纏那，灰鶴那老狐狸，聰明著呢。您給他一根寒毛，他都能當成旗杆用。更何況是印了腰牌憑證。」朴七經常與部族長老打交道，對這些人知根知底。笑了笑，大聲解釋。「小人敢保證，他們渡過馬寨水後，第一件事，就是拿著您賜予的憑證，去找當地官府。然後豁出去寶石、珍珠、好馬往上送……」

「巴陵納尼額馬……」一句話沒等說完，身背後，卻又傳來了紅柳林部女直人的呼喊聲。大夥皺著眉，詫異地回頭，只見灰鶴長老和一名身材修長的女獵人，牽著一匹只有羊羔大小的趕山犬，氣喘吁吁地追了上來。

「塔娜惡業契合……」

「他們說，恩公在上，紅柳林部有一件寶物，要獻給恩公……」

「都說是舉手之勞了，算了，這件禮物我們倒是可以收下，你替我謝謝他老人家。」發現對方準備贈送一隻趕山犬的幼崽給自己，李彤大吃一驚，沒等朴七翻譯完，就大聲吩咐。

「多謝，多謝。」張維善也是又驚又喜，笑著向灰鶴長老抱拳。

先前觀察到紅柳林部女直人連鐵箭鏃都用不起，所以他和李彤自然不指望對方能拿出什麼值錢的謝禮。然而，一隻看樣子剛剛斷奶沒多久的趕山犬，卻恰恰打動了兩人的心臟。

且不說趕山犬長大之後性情兇猛，可以成為主人打獵和作戰時的好幫手。單憑此犬那長腿細腰的模樣，也足夠討人喜歡。帶一隻回南京去，今後無論跟同窗聚會，還是出外踏青，肯定會讓所有同行者羨慕得兩眼放光。

「嗯……，我家將軍說，你的禮物他很喜歡，多謝了！」朴七先是遲疑了一下，旋即笑著朝灰鶴長老翻譯。

「巴陵納尼額馬……」灰鶴長老聞聽，竟歡喜得眼淚都流了出來，扯開嗓子，又唱又跳。直到將李彤和張維善兩個都唱得兩眼發直，才又拉著女獵人的手，將其和趕山犬一道，送至了二人的馬頭前。

「他說，感謝兩位將軍眷顧。杜杜，就是山雀的意思，杜杜是族長的掌上明珠，整個紅柳林部最美麗，最能幹的未婚女人。」朴七很不自然地搔了一下自己的腦袋，翻譯時的語調，也隱約帶著幾分忐忑，「無論能服侍兩位將軍哪一個，都是整個紅柳林部的榮耀。」

「什麼，什麼？我們倆要的是趕山犬，怎麼又搭了一個女人來！」李彤大驚，紅著臉高聲呵斥，「趕緊給他退回去，兵凶戰危，萬一再遇到朝鮮叛軍，誰有功夫保護她？」

「將軍容稟，他，他先前說的寶物，應該指的就是這個女人，趕山犬才是添頭！」朴七的神情愈發尷尬，低下頭，小心翼翼地解釋，「先前小的也以為禮物指的是趕山犬，就翻譯得遲了些。誰料寶物卻是牽著狗的女人，小的該死，小的……」

「我不管，我只要趕山犬。」張維善看了看李彤，又看了看兩眼茫然的紅柳林部少女，很沒義氣地大聲打斷。

「狗留下，人退回去。朴七，你委婉一些跟灰鶴長老說，咱們正在被許多敵人追殺，沒法保障這位山雀……，保障杜杜的安全。」李彤被氣得哭笑不得，想了想，壓低了聲音再次向朴七吩咐。

「巴尼哈，尹哥假山巴塔哈拉……」翻譯朴七，也覺得灰鶴長老這份「寶物」送得有些匪夷所思，見李彤和張維善兩個態度堅決，便斟酌著用委婉的言語，將拒絕的意思翻譯給老人聽。

那灰鶴長老臉上的笑意，頓時變成了失望。拱起手，嗚哩哇啦地跟李彤和張維善兩個又說個不停。

「他說，杜杜八歲就隨著族長上山打獵，力氣不比尋常男子小。會騎馬，弓箭能十發九中。用不到任何人保護。」朴七的語言天分非常高，立刻將他的意思翻譯成了大明官話。

「行軍打仗，憑得可不完全是個人勇武。我們兩個跟身邊的弟兄們，都是配合了多年的。彼此之間非常熟悉。貿然多一個人出來，就會擾亂了隊形。另外，大明也有軍紀，不能帶女人入營。」

李彤哪裡肯聽，收起笑容，再度用力擺手。

「摩呵沙耶……」朴七如實翻譯，灰鶴長老的臉色愈發失望。就在此時，那個被稱作杜杜的女子，忽然向前走了一步，大聲說道：「莫舍格木山谷粗卡……」

「她說她會跟在隊伍後，只替你照顧小狗。如果跟敵人打起來，她的死活不需要你管。到了軍營，她也可以自己在外邊找地方居住。」朴七被女子的大膽嚇了一跳，瞪圓了眼睛，快速翻譯。

「多謝了，李某福薄，不敢接受杜杜姑娘的美意。大明軍紀，也不是只管到軍營裡頭。」李彤皺著眉頭看了杜杜一眼，再度大聲表明自己的態度。

從小到大都有美貌丫鬟伺候，他的眼光不是一般的高。哪怕是秦淮河上那些一飯百金的女校書，來自薦枕席，都沒幾個能看得上，更何況一個黑瘦細高且語言不通的異族獵人？

此外，他和張維善、劉繼業三個千里迢迢趕赴遼東投筆從戎，是為了搏一個出人頭地。如今功勞還沒等立下多少，名頭也沒來得及打響，忽然身邊多出一個異族女子來，豈不是落人笑柄！

所以，接下來，無論是灰鶴長老巧舌如簧，還是女獵人杜杜誠心自薦，他都堅決不肯點頭。到最後，乾脆抖動戰馬韁繩，作勢欲走。

那灰鶴長老見了，只好無奈地嘆了口氣，大聲說道：「莫舍愛是混得，多羅有米斯……」

「他說，既然如此，就是杜杜沒有福氣。他回去之後，會再刻兩個長生牌，一直供在部落祖帳之中，讓紅柳林部的祖先一起保佑兩位將軍……」朴七的聲音，緊跟著響起，連語氣都給轉述得維妙維肖。

「姑蘇愛墨家，八達閉目，艾格比兔輌……」那名叫杜杜的少女，忽然瞪圓了眼睛，大聲向灰鶴長老抗議。

「她說，她不會回去。她父親和弟弟都死在朝鮮人，朝鮮叛軍手裡。她要給父親和弟弟報仇。」

朴七想都不想，快速翻譯。

「由目馬扱，雅革義，徐律……」灰鶴長老忽然冷了臉，朝著少女大聲呵斥。

「灰鶴長老說，既然將軍不喜歡女人追隨，就不要給將軍添麻煩。報仇的事情，將來等部落發展壯大之後，一樣有機會。」朴七擦了額頭上的汗水，有點跟不上雙方的節奏。

「大肆度別的，由勿哇卡……」少女臉色漲得通紅，繼續大聲抗議。

「雅裡比卡馬索……」灰鶴長老擺出一副長輩姿態，聲色俱厲。

「她說部落少年，至少十年才能長大成人。那時候，她說不定都老死了。」

「長老說，她今年才十六歲，十年之後怎麼會老死？」

「比亞幾厭，阿迷木都……」

「特若比個舉……」

……

「她說，她說誰知道十年之後是什麼樣？長老說，他可以對天發誓。她說……」爭執的雙方，越說越快，越說越大聲，終於讓朴七徹底無力及時跟譯。

「阿里雅革，齊啦……」說著說著，名叫杜杜的少女，忽然轉過身，向著李彤跪了下去。先大聲丟下一句話，隨即，從腰間拔出匕首，直接插向了她自己的胸口。

「別……」李彤毫無防備，想攔都來不及，剎那間，寒毛根根倒豎。

「噹啷！」千鈞一髮之際，張樹從側面丟出一根打著旋的短棍，將匕首砸得歪了歪，在少女腋窩處深入及柄。

鮮血噴湧而出，瞬間染紅了少女的半邊身體。朴七的翻譯聲，這才跟了上來，「她說，既然將軍嫌棄她沒用，她也給父親和弟弟報不了仇，何必留在世上受人鄙夷……，別，別再刺了，有話好商量。」

最後一句話，他是直接對少女喊的。卻非常不幸，用的是大明官話。那少女根本聽不懂，從傷口裡拔出匕首，再度插向自家梗嗓。

「噹啷！」這回，李彤終於及時作出了反應，用馬鞭直接將匕首捲上了半空中。

少女杜杜失去自殺的兵器，也不再堅持。朝著李彤磕了個頭，站起身，拔腿走向不遠處的河水。

「站住！」李彤知道此女即便不死在自己面前，早晚也得自我了斷，趕緊策馬追了上去，大聲阻攔，「妳如果是為了報仇追隨我，我倒是可以接受。不過不會接受妳的服侍，只能把妳當做麾下的一個弟兄。」

「杜杜，杜杜姑娘，別死了，我家將軍，我家將軍答應讓妳當親兵。」朴七也急得滿頭大汗，本能地用大明官話叫喊。發現對方根本聽不懂，趕緊又用女直語翻譯，「呀麼，阿哥哈，烏拉哈……」

「啊別得真木別……」

「她問，你是不是騙她？」

「我哪有閒工夫，她要當兵，就自己跟上來。」

「拿萬槊薩克圖……」

……

兩人通過翻譯交流，彆扭無比。但是，雙方的基本意思卻都能表達清楚。發現李彤決定接受自己做部下，少女杜杜終於停住了腳步。不顧身上的傷口還在往外淌血，快速折回到李彤馬前，朝著他屈膝行禮。

「免了，免了。妳趕緊把傷口包紮一下，然後去後面備用的戰馬裡頭挑兩匹順眼的。」李彤被少女折騰得頭大如斗，沒好氣地吩咐。

「一目伯，賈科尼……」

「巴尼哈，阿木波拉！」

在朴七的幫助下，少女很快就弄明白了李彤的要求。先大聲向他道了謝，然後昂首闊步，向隊伍後的備用戰馬走去，鮮血沿著皮甲的邊緣，滴滴答答落了一路。

「真是個野丫頭！」張維善看得心驚肉跳，在旁邊低聲感慨。「即便是男人，也沒這麼狠！」

「部落裡的男人，如果有她一半兒狠。也不至於被朝鮮偽軍欺負得不敢還手。」李彤對此女子，倒是有幾分欽佩，搖搖頭，苦笑著附和。

二人的目光，全落在杜杜身上，誰也沒注意到灰鶴長老。

而後者，卻得意將頭扭向了河岸，隱約間，笑得宛如一隻偷吃了蜂蜜的狐狸。

「這是金瘡藥，朴七，你去送給那位，給杜杜。順便告訴她怎麼用。我們頭前先走，讓她自己敷好了藥之後再跟上來。」絲毫沒注意到灰鶴長老的得意表情，李彤皺著眉從懷裡摸出一個小藥囊，信手交給嚮導朴七。

那少女雖然跟漂亮兩個字不怎麼搭界，脾氣也拗得厲害，卻終究是一條人命。他既然還沒狠心到眼睜睜地看著此女流血而死，就乾脆好事做到底，把自己的金瘡藥拿出來借給對方療傷。

這個舉動，對他自己來說最正常不過，可落在麾下那些家丁和軍官眼裡，卻立刻帶上了另外的顏色。大夥先看了看藥囊上金線繡製的招牌印記，又扭過頭去上下打量紅柳林部少女杜杜那纖細修長的背影，不約而同地笑出了聲音，「嘿嘿，嘿嘿，嘿嘿嘿嘿……」

「笑個屁，都給老子上馬趕路！人生地不熟的，小心樂極生悲。」李彤被笑得心中一陣慌亂，皺著眉，大聲斷喝。隨即策動坐騎向遠方衝去。

「哈哈，哈哈哈哈哈……」眾人見他臉嫩，笑得愈發歡暢，隨即，也紛紛策動坐騎，沿著河畔向東北方飛奔。人和馬呼出的熱氣，在秋風中化作一團團白煙。不多時，整個隊伍就化作了一條煙霧繚繞的長龍。

因為要等待朴七和杜杜，大夥兒默契地控制了速度。然而饒是如此，對方也隔了足足有小半個時辰，才終於策馬追了上來。

塗好了金瘡藥的杜杜，在隊伍後沒看到自己的趕山犬幼崽，臉上立刻露出了幾分焦灼。然而，當張維善好心地將懷裡的小狗崽舉起來向她示意的時候，她卻皺著眉頭大叫了起來，「特別嘎都，特別噶都，多羅有米細……」

「什麼？」張維善聽得滿頭霧水，瞪圓了眼睛向朴七諮詢。

「她說，讓你把小狗放在地上。狗要跟著馬跑，不能抱在懷裡。抱在懷裡的狗，永遠長不成一隻好獵犬。」朴七立刻湊上前，快速解釋。

「這狗個子還沒長開，根本跑不快！我們也不能慢慢陪著牠，否則萬一遇到了大股敵軍，大夥很難保證能安全突出重圍。」張維善從小到大，幾曾讓自己娘親之外的女人管過？頓時豎起了眼睛，沒好氣地回應。

朴七也覺得杜杜太不懂規矩，加重了語氣，將他的話大聲轉述。本以為少女聽了之後，會有所收斂。誰料，後者卻策馬衝了上來，伸手就去拎小狗崽兒的脖頸，「米西各圖肯……」

「她說，她來負責照顧這條狗。跑累了用繩子拴馬鞍子上，反正不能讓人抱。」朴七趕緊側身攔了一下，同時大聲解釋。

「嗯！」張維善楞了楞，臉上迅速湧起了幾絲怒容。

在南京的家中，那些丫鬟僕婦可不敢如此頂撞自己。無論自己的話是否有道理，對方就只能先選擇服從，然後再轉彎抹角勸說自己改弦易轍。如果有誰敢像杜杜這種不由分說就來搶，即便自己懶得追究，被管家知道了，也是先抽一頓鞭子，然後再掃地出門的下場。

「杜杜，住手。這裡不是妳的紅柳林！」朴七頓時被嚇得臉色大變，斥責的話脫口而出。說過之後，才又意識到杜杜根本聽不懂，趕緊又用女直語大聲重複，「雅幾鹽以，阿迷哈二……」

「啊——」杜杜被他的話嚇了一跳，楞楞地停住手，臉色瞬間變得又紅又紫。

「做婢女也好，做親兵也罷，妳既然決定追隨兩位將軍，就應該懂得服從。否則，還不如現在就回家去，以免將來違反了軍令，被斬首示眾。」朴七苦著臉，無比鬱悶地先用大明官話斥責，然後又快速換成女直語。

在他看來，眼前這個膽大手楞的少女，早晚要被召去為兩位千總之一暖床。如果自己將她得罪得太狠了，少不得將來要遭到報復。而如果自己眼下不表現出一副聲色俱厲模樣，卻難免又惹得張副千總心裡不痛快，稀裡糊塗就遭受了池魚之殃！

「比，比，孤苦卡伊……」少女杜杜眼睛裡瞬間湧滿了淚水，縮回手，無比委屈地小聲解釋。

「行伍之中，服從是第一。妳哪怕再有理由，也是一樣。況且妳本人也是千總的，他讓妳做什麼妳都必須照著去做。」朴七偷偷看了張維善一眼，繼續板著臉用兩種語言大聲補充。

「算了，把狗崽子給她。」張維善卻懶得再跟一個大明官話都不會說的異族少女計較，悻然將趕山犬幼崽兒丟到了朴七懷中。「再強調一遍，這條狗養大了歸我。至於她，誰愛要誰要，我可無福消受。」

「哎，哎！」朴七頓時如蒙大赦，頂著一腦門子汗，俯身將狗崽兒放到了杜杜的戰馬身邊。隨即用大明官話和女直語說道：「張千總說，這條狗歸妳替他養。妳愛怎麼養怎麼養。他大人大量，不跟妳計較。但是，妳也得懂規矩。杜杜，如果我是妳，現在就向他請罪才是正經。」

最後一句話，他只用女直語說了一次，卻沒用大明官話重複。那少女杜杜聽了，先是猶豫了一下，然後委委屈屈地在馬背上向張維善俯身，「穆加林森達……」

「免了，免了。妳主人在那邊，我要計較也跟他計較！」張維善卻不肯接受她的歉意，用馬鞭向李彤指了指，冷笑著撇嘴。

「撒雲？」少女楞了楞，目光轉向李彤，滿臉茫然。

「你小子，沒事別給我添堵！」李彤雖然沒有回頭，卻早就將張維善、朴七和杜杜三人的對話聽了個清清楚楚。無可奈何地回過頭，大聲數落。

說罷，又將目光看向朴七，皺著眉頭低聲吩咐：「你負責教她說大明官話，告訴她，如果兩個月內還做不到能聽懂命令，就趕緊自己回家。」

「是，將軍！」朴七高聲答應，隨即將頭轉向杜杜，苦著臉又是一陣嘀哩咕嚕。

本以為，後者聽到兩個月的期限之後，肯定又要尋死覓活。誰料，話音落下，卻看到少女臉上寫滿了鬥志。

「我一定能學會。」下一個瞬間，女直話從杜杜嘴裡說出來，帶著同齡少女特有的嬌憨韻味兒，「除了我自己，這輩子，誰也甭想把我從他身邊趕走！不信，你看著好了！」

[illegible]

[illegible]

第十五章　意外

「祖帥，左前方有一支朝鮮兵馬，打的寧邊大都護的旗號，數量在四千上下，其中大部分都是步卒，騎兵不到一個司。」有名斥候滿頭大汗地從前方跑回來，朝著祖承訓高聲彙報。

「寧邊大都護是個什麼鳥官兒？是敵是友？」剛剛鬆了一口氣的祖承訓眉頭立刻皺了起來，向左右親信大聲詢問。

出征之前匆忙，他對朝鮮國的情況，基本上屬於兩眼一抹黑。吃了敗仗後急著返回遼東休整，他愈發沒功夫去瞭解朝鮮國內到底爛成了什麼模樣。所以此刻聽了斥候的彙報之後，根本無法判斷即將跟自己遭遇的那支部隊是友是敵？

「恐怕不是什麼好鳥。否則，當初咱們南下攻打平壤的時候，怎麼沒見他派兵前來相助。」游擊將軍張國忠跟他關係最近，說話也最無顧忌，啞著嗓子大聲回應，「要依卑職看，咱們最好別搭理他們。免得稀裡糊塗又背後挨了冷箭。」

「寧邊，寧邊府應該是在朝鮮的平安東道吧。咱們南下之時曾經打那經過。當時城裡的朝鮮官員和兵卒早就都跑沒影了，只剩下一堆跑不動的老弱病殘。怎麼這會兒又多出了好幾千人馬來？」

祖承訓的族弟祖承志記性好，皺著眉頭上前提醒。

「大都護，應該就是總兵，朝鮮國寧邊府的總兵。」

「管他是敵是友，如果敢擋道，直接滅了就是！四千來號窩囊廢，還不夠策馬一衝。」

「不用問，肯定不是好鳥！好鳥早就去跟倭奴拚命了。」

「管他什麼都護不都護，敢扎刺，就直接滅掉。朝鮮那幫窩囊廢，哪怕再多來一倍，都不是弟兄們的對手！」

……

游擊王安、千戶祖茂、顧君恩，把總劉俊毅等，也紛紛開口。對即將遭遇的那支隊伍不屑一顧。

「廢話，老子還不知道他們禁不起弟兄們策馬一衝？」祖承訓聽得好生煩躁，瞪圓了眼睛大聲呵斥。「問題是，朝鮮人自己也不傻，如果不是有恃無恐，他敢只帶著區區四千多人馬就來攔截老子？」

眾將士立刻就都變成了啞巴，一個個低著頭，癟著嘴，誰也不敢再胡亂出主意。

本以為，這樣做，能平息自家副總兵的怒火。誰料，祖承訓見狀，心中的火氣更盛。揚起馬鞭子，朝著大夥劈頭蓋臉地抽了過去，「怎麼了？全都變成啞巴了。有功勞搶的時候，怎麼沒見爾等如此斯文？」

「祖帥，是戰是走，您直接決定，弟兄們唯您馬首是瞻便是。」張國忠離得近，挨得鞭子最多。雖然隔著鎧甲不覺得疼，卻依舊漲紅了臉，大聲表態。

「可不是麼，祖帥，你讓弟兄們動刀子拚命，弟兄們絕不含糊，可出謀劃策，推算朝鮮人來意，弟兄們真的不是那塊料啊！」游擊王安也紅著臉，大聲「喊冤」。

「你，你們這群廢物。」祖承訓聞聽，高舉的馬鞭子，再也抽不下去，瞪圓了眼睛氣喘吁吁。

正所謂，書到用時方恨少。此時此刻，大明遼東副總兵祖承訓，是何等希望自己身邊能有一個飽學之士，替自己出謀劃策。然而，環顧左右，從游擊張國忠，千戶顧君恩、王安，一直往數到百戶王英，他身邊這些弟兄，肌肉一個比一個多，腦花兒一個比一個少，掄刀子跟敵軍拚命誰都不含糊，想要從他們嘴裡聽到有用建議，卻無異於痴人說夢。

「要是史二哥沒戰死就好了。」游擊祖承志非常沒眼色，偏偏哪壺不開提哪壺，「有他在，咱們大夥能省老鼻子事了！」

「廢話，你要是有史二一半的本事，老子也不至於累成這樣。」祖承訓心中又氣又痛，用鞭子指著自家族弟祖承志厲聲數落，「當初跟你千叮嚀，萬囑咐，一定要看好史二，別讓他出事兒。你可好，只顧著自己衝得痛快，根本不管別人死活！」

說到這兒，他心裡愈發堵得難受。抬起鞭子，將自家族弟祖承志身上的鎧甲，抽得叮噹作響

眾將見了，也不敢勸。皆側過頭去，偷偷嘆氣。

大夥嘴裡的史二，乃是游擊將軍史儒。數年前以秀才身份主動投筆從戎，從旗總開始，一路升到了游擊，端地當得起文武雙全。

更難得的是，此人讀了一肚子書，卻絲毫沒有讀書人的架子。跟大字不識的弟兄們，總能耍到一處。有他在，從料敵機先，運籌帷幕再到臨戰機變，永遠不需要祖承訓這個副總兵操心。並且十

謀九中，讓全軍上下都覺得輕鬆。

原本把這回入朝的功勞也算上，游擊將軍史儒升到副總兵或者都指揮同知都幾乎毫無懸念。只可惜平壤一戰，大軍陷入倭寇包圍，朝鮮將士又臨陣倒戈，令此人飲恨沙場，到最後連馬革裹屍還都成了奢求。

正感慨間，忽然又有三名斥候如飛而至，一個個皆不下馬，舉著紅色的角旗高聲示警，「大帥，朝鮮人背後，還有一路兵馬，看樣子是倭寇，人數分辨不清。」

「大帥，倭寇側翼，有一支女直人的隊伍也殺了過來。看模樣，應該是海西女直一部分。規模無法靠近探查太詳，認旗大約四十幾面。」

「大帥，倭寇的斥候，已經跟探路的弟兄們交上了手。我軍略占上風，但是倭寇斥候人數太多，弟兄們無法阻止他們分兵回去報信兒。」

「大帥……」眾將大驚失色，紛紛停止對史儒的思念，將目光直勾勾地看上祖承訓。

如果只是四千朝鮮人攔路，大夥兒衝垮對手不廢吹灰之力。如果只是朝鮮偽軍和倭寇勾結，大夥兒也還有希望提前一步遁走。而現在，朝鮮偽軍、倭寇和海西女直三家勾結到一起，大夥再想要從容脫身，恐怕難比登天。

「慌什麼？」祖承訓一改先前的猶豫模樣，冷笑著舉起了馬鞭，「既然敵我都已經分明，戰了便是！來人，傳老夫將令，搶占左側山坡，半山腰列陣。咱們先打垮了攔路的賊人，然後再回遼東。」

「諾！」眾將士答應一聲，迅速調轉戰馬，去搶占有利地形。

騎兵衝鋒，多一分高度和速度，就多一分勝利的希望。所以，在戰鬥爆發前將隊伍移動到相對高的位置，極為重要。幾乎每一個有經驗的將士，在這當口，都不懷疑命令的正確性。而遼東副總兵祖承訓本人，卻趁著弟兄們不注意，將一個方方正正的皮匣子，從自己馬鞍旁解了下來，迅速遞給了身邊的心腹張國忠，「老張，你和承志兩個帶著親兵，現在就繞路走。務必將此物交到楊總兵或者老帥手裡。」

「大哥！」張國忠大急，紅著眼睛用力擺手，「我留下替你指揮全軍，你跟老五……」

「放屁！老子如果走了，今天弟兄們全都得死在這兒。」祖承訓雖然沒讀過書，頭腦卻清楚得很，瞪著通紅的眼睛低聲打斷，「快走，別跟老子囉嗦。如果你不想讓史老二他們白死，就把這個送給楊總兵或者老帥。記住，千萬別讓郝巡撫的人看見，那幫書呆子，心中只有自己，根本不在乎咱們的死活。」

「嗯。」張國忠不敢再囉嗦，流著淚接過皮匣子，迅速捆在自己胸前。

「老五！」祖承訓將目光轉向自家族弟，聲音裡帶著哽咽。

「大哥儘管放心，只要我還有三寸氣在，肯定不會讓這破玩意落到無關人手上。」老五祖承志淚流滿面，高舉著手掌對天發誓。

作為祖承訓的親信，他當然知道牛皮匣子裡裝的是什麼東西。有了此物，任何一個朝鮮國的王子，都可以效仿當年的大唐肅宗，趁老爹忙著逃難時自行宣布登基。而沒有此物，已經逃到大明九龍城的朝鮮國王李昖發出的諭旨，就差了一些正當性。他留在朝鮮境內的幾個繼承人，就可以有藉口各自為政。

「走吧！」祖承訓抬手拉了下自家族弟的胳膊，強做出一副豪邁模樣，笑著叮囑，「男子漢大丈夫，別學娘們。老子讓你們倆帶著親兵先走一步，只是為了確保萬無一失。呵呵，平壤城上萬倭寇，老子都能殺個三進三出。就眼前這三路烏合之眾，呵呵，誰能贏到最後，未必可知。」

「諾——」祖承志和張國忠兩個扯開嗓子答應了一聲，帶起各自的親兵，策馬如飛而去。

「看什麼看，列陣，列鋒矢陣。我大明男兒，馬前無敵！」從二人背後收回目光，祖承訓再度看向周圍被驚動的弟兄們，抽出戚刀，高高地舉過了頭頂。

「我大明男兒，馬前無敵！」游擊王安、千戶祖茂、顧君恩，把總劉俊毅等人，打了個冷戰，齊齊舉刀向天，氣衝霄漢。

「我大明男兒，馬前無敵！」

「我大明男兒，馬前無敵！」

「無敵，無敵，無敵……」

正在倉促列陣的將士們聽了，也紛紛拔刀高呼，山崩海嘯般的聲音，轉眼之間，響徹天地！

「嗯！」正在不遠處指揮麾下偽軍快速向明軍迫近的朝鮮寧邊大都督府兵馬統御使金聖哲楞了楞，眉頭迅速皺成了一個疙瘩。

眼前這支明軍剛剛吃過一場大敗仗，士氣低靡，發現情況不妙後，理應立刻倉皇逃命才對。怎麼居然還有膽子列陣而戰！

莫非他們自以為，憑著區區千把殘兵敗將，就能擋住四千朝鮮安國軍、兩千日本精銳以及五千餘女直野人的合力進攻？

莫非他們以為，他們的對手只有這四千朝鮮安國軍，根本沒看到那群呼嘯而來的倭國人？

莫非他們以為，位於倭軍側翼的海西女直各部，是聽從大明號令而來，會選擇與他們並肩而戰？

誰給他們做白日夢的勇氣？

誰讓他們得出如此幼稚的結論？

……

「統御，明軍，明軍已經，已經列陣完畢！」還沒等金聖哲想明白，對面的明軍為何如此膽大。已經有一名背上插著羽箭的朝鮮斥候頭目跌跌撞撞衝到了他的面前。

「慌什麼，老夫已經看到了。你且下去療傷，等阿爾布利亞斯將軍[注十九]到了，咱們就一起殺過去，將明軍殺個片甲不留。」金聖哲被斥候給嚇了一大跳，皺著眉頭，故作鎮定地輕輕擺手。立刻有親信上前，將斥候頭目車俊賢連同戰馬一道拉走，以免血腥氣熏到了金統御的鼻孔。然而，斥候頭目車俊賢卻不肯退下，翻身從馬背上滾落於地，扯開嗓子繼續提醒：「統御，不能等，真的不能等啊。明軍列的是鋒矢陣，鋒矢陣！」

注十九、阿爾布利亞斯：日本戰國名將宗義智的教名。此人在一五九二年六月，自稱遭遇明軍主力，激戰之後全師而退。而當時，明軍尚未渡過鴨綠江。主力尚在寧夏平叛。

「啥？」金聖哲又被嚇了一哆嗦，皺著眉頭朝不遠處的山坡眺望。只見所有明軍，已經在一杆猩紅色的大旗後，排成了一支整齊的「箭鏃」形狀。方向所指，正是自己的統御使認旗。

「統御，他們馬上就會發起進攻，馬上！」斥候頭目車俊賢氣得眼前一陣發黑，拚著過後被降罪的風險，繼續大聲補充。

「統御，列陣，趕緊列陣！」其他將領終於明白過來，扯開嗓子，一起大聲提醒。

朝鮮王國效仿大明，實行文人治軍制度。像金聖哲這種書生，平素只懂得紙上談兵，根本無絲毫作戰經驗。卻因為血脈高貴以及其他各種原因，能奉命指揮全軍。而像斥候頭目車俊賢這種老行伍，雖然經驗豐富，卻因為血脈低賤，得不到重用，哪怕立下再多戰功，這輩子做個百戶差不多就徹底到了頭。

這個制度，可以有效地防止武將效仿朝鮮開國君主李成桂那樣掉頭反噬，卻也讓朝鮮軍隊的戰鬥力變得日漸低下。遇到國內揭竿而起的農夫，勉強還有資格一戰。遇到經驗豐富的正規軍，將不知兵，兵無鬥志等諸多缺陷，立刻暴露無遺。

非常不幸的是，今天，他們恰恰遇到了一支百戰精銳。在半山坡上整理好陣型的祖承訓，原本還打算等敵軍在山坡下聚齊之後，再擇其中最孱弱一路攻之。忽然發現蜂擁而來的朝鮮偽軍，居然連臨戰陣型都擺不出來，頓時喜出望外。手中戚刀果斷前指，雙腳同時力磕馬鐙，「殺！」

「殺！」游擊王安、千戶祖茂、顧君恩，把總劉俊毅等將，齊聲回應。各自帶領麾下親信，策馬跟在祖承訓身後。

「殺！」九百餘明軍緊緊跟上，宛若一支脫離了弓弦的利箭般，射向朝鮮偽軍的正中央！

「放箭，放箭射死他們！」金聖哲終於回復了清醒，扯開嗓子大聲尖叫。

明軍來得太快，朝鮮軍列陣根本來不及。此時此刻，他只能寄希望於弓箭能遏制住明軍的攻勢，然後再做其他打算。

「放箭，放箭！」其餘朝鮮偽軍將領，也強忍住發自內心的恐懼，扯開嗓子大呼小叫。比起金聖哲這個官油子，他們對朝鮮軍獨力戰勝明軍，更不抱希望。只期待麾下的偽軍能堅持得稍微久一些，能堅持到臨近那支倭軍的到來。

「嗖，嗖，嗖嗖嗖嗖……」數以千計的羽箭，呼嘯著騰空而起，剎那間，將頭頂的日光遮了個嚴嚴實實。

馬蹄聲宛若驚雷，很快就將羽箭破空聲徹底吞沒。正在策馬前衝的明軍隊伍中，不停地濺起耀眼的血花，就像突然劃過夜空的流星般，一閃即逝。

死亡的氣息，伴著「流星」閃耀在隊伍中迅速蔓延，有中箭者無聲地落地，有戰馬無聲地倒下，還有中箭者努力將身體前傾，雙手死死抱住坐騎的脖頸。寧可在顛簸中流盡全身的鮮血，都堅決不肯與坐騎分離。

第三種，其實是最聰明的一種做法，哪怕被羽箭射中要害，通常也不會立刻死去。但是，如果墜落於馬下，即便不被當場摔死，也會被後續衝過來的坐騎，活活踩成肉醬。

為了儘快迫近敵軍，擺脫弓箭手的阻攔，沒有任何騎兵會主動放慢速度，去躲開落在地上的傷兵。在儘快衝入敵陣和拯救落馬袍澤之間，他們只能選擇前者。無數經驗早已證明，選擇前者，他們還有機會給落馬的袍澤報仇。而選擇後者，他們非但救不了落馬的袍澤，反而會搭上自家性命。

「嗖，嗖，嗖嗖嗖嗖……」第二輪羽箭騰空，然後在下落的過程中變得無聲無息。

「轟，轟轟，轟轟，轟轟……」馬蹄聲宛若驚雷。更多的騎兵，伴著「驚雷」聲悄然死去，卑微得宛若秋風的草屑。

無邊無際的草屑，被馬蹄帶起來，在秋風中翻滾。先是暗黃色，又變成猩紅色，很快再變成粉紅色。化作煙，化作霧，在天地之間飄飄蕩蕩，飄飄蕩蕩。

粉紅色的煙霧籠罩下，大明騎兵繼續向前突進，突進，速度越來越快，越來越急。

「嗖，嗖，嗖嗖嗖嗖……」第三輪羽箭騰空，卻明顯比前兩輪稀疏了許多。因為緊張和體力消耗的雙重影響，許多朝鮮偽軍，將弓拉開了一半都不到，倉促射出了羽箭。還有一部分原本就不願意「認賊作父」的偽軍，乾脆丟下了弓，側開身子直奔自家隊伍兩翼。

「別跑，繼續射，繼續放箭……」金聖哲氣得兩眼通紅，扯開嗓子大聲喝令。然而，他胯下的坐騎卻不肯留在原地面對明軍的怒火，帶著他，撒腿就往左翼狂奔。

「別跑，日本人馬上就會趕過來！畜生，停下，停下！」屈辱的感覺，迅速湧遍全身，他低下頭，朝著戰馬耳朵怒吼。

戰馬聽不懂朝鮮話，即便聽得懂，也不肯停下來等死。躲避風險，是動物的本能。更何況，從始至終，金聖哲都沒有拉一下馬繮繩。

「讓開正面，明軍不可力敵。」聰明人，可不止金聖哲一個。他麾下的將領朴孫仁宇更為乾脆，果斷揮手向周圍的弟兄下令。「從側翼一樣可以放箭。」

「呼啦啦——」原本就不整齊的軍陣，像被刀切的般，迅速從中間開裂。一部分偽軍將領帶著麾下弟兄向左閃避，另外一部分偽軍將領，則帶著麾下弟兄快速向右。趕在與衝下來的明軍發生正面碰撞之前，讓出了一條足夠寬的通道。

理論上，從兩側放箭，同樣能殺傷敵人。並且效果是正面攔截的雙倍。然而，戰場上的實際情況，與膽小鬼空想出來的理論，永遠對不上號。

發現朝鮮偽軍居然停止弓箭攢射，主動讓開了道路。家丁出身的老行伍祖承訓喜出望外，想都不想，就舉起了戚刀，再度指向朝鮮偽軍主將的認旗，「跟我來，殺光他們！」

「跟上祖帥，跟上祖帥！」親兵們高喊著，將遼東副總兵的將旗舉上半空，奮力搖晃。

戰馬在狂奔中改變方向非常不容易，特別是帶領一整支騎兵隊伍在狂奔中改變方向，更是難上加難。但是，對於祖承訓和他麾下這群被激怒了的大明將士來說，改變方向的難度，卻遠遠低於丟下袍澤們的屍體落荒而逃。

正在前衝的隊伍緊跟著遼東副總兵的將旗，由縱轉斜，又由斜轉橫。如一把變幻的鈎子般，狠狠鈎向了左側的朝鮮偽軍。鈎子的頂端，依舊保持著狹長三角形。兩側邊緣處的弟兄們，都高高地將手中戚刀舉了起來，刀刃在秋日下跳躍，亮成兩道耀眼的白線。

「轟！」隨著一聲天崩地裂般的巨響，偽軍隊伍從中央向內塌陷入半丈餘，鮮血飛濺。

在馬速的加持之下，形態修長的戚刀威力被放大了三倍。被找上的朝鮮偽軍無論招架還是坐以待斃，結果都一模一樣。鋒利刀刃帶著巨大慣性，直接將偽軍手中的兵器砸飛，直接將偽軍的手臂，脖頸甚至身體，切做兩段。而整個「鐵鈎」的速度，卻只是稍作停滯，就繼續向偽軍隊伍的深處扎了下去，沿途中，凡是躲避不及者，無論騎馬還是步行，都統統割翻在地。

朝鮮偽軍的左翼，再度開裂，轉眼間就一分為二。數以百計的偽軍士兵慘叫著倒下，難以置信地看見明軍將戚刀再度揮起，帶著一抹血光砍向自己的同伴。

緊接著，他們聽見同伴的慘呼，看到同伴的身體倒在自己身旁，看見一個個身上早就插滿羽箭的明軍勇士，大笑著從馬背上跌下來，年輕的面孔中寫滿了驕傲和滿足。

「娘——」

「快走！」

「倭寇不會管咱們死活。」

「快走，快走……」

更遠處，朝鮮偽軍將士紛紛大叫著閃避，再也顧不上什麼陣型不陣型，更沒勇氣去服從金聖哲發出的任何命令。

他們之所以為虎作倀，不過是為了混口飯吃。從上到下，很少有人會相信只懂得燒殺搶掠的倭寇，真的能在朝鮮建立長久統治。

他們更不相信那個臨海君和金聖哲等人，投靠倭寇真的是為了保全朝鮮，只是沒有能力去拆穿和反駁。

他們中很多人，甚至不相信，臨海君投靠倭寇是出於自願，只是迫於形勢，不得不昧著良心，跟著上司一道信口雌黃。

他們在血淋淋的現實面前，迅速意識到繼續做偽軍的風險，遠大於收益，果斷調轉身形，倉皇離去。

所謂沸湯潑雪，不過如此。在大明騎兵的強力打擊下，裂成了兩半兒的偽軍左翼隊伍，轉眼間就分崩離析。兵不再聽從將領指揮，將領也顧不上麾下的士兵，一個個抱著腦袋，狼奔豕突。

而因為在攻擊方向反面的偽軍右翼，卻根本沒心思對左翼施以援手，更沒心思按照原先的設想，繼續朝明軍將士身上拋射箭矢。竟相互簇擁著，大步後退，唯恐擊潰了自家左翼的明軍騎兵，會掉頭殺過來，將他們也碾成齏粉。

「保持隊形，保持隊形，殺將，棄兵！」猩紅色的將旗下，大明遼東副總兵祖承訓揮舞著砍豁了的戚刀，放聲高呼。

朝鮮偽軍的崩潰速度，比他預料中還要快許多。但是，他卻必須讓戰鬥結束得更快。

倭寇和被倭寇收買的海西女直人，已經出現在戰場邊緣。忠勇的大明斥候，正在拚死給倭寇製造麻煩，拖延倭寇加入戰團的時間。

他必須趕在倭寇發起進攻之前，幹掉朝鮮偽軍的主將，重新將自家軍陣組織成三角形。

他必須與倭寇展開對攻，否則，無論前面的勝利再輝煌，都不會有機會帶領大夥，活著返回遼東。

「殺將棄兵，殺將棄兵！」游擊王安、千戶祖茂、顧君恩，把總劉俊毅等人，一邊揮刀砍殺，一邊將主將的命令，高聲重複。

正在呼喝酣戰的大明將士們，迅速調整戰術。忽略身邊沒勇氣抵抗的偽軍兵卒，策馬衝向鎧甲鮮明的偽軍將領，將後者一個接一個從親信的保護下剝出來，一個接一個剁翻在地。

「救命，救命——」偽朝鮮寧邊大都督府兵馬統御使金聖哲，再也不顧上讀書人的顏面，一邊策馬遠遁，一邊拚命向趕過來的倭寇隊伍揮手。

他是為了給倭國天兵爭取時間，才主動出面攔截明軍的。

他雖然戰敗，但已經盡了最大的努力。

他沒有功勞也有苦勞，他對倭國關白大人忠心耿耿，他主動帶路功不可沒……

然而，令他無比絕望的是，那支原本可以輕鬆突破大明斥候阻攔的倭軍，居然將隊伍停在了一里之外。像旁觀者般，看起了熱鬧。

無一兵一卒趕過來救援，連驅離明軍斥候的任務，都執行得優哉游哉。畫著十字的認旗下，那個本應與他聯手的倭國將領，甚至好整以暇地舉起了馬鞭，對著戰場指指點點。

「救……」胸口處疼得鑽心，金聖哲繼續高高舉起手臂。身背後，一支投矛凌空而至，將他撞下坐騎，圓睜著雙眼氣絕身亡。

第十六章 三國

「果然是大國名將，縱然面對千軍萬馬，也能進退從容。」眼睜睜地看著祖承訓用投矛將偽朝鮮寧邊大都督府兵馬統御使金聖哲射落於地，然後割下首級飄然而去，日本國對馬守宗義智非但不派武士阻攔，並且當著身邊一眾將士的面兒，向對方挑起了大拇指。

「主上，他距離咱們不到二百步，屬下懇請帶本部兵馬出戰，給金統御報仇！」他麾下的槍騎大將中島小五郎聽得好生不服，高舉著長矛大聲請纓。

「報仇！為何？」宗義智皺著眉頭掃了中島小五郎一眼，笑著質問。

「金，朝鮮人是咱們的友軍。」中島小五郎被問得胸口發堵，按下長矛，遲疑著回應。「明國將領卻在您面前殺了金統御。如果您不給他報仇，其餘主動投靠日本的朝鮮官員得知，肯定會……」

「肯定會怎麼樣？他們有那種膽子嗎？他們有那種膽子，就不至於短短三個月內，丟光了國土了。」宗義智又掃了他一眼，冷笑著打斷。「姓金的這種人，吃著朝鮮國王的俸祿，遇到危難不替其國王盡忠，卻主動投降了對手，哪裡配做咱們的友軍？至於其他朝鮮官員，既然已經主動給咱們帶路了，他們還有回頭的可能嗎？」

「這……」中島小五郎無言以對，直憋得胸口上下起伏。

友軍的主將被對手陣斬了，自家的主將非但眼睜睜的看著對手離去，還阻止自己率部追殺。這到底是怎麼回事兒？對馬宗氏，到底是準備站在豐臣關白一邊，還是準備臨陣倒戈？

「義正，我記得你也會說明人的語言？」對馬守宗義智，卻沒功夫跟麾下一個普通騎兵將領解釋自己的想法，轉過頭，將目光迅速看向自己最為倚重的副將宗義正，「敢不敢過去替我約那個姓祖的大明將領當面一敘？」

「有什麼不敢？」副將宗義正想都不想，大聲答應。隨即跳上重金購買來的波斯馬，單人獨騎奔向了對面正在快速重新整隊的明軍。

「主上，萬一明軍試圖對副將不利……」中島小五郎大急，再度出言勸阻。

「不會，明人做事素來講究光明磊落，絕非金統御那種居心險惡的窩囊廢！」沒等宗義智發火，軍師江源養正忽然笑了笑，大聲打斷，「小五郎，你來得太遲了，不瞭解家督做事的風格。他向來不會冒無意義的險。」

「是，在下冒失了，請主上和軍師原諒。」小五郎瞬間紅了臉，在馬背上彎腰道歉。

作為一名曾經的流浪武士，他最大的短處，就是在對馬宗氏的資歷太淺。所以一有機會，才拚著命去表現，以期待能早日成為一名藩臣，而不永遠是只能帶一百騎兵的槍騎大將。

然而，自打攻破平壤之後，他的想法就跟周圍的環境格格不入。包括家主宗義智在內，幾乎整個對馬藩上下，都忽然變得疲沓了起來，無論做什麼事情都非常不認真。

這一次，情況與先前還是一樣。對馬守宗義智好像根本沒打算跟明軍開戰，派出了自己的副將去向對手發起邀請後，竟然不待接到回音，就主動解掉了頭盔，放下了長槍，隨即從馬鞍後抄起一把鵝毛扇子，晃晃悠悠地策動坐騎向前走去。

「小五郎，帶著你麾下的槍騎兵保護主上，但是注意，不要跟主上離得太近。」還沒等中島小五郎從失落中緩過神，軍師江源養正的聲音，忽然再度響起。「中國有一句兵法說，歸師勿遏。一心返回故鄉的人，戰鬥力最為強悍。剛才朝鮮安國軍崩潰的例子，就是明證。對馬藩只有兩千八百多武士和足輕，禁不起損失。所以，主公必須給雇傭來的海西女直人，爭取一刻鐘整隊和動員的時間。」

「在下明白。」中島小五郎恍然大悟，紅著臉向軍師躬身，隨即，帶領著自己麾下的一百槍騎兵，緩緩墜在了對馬大名宗義智身後。

宗義智身邊，此刻也跟上了八個貼身武士。都身穿純黑色鎧甲，腰跨雙刀，打扮得如戲台上的神將一般威風。

但是，中島小五郎卻很是懷疑這幾個人的戰力。依照他變成流浪武士之前所積累的戰鬥經驗，太刀根本不是一種合格的騎兵武器。特別是在兩支騎兵相對衝鋒之時，銳利卻單薄的太刀，很容易就被對手的兵器砸斷。而拿著半截斷刀的武士，接下來連自保都非常困難，更甭想著借助戰馬的速度殺敵。

如果明軍主將忽然不顧一切衝過來？猛然想到，對手可能採用的招數。中島小五郎瞬間寒毛倒豎。然而，接連幾次進言都遭到否決，他實在沒勇氣再去掃家主的興頭。只能弓起腰，緊緊地將長矛握在胸前，隨時準備撲上去，用自己的性命給家主宗義智，爭取幾息逃走的時間。

好在他一直擔心的事情，始終沒有發生。對面的明軍主將，的確像對馬大名宗義智和軍師江源養正兩個判斷的那樣，欣然接受了邀請。並且也只帶著八名親兵和一百輕騎，就笑呵呵迎了出來。

「那明軍將領為何不直接率部撲上，即便不能成功將家主拿下，至少，也能打對馬軍這邊一個措手不及？」實在無法將眼前發生的一切，跟以往戰爭中積累的經驗對上號，中島小五郎抬手擦了一把的冷汗，順勢輕輕拍打自己的額頭。

瘋了，自家家主宗義智，自打攻克了平壤之後，就開始變得不正常。而對面的明軍主將，也肯定是個瘋子。兩個瘋子湊在一處，才會有共同話題。他這個正常人，根本無法理解，也無法聽懂。

「祖帥，這倭寇頭目，到底想唱哪齣？」此時此刻，非但中島小五郎一個人頭大如斗，跟在大明遼東副總兵身側的游擊王安，也被雙方主將的舉動，弄得滿頭霧水。「要不您先停一下，末將抽冷子給那廝來個狠的。然後咱們衝……」

「胡鬧，人家倭寇都懂得學折子戲裡的三國周郎，搖著羽扇前來相見。咱們豈能丟了大明的臉？」祖承訓扭過頭瞪了他一眼，壓低了聲音呵斥。隨即，又擠擠眼睛，快速補充，「況且剛才弟兄們累得夠嗆，需要歇緩體力。老張他們幾個也還沒走多遠，咱們多拖一會兒是一會兒，沒啥虧吃。」

「這，末將明白！」王安恍然大悟，年輕的眼睛裡瞬間寫滿了欽佩。

風有點兒大，吹得沙場上的淡粉色煙霧迅速向東北方飄散。

天空很快就露出了原本的顏色，汪藍如碧。灌木，枯草和野樹，在乾冷秋風中起伏不定。

大明遼東副總兵祖承訓和日本國對馬守宗義智各自帶著八名親信，緩緩靠近。彷彿折子戲的周瑜和張飛，而周圍遼闊的天地，恰似他們的舞台。

「在下日本對馬守宗義智，久聞大明祖將軍有萬夫不當之勇。今日一見，傳言果不我欺！」又一陣秋風過後，宗義智輕輕拉住坐騎，隔著五十步的距離，向祖承訓鄭重拱手。每一個動作，都跟戲台上的美周郎一般無二。

相比之下，祖承訓的舉動，就煞風景了許多。聽見對方嘴裡居然冒出了一串流利的大明官話，他頓時將兩隻眼睛瞪了個滾圓，「你居然會說人話！乖乖嚨咚嗆，你不是倭國的那個，那個大頭目嗎？怎麼也會說人話！」

「對馬守，兼壹岐守，不是什麼大頭目。祖將軍說笑了！」明顯聽出了對方話語裡的羞辱味道，宗義智也不生氣，抓起羽扇輕輕揮了揮，非常有風度地糾正，「對馬和壹岐，都是地名。祖將軍就當是釜山和金州便是。至於唐字和唐言，乃是我宗家子弟必修之課。我同輩兄弟七人，個個都曾經修習。」

「原來是對馬州和一七州的雙料知州，怪不得官話說得這麼好。」祖承訓恍然大悟，坐在馬上微微點了點頭，「說吧，你約老夫見面所為何事？」

「是對馬府和壹岐府的知府，兼兩府的總兵官。」宗義智擺了擺羽扇，再度笑著糾正。「不過在下這個總兵官，不敢跟祖將軍比。在下能走到今天這步，全憑祖上餘蔭。不像祖將軍，憑著一把戚刀，一步一步從底下殺上來。」

「不敢，祖某能有今天，也全靠了恩公提携。」祖承訓這輩子最得意的事情，就是以區區家丁出身，做到了遼東副總兵，頓時被說得渾身舒泰。然而，猛然意識到，對方居然將自己的老底兒，摸得如此詳細，頓時後背處又凜然生寒。「你若是只想向祖某表達幾句仰慕之情，就不必了。咱們都是軍中男兒，要麼有話直說，要麼刀下見真章。」

「不敢，祖將軍乃是百戰餘生的勇將，與您刀下見真章，宗某自問毫無勝算。」宗義智不肯他接受他的挑戰，笑了笑，輕輕搖頭。「況且在下跟祖將軍無冤無仇，大明與日本，彼此之間也不接壤。與祖將軍把盞言歡，才是宗某平生所願。」

「大明與日本不接壤，可你家國王，卻聲稱要一路殺入北京。」實在弄不清對方葫蘆裡究竟賣的什麼藥，祖承訓乾脆繼續選擇直來直去，「祖某身為大明的將領，斷不敢跟你攀什麼交情。」

「祖將軍又誤會了，不是國王，而是關白。如同貴國歷史上的周公旦。」宗義智的涵養功夫非常到家，繼續笑著搖頭，「至於殺入北京，那乃是嚇唬朝鮮國主的大話。不敬之處，我家關白戰後自然會派遣使者向大明謝罪，真的沒有冒犯大明念頭。」

這幾句話，可是跟祖承訓先前所瞭解到的情況相差太多，頓時，令他又將眼睛瞪了個滾圓，「沒有？你是說，你家國王，你家那個攝政，只是想打下朝鮮就結束？」

「的確。」不愧是看著三國戲長大的戲迷，宗義智將戲文信手拈來，「我家攝政，見朝鮮國主殘暴不仁，是以起兵渡海，弔民伐罪。絕對沒有冒犯大明的心思。至於先前與大明的衝突，也是你我雙方都受到了朝鮮奸賊的挑撥，完全出於誤會！以宗某之見，根本沒必要發生。」

「誤會？」祖承訓越聽心裡頭越吃驚，兩道劍眉不受控制地上下跳動。

如果所謂「日本準備假道朝鮮進犯大明」的消息，乃是朝鮮國君臣蓄意製造出來的謠言，那先前戰死的弟兄們，可就死得太冤了。大夥沒吃過朝鮮國一粒米，沒領過朝鮮國王一文錢，朝鮮國覆滅不覆滅，關大夥何事，憑什麼要替朝鮮捨命而戰？

「是啊，誤會。」見自己的話語起了作用，宗義智心中暗自得意。又晃了晃羽扇，大聲補充，「日本國丁口只有六百餘萬，還不到大明的一個零頭。國土大小，也比不上大明的一個行省。怎麼可能有膽子，起入侵大明之心？如果祖將軍不信，儘管去找我的部屬去問，他們當中，若是有一個人，認為日本有擊敗大明的實力，宗某立刻掉頭返回屬地，此生絕不再踏上朝鮮半步。」

「這？」祖承訓原本就不是一個政客，哪裡能發現宗義智話語裡的彎彎繞？手揪著自己的絡腮鬍子，不知道下一步該如何是好。

秋風忽然又大了起來，吹得樹幹嗚嗚作響，宛若蒙古大軍進攻的號角。多年戰爭形成的警惕，讓他激靈靈打了個哆嗦，目光本能地向周圍掃視。

倭軍主力已經停留在四百步外，一動未動。但穿著獸皮和魚皮的海西女直人，卻已經趕到了明軍的東北側，正在幾個部落頭人的吆喝下，努力擺出作戰陣型。

「祖某明白了！」剎那間，他眼睛裡的迷茫盡數消散，將手放回到腰間刀柄處，笑呵呵地向宗義智點頭，「日本不想與大明開戰，只想弔民伐罪，收拾朝鮮。你也久仰祖某大名，不想跟祖某刀劍相向。那好辦，你讓開道路，祖某這就返回遼東，將貴國上下的心思，祖某一定會如實稟告給郝巡撫和皇上。」

「嗯哼！」沒想到居然被秋風攪亂了算盤，功虧一簣，宗義智窘得滿臉通紅。但是，很快，他就又笑了起來，羽扇揮動宛若秦淮河上的舞袖，「讓開道路，當然可以。宗某原本也沒打算與祖兄相爭。但有一件物事，也請祖兄行個方便，否則，一旦被人污以消極避戰之罪，宗某恐怕無法向我家攝政交代。」

「哈哈哈，哈哈哈，原來你想要那金統御的腦袋？又不是啥值錢玩意兒，早說就是，何必繞這麼大一個圈子？」祖承訓哈哈大笑，抬手擦了下眼角，毫不猶豫地答應「沒問題，祖某這就命人拿給你。」

他雖然頭腦相對簡單，卻不缺跟人裝傻充楞的經驗。所以，明知道對方要的不可能是金聖哲人頭，也故意將話往那個方向帶。

「祖將軍說笑了，金統御那種賣國求榮之輩，在宗某眼裡，一文不值。他的人頭，還有所有被陣斬的朝鮮將士首級，你願意帶走就帶走，宗某絕不阻攔。」宗義智也知道，自己的詭計被對方識破。卻依舊輕搖羽扇，「不瞞將軍，在下一路北來，也砍了不少朝鮮將領的腦袋，其中有一個姓金的，還是京畿道都指揮使。」

該表現的禮節，他都表現過了。

網，也差不多都結好了。

如果對方不肯交出朝鮮國的傳國之印，那，就連人帶印一起留下便是。

在看過的三國戲裡，這一招叫先禮後兵！

「原來你也幹掉了一個姓金的傢伙。」彷彿根本沒聽出宗義智話語裡的威脅之意，祖承訓拱手做佩服狀，「不過，宗將軍的饋贈，祖某愧不敢受。在大明，北虜的首級才值錢。其他外賊，包括倭寇，三個都不能折北虜一個。」

「對馬宗家世代經商為業，從來不做殺人越貨的勾當！」被倭寇兩個字，刺激得臉色微青，宗義智忍不住大聲解釋。

海盜這個職業，在日本也屬於下三濫。特別是在宗氏、小西氏、松浦氏這些注重海上貿易的家族眼裡，嚴重干擾了海上商路的倭寇，簡直罪大惡極。所以，無論任何時候，他們都以與村上、來島二姓同列為恥！注二十然而，這個解釋，聽在祖承訓耳朵裡，卻直接變成了笑話。只見此人先是楞了楞，隨即大笑著的搖頭，「宗將軍可知何為寇？可不止是奪人錢財，掠人妻女，殺人越貨。那些

注二十、宗氏控制對馬島，把持日本對朝鮮貿易。小西行長的父親是界港巨商，松浦氏在平互港，包攬了日本對南洋西班牙人的貿易。村上、來島則是職業海盜家族。來島出自村上。

不請自來，占了別人屋子當自己家的；欺門趕戶，恃強凌弱的；還有奪人田地，毀人國運的，都是寇。區別只在大小而已。而祖某，卻不能容忍這種強盜行徑，只要看到了，少不得就要管上一管！

「祖將軍，你休要逞口舌之利。宗某是仰慕你的英勇，才出馬跟你一敘。」兩邊面頰都燒得難受，宗義智忍無可忍，扯開嗓子大聲斷喝。

「祖某已經給你面子了，你還要怎麼樣？」祖承訓迅速收起笑容，愕然搖頭，「是你自己非得踩著鼻子上臉！」

「宗某此刻麾下虎賁是你的七倍！」宗義智回頭看了看身後的家兵，又看了一眼已經差不多整隊完畢的海西女直友軍，咬著牙提醒。「你自己不珍惜性命也就罷了，何必拖累麾下弟兄？」

「祖某先前就看到了，七個打一個。」祖承訓聳聳肩膀，繼續做不屑一顧狀。「只可惜，打仗有時候不能光憑人多，否則你早就被朝鮮人趕回了老家。更何況……」

迅速向海西女直的軍陣位置瞥了一眼，他笑著搖頭，「你怎麼知道，那些女直人，等會一定就會真心為你而戰？據祖某所知，他們可是向來喜歡翻臉不認人！」

「祖將軍，不要當宗某是傻子。這種低劣的挑撥離間手段，宗某絕不會上當！」宗義智聽得心中又是一凜，大叫著戳破。

然而，雖然喊的嗓門很大，他的頭，卻再度轉向了海西女直人那邊，並且怎麼看，都覺得後者好像在故意拖延時間。

祖承訓能從一介家丁成為遼東副總兵，所憑的可不止是驍勇善戰。見宗義智果然不放心海西女直人的忠誠，立刻又大笑著煽風點火，「宗將軍天資聰穎，能說大明官話，卻未必連海西女直人的話都會說吧？出面收買他們前來助戰的，肯定也不是你的人。你剛才眼睜睜地看著金統御被祖某幹掉，卻不肯出手相救。那些女直族長將你的行為全都看在了眼裡，豈會不多長幾個心眼兒？」

「住口，海西女直人與小西將軍有約，會起傾族之青壯……」宗義智越聽心裡越沒底兒，再度大聲叫囂。

「問題是，你們倭國人拿出真金白銀了嗎，還是空口白牙畫了個大餅給人家？」祖承訓笑了笑，大聲打斷，「你自己不喜歡被人當傻子騙，那海西女直各部的族長，莫非就全都是傻子？既不給錢，又不給糧，連兵器戰馬都得自備，就憑著幾句好話，他們是吃飽了撐的慌，還是上輩子欠了你們的？」

一番話，說得雖然粗糙，卻句句都戳在了宗義智心上。令此人再也不想繼續擺什麼再世周郎的譜兒，咬著牙，厲聲重申：「他們肯定不是傻子，但是，他們這回，卻絕對不會幫你。祖將軍，你如果在乎你麾下的弟兄，就把朝鮮王的傳國金印交出來。在下拿到此物，自然會讓開道路放你北去。若是你堅持一條道走到黑，宗某也已經仁至義盡。接下來……」

「原來你是為金印而來？」祖承訓終於「恍然大悟」，撇撇嘴，臉上的表情愈發輕蔑，「如果有，祖某肯定給。只可惜，那東西早在數天之前，就快馬加鞭送回遼東了。根本不在祖某之手，如何給得了你？」

「騙人！朝鮮國，朝鮮國的眼線，兩天前還在你身邊看到過金印！」宗義智又是失望，又是著急，紅著眼睛高聲反駁。

「誰告訴你的？你可以讓他來跟祖某對質！」祖承訓回頭看了看自家弟兄，確信大夥已經休息得差不多了，笑得愈發鎮定，「只要他能說出金印的大小，祖某和弟兄們就放下兵器，任你搜檢！」

「他，他叫……」宗義智心中著急，本能地就想說出證人的名姓。然而，話到了嘴邊兒，卻忽然又意識到，這樣做肯定得不償失。再度舉起羽扇，指著後者大聲威脅，「他的名字，請恕宗某不便告知。祖將軍若是今天不交出金印，你我今天唯有一戰！」

「早說啊，打就是了，非耽誤老子這麼多功夫。」祖承訓橫了他一眼，不屑地撇嘴，「好了，你請回吧，趁著天色還早，咱們做過一場。你贏了，自然想拿走什麼就拿走什麼。你要是輸了，也別怪祖某割了你腦袋去請功。雖然倭寇的首級三個才頂一個，好歹螞蚱多了也能湊一盤子菜。」

「你，你，冥頑不靈！冥頑不靈！」宗義智的臉，完全給氣成了青黑色，手中的羽扇，也舞得宛若風車，「既然如此，那等會兒就馬背上見真章。」

「是啊，剛好你的海西女直人，也準備停當了。」祖承訓笑了笑，朝著他的背影繼續撇嘴，「都是老獵人的，何必在祖某面前玩鷹？記得派人去跟他們約定旗鼓，別在你需要他們進攻時，他們反倒掉頭後退，那就麻煩大了。」

「有勞將軍提醒。」宗義智咬了一下自己的舌尖，強壓怒氣回頭，「希望將軍不要後悔。」

「有啥可後悔的？雖然跟你聊天耽誤了一會兒功夫，但我麾下弟兄們也能恢復些許體力。」祖承訓笑了笑，將自己的打算如實奉告。

「你……」宗義智氣得直哆嗦，如果不是忌憚對方武力強悍，他真恨不得立刻掉頭衝過去，用扇子將對方大卸八塊。

「主上，在下可以偷偷從背後殺過去，砍了他的頭顱。」負責近距離護衛他安全的中島小五郎終於又看到了表現機會，迎上前，用極低的聲音請示。

「回去！」宗義智迅速扭頭朝正在返回明軍本陣的祖承訓看了一眼，果斷拒絕，「他那邊早已經有了防備。回去後，你帶著朝鮮通譯，去海西女直那邊督戰。如果那些海西女直人畏縮不前，就立刻執行軍法。」

「是，主公！」中島小五郎喜出望外，趕緊在馬背上躬身。

「注意手段，讓女直人去打頭陣去消耗明軍實力就行了，不要逼得他們掉頭造反。」唯恐此人貪功心切，誤了自己的大事，宗義智猶豫了一下，壓低了聲音叮囑。「最後收尾，還得咱們自己來。別指望那些女直人，能替咱們完成所有的事情。」

「屬下明白！」中島小五郎想了想，鄭重躬身。正打算再說上幾句表面態度的話，卻忽然發現軍師江源養正單槍匹馬，慌慌張張地迎了上來，「家主，快走。不好了，明軍在此地還有同夥，他們在西面放火點燃了草場。」

「啊！」宗義智與中島小五郎兩個都大驚失色，連忙扭頭朝西方看去。只見空曠的原野上，有一道紅著的波浪伴著濃煙，正迅速向戰場迫近。沿途無論遇到枯草、樹木、荊棘還是山石，皆一捲而沒。

第十七章　變數

「那個姓宗的倭寇捨不得拚掉自己的老本兒，打算拿海西女直人的當炮灰。」同一個時刻，祖承訓低著頭，用極小的聲音向自己的親信祖茂面授機宜，「咱們偏不讓他如願，你現在就給老王打令旗，讓他不必等我回去，直接領著弟兄們衝擊倭寇本陣。」

「我操，有人放火燒荒。」回答他的，卻是一聲低低的驚呼。千總祖茂兩眼盯著西南方向，身體緊張得彎成了一張弓。

「你說啥？」祖承訓大驚失色，顧不上再管對付倭寇，目光迅速轉往同一方向，「我操，誰這麼狠？趕緊給老王打令旗，讓他帶著弟兄們掉頭往東南跑。」

「撤，往東南方向撤，祖帥要你們趕緊往東南方向撤。」祖茂的身體僵了僵，沙啞的聲音緊跟著從嗓子眼兒處冒了出來，如同鐵絲剮破鑼。

「別耽誤功夫，快走，快走。萬一被捲進火場裡，老天爺也救不了你。」另外一個負責率領親信接應祖承訓的千總顧君恩，也一邊扯開嗓子喊，一邊快速將一支黃色的令旗舉過頭頂。

「撤，別管老子。快撤，向東南方撤，往東南方撤，能跑多遠跑多遠。」儘管他喊得已經足夠賣力，祖承訓依舊嫌他聲音低，一把搶過令旗，高高地舉過自己的頭頂。

「撤，祖帥有令，向東南方向撤。能跑多遠跑多遠。」其餘親兵急得滿頭是汗，策動坐騎，簇擁起祖承訓，拿出吃奶的力氣加速狂奔。

沒有人再回頭看倭寇在做什麼，也沒有人擔心，海西女直人會不會趁機發起進攻。大夥只管拚命用雙腿磕打馬腹，將坐騎的體力壓榨到最大。加速，加速，再加速。

「野火，野火！」

「快逃，快逃……」

事實也正如大明將士所判斷，發現有野火從西南方如潮頭般席捲而至，正在擦拳摩掌準備發動攻擊的海西女直武士，頓時就炸了營。一個個策動坐騎，如受驚的麻雀般，瘋狂朝東南方逃命。任隊伍中的朝鮮雇主們喊破了喉嚨，都堅決不做絲毫耽擱。

有著豐富荒原上生存經驗的他們，比大明將士更知道野火的威力。在深秋時節，無論是誰都不敢於野外留下火頭。否則，在秋風和乾旱天氣的雙重驅使下，幾點微不足道的火星，就能形成燎原之勢。而一旦大火蔓延開來，就不是燒掉幾棵樹，幾片山坡那麼簡單。只要不遇到河流攔阻，大火就會順著風一路捲過去，直到一場暴雨天氣的來臨。

女直人沒有自己的文字，生存經驗的傳承，完全靠長老們日夜吟唱的牧歌。早就把耳朵聽出繭子的他們，在開始逃命之後，不約而同地，將馬頭撥向了西南方。

不能頂著風跑，再厲害的英雄，也禁不起煙熏。只要被秋風捲起的濃煙迎面一撲，再精壯的戰馬和漢子，都得被熏倒。然後就只能任由野火燒成一堆黑灰。

也不能順著風跑，人和馬都有累的時候，而火和風不會。萬一順風跑的路上遇不到河流，跑不動的那一刻，就是死期。

唯一的生路就是逆切，與風和火形成一個夾角。趕在被火堵住之前逃出生天。但是，萬一沒跑過火的蔓延速度，或者不幸恰恰被火線「兜」在了裡面，下場仍是在劫難逃。

逃，拚命逃，沒人再管隊形，也不會再去分辨誰是敵人，誰是自己的同夥。

有停下來擊殺敵人的功夫，不如多跑出幾十丈遠。耽誤時間，等同於自殺。放慢速度，則是找死。你只要比敵人搶先一步逃離野火波及範圍，就是勝利。落在後面的人根本不用你來殺，野火就會讓他屍骨無存。

「咳咳，咳咳，咳咳……」很快，有人就被秋風送過來的炙熱煙霧，熏得喘不過來氣兒。只能一邊拚命咳嗽，一邊努力將嘴巴貼向戰馬的脖頸。

戰馬的皮膚上有一層汗水，可以降低煙霧的傷害。戰馬有求生的本能，在這種時刻，不用主人指路，就知道往哪邊狂奔。

可憐的戰馬，卻無法擺脫北上的主人，獨自逃生。也無法將口鼻，塞進主人的胸口。只能在燥熱的秋風和滾滾濃煙中，努力張開四蹄。

跑著跑著，就有戰馬轟然倒地，嘴裡發出大聲的悲鳴。馬的主人只要沒被當場摔暈，立刻從地上爬起來，繼續邁動雙腿狂奔。直到被後續追上來的戰馬撞翻，被無數雙馬蹄踩成肉泥。

「快點，快點跟上。跟上女直人，快點兒。他們對附近的地形熟。跟上他們，別自作聰明！這裡是朝鮮，野火跟日本那邊不一樣！」宗義智的聲音，忽然在連綿的咳嗽聲和戰馬的悲鳴聲中響起，帶著如假包換的哭腔。

作為最早發現野火的人，他和他麾下的部屬們，反而跟女直人混在了一處，逃了個齊頭並進。原因無他，對馬島，乃至整個倭國，都是氣候非常濕潤，地形也甚為狹小。爆發山火的可能微乎其微。像今天這種橫亙數里，縱向無邊無際的野火，只是在從中國流傳來的故事中聽聞，現實中誰都不曾遇見。

這種求生經驗上的短缺，如果在日本國內，不會產生任何問題。在地廣人稀的朝鮮北部，卻要了許多人的命。宗義智親眼看到，自己剛剛收入麾下沒多久的中島小五郎冒冒失失地試圖讓戰馬四蹄騰空，直接躍過一塊三四丈寬的起火區域，抄近路尋求生機。結果人和馬在半空中，忽然就掉了下來，化作兩隻活動的蠟燭，在火場中翻滾哀嚎。

小五郎麾下的幾個槍騎兵用長槍捲著衣服將火場掃開一段缺口，試圖前去相救。誰料一股秋風忽然掠過，周圍的火場迅速變成火海，將他們全部吞沒在了烈焰當中。

「咱們，咱們的馬，馬不行！」軍師江源養正跑得上氣不接下氣，掙扎著盡自己最後的職責。「必須搶馬，否則，即使不被活活燒死，出去後也會被明軍殺死。」

「搶馬，搶女直人和朝鮮人的馬。敢反抗者當場格殺！」生死關頭，宗義智身上再也看不到絲毫風流倜儻，像一頭惡狗般大聲咆哮。

日本馬個頭矮，蹄子大，無論奔跑速度還是耐力，都不如遼東馬和蒙古馬。所以早在開始逃竄之初，就有倭寇果斷向給自己帶路的朝鮮人下了黑手。只是，隊伍中朝鮮帶路的數量太少，遠不能為他們「讓出」足夠的坐騎。此刻為了增加活命機會，他們只能又把主意打到曾經的盟友，海西女直人頭上。

一個倭寇中的精銳，盡可能的加快馬速，從側面貼近一名女直武士，趁其不備，揮刀將此人砍下坐騎。隨即，自己翻身跳上了對方的馬鞍，再度撲向下一個目標。

其餘倭寇見樣學樣，迅速貼近與自己混在一起逃命的女直人，殺死對方，搶奪坐騎。轉眼間，位置拖後的女直武士，就被殺掉了六、七十個。而他們的同族們，卻忙著倉皇逃命，誰也沒時間回頭。

「殺，搶到馬的追上去，殺了女直人，把坐騎留給自家武士和足輕。」換上了一匹遼東杏黃驄的宗義智食髓知味，舉著血淋淋的倭刀，朝著身邊的親信大聲吩咐。

「殺——」眾倭寇如同瘋狗般，齊聲答應。策馬舞刀，繼續從側翼和後背貼近曾經的友軍，將他們一個接一個砍落於地。

很多女直青壯，連凶手到底是誰都沒弄清楚，就稀裡糊塗落馬而死。一部分女直青壯反應機敏，果斷舉起兵器來與偷襲的倭寇交戰，然而，他們個人勇武，卻擋不住對手有組織的謀殺，很快，也連續被砍下馬去，踩成了一團團肉泥。

「小心，小心，倭鬼在咱們背後下刀子！倭鬼看上了咱們的坐騎！」隨著越來越多的女直青壯倒下，終於有部落頭領發現來自身後的險情，怒吼著向所有同族示警。

「倭鬼的馬跑不動了，在搶咱們的坐騎。」

「喪盡天良的倭鬼，早晚要遭報應……」

叫罵聲接連而起，醒悟過來的女直青壯不甘心束手待斃，紛紛揮動兵器，與靠近自己的倭寇交戰。

沒經過訓練的他們，殺人的本領遠不如倭寇。但是，由於自然界的殘酷淘汰，每個能幸運長大成人的女直青壯，身材和體力，又遠遠超過了試圖搶奪他們坐騎的倭寇。雙方一邊以最快速度逃命，一邊不停地揮動兵器互砍，轉眼間，就將彼此砍了個血肉橫飛。

「馬給我！」一名倭寇忽然從自己的戰馬上跳了起來，像一隻靈活的猴子般，繞開女直青壯的阻攔，直接跳上了對方的馬背。隨即，手中刀刃從身後，狠狠勒向女直青壯的脖頸。

「死！」女直青壯來不及閃避，只能扭動身體，將手中鐵鐧從自己腋下戳向背後。

這個動作無法令他擺脫危險，卻足以將偷襲者戳下坐騎。倭寇不甘心與對手同歸於盡，只好放棄抹斷對方脖子的念頭，用刀刃削向對方的手肘。得到機會喘息的女直青壯想都不想，本能地將手肘回撤，同時迅速擺動身軀。「砰！」地一聲，肩膀狠狠砸上了倭寇的腦門兒。

「啊——」倭寇被砸得鼻孔竄血，身體順著馬背不受控制地向後滑動。本能地丟棄鋼刀，他單手扯住女直青壯的後衣領，試圖將自己的身體拉穩。誰料那女直青壯一擊得手，立刻又將肩膀狠狠地撞向了他的鼻梁。

「砰！」兩股鮮血飛出，倭寇被直接撞離了馬背。成功捍衛了自家權力的女直青壯，也因為用力過猛失去了平衡。被倭寇扯著，一道落入塵埃。

數十匹戰馬迅速從二人身體上跑過，眨眼間，他們兩個就全變成了肉泥，平攤在乾涸的土地上，再也分不清彼此。而戰馬的背上，更多的女直青壯和倭寇，則繼續你來我往，奮力廝殺，渾然沒有感覺到，有活生生的人就在眼前消失。更沒有誰想過對落馬者施以援手。

「啊——」一名搶劫失敗的倭寇墜地，消失於馬蹄之下。

「天殺的倭鬼！」一名被推下坐騎的女直青壯，大罵著邁動雙腿，試圖避開踩向自己的馬蹄。一匹遼東乾草黃馱著主人如飛而至，像攻城錘般，將他狠狠地砸出了半丈遠。緊跟著，又一匹黑棕馬風馳電掣般從他身邊掠過，將他直接撞進了滾動的火坑。

「救命——」一名搶劫失敗的倭寇僥倖沒被馬蹄踩成肉餅，趴在火線邊緣大聲呼救。兩名搶到坐騎的倭寇看都不看，從他眼前疾馳而過。手中倭刀在身側舞得宛若風車。

「巴山長老，不要慌！」一名女直青壯，見自家長老在火線邊緣落馬，連忙俯身相救，誰料長老猛地一用力，將他直接扯落於地。緊跟著，飛身縱上馬鞍，疾馳而去。

「巴山長老，你不得好死！」絕望的女直人破口大罵，沿著火場邊緣狂奔了數步，避開差一點撞飛自己的馬頭。隨即，高高地躍起，將一名慌張逃命的同族推離馬鞍，自己搶了坐騎，疾馳而去。

沿途無論是女直青壯，還是倭寇，只要有坐騎可乘者，全都一邊策馬狂奔，一邊豎起兵器，全身戒備。
不但要防範敵人，還要防範自己人。
能搶到好馬，就多一分生機。被打下馬背，或者搶不到好馬，則葬身火場。生與死的關頭，人性的醜惡與自私，被展現得毫無遮掩。
「嗚嗚，嗚嗚嗚，嗚嗚嗚——」秋風掃過枯樹，發出的聲音宛若閻羅吹響的號角。
烈焰翻滾，將更多來不及逃走的女直獵人和倭軍足輕捲了進去，化作一具具焦黑的屍體。濃煙升騰，與天空中不知道什麼時候聚起的烏雲相接，讓整個世界都化作了鬼域。
一道道火苗，波浪般翻滾、蔓延。
火線的邊緣，一個個騎在馬背上的身影，舉著兵器互相砍殺，只為搶到更快的坐騎，或者砍開前進的通道。
一個身影落下，緊跟著，又是一個。
要麼化作肉泥，要麼化作燃料。
「轟隆隆！」
「轟隆隆！」
「轟隆隆！」
……
終於，連老天爺都看不下去這人性的醜陋，憤怒地砸下了數顆驚雷。

豆子大的雨滴，從天空連綿而降。迅速將火勢壓下，將濃煙衝散。

曲曲彎彎的火線，開始以肉眼可見的速度收縮，任西南風吹得再大，再急，也無法讓它繼續擴張分毫。

一片廣袤的曠野，再度出現在所有人的眼前。黑暗、濕冷、一眼望不到邊。

「原來逃命的道路，是如此的寬闊！」宗義智愕然在馬背上轉頭，兩隻圓溜溜的金魚眼，不停地在眼眶中翻滾。

從天而降的雨水，讓人頭腦越來越清醒。副將宗義正、軍師江源養正、騎兵大將藤野晴信、武士小島義夫等人，快速靠攏到宗義智身邊，打著哆嗦氣喘吁吁。

早知道會下暴雨的話，即便不跟女直人搶馬，他們也有很大機會逃離生天。

即便沒有這場暴雨，如果將逃命的角度再往西偏上一點兒，除了那些倒楣的足輕之外，所有騎著馬的人，依舊有七成以上把握擺脫危險。

然而在當時，他們卻全都被突如其來的野火，燒得六神無主。本能地就選擇了跟著女直援兵朝同一個方向逃，並且還在對方背後痛下殺手。

如今，野火被暴雨澆退了，對他們的生命再也構不成威脅。他們，卻不得不面對自己曾經犯下的罪惡。

「吹海螺，將所有活著的召集到我身邊來，整隊以備不測！」抬手狠狠在臉上抹了一把，宗義智果斷下達命令。

他身邊所有人為了逃命，都搶奪了女直人的坐騎，甚至不止一匹。

曾經的援軍，變成了仇敵。原本數量是他們的四倍。

而他們，目前幸運擺脫了野火的，卻不及原來的四分之一。並且其中絕大多數，為了跑得更快，都將鎧甲和頭盔當做累贅，丟在了逃命的路上。

「嗚嗚嗚，嗚嗚嗚，嗚嗚嗚……」海螺聲在暴雨中響起，低沉暗啞，就像受了傷的野狗所發出的悲鳴。

十幾個武士的身影，從雨幕後出現，快速向他靠攏。緊跟著，又是三十幾個。

然後，就再也沒有新的身影出現，無論宗義智如何將眼睛瞪得更大，都是一樣。

「大人，不能再耽擱了，趕緊走。就這點兒武士，肯定無法面對女直野人的報復！」江源養正抬手拉了宗義智一把，大聲提醒。

「走不了！」宗義智看了他一眼，艱難地舉起了手中倭刀，「他們已經來了！」

「啊？」江源養正打了個哆嗦，努力將眼睛瞪得更大，卻看不到任何女直人的蹤影。

然而，下一個瞬間，在白茫茫的雨幕背後，卻有馬蹄擊水聲清晰地傳了過來，「啪啪，啪啪，啪啪，啪啪啪啪……」，宛若無數隻惡鬼，在踏浪而行。

「咯咯，咯咯，咯咯咯……」騎兵大將藤野晴信緊握著倭刀，牙齒不受控制地上下撞擊。

「藤野，藤野君，振作，振作起來！」宗義智緊皺眉頭，用刀刃用力撥打雨水，「害怕救不了任何人的命。」

「不是，不是怕，是冷，冷！」騎兵大將藤野晴信一邊打著哆嗦，一般高聲給自己壯膽兒，「女直人連朝鮮人都鬥不過，人數再多，也，也……。」

「等會兒打起來，你和小島君立刻護著主公離開。義正與在下帶著其餘武士，負責纏住那些女直人。」一句話沒等說完，已經被軍師江源養正低聲打斷。後者臉色煞白，被雨水淋濕的衣服緊貼著身體，哆嗦得就像一棵枯樹。

「胡說，還沒交手，怎能先讓我棄軍遁逃！」宗義智大急，立刻將頭轉向軍師江源養正，大聲呵斥，「你若是害怕，不妨……」

「家主，鐵炮足輕一個也沒跟上來。替您斷後，是義正的職責，也是在下的榮譽。」軍師江源養正一改平素的謙卑，仰起頭大聲抗辯。

「轟隆隆……」一道悶雷從天空滾過，閃電瞬間照亮六十餘張慘白的臉。都是武士，沒有一個是足輕。手中的兵器也都是刀劍，沒有一桿鐵炮。

「家主，軍師說得對。咱們，咱們沒有任何獲勝的機會。」副將宗義正咬了咬牙，策馬上前，硬生生將對馬守宗義智從軍陣正中央處擠開，「鐵炮足輕都死在野火裡了，眾寡懸殊，沒有鐵炮。即便有，這麼大的雨也打不響。」

這句話，不用他重複，宗義智也聽在了心窩子裡頭。後者頓時神情大痛，眼淚混著雨水滾了滿臉。

對馬軍的戰鬥力，其實大部分都來自鐵炮足輕。雖然足輕的地位遠遠低於武士，身上也沒有華麗的鎧甲和昂貴的兜鍪。

而雨幕後正緩緩整隊準備向他們發起衝鋒的女直人，最畏懼的，也是鐵炮。雖然缺乏有效的組織和訓練，如果雙方單純的白刃相搏，身高力大的女直人，肯定不會輸給日本武士。甚至，甚至可能做到以一敵三。

「家主，快走，趁著女直人還沒看清咱們這邊的虛實。再不走，就徹底來不及了。藤野君，履行你的職責。」一見宗義智死到臨頭了還婆婆媽媽，軍師江源養正咬著牙大聲催促。

「軍師，義正……」宗義智的身體又晃了晃，心中痛如刀割。

他無法拒絕軍師江源養正的要求，無論是出於怕死，還是出於保證所有人的共同利益。因為老牌豪族的驕傲，對馬宗氏前幾年是迫於無奈，才屈服於豐臣秀吉的統治。而後者，對宗氏也同樣極為看不慣。

眼下急於發動對朝鮮和大明的攻伐，不願把過多的精力放在日本國內，豐臣秀吉才暫時收起了派人強行接管對馬島的念頭。一旦宗義智這個對馬守戰死沙場，恐怕用不了多久，整個對馬藩就要換上別人的家旗。

「走，快走！」從小到大受同一種理念灌輸，宗義正心裡，早就形成了替哥哥去死的覺悟，扯開嗓子，大聲催促。「藤野君，履行你的職責！」

「咔嚓——」

「轟隆隆，轟隆隆，轟隆隆隆……」

閃電伴著雷聲，從天而降。再度照亮所有人的面孔。正準備策馬與藤野晴信倉皇逃命的宗義智，忽然抬起手，指著雨幕後放聲狂笑，「哈哈，哈哈哈，哈哈哈。報應，報應，佛經上果然說得好。一飲一啄，皆是報應。」

「主公，主公，你冷靜。冷靜啊，主公！」與軍師江源養正等人一道留在原地準備戰死的對馬武士，被宗義智的表現嚇了一大跳。還以為此人急火攻心，連忙圍攏上前，用手接了雨水朝他臉上猛潑。

「冷靜，冷靜什麼，你們都被嚇傻了嗎？你們趕緊看，女直人，女直人背後遭到了攻擊。」宗義智用手護住自己的臉，放聲大笑。彷彿忽然間撿到了一座銀山。

「什麼？」江源養正等人無法相信自己的耳朵，紛紛扭頭向宗義智手指處觀看。目光透過茫茫雨幕，赫然發現，原本整理好了隊伍準備給他們傾力一擊的海西女直人，又亂成了一鍋粥。隱約間，有支騎兵在女直人隊伍後方長驅而入，所過之處，騰起一道寬闊的血浪。

「明軍！明軍為何要救咱們？」騎兵大將藤野晴信，簡直無法相信自己的眼睛，扯開嗓子大聲驚呼。

「不是救咱們，而是女直人太多，還帶著狗。他們想要活命，必須搶先發起攻擊。」不愧為老狐狸，軍師江源養正立刻就給出了答案，「走，趁著女直人被他們打了個措手不及的機會。咱們現在就走。」

「不！他們人太少，未必能給女直人以重創。」宗義智忽然恢復了對馬守應有的冷靜，果斷拒絕了軍師江源養正的提議，「咱們趁機也衝過去，給那些女直人來個前後夾擊。」

「家主，萬一那支明軍過後不肯放過咱們……」實在跟不上宗義智的思路，江源養正大聲勸阻。

「主公，明軍，明軍才是咱們的生死大敵！」騎兵大將藤野晴信，也一樣被宗義智的選擇嚇得膽戰心驚。拚命追過去，伸手去拉他的戰馬繮繩。

「明軍人少，且急著返回鴨綠江北。咱們有足夠機會，在女直人潰敗之前逃掉。而一旦女直人取勝，肯定要找咱們報仇。他們有大獵狗，咱們根本逃不遠。」宗義智一把拍開藤野晴信的胳膊，高舉起倭刀大聲呼籲，「聽我的命令，一起上，擊敗了女直人，立刻就走。」

「殺——」從野火中倖存下來，又剛剛於鬼門關前打了個滾兒的對馬武士，吶喊著舉起倭刀，緊隨其後。無論對他的話到底聽懂多少。

第十八章 亂

「祖帥，好像有一夥咱們的弟兄，頂著雨去殺女直人了。」千總顧君恩頂著一頭被烤捲了的亂髮，策馬衝到祖承訓面前，大聲彙報。

「你說啥？咱們的弟兄？咳咳，咳咳，咳咳咳，咳咳咳。」雨太大，祖承訓面孔對著風來的方向，一張嘴，就被雨水灌了滿嗓子。「誰這麼大膽子，他想找死嗎？快把他給老子追回來。」

「不，不是咱們前鋒營的弟兄。是，是另外一支。」因為背對著風，顧君恩雖然也很狼狽，說話卻不太受影響，「追肯定來不及。他們好像已經衝到了女直人身後。」

「不是咱們前，前鋒營？咳咳，那還能是誰？咳咳……」祖承訓用手擋住臉，繼續大喊大叫。不是因為情緒激動，而是因為擔心聲音低了，對面的人根本無法聽清，「奶奶的，老子知道了。是放火的那幫混蛋，剛才差點兒就把老子跟倭寇一起幹掉。」

「應該就，就是他們。他們，他們好像沒注意到咱們，也不知道火場中的具體情況。就直接朝女直人的大部隊衝過去了。」顧君恩也恍然大悟，抹著臉上的雨連連點頭。「祖帥，怎麼辦？救他們不救。」

「救個屁！殺過去，弄不好咱們又會被女直人和倭寇聯手夾擊。」祖承訓想都不想，大聲回應，「弟兄們好不容易才逃脫虎口，老子不能帶著大夥再回去送死。」

「是！」顧君恩乃是他一手提拔起來的親信，向來唯他馬首是瞻。答應一聲，便準備帶領本部弟兄繼續冒雨逃命。然而，還沒等他將馬頭撥轉，風雨後，卻又傳來的祖承訓的喝罵聲，「奶奶的，這幫不要命的生瓜蛋子，弄不好，跟前幾天咱們在太白山中遇到的是同一夥。奶奶的，老子如果現在帶著你們走了，以後甭想再抬著頭做人！」

罵罷，回頭看了看淋成落湯雞的祖茂、王安以及烏眉灶眼兒的其餘弟兄，咬著牙舉起了鋼刀，「走，回去幹翻了狗日的女直人。這麼大的火，他們剩不下幾個！」

「走，幹翻了狗日的女直人！」祖茂、王安等人轟然響應，點起各自的弟兄，策馬緊跟在了他身後。

「你的馬快，身手也好，帶著斥候頭前去接應。」祖承訓滿意地朝所有人點頭，隨即，又迅速將目光轉向不知所措的顧君恩，大聲吩咐。「如果那群生瓜蛋子死光了，讓老子背上罵名，老子就拿你是問。」

「是！」顧君恩哭笑不得地抱拳，撥轉坐騎，帶著自己的十幾名家丁如飛而去。

他不認為祖承訓後來的選擇比先前更妥當，然而，改變了主意的祖承訓，卻令他更願意豁出性命去追隨。原因很簡單，一個永遠保持理智的將領，會帶領他不斷獲取勝利，卻絕不會珍惜他的性命。而不肯辜負救命之恩的將領，任何時候也不會隨便讓他去做犧牲。

暴雨傾盆，視線一片模糊。他和他身邊的家丁們，雖然很快就趕到了戰場中央，卻根本找不到需要接應的人在哪兒。

那夥「生瓜蛋子」如果如祖承訓判斷的一樣，是前幾天在太白山區跟他們擦肩而過的同一夥。規模就小得可憐。如果女直人不是先被燒了個焦頭爛額，又被打了個措手不及，那夥「生瓜蛋子」恐怕等不到他趕至，就得個個死無全屍。

「那邊，那邊……」一名親信努力靠近他的耳畔，指著左前方的雨幕後大叫。

顧君恩用力望去，只見亂哄哄的有人擠成了一團。「是女直人，女直人在圍攻生瓜蛋子！」憑藉本能，他立刻做出了判斷。緊跟著，狠狠一夾馬腹，揮刀直撲而上，「弟兄們不要慌，顧某來了！」

「弟兄們不要慌，顧千總來了，祖帥來了！」親信們扯開嗓子齊聲高喊，唯恐被包圍在圈子裡的救命恩人因為絕望放棄抵抗。與此同時，他們齊齊策馬加速，跟在顧君恩身後，組成了一個簡單的刀鋒。

正在包圍著對手的女直人聽到了雨幕後的叫喊，匆忙分兵阻擋。顧君恩毫不猶豫地策馬掄刀，將攔路的敵軍砍出一條裂縫。他身邊的親信怒吼著揮動手臂，戚刀橫掃，將裂縫迅速擴成豁口。

白刃齊飛，血漿伴著雨水四下濺落。女直人的包圍圈迅速碎裂，露出裡邊苦苦掙扎的對手。「你們是哪一部分的？」顧君恩策馬衝到戰團深處，大聲詢問。隨即，兩隻眼睛瞬間瞪兩個滾圓。

不是自己人，而是兩名倭寇，倭寇中的武士！天知道，他們怎麼會跟女直人反目成仇？沒等顧君恩決定接下來自己該怎麼做，那兩個獲救的倭寇，嘴裡忽然發出了狼一樣的嚎叫，舉起倭刀，交叉斬向了他的胸口。

「去死！」顧君恩也是百戰餘生的老行伍，慌亂之中，依舊保持了基本的警惕。猛地一拉馬韁繩，被坐騎帶著快速轉身，躲開了對手的合力攻擊。緊跟著，反臂掄刀，將一名倭寇砍下馬背。

「忘恩負義的狗賊，剛才就不該救你！」他身邊的親信大罵著一擁而上，將另外一名倭寇亂刃分屍。

周圍的女直人紛紛散開，不敢再捋這支隊伍的虎鬚。顧君恩抬手又抹了一把臉上的雨水，努力四下觀望。目光透過重重雨幕，很快，就又發現了另外一個應該被援救的目標。這次，他沒有急著再提醒對方自己的到來，而是帶領麾下弟兄，借助雷聲和雨聲的掩護，默默向戰團靠攏過去。直到已經跟女直人近在咫尺，才忽然發起了攻擊。

不擅長結陣而戰的女直人，丟下兩具屍體後，紛紛散去。被營救的目標，向著顧君恩躬身致謝。「該死的倭寇！」顧君恩瞪圓了眼睛，再度發出一聲失望的大叫。帶領著弟兄們衝上前，將對方砍成了肉醬。

「那邊，那邊還有！」親信們一邊失望地擦掉臉上的雨水，一邊繼續尋找「自己人」的身影。很快，就又發現了一個戰團。大夥簇擁著顧君恩殺過去，輕而易舉地撕開了女直人的包圍圈。這回，他們終於救對了人。馬背上的年輕勇士，明顯穿著大明百戶的服色。見到他們從雨幕後出現，努力抬起頭笑了笑，隨即，墜馬氣絕。

「別，別死，別死啊——」顧君恩急衝上前，俯身從地上抄起百總的屍骸，欲哭無淚。

作為屍山血海爬出來的老兵頭，他的心臟早就有些麻木，當然不是為了一個陌生百總的死而難過。他難過的是，對方死去之前，居然沒給他留下任何有用的消息。

四下裡大雨滂沱，沒有足夠的消息，他怎麼知道該到哪去救其餘「生瓜蛋子」？

先前接連殺開三個戰團，才救對了一個。照這種機率，他得殺開多少戰團，才能救出正主兒？身邊就帶著十幾個家丁，他即便再驍勇善戰，又能殺開幾個戰團？

縱使他今天蒙天神庇佑，能永遠殺下去而毫髮無傷，先前冒冒失失向女直人發起進攻的那些「生瓜蛋子」，又憑什麼本事能堅持至被他安全找到。

「千總，若是，若是倭寇跟他們聯手，他們也許還有一線生機！」同樣焦灼的，還有家丁顧忠，衝到顧君恩身側，大聲提醒。

「放狗屁，倭寇怎麼會跟他們聯手？」顧君恩原本就煩躁到了極點，聽見家丁的話，立刻破口大罵。

然而，罵聲落下，他卻忽然楞了楞，再度抬高了腦袋向四周圍的雨幕後掃視。

倭寇的確跟女直人幹起來了。

有倭寇在旁邊牽制女直人，那群「生瓜蛋子」活下來的機率就大增。

問題是，倭寇為什麼會跟女直人幹起來？

按道理，此時此刻，倭寇本該和女直人聯手，找生瓜蛋子們報野火焚燒之仇才對，為什麼現實和道理卻截然相反？

「千總，會不會咱們救錯人了？那幫傢伙是打著大明旗號的朝奸，先前放火是為了幫倭寇和女直人幹掉咱們？」家丁顧忠多疑，揮刀砍翻一個冒冒失失從自己面前衝過的女直獵戶，然後又高聲猜測。

「放屁，放狗屁！」顧君恩狠狠橫了他一眼，破口大罵，「用用你的猪腦子，別整天疑神疑鬼！先前倭寇和女直人占足了優勢，哪還用得著放火？」

「忠哥，千總說得對。先前倭寇和女直人都有一大半兒是步卒，而咱們這邊全都是騎兵。他要是朝奸，怎麼可能會發起火攻！」

「可不是麼，忠哥。這把大火雖然咱們看不到效果，但我猜，至少將倭寇和女直人都留下了一大半兒。」

家丁顧孝、顧節等也策馬靠攏過來，一邊警惕女直人從雨幕後向自己的家主發起突襲，一邊大聲反駁顧忠的猜疑。

「我，我當然知道女直人和倭寇被燒得很慘！」家丁顧忠不敢跟顧君恩頂嘴，卻對同樣是家丁的顧孝、顧節的話，不屑一顧，「問題是，倭寇的確跟他們一起在對付女直人。這都是咱們親眼看到了，總不會錯。」

「轟隆隆……」一道悶雷伴著紫色的閃電，從天而降。震得顧君恩和他的家丁們心神恍惚。

如果那群放火的生瓜蛋子跟倭寇不是一路，倭寇為什麼要跟他們聯手？

如果他們真的如顧忠猜測的那樣，早就跟倭寇勾搭成奸，他們為啥要放火燒自己人？倭寇跟女直人原本在一起與明軍為敵，為什麼一把大火過後，忽然開始了自相殘殺？

……

「轟隆隆……」「轟隆隆……」「轟隆隆……」驚雷翻滾不停，彷彿有神明在半空中厲聲發問。五顏六色的閃電一道接著一道，照亮一張張困惑的臉。

「去他奶奶的，管他為什麼？找到他們，問一問不就全明白了嗎？」到底是經歷過大風大浪的千總，顧君恩忽然又將手中威刀舉了起來，遙遙指向不遠處看起來人影最密集的位置，「給老子殺過去，先救他們出來。到底是友是敵，問一問就會知曉！」

「是。」眾家丁用顫抖的聲音回應，簇擁起他，再度衝向下一個戰團。

「生瓜蛋子們，堅持住，千萬別死光了。」對面有女直獵戶提著鐵叉急衝而來，顧君恩一刀將其劈於馬下，同時在心中默默祈禱。

又一個女直人舞著長矛向他急刺，被他先一刀砍斷矛桿，再一刀砍掉首級。被女直人圍攻的對象忽然被閃電照亮，身材矮小，手裡拿的也是一把倭刀。

顧君恩迅速撥轉坐騎，不再管倭寇與女直人之前的「閒事」，換了一個方向策馬急衝。一邊衝，一邊緊張的碎碎念，「別死光了，至少留下一個活著的。否則，你們就說不清楚了。縱使有天大的功勞，也全都得便宜了別人。」

「咔嚓——」一道慘白的閃電從天而降，照亮不遠處女直人的族長旗。

好像有十幾個穿著大明鎧甲的人，在族長旗附近跟女直人廝殺。顧君恩眼睛瞬間一亮，再度換了個方向，朝著此人快速靠攏。

如果這時候有人能飛在空中縱覽全域，心裡就不會像顧君恩那樣困惑。就會艱難卻清晰的看見，倭寇和他嘴裡的「生瓜蛋子們」，絕對不是一夥。

雖然那些生瓜蛋子，與倭寇的廝殺對象都是女直人。但是，「生瓜蛋子們」的目的性極強，且膽大包天，每一次發起衝擊的針對目標，都是一面被燒捲了的女直族長旗。而倭寇，則明顯是在渾水摸魚，準備打疼了女直人之後，立刻策馬竄逃。

當然，如果「生瓜蛋子」們當中，有人長著翅膀，能從空中俯覽整個戰場，他們也不會如此魯莽地試圖打亂女直人的指揮。他們甚至根本不會向女直人發起進攻，道理更簡單，因為先前祖承訓所率領的明軍，根本沒陷入女直人和倭寇的聯手包圍之中。

只可惜，如果僅僅是如果。

被祖承訓、顧君恩等老將視作「生瓜蛋子」的李彤等人不會飛，亦嚴重缺乏作戰經驗。他們在外圍放火之時，根本沒有想到，火一旦在深秋的曠野中燒起來，竟然會瞬間蔓延數十里，令敵我雙方同時落入險境。他們冒雨向女直人發起進攻時，也沒想到，他們想要營救的袍澤，比他們距離女直人還遠，隨時都可以策馬一走了之。

他們更不會想到，搶了女直人戰馬逃生的倭寇，因為畏懼後者的報復，居然果斷對女直人發起了進攻。他們更不會想到，自己差一點，就稀裡糊塗成了朝奸，從此跳進黃河都洗不清。

他們缺乏經驗，缺乏理性，唯獨不缺乏勇氣。

他們認定了前鋒營仍然處於危險境地，就毫不猶豫向女直人發起了進攻。

他們所採用的戰術，也簡單粗暴到了極點，那就是，努力去誅殺女直人中的領頭者，哪裡發現認旗，就往哪裡衝。

「咔嚓！」「咔嚓！」「咔嚓！」數道閃電接連劈下，然眼前的世界瞬間亮了十倍。

一名大腹便便的女直族長騎著高頭大馬，轉身逃命。李彤風一樣從背後追上去，一刀掃下此人的首級。

「木拉潤替泰……」

「木拉潤替泰……」

周圍的女直武士全都紅了眼睛，不顧自家族長掉進水坑裡的屍體，策馬撲向李彤。張維善拎著一根光禿禿的鐵矛迎面衝上，先刺一女直武士落馬，然後又一矛，將試圖從側翼夾擊李彤的女直砸了個腦袋開花。

「去死！」李彤揮刀將第三名女直武士砍翻，策動坐騎靠攏張維善，與後者並肩而戰。試圖給自家族長報仇的女直武士無法從正面攻破二人的防線，紛紛撥轉坐騎繞向二人身後。張樹、李盛帶著家丁快速頂上去，將這夥女直武士殺做鳥獸散。

「沒，沒看到祖，祖總兵他們！」百總張洪生累得筋疲力竭，頂著一腦袋白茫茫的霧氣大聲彙報。

「沒看到任何大明將士！」家丁李澤也累得口吐白沫，喘息著大聲補充，「一個都沒遇到，只，只看到了倭寇。他們跟女直人在火併！」

「什麼，你們說什麼？這怎麼可能！」張維善聽得脊背發冷，瞪圓了眼睛大聲追問，「倭寇和女直人分明是一夥。」

「屬下，屬下不知道！」百總張洪生無法解釋自己看到的情況，在風雨中用力搖頭，「屬下剛才按照千總說的，趁著您和他衝擊女直人族長旗的時候，儘量探查周圍的情況。但，但一個大明將士都沒看見，也沒看見將士們的屍體。」

「在下也不知道女直人為何跟倭寇反目成仇。但清楚地看到，一夥倭寇從咱們右手五丈多遠的位置衝了過去，將沿途遇到的女直人砍得東倒西歪。」家丁李澤一邊拚命擦臉上的雨水，一邊大聲補充。

「壞了，咱們可能救錯人了。」張維善越聽越覺得不對勁兒，扭頭看向李彤，氣急敗壞地揮矛，「女直人剛才不是準備向祖總兵他們發起進攻，而是打算收拾倭寇。咱們突然從側面給了他們一下，等於幫了倭寇的大忙。」

趁著女直人沒整理好隊伍之前，借助雨幕掩護向其發起偷襲。這一決斷，乃是李彤和他一道做出。當時他們兩個都非常堅定的認為，女直人對地形和道路熟悉，肯定會跑在大明前鋒營殘部的前面，然後掉頭堵截。所以為了徹底救出祖承訓所率領的前鋒營，就只能冒險向女直人發起攻擊，打亂其部屬。並且給被堵住的前鋒營弟兄製造機會，裡應外合。

而現在，種種情況表明，遼東副總兵祖承訓和他麾下那幫弟兄，極有可能已經搶先一步跟女直人脫離了接觸。跟大夥裡應外合一道對付女直人的，竟然是先前與女直人一道截殺前鋒營殘部的那群倭寇。

救人救成了「寇仇」，「寇仇」又變成了同夥，這筆糊塗賬，怎麼可能不讓人頭大如斗？當即，幾乎所有人臉色全都開始發白，天空中落下來的雨水，也冷得像冰。

「那倒未必！」此時此刻，李彤心中也像著了火一般急，卻強迫自己保持鎮定，「倭寇打倭寇的，咱們打咱們的，兩不相干。剛才那種情況下，如果不抽冷子給女直人來一記悶棍，咱們自己也走不遠。眼下咱們也沒脫離險境，犯不著瞻前顧後。」

「也對。」張維善楞了楞，停止揮舞鐵矛，用力點頭。隨即，啞著嗓子大聲詢問，「既然這樣，那你說，咱們接下來該怎麼打？」

「這……」李彤抹了一把臉上的汗水和雨水，舉頭四顧。雨勢已經比剛才小了許多，雷聲卻愈發地密集。借助撕裂天空的閃電，他看到在距離自己左前方七八丈遠的位置，兩股被突發變故打懵了的女直人，圍繞在各自部落的頭領周圍，就像兩群野狼簇擁著強壯的頭狼。而更遠處，隱約還有三、四股女直人，正在努力收攏隊伍，以適應戰場上的混亂情況。

「跟我來！」深深吸了一口氣，他舉起戚刀，向所有弟兄發出邀請，「趁著女直人還在發懵，咱們再衝一輪。然後從東北角殺出去，返回遼東。」

「再衝一輪，趁著女直人還在發懵。」張維善想都不想，果斷大聲附和。

「跟上兩位千總，讓女直野人長長記性。」張樹、李盛、李澤、張洪生等人，強打起精神，大叫著跟在了兩人身後。

其餘家丁的百總、旗總們，包括兩個剛剛投奔過來的朝鮮軍官和朴七、杜杜，也揮舞著兵器緊緊跟上。由於雨勢減弱的緣故，大夥無法再像先前那樣隱匿行蹤，卻努力將攻擊速度加到了極致。雪亮的鋼刀上下翻飛，不停地帶起一片片紅色血霧。堅硬的馬蹄起起落落，濺開一團團粉紅色的泥漿。

第一股被盯上的女直武士，轉眼被殺散。帶隊的頭人放下兵器求饒，卻被李澤等人直接砍成了肉塊兒。臨近的第二股女直武士見情況不妙，在其族長的帶領下，立刻策馬閃避。李彤和張維善也沒時間去追，揮舞著兵器撲向第三股女直人，彷彿兩頭猛虎撲向了鹿群。

第三股女直武士也發現了他們，果斷策馬迎戰。雙方在非常近的距離內，相對著衝刺，人和馬鼻孔裡噴出的熱氣，被冷雨變成白煙，在彼此眼睛裡都清清楚楚。

「給我。」張維善仗著自己的兵器長，在最後關頭超越李彤，用鐵矛刺穿了一名對手的小腹。巨大的衝擊力，令屍體脫離馬鞍，被矛桿帶著向後高速移動。張維善的胳膊，也因為矛桿上傳回來的反作用力，被震得又酸又麻，果斷將矛身斜推，同時鬆開手指。

「砰！」帶著屍體的鐵矛於半空墜落，濺起一團猩紅色的泥漿。張維善本人也衝到了對面兩名騎兵故意留出的縫隙內，雙手空空。他果斷將身體後仰，避開從側面掃來的鐵劍，同時右手貼著馬鞍後緣猛地一撈，將進水無法正常使用西洋魔神銃撈起來，當做鐵鞭砸向進攻者的脊梁骨。

「砰！」手臂處又傳來一下巨震，西洋魔神銃的硬木護托四分五裂。對手張嘴吐出一口血，趴在馬脖子上搖搖欲墜。

「啊——」慘叫聲，緊跟著從身體左側傳來。試圖與同伴夾擊他的另外一名女直騎兵，被李彤揮刀斬下了坐騎。

兄弟倆早就配合出了默契，互相之間迅速用眼神交流了一下，繼續策馬前衝。沿途遇到的女直人，接二連三被他們聯手擊落於馬下。這夥女直人的部落頭領急得兩眼發紅，親自迎上前來，手中的鐵鐗揮舞得呼呼生風。

「攻他的左側馬腿，他的戰馬左前腿被燒爛了一大片。」張樹在後面看得清楚，扯開嗓子大聲提醒。

正愁找不到破綻的張維善聞聽，果斷將砸爛的西洋魔神銃朝斜下方擲了過去，冰冷的槍管，打了兩個鏇子，正中對方戰馬左前腿處的燒傷。

「嗚嗚嗯嗯……」可憐的戰馬吃痛不過，猛地人立而起。馬背上的女直部落頭領猝不及防，被摔進水坑裡，直接變成了泥豬。下一個瞬間，李彤手中的鋼刀貼著泥坑急掠而過，在「泥豬」脖頸處帶起一串耀眼的血光。

第十九章 故知

「木拉潤替泰……」幾個女直武士哭喊著上前，欲給自家首領報仇。附近其餘女直武士，則一哄而散。

缺乏嚴格訓練和軍律約束的他們，對戰爭的理解，還停留在集體打群架或者狩獵的狀態。當自己所熟悉的帶頭者一死，勇氣與士氣立刻同時崩潰。

「跟上我！」李彤扭頭看了一眼身邊的同伴，揮刀奔向下一夥對手，「女直人還在發懵，多幹掉一個是一個。」

他的判斷基本正確，倭寇通過朝奸雇傭來的女直部落軍，今天先被大火燒了個焦頭爛額，又被暴雨淋成了落湯雞，緊接著又遭到了盟友背叛，內部早就亂成了一鍋粥。上自某個部落的族長，下到普通青壯，在接踵而來的三重打擊下，都對最初的選擇追悔莫及。

在這種情況下，根本沒有任何族長，願意繼續聽從他們的部落共主，小汗王汝許摩爾根的命令，只管憑著直覺各行其是。

這種各自為戰的狀態，令對手撿了大便宜。不多時，李彤和張維善兩人就帶著麾下兄弟們，殺到第四夥部落武士面前。對方亂哄哄地舉起兵器迎戰，轉眼間，就被殺了個對穿。李彤和張維善各自換了一把兵器，繼續策馬急衝，很快就殺到了第五支部落兵近前。

這夥女直武士，規模足有一百多人，遠比前幾夥女直武士龐大。反應也多少有了點兒軍隊的模樣，至少趕在迎戰之前，將自家隊伍分成了三層。李彤高舉著撿來的大鐵劍向前砸去，借助戰馬的衝擊速度，將攔路的武士砸得吐血而死。隨即，右臂掄成扇形橫掃，將另外一名女直武士的脊柱砸成了兩截。

「哇哇哇啊嘿……」兩個女直武士咆哮從右側向他發起攻擊，被張維善用一根四稜鐵鞭盡數攔下。鐵鞭同樣是來自女直人之手，那些出於半蒙寐狀態的傢伙，所使用的兵器幾乎每一件兒都極為粗大笨重。也就是李彤和張維善這種從小衣食無缺，並且有錢聘請教習指點武藝的公子哥，撿了女直人的兵器才覺得順手，換了普通大明百姓，還未必拿得動。

但笨重兵器，也有笨重的好處。至少，女直人身上的獸皮或者魚皮鎧甲，在大鐵劍和四稜鐵鞭面前，防禦效果基本上可以忽視。張維善趁著一名對手被雨水模糊了視線的機會，揮鞭砸下去，將其砸了個筋斷骨折。隨即，旋轉身體，腰部和手臂同時發力，將另外一名對手的兵器，給磕飛上半空。

「哇呀啊嗚——」失去了兵器的女直武士嚇得大喊大叫，兩隻手掌心處鮮血淋漓。跟在張維善身後的張樹絲毫不覺得其可憐，策馬挺槍，一槍將此人刺了個透心涼。

得到同伴支援的李彤和張維善，身上的壓力大減。雙雙揮舞著兵器繼續向前開路，宛若兩頭憤怒的熊貔。所過之處，對手要麼兵器被砸斷，要麼身體被砸癱，根本無力抵擋。

李盛、李澤、張洪生等人，迅速跟上，沿著兩位千總開出來的通道，將臨近的其餘女直武士殺做鳥獸散。隨即，再度調整隊形，跟在自家千總身後繼續向前推進。沿途遇到亂做一團的女直武士，皆撲上去殺得血流滿地。

第六、第七夥女直部落武士，也相繼被驅散。李彤和張維善身上，濺滿了鮮血。頭頂、手腕、脖頸等處，白霧蒸騰。感覺到自己的體力已經耗掉了一大半兒，二人不敢再繼續「囂張」，互相看了看，果斷調整方向，將馬頭對準了戰場的東北。

頭頂的雨水，已經從瓢潑變成了淅淅瀝瀝。大夥的視線，都越來越清晰。借助雲縫裡透出來的天光，他們大致能看清楚周圍的情況。女直人依舊占據絕對數量優勢，只可惜，東一簇，西一夥，都各顧各，誰也沒辦法將他們重新組織起來結陣而戰。

不重新組織起來，單獨憑藉某一個部落的青壯，肯定攔不住李彤和張維善等人的衝擊。雖然，李彤和張維善兩個與他們身後的弟兄們全加在一起，人數也達不到任何部落的四分之一。

「老子今天要是手頭有五百弟兄。」看著周圍女直人任由大夥從身邊疾馳而過，卻不敢主動上前一戰的麻木模樣，張維善心中好生不屑。一邊策馬繼續向東北方向飛奔，一邊晃動著已經變形的四稜鐵鞭，恨恨地叨念。「不用多，五百足夠。將他們盡數殲滅，省得今後他們再繼續跟著倭寇禍害大明。」

「殺他們幹什麼，馬寨水兩岸的荒山野嶺裡，到處都是女直人。你總不能將他們全都殺光。」

李彤對女直人的表現，很是不屑。搖了搖頭，低聲反駁，「有今天這場教訓，已經足夠了，他們以後再收錢給人幫忙時，心中多少也會有點兒忌憚。」

「你這人就是濫好心。」張維善翻了翻眼皮，大聲數落。「非我族類，其心必異。他們現在不會打仗，誰知道將來也一定學不會？對了，你不是收了杜杜暖床，就打算愛屋及烏吧？」

「滾，要收也是你收。」李彤甩了下胳膊，用殘留的雨水，灑了對方滿臉。「那隻趕山犬跟她分不開，你想要犬，就得連人一起要。」

說罷，忽然想起來先前策馬廝殺之時，幹掉的全是杜杜的同族。心中警兆頓生，目光本能地轉向自家隊伍末尾。

「赫連特總也特斯，亞羅哈呀……」少女杜杜彷彿心有靈犀，抬頭看著他，嘴裡冒出一大串「鳥語」。

「她說跟倭寇勾結起來與您為敵的是汝許諸部，就是窪地的意思，而她來自紅柳林部。跟汝許部不是一支。」朴七很狗腿地上前，陪著笑臉大聲翻譯。

「拉脫扯扯謝，異立嗚……」唯恐李彤懷疑自己，杜杜皺著眉頭，繼續大聲補充。

「她說，女直是大明的官員懶惰，強加給他們的名號[注二十一]。其實窪地部和紅柳林部，根本不是同族。窪地部從蒙古那邊遷徙過來的，是入侵者。而他們紅柳林部，幾千年前就生活在馬寨水附近。」朴七硬著頭皮，繼續翻譯，額頭和面孔憋得一片通紅。

「你跟她說，是不是都無妨，她現在是咱們的人，與原本的部落已經沒關係。」李彤沒時間和精力，去梳理窪地部女直和紅柳林部女直到底是不是一家。笑了笑，大聲吩咐。

不怕一萬，就怕萬一。周圍的環境越來越亮，各部落武士雖然不主動上前攔路，但倭寇的主力卻不知道藏在什麼地方。敵人的敵人就是朋友，這條道理在此地也不適用。萬一雙方狹路相逢，難免又是一場惡鬥。

「還說你不是愛屋及烏。」張維善剛剛廝殺時用力過猛，此刻急需找事情舒緩精神和體力，看了李彤一眼，再度笑著調侃。

「別瞎扯了，抓緊時間離開，免得夜長夢多。」李彤瞪了他一眼，用力搖頭。隨即，再度高高舉起了手中鐵劍。

不是用等待夜長，噩夢已經降臨。

就在大夥前方不遠處，有一支身份不明的隊伍高速插了過來，每個人從頭到腳，都殺氣騰騰。

「倭寇！」

「倭寇！」

「倭寇……」

張樹、李盛、李澤等人驚呼著拉緊韁繩，胯下坐騎被迫放慢速度，嘴裡發出一連串憤怒的嘶鳴。

注二十一、女直在明代，一直是官方對其他非蒙古部落的統稱。包含了鄂倫春、鄂溫克以及其他各種北方少數民族。

雨停了，陽光猛地撕開烏雲，照得天地間一片通亮。

女直各部落武士還處於發懵狀態，而倭寇的隊伍，卻出現於大夥的必經之路上。如果不將速度放緩，用不了太長時間，雙方就會交叉相撞。

「掉頭避開他們，咱們這邊人太少。」張維善查了一下自家弟兄的人數，壓低了聲音大聲提議。

「避不開了，所有人聽我的命令，結陣！」李彤苦笑著咧了下嘴，高高地將大鐵劍舉過了頭頂。

不用數，他也知道自己這邊人太少。先前能打女直人一個措手不及，是因為後者剛剛被野火燒了個焦頭爛額，而暴雨還能遮擋住雙方的視線，讓後者弄不清自己這邊的虛實。但是現在，雨卻停了，自己和身邊的弟兄們，全都筋疲力竭。

「結陣，結陣。拚掉一個算一個！」

「結陣，結陣，今天殺得痛快，早就夠本了！」

「結陣……」

吶喊聲，在李彤身後接連響起。弟兄們催動坐騎，以他和張維善兩人為鋒，快速組成一個楔形。二十來個騎兵，面對四、五百倭寇，結成防禦陣型，也堅持不過兩輪。既然如此，還不如在進攻中死去，至少，後者還更痛快一些，更對得起這身大明衣冠。

「咱們幾個……？」通譯朴七沒受過具體騎戰訓練，跟不上張樹等人的節奏。楞楞地站在隊伍旁，朝著同樣被甩下的張、鄭兩位朝鮮義軍百戶請示。

「奶奶的，老子終於知道大明為啥是上國了。」鄭姓百戶連身體都坐不直，卻艱難地從馬鞍下抽出了長刀。隨即，策動坐騎跟在了陣列末尾。

「你帶著杜杜趕緊走，趁著沒人注意到你們。」張姓百戶猶豫了一下，也抽刀入列，同時用朝鮮語向朴七吩咐。

杜杜不聲不響地舉起撿來的短矛，快速跟上隊伍。朴七又楞了楞，權衡再三，咬了咬牙，也跟了上去，握刀的手不停地顫抖。

「嗚嗚，嗚嗚，嗚嗚……」趕山犬幼崽本能地感覺到了危險，踉蹌著跟在了隊伍最末尾。動物的直覺卻告訴牠，對手比自己這邊強大太多，繼續前行等於主動送死。而犬類對於主人的依戀，卻讓牠無法停住四條小短腿兒，只能一邊走一邊發出不甘的悲鳴。

二十七個人，一條狗崽兒，踏著泥漿，開始緩緩加速。斜刺裡跑過來的倭寇，很顯然早就發現了他們，也調整方向，將三四百人的隊伍化作了一把巨大的彎刀。

「一個不要放過！」對馬守宗義正扭過頭，朝著身邊所有同夥放聲高呼。

「一個都不放過！」

「殺光他們！」

「殺光他們……」

眾倭寇頂著被烤糊了的頭髮和滿身泥水，高聲重複，每個人的視野裡都一片通紅。

被一把大火燒死了三分之一，又在跟女直人的混戰中陣亡了一小半兒，僥倖活下來的他們，個個對放火者恨入了骨髓。眼下忽然發現了「仇人」的身影，又擺脫了女直人的威脅，發誓要讓對方「血債血償」。

「掩護我先幹掉那個帶頭的。」眼看著距離對手越來越近，李彤忽然側過頭，向張維善大聲提醒。「幹掉他，給倭寇一個教訓。」

「明白，放心。」張維善緊張得心臟都快從嗓子眼裡蹦出來，卻大笑著舉鞭回應。

總共二十七人，其中還有一個婢女加兩個重傷號。而攔在對面的倭寇，卻有三、四百。接下來的戰鬥，根本沒有任何贏的希望。然而，想要在戰死之前，幹掉倭寇的大頭目，卻是容易得多。即便幹不掉，也能嚇對方一個半死。

「殺倭寇！」弟兄們也都知道，最後時刻已經來臨。怒吼著策動坐騎，加速前衝。二十七個人組成的楔形陣，宛若一把銳利的鋼刀。馬蹄砸起的泥漿，在雨後的陽光下，冒出滾滾白煙。

兩百步，一百五十，一百，更近。頭頂的陽光變得更亮，空氣變得無比清新。馬蹄聲消失不見，怒吼聲也歸於沉寂。李彤感到自己的頭皮陣陣發麻，嗓子眼裡乾得厲害，雙腿和雙腳，都像木頭一樣僵硬。

對面的倭軍也在加速，其主將冷笑著將倭刀舉過頭頂，面目如同魔鬼般猙獰。跟在主將之後的倭國武士們，一個個滿臉漆黑，手中的倭刀和嘴巴裡的牙齒都閃著寒光。

「啊——」李彤忽然大叫起來，聲音宛若虎嘯高崗。緊握著劍柄處右手高高舉起，隨時準備劈下。一擊，他只有一擊的機會。如果不中，就注定被倭寇淹沒。他必須保證自己能砍中，哪怕下一個瞬間就被倭寇們碎屍萬段。

近了，又近了，更近。他已經能看清楚倭寇大頭目的模樣，甚至能看清楚對方鼻孔裡冒出的白霧。鬆開戰馬繮繩，用雙腿控制坐騎，左手和右手同時握住大劍的木柄，全身力氣都朝劍刃處集中。然而，就在此時，迎面加速衝來的倭寇首領忽然狠狠地拉偏了坐騎，側著身，落荒而逃。

「啊——無恥。」沒想到對方占據絕對的優勢，居然還如此惜命。李彤嘴裡的吶喊聲瞬間就變成了痛罵，已經蓄足了力氣的大鐵劍，卻無法再改變方向，筆直的向正前方劈了過去，將一柄橫掃而至的倭刀直接砸成了鐵鈎。

「有種別躲！」他繼續高聲喊叫，掄開大鐵劍，左劈右砍。兩名倭寇被他連人帶兵器砸於馬下，他自己胸前也挨了一刀，多虧鎧甲足夠結實，才避免了被開膛破肚。第三名倭寇又與他擦肩而過，他反手揮劍，卻只砸飛了敵人的兵器。後者空了手，扭動身軀，也像其首領那樣一去不回。

「無恥，無恥之尤！」李彤猜出對方是想憑藉人多耗死自己，一邊破口大罵，一邊繼續揮劍亂砍。周圍的倭寇紛紛閃避，只要能躲開，就不肯跟他交手。任由他和張維善所帶領的弟兄，包括一條幼犬，毫無阻擋的繼續向前。

眼前世界突然一空，被火燒焦的樹木和草地，橫亙一里遠的位置，顯得無比清晰。

透陣，居然又殺透了敵陣？這怎麼可能？手臂本能地停止了劈砍，騎在馬背上的李彤困惑地迅速扭頭。目光穿過四散奔逃的倭寇身影，他看到有一哨兵馬高速向自己靠近。

「明」隊伍正前方，一面煙熏火燎的戰旗，迎風飄舞。

是前鋒營！

他們企圖營救卻一直尋找不得的大明遼東前鋒營。

足足有六、七百人，全都是騎兵。總數遠遠高於周圍的倭寇，隊伍也比女直部落聯軍齊整了百倍！

「殺倭寇，別讓他們跑了！」

「殺倭寇，割首級換功勞！」

「殺倭寇……」

張樹、李盛、李澤等人又驚又喜，嘴裡發出一連串大叫，脫離隊伍，衝向倉皇逃竄的倭寇，將他們從背後一個接一個砍下坐騎。

倭寇的首級在大明官方眼裡原本不怎麼值錢，但最近隨著朝廷決定幫朝鮮復國，卻一路水漲船高。按照遼東新頒布的軍令，三枚真倭首級就夠尋常士兵官升一級，旗總、百總和把總升遷需要的首級雖然多一些，但積累上三五次，也能夠滿足。

即便有人因為同一年度不能連續升職的條件限制，無法加官進爵。將倭寇的首級賣給需要的袍澤，也能換不少銀子花花。要知道，營兵可不是衛所兵，名下沒有軍田，也沒有固定軍籍。當身體條件不滿足，或者戰爭宣告一段落時，就可以主動退役。到那時，大夥當兵吃糧所積攢下來的錢財，就是下半生的依仗，當然是多多益善。

「殺倭寇，別放走了一個！」

「殺倭寇，給弟兄們報仇！」

「殺倭寇……」

吶喊聲一波接著一波，宛若驚濤駭浪。發現勝利唾手可得，前鋒營的倖存者們，同樣欣喜欲狂。自打平壤兵敗之後，他們就忍氣吞聲，一路躲著倭寇走。而現在，他們終於無需再忍，終於可以將心中的屈辱和憤怒發泄出來，讓敵軍血債血償。

二十四名選鋒營豪傑在前，六、七百前鋒營勇士在後，漫山遍野追著倭寇亂砍。無論對手原本是武士，還是普通騎兵，只要逃命的速度敢稍稍放慢，就堅決砍成肉醬。

戰場上，東一簇，西一波的女直部落聯軍，則完全被當成了看客。雖然他們總人數至少是明軍的兩倍，卻沒有一個大明男兒屑於向他們舉刀。

那些女直部落武士，也不值得大明將士舉刀。發現從野火中倖存下來的大明將士高達八成，並且攻擊目標是曾經反咬了自己一口的倭寇之後，他們紛紛選擇了策馬離去。即便一兩個部族長老心有不甘，試圖將隊伍整理起來坐收漁利，也得不到足夠的部落武士響應。

「怪不得一個個生得人高馬大，卻被朝鮮人肆意欺負。」對朝鮮人的舉動好生不屑，張維善忍不住冷笑著撇嘴。「原來全都白長了，驢子再壯，也只能做火燒。」

「怎麼，你還希望他們再跟倭寇聯手？」李彤扭過頭瞪了他一眼，笑著反駁。「我剛才魂都快嚇出來了，萬一他們也學倭寇，此戰結果未必可知。」

「你居然擔心他們會趁機撲過來？」張維善聽得一楞，這才注意到，李彤將繳獲來的大鐵劍一直拎在手中，直到現在，臉上的血漿和污泥都沒顧得上擦。

「不光是我一個，祖帥和他身邊的家丁，應該也沒參與對倭寇的追殺。不信，你看帥旗下面。」

李彤笑了笑，輕輕撥轉馬頭。

「他也沒去？」張維善扭頭迅速掃了兩眼，果然發現煙熏火燎的前鋒營戰旗下，有一名全身披著鐵甲的武將，像塊岩石般巍然不動。而此人身邊，還有五十幾名心腹，手舉著兵器嚴陣以待。

一股火辣辣的感覺，頓時湧了滿臉。撇了撇嘴，他大聲反駁，「沒去，未必就是跟你想法一樣。我不也沒去追殺倭寇嗎，但是我剛才只是想停下來喘口氣兒，才不相信女直人還有膽子跟咱們拚命。」

話雖然說得嘴硬，但是，他心裡卻忽然湧起一陣後怕。倘若女直人剛才趁著明軍忙著追殺倭寇，忽然發起攻擊，此戰的結果，肯定與現在大相徑庭。

「這話你跟我說就行了，一會在祖總兵面前，千萬別犯渾。」背對著張維善，李彤沒看到好朋友的臉色變化，一邊策馬向前鋒營的戰旗下移動，一邊小聲叮囑，「咱們在這裡人生地不熟，李六郎的面子，也不會處處都好使。」

「我知道。」張維善這次，沒有故意跟他抬槓。一邊策動坐騎跟了上來，一邊用更小的聲音嘀咕，「畢竟咱們那把大火，差點兒把前鋒營和倭寇一塊兒給烤了。換了誰跟他易位而處，心裡頭也不會太舒服。」

「咱們是不知道草原情況，急於救人，才好心辦了錯事。」李彤回頭看了他一眼，飛快地跟他統一口徑，「要不然，光憑著咱們當時三十幾號弟兄，衝上去半點作用都起不到。只能跟前鋒營一起戰死沙場。」

「我懂，我懂，希望他們也懂就好。」張維善想了想，憂心忡忡的點頭。

雖然投筆從戎的時間沒多長，他卻早就發現，遼東的水，一點都不比南京淺。雖然李如梅、李如梓兄弟倆背後的李家，在軍中樹大根深。卻遠達不到一手遮天的地步。對他們父子幾個不服氣，或者陽奉陰違的將領，其實隨處可見。特別是某些被遼東巡撫郝傑親手提拔起來的傢伙，甚至在半公開地跟李家別苗頭。他和李彤兩人的麾下，被塞入大量毫無經驗的新兵，就是一個明證。

而遼東副總兵祖承訓率領前鋒營先期殺入朝鮮，又是奉了巡撫郝傑的命。這就更讓張維善擔心，對方會故意不分好歹，給自己和李彤兩個顏色看了。然而，轉念又想到，祖承訓揮師入朝，是自己和李彤抵達遼東之前，他又開始暗笑自己杞人憂天。

祖承訓要拍郝傑的馬屁，也得等到發現自己和李彤身上有遼東李氏的烙印之後才會雞蛋裡挑骨頭。而現在，正像自己不瞭解此人當下所處的派系一樣，此人也不瞭解自己和李彤的來路。雙方都對彼此陌生，倒容易變成「最好交情見面初」。

正信馬由繮地想著，卻發現自己已經來到了前鋒營的帥旗前。緊跟著，耳畔就傳來了一聲怒喝，「先前那把大火，可是你們兩個帶人放的？兩個小賊，老子跟你們究竟何怨何仇，若不是大雨來得及時，老子和前鋒營弟兄，差點兒就全都被燒成灰。」

「不敢，祖將軍息怒，此事另有隱情！我們當時真的別無選擇。」

「我們兩個，我們兩個對這裡不熟，真沒想到火一燒起來就無邊無際。」

最擔心的情況果然發生，張維善和李彤兩個都被嚇了一大跳。雙雙拱起手，對著帥旗下發怒的武將大聲解釋。

本以為，對方即便肯相信自己的解釋，也需要浪費一番口舌。誰料，祖承訓接下來的話，卻讓他們兩個目瞪口呆，「沒想到，這詞說得好。老子就猜，你們兩個是生瓜蛋子，根本不知道野火的厲害。雖然你們兩個差點把老子和弟兄們一起燒死，但能拉著那麼多倭寇和女直混帳一起死，其實也算值了。下次遇到這種情況，記得把火頭再多點些個，免得雨來得太快，又讓活該被燒死的傢伙逃之夭夭！」

「殺敵三千，自損八百，就是上將軍。」猜到兩個「生瓜蛋子」，肯定適應不了自家上司的說話方式，千總顧君恩在旁邊笑著補充。「祖帥的意思是，能夠用我們這七八百號，換掉兩千倭寇和四千多女直狗賊，你無論怎麼做，都是應該。不用擔心我們分不清好歹，怪你們心狠手辣。」

「當然，能光燒死倭寇和女直人，不殃及自己人，更好。」祖承訓笑著補充了一句，隨即主動向二人拱手，「老夫祖承訓，與麾下弟兄，多謝二位恩公捨命相救。」

「折殺了，折殺了！」李彤和張維善即便再心高氣傲，也沒膽子受一個副總兵的見禮。雙雙跳下坐騎，長揖到地，「末將選鋒營左部千總李彤（副千總張維善），奉命接應來遲，還請祖帥恕罪！」

「兩位恩公客氣了，祖某臉皮再厚，也不敢怪罪恩公！」祖承訓堅決不肯受禮，側身讓開，然後翻身跳下坐騎，將二人的胳膊接連托起，「異國他鄉，人生地不熟，周圍還到處都是敵軍。你們兩個敢來，就已經難得。更何況，前幾日在太白山上，是祖某故意避開了你們。」

「那天真的是您？」李彤和張維善雖然早已猜到自己可能曾經跟祖承訓擦肩而過，聽了對方主動承認，依舊大吃一驚。

「是我，是我！」祖承訓雖然宦海沉浮多年，身上卻依舊保留著武夫的率直，笑了笑，用力點頭。「只是當時連老夫自己都不相信，居然還有人敢冒著被倭寇圍攻的風險，前來救援老夫而已。不過，也算歪打正著。如果當初老夫就跟你們合兵一處。今天，你們就肯定跟老夫一道被倭寇、朝奸和女直野人三路圍攻，根本找不到機會放火，更沒辦法幫老夫反敗為勝了。」

「祖帥言重了。其實剛才沒有那把大火，您老也能穩操勝券。」初來乍到，不瞭解對方脾性，李彤不敢過分貪功，笑了笑，輕輕擺手。

「你這生瓜蛋子好不爽快。救命之恩，難道你還讓祖某厚著臉皮不認帳？」祖承訓把眼睛一瞪，大聲呵斥。「祖某跟你這般年紀的時候，誰敢貪了祖某的功勞，祖某敢拿刀子跟他當場拚命。哪會像你這般，虛情假意？」

「這……」李彤被說得臉色發紅，一時間，不知道該如何接口。

張維善性子比他豪爽，見祖承訓的表情不像作偽，便拱起手，笑著解釋道：「不是我們倆虛情假意，而是當初放火之時，真的只打算嚇唬女直人和倭寇一番，給祖帥您製造機會，帶著弟兄們脫身。沒想到，曠野裡的大火一燒起來就失去了控制，更沒想到火助風威。」

「那說明你們兩個小子都是福將，沒想立的功勞，也能立下。」祖承訓非常喜歡張維善身上這股坦率勁兒，笑了笑，忽然大聲提議。「選鋒營左部對吧？你們選鋒營的現任主將是誰？讓你們兩個只帶著三十多名弟兄就冒險南下，他腦袋莫非被驢踢過嗎？虧了你們倆是福將，若是運氣差一點兒話，恐怕連太白山都走不到。回去之後，你們兩個乾脆別跟著他幹了，來老夫這兒。參將以下，位置你們隨便選。」

「這……」張維善也不知道該如何接茬了，一張方方正正的面孔，瞬間苦成了包子。

「不怕，老夫雖然吃了敗仗，但功過肯定能夠相抵。你們儘管過來，老夫看誰敢給你們小鞋而穿！」祖承訓還以為，張維善是怕惹頂頭上司生氣，又笑了笑，拍著胸脯保證。

「這？」張維善不禁有些心動，然而，還沒等他來得及想清楚，現在就接受對方的邀請，還是找機會跟李彤商量一番再做定奪，有兩三名渾身是血的騎兵，已經大叫著衝了過來，「大哥，大哥……」

「承志，你怎麼……」祖承訓大吃一驚，顧不得再挖別人的牆腳，徒步快速迎上。一句話還沒等問完，耳畔已經響起了自家族弟的哭聲，「大哥，大哥，我對不起，對不起你。金印，金印被倭寇劫走了。張游擊，張游擊戰死，其他弟兄為了掩護我脫身，也，也陣亡過半！」

「胡說，倭寇剛才被老子殺了個落花流水，你怎麼還能遇到倭寇？」祖承訓無法相信自己的耳朵，身體晃了晃，用手扶住了跟上來的顧君恩肩膀。

「是，是一夥倭寇斥候。帶頭的會說大明官話，自稱叫什麼小野成幸。」祖承志滾落於馬下，扶地痛哭，「他說，您要是有本事，就儘管帶著兵馬去追他。他說，他叫囂說會保證叫您，叫追兵個個有來無回。」

第二十章　狐與狸

「廢物，你為何還有臉活著？」祖承訓又氣又怒，抽出腰間寶刀，直劈自家族弟腦門兒。

「大帥息怒！」一直借了他半個肩膀的顧君恩動作更快，果斷伸出胳膊架住了他的手腕，「五哥自打披甲上馬以來，每戰必先，從沒怕過死。」

「大帥，祖游擊是力戰脫身，不是逃兵啊！」

「大帥，祖游擊是為了向您報信，才忍辱偷生。」

「大帥，五哥他，他如果不活著回來，您如何得知金印被劫走的消息啊！」

「大帥……」

彷彿一滴冷水掉進了油鍋，求情聲從遼東副總兵祖承訓背後響起，連綿不絕。王安、祖茂、張寶貴……，前鋒營所有百總以上的軍官，蜂擁上前，勸說祖承訓不要對自家族弟執行軍法。

「鬆手，顧君恩，你想造反嗎？他丟了金印，咱們前鋒營拿什麼回去向巡撫交差？拿什麼去安撫戰死那些兄弟的在天之靈？」祖承訓卻不肯聽大夥的勸，抬腳踹翻顧君恩，再度揮刀砍向祖承志脖頸。

「老五快躲！」游擊王安一個箭步竄上去，用後背擋住下落的刀鋒。

「噹……」刀鋒與護背鐵甲相碰，發出清脆的聲響。王安的身體歪了歪，跪倒在地，將祖承志護在自己懷內，堅決不給祖承訓砍第三刀的機會。

「大哥，二哥、三哥都戰死了。你再親手殺了四哥和五哥，咱們六兄弟，就只剩下你我了！」顧君恩從泥坑中爬起來，抱住祖承訓的雙腿，放聲嚎啕。

話音落下，祖承訓頓時也淚如泉湧。手中的寶刀哆哆嗦嗦，哆哆嗦嗦，再也無力往高處舉。

「大哥，我是為了報信兒才忍辱偷生。如今消息已經送回，我現在死而無憾。」被王安用身體牢牢夾護住的祖承訓也悲從心來，哭著喊了一句，然後起身去抓祖承訓手中的寶刀。「小弟自己來，不讓哥哥和兄弟們為難！咱們下一輩子，再做兄弟。」

顧君恩和王安兩個，哪裡敢讓他有機會自盡？雙雙跳起來，用手掌夾住刀身，「老五，不要衝動。大哥不是真的要殺你，而是需要給巡撫和戰死弟兄們一個交代。」

「五哥，你不要尋死，我這就幫你去將金印奪回來。我這就帶人去追那群倭寇。」

「四哥，老六……」祖承志大哭著抽刀，卻始終沒有抽動。只好又跪倒在泥地上，朝著祖承訓用力磕頭，「大哥，請給我一百兄弟，讓我戴罪立功。如果搶不回金印，我自己戰死在外邊，絕不再丟人現眼。」

「大哥，請給老五一次機會。」

「大哥，我願意陪著五哥去將金印奪回來。」

「祖帥，請給祖游擊一個機會。」

「將軍，請……」

求肯聲，瞬間又宛若湧潮。游擊王安、千總顧君恩，還有其餘前鋒營將士，都紅著眼睛替祖承志說好話。

「一百兄弟，你說的輕巧。你睜大眼睛看看，咱們麾下，還有幾個人身上沒帶著傷？」祖承訓依舊怒氣難消，鬆開刀柄，抬腳將祖承志踹成了滾地葫蘆。

「五十，五十就夠！」祖承志摔得滿身是泥，卻不敢擦，爬起來再度跪倒，大聲祈求。「那夥倭寇斥候也就兩百出頭，先前金印之所以被他們奪走，一是因為眾寡實在過於懸殊，二是因為他們突然發難，打了小弟一個措手不及。如果大哥您再給小弟一次機會，小弟願立軍令狀。」

「立個屁，你早就該死！」祖承訓氣得兩眼發紅，指著祖承志鼻子破口大罵。但是，卻沒有再賞對方窩心腳，也沒試圖再去拿刀。「咱們人地兩生，周圍又不知道還藏著多少敵軍。老子給你多少弟兄，肯定也是肉包子打狗。」

罵罷，忽然把心一橫，扯開嗓子大聲吩咐：「還有力氣廝殺的，給老子全都上馬。老子親自去，將金印奪回來。」

「大哥不可！」

「祖帥，不可！」

「祖帥，倭寇之所以放下狠話，就是想騙您去追他！」

「將軍……」

游擊王安、祖承志，千總顧君恩和把總劉俊毅等人，再度高聲勸阻，堅決不同意祖承訓再去以身犯險。

「不奪回金印，咱們這次入朝，就等同於大敗而歸。祖某受處分實屬活該，但史二、張三他們幾個，如何瞑得了目？還有，還有那些戰死的弟兄們，祖某怎能讓他們的妻兒連撫恤都拿不到？」祖承訓當然明白，那個自稱小野成幸的倭寇頭目，打的是將自己絆在朝鮮，然後由其他連續趕來的倭寇群起圍攻的主意。但是，卻鐵了心要將金印奪回，以告慰戰死弟兄們在天之靈。

眾將士聞聽，頓時個個又淚落如雨。掙扎著走向各自的坐騎，準備跟祖承訓一道往死路上走。

自打一百五十年前，英宗皇帝在土木堡，把大明朝數十位武將的人頭白送給蒙古可汗[注二十二]起，武夫的地位，就江河日下。打了勝仗凱旋而歸還好說，至少巡撫們在吹毛求疵之後，不會半點兒功勞都不給大夥記，也不會吞掉戰死弟兄的撫恤金。而萬一不幸打了敗仗，帶隊的武將將受盡各種羞辱不算，陣亡弟兄的撫恤金，往往都會被故意拖延上數月或者一兩年，甚至徹底拒絕支付。

正悲不自勝之際，耳畔忽然傳來一個陌生的聲音，「且慢，祖帥，請容卑職向祖游擊問一下敵軍詳情！」

「你……」王安、顧君恩等人齊齊扭頭，上下打量李彤，很是懷疑他的用心。

「你儘管問。」祖承訓心中卻突然鬆了一口氣，非常大度地點了點頭，隨即，將目光轉向祖承志，大聲斷喝，「廢物，你要是有李千總一半兒本事，也不至於讓前鋒營蒙羞。他的話，你必須如實回答。如敢敷衍，休怪我這當大哥的不念兄弟之情。」

「我……」祖承志這才注意到，對方不是前鋒營的人。猶豫了一下，用力點頭，「大哥放心，小弟不敢。這位兄弟，你有什麼話儘管問！祖某絕不會蓄意相欺。」

「那就有勞祖游擊了。」李彤主動向對方行了個禮，然後快速將自己想要瞭解的情況，一古腦端了出來。「您剛才說遭到一夥倭寇斥候截殺，究竟發生於何處？距離此地多遠？是在下雨前，還是下雨之後。那夥倭寇，可曾知道祖帥這邊，與他的同夥已經戰過一場？」

「不知道，那夥倭寇，應該不知道這邊的事情。」祖承志弄不清李彤葫蘆中賣的是什麼藥，硬著頭皮大聲回應，「如果，如果他們知道這邊還有同夥，應該，應該不會再說那些蠢話。也不會，不會故意留了我活口，把話帶回來讓大哥知曉。」

「別囉嗦，說你在哪被截殺的，距離此處多遠。是下雨前還是下雨之後？」實在嫌自家族弟丟人，祖承訓踹了他一腳，大聲催促。

「下，下雨前。肯定是下雨之前。不，不是，是雨剛剛下起來的時候。距離，距離這邊，大概三十多里遠。打起來之後，我試圖往南尋找機會脫身，又被，被他們追殺了十四、五里。」

注二十二、英宗送人頭，即土木堡之變：明英宗胡亂指揮，導致自己被俘，英國公張輔、泰寧侯陳贏等有影響力和能力的武將陣亡。從此武將地位在大明一落千丈，而文臣趁機奠定了文貴武賤的格局。

「你分明慌不擇路，裝什麼英雄！」祖承訓又狠狠朝著他屁股踹了一腳，大聲戳穿。

「是，是距離此處三十里外的兩個土丘之前。不知道，不知道地名叫什麼。當時肯定還沒下雨，後來張三哥戰死的時候，剛好有雨點兒落下來。」祖承志又是羞愧，又是委屈，含著淚低聲補充。

「你們當時可曾看到濃煙？」李彤卻不管他的情緒如何，繼續拱著手發問。

「看到了一點兒，但是不明白發生了什麼事情。今天刮得是西南風，我們在西北方。為了避開倭寇，故意走的小路，沿途有很多大樹和土山。」祖承志使勁兒想了一下，皺著眉頭回應。

「那樣，小野成幸應該不知道這邊的倭寇已經戰敗。」李彤輕輕揮了下拳頭，迅速得出結論。「現在去追他，應該是最好時機。」

南京城多次交過手的「老熟人」，又出現了。真的是應了那句著名的笑話，「他鄉遇故知，仇敵。」此人性情乖張，做事從不按常理出牌。不熟悉他的風格大明將領，初次跟他交手，少不得會被弄得暈頭轉向。而自己和張維善，卻沒有這種擔憂。剛好可以跟此人會上一會，再稱稱彼此的真實斤兩。

「金印又是何物？為何祖帥一定要將他追回來。」張維善從小跟李彤一起長大，不用猜，就知道他想要插手，趕緊在旁邊大聲插嘴。

「是，是……」祖承志迅速將目光轉向自家哥哥，發現後者沒有阻攔的意思，猶豫著低聲解釋，「是大明開國太祖賜給朝鮮國開國之王李成桂的印信，以證明李氏為大明認可的朝鮮之主。沒有它，朝鮮王位的傳承就會出問題。」

「前鋒營之所以貿然向平壤發起進攻，一是受了朝鮮人的欺騙，以為城內沒有多少倭寇。二就是因為此物。」祖承訓隱約猜到了李彤和張維善的打算，大聲補充。「老夫之所以要它，是希望憑藉此物，打動遼東巡撫，讓他不至於對戰死的弟兄們過於薄情。也想著憑藉此物，去敲朝鮮王一筆竹槓，讓他派遣爪牙在朝鮮國內籌集糧食，別讓弟兄們為朝鮮國打生打死，還得自帶乾糧。」

「如此，的確不能讓此物落在倭寇手裡。」李彤想了想，點頭表示贊同。隨即，又看了看自己身邊的弟兄，深吸一口氣，再度向祖承訓拱手，「但是，祖帥如果領著弟兄們去追，未免合了小野成幸的意。」

「沒辦法，這個險，老夫不得不冒。」祖承訓拱手還禮，滿臉無可奈何，「小兄弟你是為老夫著想，這份好意，老夫領了。如果此番還有機會活著……」，

「不如將追回金印事，交給卑職和卑職的兄弟。」李彤向前走了一步，大聲提議，「祖帥只要給卑職補充數十位靠得住的弟兄即可。如此，萬一僥倖能打倭寇一個措手不及，金印必然失而復得。縱使不幸失手，也不會令前鋒營有去無回，倭寇的圖謀，也注定落得一場空。」

「小野君，天野源貞成注二十三回來了，好像還抬著堆黑乎乎的東西。」正西方三十里外的一座青

注二十三、天野源貞成：武士安田國繼因為殺死了豐臣秀吉的心腹，遭到追殺。不得不化名天野源貞成，四處流浪。直到豐臣秀吉死後，才投奔他故友麾下，恢復本名。

山之巔，倭國第六軍游勢隊一隊佐朽木友正，貼在隊長小野成幸耳畔，低聲彙報。「我已經看到了，這廝，喜歡收垃圾的習慣，一直改不了！」游勢隊隊長小野成幸眉頭輕皺，臉上瞬間浮起兩大團陰雲。

時值晚秋，山坡上的樹木都掉光了葉子。站在山頂，他很容易就能看到正沿著山路向上快速移動的那幾個身影。帶頭的正是不久前剛剛奉命補充到他麾下的流浪武士，自稱名叫天野源貞成，如今與朽木友正一道，擔任他的左膀右臂。

此人身手極其高明，自打擔任隊佐以來，已經連續擊敗了十多名心懷不滿的挑戰者，並且每次拿下對手都不超過十合。但是，此人的性格，也極為古怪。只要看到有用的東西，無論其價值是一錠白銀，還是一枚銅錢，都毫不猶豫往自家懷裡撿。

因此，不敢再繼續向他發起挑戰的游勢們，乾脆背地裡給他取了一個外號，「撿破爛的天野源」。他知道後，也不覺得屈辱，只管繼續我行我素。偶爾「撿」到了真正值錢的東西，還不忘了向周圍的游勢們炫耀一番，以證明自己眼光獨到。

這不，今天他奉命出去聯絡友軍，就又犯了撿破爛之癖，居然帶著麾下直轄的武士，抬了一大堆煙熏火燎的「垃圾」回來。至於原本應該一道帶回來與小野成幸商議下一步行動計劃的友軍信使，卻蹤影皆無。

「他應該是去了一個半西洋時之前濃煙升起的地方。」山中的風很冷，朽木友正話，裡外都帶著「冰渣兒」，「按道理，距離咱們最近的友軍是大村喜前所率領的大村眾，方位與那邊正好相反。」

「大村眾都是些商販之子，戰鬥力太差，也缺乏必死的勇氣。否則，大村家就不至於衰敗到連居城都守不住的地步。」明知道他在故意說天野源貞成的壞話，小野成幸卻不戳破，只是冷笑著低聲回應，「倒是第一軍的後藤信康部，雖然人少，戰鬥力卻不可忽視。當然，如果他能聯繫到宗義正，除非明軍不來追討朝鮮國王的印信，否則，肯定是有來無回。」

「小野君此計甚妙，那些明軍肯定捨不得放棄朝鮮王金印。而對咱們來說，此物卻是可有可無。以一可有可無之物，絆住對方一路大軍，傳說中的智將周瑜，不過如此！」朽木友正聽出小野成幸話語中的不悅，立刻放棄繼續進讒。繼而用力鼓掌，大拍對方馬屁。

如果換做三個月之前，聽見自己被比為三國演義中的周瑜，小野成幸肯定喜上眉梢。而現在，由於連續遭到挫折，他的心性比當初沉穩了十倍。只是笑了笑，便又將目光落在了山路上，「你帶幾個人去接一下，別光顧著看天野源君的笑話。他身後抬著那個黑乎乎的東西，怎麼看起來像一套大鎧？」

「大鎧！怎麼可能，誰會把大鎧塗成焦炭般顏色？」朽木友正楞了楞，懷疑的話脫口而出。不待話音落下，又像被踩了尾巴般一蹦老高，「壞了，是剛才野火燒起來的位置。如果那邊正好有一支友軍……」

「不要胡說！」小野成幸也被嚇得寒毛倒豎，邁開雙腿從山路上直衝而下，「起火的位置在東北，那邊根本不存在任何一支友軍。」

「不存在，肯定不存在！」朽木友正慘白著臉，緊隨其後。話雖然喊得響亮，雙腿和手臂，卻一陣陣發軟。

如果剛才起火的位置，恰好有一支日軍。那麼，天野源貞成所撿回來的物件，為什麼會是焦炭色，就不問自明了。

而就在幾個呼吸之前，他和小野成幸，還在得意洋洋地設想，如何利用朝鮮國王的金印，將明軍拖在山下，然後聚集其他幾路日軍將之一舉全殲。

「閉上你的嘴巴，你這衰鬼附身的蠢貨！」小野成幸摔了個跟頭，雙手被路上的石子擦得鮮血淋漓。卻很快又爬了起來，一邊繼續向天野源貞成靠近，一邊大聲怒罵。

朽木友正心中愈發確信，自己不幸說中了一個悲慘的事實，直急得眼前陣陣發黑。如果有一路日軍葬身於野火的話，附近其他幾路日軍的士氣，必然會遭到重擊。肯不肯滿足小野成幸的要求前來助戰，戰時能不能竭盡全力，都很難保證。

「隊長，大事不好，咱們趕緊撤，往南撤。宗義智將軍敗了，麾下兩千武士，恐怕全軍覆沒。」冰冷的秋風中，天野源貞成的聲音傳了過來，讓他愈發感到絕望。

葬身火場的果然是友軍！老天爺真的不肯幫助日本，竟然用野火，將附近實力最強大的一支隊伍燒了個精光。而失去了宗氏軍這一強援，即便大村軍和後藤軍肯捨命來援，也未必擋得住明軍的瘋狂攻擊。

「住口，野火無情，怎麼可能只燒宗氏軍，卻不傷明軍分毫？」關鍵時刻，終究是小野成幸最為鎮定，停住腳步，向迎面飛奔過來的天野源貞成厲聲呵斥。「我不管你從哪裡找來的這副大甲。不戰而逃的事情，我絕對不會去做。速速向我彙報你聯繫友軍的情況，到底有誰答應前來幫忙，共計幾支隊伍，多少武士和足輕？」

「大村，大村喜前說，他另有重任在身，不敢，不敢違抗小西行長的軍團長命令。」跑得滿頭大汗的天野源貞成收住腳步，在小野成幸面前彎腰扶住自己的膝蓋，氣喘如牛，「後藤信康部倒是答應前來，但，但是，屬下害怕，宗義軍遭遇野火的事情，很難瞞住他的耳朵。」

「你，你怎麼知道宗氏軍全體覆沒？宗義，宗義智向來機靈，發現火頭，怎麼可能不搶先一步逃走！」一個堪稱完美的作戰計劃，沒等實施，就變成了笑話，小野成幸心裡好生不甘。咬著牙，繼續尋找挽回的可能。

「屬下，屬下沒去火場。而是，而是在火場之外，找到了幾具宗氏家臣和武士的屍體。都是戰死的，頭顱全被割走了。明顯，明顯是遭到野火之後，又遭到了明軍的截殺。」天野源貞成的回應，宛若驚雷，將小野成幸震得臉色煞白，身體搖晃如風中枯樹。

割首記功！

這是明顯的割首記功，日本、朝鮮和大明的軍隊，為了避免虛報，都有戰後割下敵軍戰死者頭顱，回去推算戰功的傳統。其中以大明最為嚴苛，首級面目不清，牙齒、髮型等特徵與敵軍情況偏差太大，都會被拒絕登記在册，在杜絕了虛報戰果的同時，也有效遏制了殺良冒功情況的發生。

輕敵冒進，落入明軍預先準備好的陷阱，遭到火攻。一部分反應迅速的武士好不容易脫離了火場並且迎來了暴雨，卻又遭到明軍迎頭重擊。武士們焦頭爛額外加筋疲力盡，而明軍一方卻是以逸待勞……

不光小野成幸被打擊得頭暈目眩。周圍其他游勢，也一個個臉色煞白，冷汗淋漓。而料峭的秋風，卻絲毫不憐憫他們的處境，從西南方不停地吹過來，吹透他們的鎧甲，吹透他們的皮膚和肌肉，將他們從外到內，吹得一片冰涼。

「屬下在戰場外圍，還發現了女直野人的身影。他們好像跟宗氏軍發生過衝突，一見到屬下的身影，就試圖圍攏過來發動攻擊。」彷彿唯恐眾倭寇心涼得不夠徹底，天野源貞成向周圍看了看，繼續低聲補充。

「你說女直野人倒向了大明！朝鮮人可是多次向小西行長保證，女直野人只認錢。根本不在乎對手是哪國？」小野成幸激靈靈打了個哆嗦，啞著嗓子大聲質疑。

「從屬下觀察到的情況，應該是這樣。但很奇怪的是，他們中間，並沒有明軍留下的話事人。」天野源貞成想了想，猶豫著點頭。隨即，卻又輕輕搖頭，「女直人之間，好像也起了齟齬，每個部落的戰士，都跟臨近部落間隔著很遠的距離。」

「會不會他們原本就是跟明軍一夥，先前假意答應小西行長的邀請，暗地裡卻跟明軍約好了一道對付日本？」朽木友正生性多疑，立刻想到了另外一種可能。

「不確定！」天野源貞成依舊遲疑著搖頭，「如果他們跟明軍早有勾結，情況會更糟。受小西行長邀請而來助戰的女直人，據說有二、三十個大部。我今天遇到的，應該只是其中之一。」

「你剛才還說，女直各部之間起了齟齬？」朽木友正對這個答案十分不滿，立刻指出其中問題。

「每個大部，下面還有若干小部。就像每個守護大名下面，會有若干個名主。」天野源貞成給出的解釋，非常簡單，卻令周圍的人頓時都恍然大悟。

不像明國和朝鮮那樣，君主可以一直管到縣城。日本剛剛結束長達數十年的戰亂，中樞對地方的控制力非常有限。關白豐臣秀吉的命令，通常只能傳達到十幾家實力最強大的諸侯手裡。然後又通過這十幾家諸侯，分散下傳到他們手下的更小諸侯耳中。其複雜程度，絲毫不亞於大樹的主幹、分支和樹杈。

而天野源貞成嘴裡的女直人情況，恰恰與日本國現狀極為相似。除了缺乏一個強有力的關白之外，在朝鮮境內生活的女直人也根據生活的區域和血緣、實力等情況，分為數十個大部。每個大部之下，又有小部若干。大部之間，時而聯手對敵，時而反目成仇。同一個大部下的小部，彼此之間也會為了牧場和水源爭鬥不斷。

「隊長，屬下建議，立刻靠近那夥女直人，趁其不備將其擊潰。然後從俘虜口中審問宗氏軍的戰敗，以及女直各部與明軍勾結的真相。」有個先前一直默不作聲的武士，忽然開口，扭曲的面孔上寫滿了惡毒。

「屬下以為，小泉君的提議，毫無道理。」天野源貞成非常輕蔑地看了此人一眼，針鋒相對，「游勢隊只有一百七十人，鐵炮又因為火藥受潮而無法使用，未必能擊敗數量至少在一千以上的女直野人。萬一那支明軍也在尋找咱們，與女直野人前後夾擊，咱們更是凶多吉少。」

「哎呀，不好。」朽木友正彷彿被蝎子咬了腳趾頭般，一蹦老高，「那支明軍如果損失不大，肯定會前來找咱們尋仇。隊長，你先前故意放走了那個明人，會，會去替你傳話。告訴他們金印在咱們手裡。」

「當務之急，是咱們趕緊離開這裡。向後藤信康部或者大村喜前部靠攏。如此，即便明軍過來尋仇，與他們兩個聯手，咱們也會多出一倍的勝算。」天野源貞成早就想說這句話，見朽木友正已經開了頭，立刻大聲附和。

「去跟大村軍匯合？」小野成幸順口重複了一句，遲疑著扭頭四周張望。

腳下的這座山頭是他精心挑選過的，易守難攻，並且山上還有可口的泉水。如果能將明軍拖在此地，等周圍的友軍趕到，就可以殺敵人一個裡應外合。而現在，繼續死守山頂，等著明軍找上門來，顯然已經不現實了。跟後藤信康部或者大村喜前部去匯合，倒是能增加一部分安全感，然而，後藤軍和大村軍的位置，卻一個在正北，一個在西北。無論游勢隊去向誰靠攏，沿途極有可能跟明軍遭遇個正著，並且，大村軍人多卻不善戰，後藤軍善戰卻兵力單薄……

「傳令，集合，放棄這裡，徑直向南！」猛然心頭有了一個主意，小野成幸深吸一口氣，扯開嗓子大喊，「向南去，咱們帶著金印，直接去找第一軍團本部。我就不信，那支已經遭受過重創的明軍，敢一路再追回平壤城下！」

「集合，放棄這裡，徑直向南！」

「集合，放棄這裡，徑直向南！」

「集合，放棄這裡，徑直向南！」

……

叫喊聲，迅速在四周圍響起。各級武士們招呼起下屬，迅速於小野成幸周圍整隊，然後從山丘南側撤下，或者騎馬，或者徒步，狂奔而去。

還沒走出多遠，一場秋雨，又從天而降。雖然不似先前那樣般滂沱，卻遲遲不肯停歇。

原本心情就差到了極點的小野成幸，渾身上下都被冰冷的雨水打濕，愈發氣急敗壞。冒著被閃電劈死的風險舉刀向上，對著天空破口大罵，「不公平的老天，廢物老天，你除了下雨，還會幹些什麼？在南京時你下，來到朝鮮你還下，我到底犯了什麼錯，讓你針對個沒完？」

「小野君，不要這樣，會亂了軍心。」天野源貞成加入得晚，不知道小野成幸以前受到過的打擊，慌忙衝上前，用力奪下了倭刀，「風雨乃是常事。朝鮮兩面是海，中間還有許多高山。咱們被淋得雖然難受，明軍如果敢追過來，肯定也是一模一樣。」

「他們，他們哪有那個膽子？他們，他們哪次獲勝不是憑藉陰謀詭計和運氣。」小野成幸沒有天野源貞成力氣大，被奪走了倭刀，卻繼續賭氣指天罵地。「廢物老天，你至少要公平一點兒。這裡是朝鮮，不是大明。」

「小野君，這樣會影響士氣。」天野源貞成理解不了對方的瘋狂，提醒聲瞬間升高了一倍。

「天野源君，別勸了。小野君只是發洩一下，他現在心裡頭很難受。」朽木友正曾經追隨小野成幸一道潛入過南京，非常理解自家上司的心情。上前拉了一把天野源貞成，小聲說道。

「我不難受，我一點兒都不難受。我只是覺得不公平，極不公平。」小野成幸卻不肯領情，忽然停止了叫囂，大聲反駁。

「是不公平，老天向來就沒公平過。」朽木友正知道這時候，不能指望小野成幸還有理智，只管順著他的話頭往下說。「上次咱們在八卦洲縱火，要不是老天忽然下起了雨……」

「就是這樣。但那次事件發生在明國，老天幫明人的忙，也不算出格。而現在，卻是朝鮮，是朝鮮！」小野成幸雙手握拳，狠狠地朝著雨水亂砸。

當時屈辱的一幕，再度於他眼前重現。憑著老天幫忙才轉危為安的明人，絲毫不覺得羞恥，居然對著乘船撤退的他，撩開褲子，無數股尿液飛流直下……

「該死！」狠狠又砸出了兩拳，砸碎雨幕中那屈辱的畫面。

畫面中，有兩張臉孔，卻遲遲不肯消失。

一個姓李，一個姓張。

「只可惜這兩個傢伙沒來朝鮮！」從天野源貞成手裡搶回倭刀，小野成幸舉著刀朝著雨幕中幻想出來的虛影亂砍，同時在心中大聲嘀咕。「如果敢來，一定將你們做成刺生，一片片生吞活剝！一定！」

第二十一章 礪鋒

淅淅瀝瀝的秋雨，連綿不斷。

遠處的群山盡數變得一片模糊，近處的原野則泥濘不堪。一百名騎兵，兩百匹遼東駿馬，在落光了葉子的樹林內艱難地穿行，每個騎兵的身上的鎧甲都早已被雨水浸透，寒氣順著甲葉兒的縫隙，一直往人心窩子裡頭鑽。

「少爺，得趕緊找個村子避雨，把人和馬的身體烤乾。否則，一旦有人受寒生病，大夥兒都得跟著受牽連。」從不干涉李彤指揮的李盛，策動坐騎從隊伍末尾追上來，附在後者耳邊兒低聲提議。

「我剛才已經派朴七帶著人去探路，只要找到村落並且確定周圍沒有大股敵軍，立刻就會帶大夥進去安歇。」李彤點點頭，回答聲裡帶著明顯的鼻音。

即便是南京的冬天，也比朝鮮平安道的深秋暖和數倍。毫無防寒經驗的他，身體早就有些承受不住。完全靠著一口氣，才勉強支撐到了現在。

「屬下帶了生薑、甘草、雙花和麥冬。」作為家丁頭目的李盛，立刻察覺自家少爺狀態的異樣，慌慌張張地將手朝馬鞍後的褡褳裡掏。才掏了一半兒，卻聽見後者急促地呵斥，「別胡鬧，好幾十雙眼睛都看著呢！萬一亂了軍心，我拿你是問。」

「少爺，你……」李盛的手，立刻僵在了馬鞍後。低下頭，滿臉慚愧。

李彤看得心中不忍，猶豫了一下，繼續小聲補充：「我知道你是出於一番好心。但現在不能聲張，一切等找到歇息地方再說。把生薑和藥材熬成湯，大夥都分上一份，這樣，就沒人會發現我著了涼。」

「那屬下也幫忙去探路。」家丁頭目李盛頓時又來了精神，撥轉坐騎，掉頭衝向隊伍中央。一邊衝，一邊低聲點兵，「有德，有才，有善，有貴，出來跟我一起去尋找村落棲身。千總有令，只要能找到合適地方，今晚大夥就在那裡安歇。」

「遵命！」四名家丁頓時喜出望外，大聲答應著策馬出列，行進中跟他自動組成一個小隊，不多時，就消失於光禿禿的樹幹和連綿秋雨之後。

沒有人願意冒著淒風苦雨趕路，哪怕在出發前，遼東副總兵祖承訓，親口許下了一個讓大夥無法相信的賞格。更沒有人願意拖著已經疲憊到極點的身體，去追殺敵軍。哪怕帶隊的正副千總都能做到身先士卒。

所以，在嚮導朴七、家丁頭目李盛等人的齊心協力之下，很快，大夥就在左前方五里之外，找到了一個合適的歇腳點。消息傳回之後，整個隊伍士氣瞬間暴漲，行進的速度也立刻提高了一倍。沒等夜色降臨，便已經策馬衝進了目的地。

目的地是一個朝鮮人的村落，格局與大明北方差不多，所有房子都是貼著一條小河而建，門窗清一色地朝南。河對岸，就是大片大片的農田。

第一季種的麥子，數月之前就已經收割完畢。第二季補種的蘿蔔和芥菜，卻因為長時間無人照管，已經爛掉了一大半兒，讓人隔著老遠就能聞見一股子刺鼻的味道。

雖然沒有心思經營土地，但村中百姓，卻個個都機靈得很。並且早就在跟土匪、朝鮮官軍以及朝鮮叛軍的周旋中，掌握到了足夠的避難經驗。聽到有馬蹄聲出現在村口，全村男女老幼丟下手裡的家什，鑽地窖的鑽地窖，翻牆的翻牆，轉眼間，就消失得乾乾淨淨。

「媽的，不知道好歹。」連續找了兩座全村最闊氣的院落，都沒找到一個活人，張維善忍不住大聲唾罵。「一個個跑得比兔子都快，老子又不是來搶糧食和女人的蟊賊。」

「山野村夫，沒見過天朝王師，所以本能地先躲起來。」嚮導朴七被自己同胞的舉止弄得甚為尷尬，連湊上前，小聲解釋，「千總您暫且息怒，待小人去外邊大聲喊上幾句朝鮮話，他們聽到之後，應該會明白，天朝王師與倭寇不一樣。」

「喊什麼喊，嫌咱們的行蹤暴露得不夠快嗎？」張維善被雨水澆得渾身上下都不舒服，橫了他一眼，大聲呵斥。「有那功夫，你還不如趕緊幫我生火。奶奶的，這鬼天氣，凍得人骨頭都疼。」

「哎，哎！」朴七一心想著巴結兩位千總，將自己和全家老少都變成有戶籍的大明百姓。嘴裡哪裡敢說半個不字？連聲答應著，跑向傳統朝鮮富人家中存放木柴的倉房。

「李盛，你也帶幾個人去幫忙。如果能找到炭盆，屋子和馬廄裡，就多點上幾個。如果實在找不到，就在院子中隨便搭個棚子，然後於棚子下面生火。」李彤嫌朴七一個人動作太慢，緊跟著大聲吩咐。

「遵命！」家丁頭目李盛等的就是這句話，答應過後，立即帶人將命令付諸實施。七八條壯漢前院後院一通亂翻，嚇得滿院雞飛狗跳。

李彤的性子，比張維善沉穩得多。雖然也凍得嘴唇發青，卻又強打起精神，開始對麾下的弟兄們做出安排，「樹兄，麻煩你去招呼選鋒營的弟兄，在左側挑選最大的院子依次進入，烤火歇息。祖兄，麻煩你將前鋒營的弟兄們招呼起來，安頓在右側最大的那幾間院子內。叫大夥怎麼方便怎麼弄，只要不放火燒房子，就一切隨意。老何，你安排四個人，到兩側村口警戒。一個時辰後，我再安排其他弟兄去接替他們。」

「遵命！」張樹早就習慣了李彤拿他當親信使喚，答應一聲，快步去執行任務。數日前誤上李彤「賊船」的百總老何，早就無法再將自己的未來前程，與兩位千總分開。這當口，只能選擇唯命是從。

至於被祖承訓直接撤職為普通士兵，並專門負責給李彤帶路追殺日寇斥候的原游擊將軍祖承志，雖然有點不習慣一個年輕人對自己發號施令，卻看在李彤是捨命為自家大哥幫忙的份上，也強行忍住了心頭不快，拱了拱手，匆匆而去。

不多時，村子內最大的幾處院落內，就都冒起了青煙。院子主人捨不得使用的上好木炭，被以最奢侈的方式利用了起來，烤得大夥身上熱氣蒸騰。

熟悉當地人習慣的朴七，又主動帶頭去尋來了粟米、臘肉和醃菜。當天下午，大夥非常難得地，吃了渡江以來第一頓熱乎飯。吃飽烤暖之後，除了倒楣被選派輪流巡夜者，其餘所有人，都美美睡在了床上，再一睜開眼睛，就到了天亮。

雨，在後半夜就已經停了。

清晨，朝陽從東方的山頭後爬出，燒得天空一片通紅。各種各樣的野鳥，成群結隊地在村中樹頭上鳴唱，聽起來宛若秦淮河上的歡歌。

只可惜，李彤既沒有心思欣賞朝霞，也沒心思欣賞鳥鳴。他非常不幸地被李盛的烏鴉嘴說中，感了風寒。腦袋裡彷彿與有一把斧子在亂劈，渾身上下的骨頭，也沒有一根不疼。

「你這又是何苦？」看李彤臉色慘白，卻掙扎著起身命令張樹與老何去召集隊伍，準備繼續追擊敵軍，張維善忍不住低聲數落。

「做事，不能只做一半兒。否則，就不如不做，還平白得罪了祖承訓。」李彤一邊從披風上割下布條，示意李盛幫忙朝自己額頭上勒，一邊苦笑著回應。

他對祖承訓的觀感很好，卻不敢賭對方心胸足夠開闊。更關鍵一點是，他與張維善兩個在遼東毫無根基，誰都得罪不起。

「我是說，你當初就不該主動攬下這個差事。」張維善心思沒有李彤這麼複雜，快步上前，從李盛手中搶過布條，用力在好朋友額頭上紮緊，順手在後腦勺處打了個蝴蝶花絡。

家丁頭目李盛和正端著薑湯走進來的杜杜兩個，驚得目瞪口呆，卻誰也不敢提醒李彤有人在他腦後搗鬼，只好努力抿住嘴巴，不讓自己笑出聲音。

正忍得辛苦之際，卻聽見李彤幽幽地反問：「你當我願意拍這種馬屁啊？可當時的情況，我不主動請纓，祖總兵就會帶著前鋒營餘部掉頭殺回去。他去跟倭寇拚命，咱們兩個能看著嗎，還不得跟他一起？」

頓了頓，不待張維善的心思從搗鬼中轉換過來，他又低聲補充：「那樣目標更大，遭遇倭寇圍堵的風險更多。再次跟大隊的倭寇交戰，咱們同樣是九死一生。還不如讓他帶著前鋒營先大張旗鼓地返回遼東，趁著倭寇的注意力都落在他這個遼東副總兵身上，咱們剛好去偷偷地將金印搶回來。」

「這，這倒也是。」張維善早就習慣了唯李彤馬首是瞻，嘟囔著點頭。「咱們是為了救他而來，他如果回去跟倭寇拚命，咱們的確只能跟著。」

同樣的話落在家丁頭目李盛耳朵裡，卻頓時泛起了驚濤駭浪。借著幫李彤整理鎧甲的由頭，迅速湊到後者耳畔低聲提議：「少爺，這話，你應該早就讓弟兄們知道！否則，大夥難免會覺得……」

「昨天祖承志一直跟在我身邊，沒機會說。」李彤笑了笑，無奈地搖頭。「況且說了，難免在弟兄們與祖總兵派來的人之間造成隔閡。還不如就這麼糊塗著。」

「這……」正提著一塊護肩往李彤肩膀上搭的家丁頭目李盛忽然發現，後腦勺上打了一個蝴蝶花絡兒的自家少爺，比幾個月前又長高了許多，楞了楞，無言以對。

將頭快速轉向張維善，李彤繼續低聲補充，「把遼東副總兵祖承訓留在朝鮮，對倭寇來說價值重大。至於我跟你兩個小小的千總，絕對不值得倭寇大動干戈。所以跟祖總兵分開走，咱們面臨的風險反而更小。並且，未必就沒有成功從小野成幸手裡把金印搶回來機會。」

「對，咱們跟小野成幸那廝也算老對手了。彼此知根知底。而這會兒，他肯定還不知道，是你跟我帶兵前來追他。」張維善想了想，對李彤的分析大表贊同。

不希望在好朋友心裡留下什麼疙瘩，李彤搖晃著走向窗口，朝外邊看了看，確定隊伍還沒集結完畢，附近也沒有其他耳朵，繼續笑著解釋：「此外，還有一個緣由就是，咱們迫切需要憑自己的本事在遼東立足。不能總指望李六郎的面子。否則，交情總用耗盡的那一天，屆時，大夥連朋友都沒得做。」

這是一個非常現實的理由，當著自己好朋友和親信家丁的面兒，他沒必要掩飾。在遼東軍中，二人屬於不折不扣的外來戶。缺乏人脈，也沒有任何根基。與其死乞白賴地扯著跟李如梓的交情不放，不如自己早日立下戰功。

畢竟，朋友之間互相提攜是情義，不互相提攜，也可以說是能力有限。而戰功卻是實打實的，誰都輕易偷不走。

並且如果能成功從倭寇手中奪回朝鮮傳國金印，除了功勞之外，祖承訓和前鋒營上下，也都會念兄弟倆的人情。對他們早日被遼東軍真正接納，早日獨當一面，都大有助益。

看著他蹣跚而行的模樣，張維善心裡好生難受。快步上前攙扶住他的胳膊，小聲勸說：「我知道，你說的這些，我都懂。求人終不如求己。凡事想著依靠別人，靠樹樹倒，靠牆牆塌。但你現在這般模樣，真的不宜繼續趕路，萬一途中與倭寇遭遇……」

「上了馬，跑出一身汗來，自然就會好許多！」李彤倔強地甩開他的手，掙扎著返回屋子中央，繼續給自己頂盔束甲。「人生地不熟，躺在這個村子裡養著，才是等死。」

「那也不能繼續讓冷風吹，你等著，我去找輛馬車。」張維善說他不過，只能退而求其次，「你坐著馬車跟大夥一起趕路，反正咱們有的是備用戰馬。」

「別胡鬧！」李彤努力站穩身體，接過李盛遞過來的頭盔，重重地扣在了自己疼得發炸的腦袋上。「有一大半兒弟兄都是從祖將軍的前鋒營抽調來的，原本就沒怎麼把我這個千總放在眼裡。這當口我要是坐了馬車，接下來就甭想再指揮他們得動。」

雖然內部襯著一層柔軟的皮革，但因為天氣影響，鑌鐵打造的頭盔依舊又沉又涼。然而，他的腦袋，卻瞬間覺得舒服了許多。努力活動了一下胳膊和大腿，做出一副沒生病的模樣，緩緩走向門口。雙腳才邁過門檻兒，身體忽然又是一軟，冷汗順著額頭淋漓而下。

「小心！」張維善和李盛大驚失色，慌忙追上去，一左一右攙扶住他的胳膊。

「沒事兒，上了馬就好！別扶我，小心被人看見！」李彤喘息著搖了搖頭，掙脫胳膊，繼續緩緩走向屋外，每一步，都努力表現得比上一步輕鬆。

「子丹，別撐著了，大不了咱們回南京去。餓不死你，也餓不死我！」張維善胸口堵得幾乎無法呼吸，再度追上去，低聲勸說，「功名再重要，也比不上小命兒重要。這樣下去，根本不用跟倭寇交手……」

「你知道為何當日劉繼業一提離開南京，我就欣然響應了嗎？」李彤扭過頭，笑容疲憊，眼神卻無比倔強，「咱們兩家，根本沒咱們自己想得那麼有背景。在尋常百姓看來，咱們好像有權有勢。你我自己也曾經這麼認為。勛貴之後，有背景，祖上還是開國元勛！呵呵，呵呵。」

搖了搖頭，他的笑容越來越苦，聲音越來越低，「但是在真正有權有勢之人眼裡，咱們倆其實就是兩條鹹魚。從劉方、嚴鋒再到那個咱們面都沒見過的府尹，人家看咱們，跟咱們以前看尋常百姓一模一樣。都是鹹魚，啥時候想吃啥時候吃，想蒸就蒸，想煎就煎，想熬湯就熬湯。」

「守義——」看了一眼彷彿凍僵了一般的張維善，他抬起手，將額頭上的冷汗連同臉上的淚水一並抹去，「來遼東，是咱們這輩子唯一不當鹹魚的機會。我不想再當鹹魚，這輩子都不想。」

「廢物，一群連鹹魚都不如的廢物！今天不進入密台門，絕不下馬休息！」距離平壤城五十里外的七星峪，日本國第六軍團游勢隊正小野成幸扭過頭，朝著在馬背上搖搖欲墜的游勢們高聲怒叱。

總計兩百三十里路，從當初決定撤退的無名山坡，到眼前這個不見任何人影的村鎮，他麾下的游勢們居然走了整整四天。每天行軍不到六十里，還一個個叫苦不迭。

「隊長，道路泥濘，有一小半兒戰馬已經爛了蹄子。再走下去，人能堅持住，坐騎肯定都得廢掉。」第一隊佐朽木友正向後看了看，小心翼翼地提醒。

「廢掉就殺了吃肉，然後再買新馬！今日天黑之前，必須抵達平壤。然後你們愛怎麼休息怎麼休息。」小野成幸最不喜歡的，就是下屬違背自己的意願。明知道隊佐朽木友正是出於一番好心，仍舊大聲重申。

「遼東馬，遼東馬很難買到。」朽木友正楞了楞，低下頭小聲嘟囔。

日本馬體型矮小，因此在先前從朝鮮軍手中俘獲的遼東戰馬，每一匹都被日軍視為珍寶。游勢們每人能撈到一匹，已經非常不容易，再想要第二匹，就只能通過軍中黑市。

而以流浪武士、山賊頭目和冒險商販為主的游勢，大多還不是什麼有錢的主兒。任由來之不易的戰馬因為蹄甲潰爛的小毛病廢掉，再去另購坐騎，絕對屬於敗家主意。

「小野隊長，兩天前，後藤信康就曾經派人送來消息，那支擊潰了宗義正的明軍已經渡河返回了遼東。」與朽木友正想法差不多的，還有分隊長小泉隆一。湊上前，啞著嗓子大聲提醒。

這也是游勢們不願意冒著將坐騎累死風險瘋狂趕路的原因之一。小野成幸的判斷再度與事實背道而馳，失去初代朝鮮李氏國王金印的明軍，根本沒掉頭前來追殺他們。而是帶著宗氏軍的首級，大搖大擺渡河返回了遼東九龍城。

形勢瞬息萬變，是人就難免出錯。然而，接連兩次判斷錯誤，就難免會影響到小野成幸的威望。身後沒有明軍追殺，游勢當然不願意再像受驚了的兔子般拚命朝平壤跑，還要搭上來之不易的遼東馬。

「隊長，松浦鎮誠和他的部下就駐紮在二十里外的小轂嶺上，隨時都可以策馬趕過來。」

「隊長，村子裡應該有鐵匠鋪，屬下建議停下來整理馬蹄鐵。」

「隊長，村子裡也許能找到一些補給。咱們捨了性命，才將朝鮮人從暴政中解救出來，他們應該有所表示。」

……

與小泉隆一想法類似的，還有安田秀業、大江義堅等資深游勢，紛紛硬著頭皮上前，向小野成幸陳說利害。

在他們看來，小野成幸之所以堅持儘快進入平壤城的想法，與其是說為了躲避遭到明軍追殺的風險，不如說為了保全他本人的顏面。而顏面這東西，向來就是一塊擦桌布。需要的時候才拿出來用一下，不需要的時候，乾脆扔到一邊任其發餿才對。

馬蹄鐵、意外之財、熱氣騰騰的飯菜，也許，也許還有將腰帶紮到胸口處，衣襟外露出兩團柔軟之物的朝鮮小娘子。麾下人口中的描述，讓小野成幸忍不住意動。回頭看了看第二隊佐天野源貞成，他猶豫著向此人徵求意見，「天野源君，你經驗豐富，你的看法如何？」

「中國人有句古話，行百里者半九十。」來歷非常神秘，但已經憑藉高明身手贏得了大部分游勢尊敬的天野源貞成想都沒想，就立刻給出了否定答案。「如果金印真的如小野君先前判斷那麼重要的話，明軍棄之不顧的舉動，就很是異常。與其為了一時的舒適……」

他的話還沒等說完，四下裡，憤怒的反駁聲，已經響做了一片。朽木友正、小泉隆一、安田秀業等人，全都將「炮口」對準了他，恨不得將他活活用口水噴翻。

「怎麼會是一時的舒適，大部分戰馬都爛了蹄子！」

「至少三成弟兄在發熱，五十里路，足以要了他們的命！」

「前幾天每天才走五十里，今天卻要走八十多里路，天野源君，你不是在故意折磨大夥嗎？」

……

「八嘎！是我在徵詢天野源君的意見。你們有什麼話，直接跟我說！」小野成幸大怒，抬起手，將叫嚷聲最大的安田秀業，直接從馬背上抽到了馬下。

眾資深游勢見他動了真怒，頓時全都軟了下來。一個個低頭耷拉腦袋，噤若寒蟬。

小野成幸見此，知道即便再堅持趕路，今晚天黑之前，也不可能進入平壤城的北門了。咬了咬牙，鐵青著臉做出最後決定，「天野源君的想法，最為穩妥。但是，既然你們都走不動了，那就在這個村子裡休整一下就是。記住，是休整，抓緊時間去處理馬蹄鐵，抓緊時間吃飯、睡覺。不要做其他事情，想要放縱，平壤城內，有的是酒館和妓院。」

「謝謝隊長！」

「隊長英明！」

……

眾游勢聞聽，一個個喜上眉梢。亂哄哄的答應著衝向路邊屋子，宛若烏鴉看到了腐爛的屍體。

的確，平壤城內有的是官辦的酒館和妓院。但美酒和營妓，都是屬於小西行長、松浦鎮誠這種高級大名的。尋常武士和兵卒想要去放縱一番，都得掏錢，並且價格還相當離譜。而大夥之所以主動投軍做游勢，為的就是可以在戰爭中發家致富。誰願意將拚命搶來的外財，再親手送到小西行長的口袋裡？

眼前這個朝鮮人的村鎮，則出現的正是時候。再窮的村鎮，也有大戶。再破敗的地方，都會有女人。有人的地方，就需要有糧食、布匹、家禽、家畜。有屋子的地方，就少不了各種家具和裝潢。而這一切，對於征服者來說，都可以隨便去拿。膽子小的朝鮮人只敢趴在地上，或者躲進菜窖中瑟瑟發抖，絕不敢拒絕他們的任何要求，包括將妻子女兒雙手奉上。

事實彷彿也證明，游勢們的判斷非常準確。臨近街道的院子內，很快就響起了他們放肆的大笑。而更遠處的院子裡，則隱約傳來了女人和孩子的哭聲，每一聲落在小野成幸的耳朵裡，都好像仙樂般，讓他感覺心癢難搔。

「天野源君也去放鬆一下吧！」扭頭看了看像棵樹樁般，站在街道中央的天野源貞成，他帶著幾分歉意吩咐，「警戒的事情，先交給我和朽木君，一會咱們三個輪流替換。」

「小野君和朽木君可以先去，這裡交給屬下。」天野源貞成想了想，輕輕搖頭。「不要距離街道太遠，這個村子有南北兩個出口。萬一遇到什麼麻煩，跳上馬背就可以沿著街道衝出去。」

「哪裡會有什麼麻煩，天野源君你真是太謹慎了！」朽木友正翻了翻眼皮，笑著撇嘴。

對於已經明顯威脅到自己地位的天野源貞成，他向來不吝於尋找各種機會打壓。包括剛才眾人對後者的圍攻，如果不是他帶頭，肯定造不成那麼大的動靜。

「朽木君，謹慎一些不是錯誤。」小野成幸將朽木友正的舉動看在眼裡，立刻裝模作樣替天野源貞成主持公道。

兩個隊佐彼此不和，其實對他這個隊長來說，是最好不過的情況。所以，一句輕飄飄的呵斥說罷，他立刻就笑著補充：「既然天野源君留在這裡負責警戒，咱們兩個就趕緊去村子裡約束一下，讓那幫傢伙不要太放縱了。畢竟這裡是一軍團的地盤，萬一被他們抓到把柄，很是麻煩。」

「啊——」彷彿與他的話互相驗證，一聲慘叫，忽然從村子內的某處院落中響起，淒厲且絕望。

「這幫鹹魚，搶錢搶女人也就是了，何必殺人？」小野成幸皺了皺眉頭，加快策動坐騎。「朽木君，跟我去制止他們。這裡不要殺戮過分……」

「啊——」

「啊——」

假模假式的話還沒等說完，耳畔已經又傳來兩聲慘叫，緊跟著，就是一連串鐵炮轟鳴，「乒！」「乒，乒乒……」

「不好，村子裡有埋伏，快走，快走！」天野源貞成飛身上馬，衝到小野成幸近前，一把拉住後者的坐騎韁繩，直奔村口。

第二十二章　再戰

「放開我，放開我的馬，不是明軍，明軍很少用鐵炮！」小野成幸也嚇得寒毛倒豎，卻努力將戰馬的繮繩搶回來，死死扯緊，「明軍很少用鐵炮，朝鮮人即便有鐵炮，也不堪一擊。」

「唏吁吁吁——」胯下坐騎被他拉得嘴角冒血，悲鳴著原地徘徊。一心逃命的天野源貞秀不敢將主將丟下，也只好拉住坐騎，扭頭斷喝，「朝鮮人哪有膽子在平壤城外動手？一定是明軍無疑。一定是明軍假扮成朝鮮人。」

「是明軍也不能逃！松浦鎮誠和他的部下就駐紮在二十里外的小觳嶺上，隨時都可以策馬趕過來。」小野成幸又怕又急，咆哮聲宛若犬吠。

距離平壤城不到五十里，距離第一軍悍將松浦鎮誠所部駐地只有二十里。如果是明軍的大隊兵馬，根本不可能如此悄無聲息地殺過來。所以，村鎮中的伏兵，要麼是朝鮮義軍，要麼是少量明軍斥候。無論是哪一種，跟游勢隊交上手之後，都必須在半個時辰內撤離。否則，萬一松浦鎮誠聽到鐵炮聲後率部趕至，埋伏者就插翅難飛。

「上馬，那就把游勢們聚攏起來，上馬而戰。」無法勸說小野成幸跟自己一起逃命，天野源貞成只好退而求其次，「不要跟對手巷戰，上了馬，是進攻還是退走，咱們都可以自由來去。」

「上馬，不要巷戰。退出來，上馬，上馬——」這次，小野成幸沒有故意跟他對著幹，果斷扯開嗓子，高聲命令。

事實上，不用他命令，眾倭寇游勢，也知道跳上馬背才對己方更為有利。一個個抱著腦袋從百姓的家中逃出來，撒開雙腿直奔留在道路兩旁的坐騎。

「乒！」「乒，乒乒……」第二輪鐵炮聲從倭寇們背後響起，將他們再度放翻了四、五個。緊跟著，兩哨朝鮮兵馬快速從民居中追出，或持鐵炮，或擎長矛，殺氣直沖霄漢。

自打撤出大明以來，小野成幸幾時吃過這種虧？立刻抖動韁繩，準備趁著鐵炮下一輪裝填完成前，給朝鮮鹹魚們一個教訓。就在此時，他的坐騎韁繩，卻又被天野源貞成扯住。後者鐵青著臉，用極低的聲音提醒：「西南邊，西南邊有馬蹄聲！快整隊，整隊從村子東北口衝出去。不止是一夥明軍，萬一被堵在這裡，咱們未必能堅持到松浦鎮誠趕來救援。」

「馬蹄聲，馬蹄聲又能怎麼樣？」小野成幸的面孔已經扭曲得變了形，扯開嗓子大聲反問，「大日本帝國武士，幾曾怕過朝鮮鹹魚！」

如果不是欠著立花家頭號重臣小野鎮幸的人情，天野源貞成恨不得立刻掉頭就走，絕不再於腦子缺根筋的蠢貨身上浪費時間。然而，想到自己過去跟豐臣秀吉之間的恩怨以及眼下的處境，他只能冒著被鐵炮擊中的風險，再度停住坐騎，扭頭朝著小野成幸高聲補充：「他們不是朝鮮人，絕對不是！你看他們那模樣和身高。」

「該死！果然是明軍！他們居然想要裡應外合。」小野成幸恍然大悟，嘴裡立刻發出一連串氣急敗壞的叫喊。「整隊，趕緊上馬整隊，跟我從村口，從村子東北口衝出去。」

雖然自己號稱與明國人出自同源，但朝鮮人和明國人的長相和體型，差距卻大到不需要看第二眼就能分辨的地步。特別是出身於底層的朝鮮義勇，因為常年食不果腹的緣故，個個臉色黃中帶灰，身材又瘦又乾，並且有些習慣性的駝背。而生活相對富足的明國人，特別是主動投軍效力的營兵，則幾乎個個膀大腰圓，習慣於昂首挺胸。

眼前背靠著村中民居列陣的伏兵雖然穿著朝鮮人的衣服，手中也拿著朝鮮義勇和日軍常用的鐵炮，但精、氣、神兒三項，卻與倭寇們所熟悉的朝鮮人完全不一樣。所以，也怪不得倭寇們先前連抵抗的勇氣都鼓不起來，挨了黑槍之後，立刻選擇了倉皇後退。

「上馬，趕緊上馬，從村子東北口衝出去，搶來的東西丟下，不要耽誤時間。不要耽誤時間。」

「上馬，鐵鍋和被子扔掉。什麼時候了，還惦記著你的鐵鍋和被子。」

「快上馬，明軍的騎兵馬上就要殺過來了！你抱著個女人的花棉襖能當什麼用？」

「扔掉搶來的東西，死人用不到任何錢財。」

……

不光天野源貞成和小野成幸兩個人察覺到了伏兵的真實身份，朽木友正、小泉隆一、安田秀業、大江義堅等資深游勢，也終於認出了「仇人」的真實來頭，嘴裡發出一陣鬼哭狼嚎，帶頭跳上坐騎，直奔村子東北口。

游勢的作用等同於斥候，從不尋求與敵軍打硬仗。發現情況對自己不利，立刻選擇脫離接觸，才是正道。在這種傳統思維的驅使下，眾倭寇游勢根本不去管村中伏兵數量多寡，也紛紛策動戰馬，跟在朽木友正等人身後飛奔而去。

「乒！」「乒，乒乒……」第三輪鳥銃聲響起，卻只留下了兩名倭寇和一匹戰馬。剩下的倭寇與小野成幸、天野源貞成一道，如潮水般衝出村子，直奔空蕩蕩的原野。

「媽的，真的廢物！有打一銃的功夫，足夠老子射出四箭！」來不及裝填新的火藥和鉛彈，祖承志將鳥銃丟在地上，氣急敗壞地抱怨。

「祖游擊莫急，倭寇跑不遠！」跟著並肩而戰的李盛看了他一眼，笑著安慰。「我家少爺和張家少爺的騎術，都請過教習專門指點。平地上作戰，倭寇不可能甩他們得下。」

「你家少爺的身體……」祖承志將信將疑，皺著眉頭追問。「他可是發著熱！」

「已經大好了！」李盛對自家少爺李彤非常推崇，帶著幾分自豪的口吻高聲回應，「即便沒好，追上小野成幸也不是問題。更何況，兩位少爺身邊還有樹兄、老張、老何他們。鳥銃咱們不如倭寇要得好，馬背上動刀子，凡是戚家軍裡出來的，隨便一個弟兄都能砍倭寇仨。」

正說話間，馬蹄聲大作，李彤、張維善帶著家丁和兄弟飛一般穿村而過，手中的戚刀在陽光下倒映出片片白霜。

「厲害！」一路上從沒對李彤等人表達過半點尊敬之意的祖承志，猛然挑起了大拇指，「你家少爺絲毫不差於我大哥當年。」

二人之間的距離迅速縮近，家丁頭目李盛靈機一動，大笑著回應：「我家少爺，對祖帥一直佩服得很，否則，這次也不會主動請纓。如今伏擊的目的已經達到，咱們繼續留在村子裡也沒用了。不如也取了馬匹，一起去追殺倭寇。雖然倭寇的腦袋沒有韃子值錢，好歹也能換些銀子花花。」

「同去，同去。」祖承志聞聽，頓時覺得李盛的建議甚對自己脾氣。彎腰撿起鳥銃背在身後，掉頭去找先前藏在村子之處的戰馬。

「那邊有倭寇丟下的無主戰馬，比回去牽自己的坐騎快。」李盛的目光，卻一直追著李彤和張維善等人的背影，一邊朝路邊飛奔，一邊大叫著提醒。

「祖十七，把我和盛兄的坐騎照顧好。我跟盛兄先走一步，去割倭寇腦袋換酒錢。」祖承志果斷選擇遵從，朝著自己帶來的親信大喊一句，隨即三步兩步竄到路邊，拉過一匹死了主人的戰馬，一躍而上。

他和李盛都是疆場廝殺的老手，經驗豐富。策馬衝出村後，很快就在平原上找到了敵我雙方的身影。雖然倭寇的數量遠遠高於明軍，然而這群欺軟怕硬的匪類，卻如同他們先前在村子裡的表現一樣，根本顧不上比較敵我雙方人數，只顧著策馬瘋狂逃命。

再看李彤和張維善兩個所率領的家丁和勇士，則始終保持著三人同排的縱隊。每從後面咬住一個倭寇，就會多刀齊下。

「不要戀戰，追那個帶頭的倭寇。金印在他手裡。」對李彤等人的欽佩，瞬間又變成了惶急。祖承志狠狠催動坐騎，同時高聲提醒。

近三百匹戰馬互相追逐，聲音在近處響得宛若悶雷。他的話，根本沒來得及傳到目的地，就徹底被淹沒在滾滾「雷聲」裡。

「殺倭寇頭目，搶回金印。金印才最重要，倭寇的首級不值錢。」猛地拉偏了馬頭，祖承志繼續大喊大叫。

倭寇在試圖兜圈子，從東北方沿著外圍兜向西南。西南方五十里的平壤城內駐紮著上萬名他們的同夥，五十里路如果豁出去人和馬的性命去跑，絕對用不了一個時辰。所以，必須有人切內線，將倭寇頭目擋住。哪怕，哪怕自己被慌不擇路的倭寇們撞得粉身碎骨。

祖承志向來就不是個貪生怕死之輩，既然想明白了，就果斷去付諸實施。馬頭對著小野成幸的馬頭，取直線將速度加到極致。同時冒著被摔下坐騎，筋斷骨折的風險，雙手鬆開韁繩，從背後取下鳥銃。一邊追，一邊努力裝填火藥和彈丸。

如果有人肯與他一路去切直線，縱使會面臨巨大犧牲，也有八成以上機會，將小野成幸截殺在當場。然而，借助眼角的餘光，他卻非常失望地看到，李彤和張維善兩個及其麾下的家丁和騎兵們，居然依舊死板地保持著三列縱陣。雖然從背後不斷將倭寇「吞噬」，但在短時間內，卻傷不到那個姓小野的傢伙分毫。

「終究是兩個新丁。」絕望地吐了口氣，祖承志發誓不再為注定沒結果的事情分神。

那兩個「新丁」的戰術中規中矩，如果換在別處，明軍自己的損失肯定會保持在一個極低的數字，甚至能做到沒有任何傷亡。但此地乃是朝鮮平安道南，距離平壤只有五十里，距離最近一支倭寇大軍的駐地，頂多只有三十里。照兩個「新丁」的戰術繼續打下去，在倭寇的援軍抵達之前，根本不可能追到小野成幸的戰馬尾巴。

「啊——」然而，想要不分神，又談何容易？沒等他將第一顆鉛彈裝入銃口，身體側前不遠處，忽然傳來一聲絕望的慘叫，緊跟著，就是沉重的「屍體」墜地聲，「砰！」

左手打了個哆嗦，祖承志差點將鉛彈直接掉在地上。目光不受控制地轉向聲音來源處，恰看到李彤在張樹和張維善兩個的保護下，策馬撲向另一名倭寇。

「呀呀呀——」那名倭寇發現自己在劫難逃，嘴裡發出一串淒厲的尖叫。從馬背上轉過身，舉起一個黑洞洞的銃口。

「小心鳥銃！」祖承志大驚，趕緊扯開嗓子提醒。

受限於身材和騎術，倭寇中最強悍的武士，在馬戰中也對大明將領構不成太大威脅。但倭寇手中的鐵炮，卻因為引進了西夷技術並且自行改良提高威力巨大且準頭精確。缺乏經驗的「新丁」遇到，很容易就吃大虧。

「乒！」他的聲音未落，銃口處，已經冒出了一股黑煙。「糟了！」祖承志心臟一抽，眼睛閉了閉，又迅速瞪圓。令他難以置信的是，距離銃口不到半丈遠的李彤，卻毫髮無傷。被自家坐騎帶著繼續追上前去，手起刀落，將持銃的倭寇送上了西天。

「掩護我！」張維善大叫著超過李彤，取代後者成為整個隊伍的先鋒。因為殺敵而耽擱了時間的李彤，則果斷與他換位，護住了他的身體側右。

張樹放緩速度，護住張維善身左，與李通保持一條直線。三人在高速飛馳中，組成一個簡單的三角形，追上另外兩名倭寇，將其快速斬於馬下。

「呀呀呀呀呀——」游勢頭目小泉隆一不甘心永遠用後背對著敵人，與另外兩名倭寇游勢一道，尖叫著撥轉坐騎，試圖以自己的性命為代價，為同伴爭取脫身時間。

「去死！」張維善使足了力氣掄起鐵鞭，借助戰馬的慣性，砸向小泉隆一的臉。「噹啷！」後者手中的倭刀，瞬間被砸成了三截。而鐵鞭卻餘勢未盡，繼續落在此人的臉上，將其鼻梁直接砸塌了進去，整個腦袋變得血肉模糊。

尖叫聲戛然而止，倭寇游勢頭目小泉隆一悄無聲息地落馬。另外兩名跟著他一道轉身迎戰明軍的游勢心中發慌，身上空門大漏，被李彤和張樹一人一刀，雙雙砍下了坐騎。

三具屍體相繼墜地，被飛快衝過來的馬蹄接連踏中，轉眼間就變成了三大團肉泥。馬背上的大明將士繼續高舉著兵器加速，三列縱陣的前端，深深「侵入」倭寇隊伍的末尾。

「迎戰，迎戰，一味逃跑，誰也逃不掉！」游勢分隊長安田秀業發覺形勢危急，主動放緩速度，努力組織起一部分死士攔截明軍的追殺。

這個舉動很勇敢，只是效果卻微乎其微。絕大多數已經被追得上氣不接下氣的游勢，都不願意付出性命去成全別人。只有寥寥五個真正的亡命徒大叫著響應。然而，這五個倭寇游勢，所在的位置又各不相同。還沒等被安田秀業招呼起來結成軍陣，就先被急著逃命的同夥衝得暈頭轉向，隨即，就又遇到了李彤、張維善和張樹三人組成的刀鋒。

「殺！」李彤揮刀砍向一名試圖阻攔自己的倭寇，將此人腦袋連同半截肩膀同時掃上了半空。張維善揮舞鐵鞭護住他身左，將另外一名倭寇砸得吐血而亡。游勢分隊長安田秀業運氣最差，居然迎面遇到了戚家軍老兵張樹。一招過後，就被後者開膛破肚，腸子肚子灑了滿地。

剩餘的三名倭寇游勢頓時魂飛膽喪，果斷拉偏坐騎，從李彤、張維善和張樹三人手中兵器的攻擊範圍之外，與他們交錯而過。李彤、張維善和張樹三人見狀，也不浪費時間和精力去追殺，繼續策馬前衝，沿著倭寇的隊尾長驅直入。

「呀呀呀——」沿途大量被追上的倭寇，都受不了來自背後的巨大壓力，主動讓開去路，分散逃命。少數幾個膽敢轉身抵抗者，則被三人和後續跟上來的家丁和勇士們砍得血肉飛濺。已經逃成了梭魚形的倭寇隊伍末段，越來越亂，越來越亂，轉眼間，四分五裂！

「我要回家，我要回家！」三名已經被李彤和張維善甩在側後的倭寇游勢精神徹底崩潰，哭喊著撥轉坐騎，竄向曠野。

「截住他們，小心有人金蟬脫殼！」跟在明軍隊伍末尾的老何、老張和李澤三人互相看了看，如同三支離弦的羽箭，追向先前分散逃命的倭寇，將後者一一斬殺當場。

「乒！」祖承志終於裝好了鳥銃，朝著小野成幸的身體扣動扳機。他的槍法在平地上非常高明，在顛簸起伏馬背上，卻沒任何準頭。彈丸脫離銃口之後，立刻就不知去向。而被他瞄準的目標小野成幸，卻半點受傷的反應都沒有，只管繼續催動坐騎，亡命奔逃。

「金印，金印！」祖承志沒有時間再裝填第二次，將鳥銃再度背好，高喊著繼續切直線。

這個不要命的舉動，勇則勇矣，卻仍然沒有起到任何作用。雙方都在高速奔馳當中，根本不可能永遠保持直線。切著切著，他就又落在了小野成幸的身後，甚至連遠遠地跟李彤等人保持齊頭並進都非常勉強。

「交出金印，饒爾等不死！」就在他已經徹底絕望之時，耳畔卻忽然又傳來了一個熟悉的聲音。

不管眾倭寇能不能聽得懂，李彤一邊揮刀向前開路，一邊扯開嗓子高聲威脅。

「喊這些有個屁用！」實在弄不清「新丁」到底要幹什麼，祖承志憤怒地扭頭張望。

在他暗紅色的視野裡，又有兩名倭寇先後被他砍下了馬背，然後又有七、八名倭寇慘叫著脫離自家隊伍，四散奔逃。

李彤、張維善兩人堅持不肯放棄的三列縱陣，在此時此刻，忽然威力增加了數倍。遠遠看去，竟如一把剃骨刀般，沿著倭寇逃命的隊伍向前高速推進。所過之處，倭寇們像碎肉般四下「飛濺」，整個隊伍從隊尾迅速碎裂到了中後段位置，然後又一路碎裂到了隊首。

「朽木君，你帶人替我拖延時間。」聽到追殺聲距離自己越來越近，日本第六軍團游勢隊長小野成幸咬了咬牙，決定學壁虎斷尾求生。

「為什麼？」第一隊佐朽木友正無法相信自己的耳朵，看向小野成幸的目光中充滿了絕望。

眼下這種情形，分出一大半兒人手去阻截明軍，肯定是正確選擇。但無論按照跟小野成幸的個人交情，還是在游勢隊中的地位，應該被留下來做犧牲的，都應該是第二隊佐天野源貞成。朽木友正無論如何都想不到，小野成幸連猶豫都不猶豫，就留下了自己。

「這是命令，朽木君，展現你英勇的時刻到了！」絲毫不肯給朽木友正拒絕的機會，小野成幸側過頭大聲怒吼，「你只需要拖延一刻鐘，松浦鎮誠距離此處不足二十里，隨時都可能趕過來。」

「大江君、藤田君，帶著你們麾下的人，跟我來！」朽木友正別無選擇，只能咬著牙大聲怒吼。同時努力撥轉馬頭，試圖組織人手殊死一搏。

長時間在游勢隊中積累的威望，此刻終於派上了用場。被他點了名字的游勢分隊長大江義堅和藤田武雄兩個，儘管滿心絕望，依舊發出一聲悲憤的咆哮，帶領各自身邊僅剩的親信放緩了速度，努力調轉馬頭。

在高速奔跑當中努力轉身迎戰追兵，是一件極具難度的事情。幾個身手不夠靈活的游勢，剛剛將坐騎撥歪，就被急於逃命的自己人撞下了馬背。還有幾個位置稍稍靠後的游勢，剛剛勉強將馬頭方向撥回，就被迎面追上來的李彤、張維善和張樹三人，殺了個東倒西歪。

然而，對於朽木友正來說，這種犧牲絕對值得。憑藉十幾名親信的枉死，他終於成功搶在被砍下戰馬之前，用身體正面對準了追兵。「呀呀呀——」嘴裡發出一長串絕望的尖叫，他與大江義堅、藤田武雄兩個，同時帶領著各自的鐵桿親信加速，彷彿一群被逼入窮巷的野狗，對獵人發起了垂死反擊。

在經驗豐富的戚家軍老兵張樹眼裡，朽木友正的打算和他的尖叫聲一樣可笑。毫不猶豫地扯開嗓子，向兩位菜鳥千總提出對策：「倭寇想要拖延時間，直接殺穿他們，剩下的交給後面的弟兄！」

「好！」李彤和張維善齊聲答應，雙腿同時再度狠踹馬鐙。受到刺激的坐騎嘴裡發出一聲嘶鳴，四蹄張開，迅疾宛若旋風。

「五、四、三、二、一，去死！」李彤心中默默計算對手跟自己之間的距離，借助自己身高臂長的優勢，搶先揮動戚刀，來了個乾脆俐落的斜劈。

「呀呀呀——」迎著他上來的倭寇頭目大江義堅因為胳膊短，無法跟他拚個同歸於盡。只能努力將倭刀舉起來，奮力格擋。

「噹啷！」兩把戰刀在半空中相撞，修長的刀身雙雙斷裂，由二變四。兩人被坐騎帶著迅速靠近，彼此在對方眼睛裡的倒影清晰可見。

「去死！」

「呀呀呀……」

李彤怒吼著將半截戚刀擲向對手的眼睛，同時看到對手的下半截倭刀飛向自己鼻梁。完全憑藉本能側了一下身體，他讓半截倭刀貼著自己的臉飛過。隨即順勢從馬鞍下撈起數日前繳獲來的大鐵劍，使出全身力氣斜撩向上。

「噗」大鐵劍遠稱不上鋒利的劍刃，借著戰馬相對衝刺的速度，撩在了大江義堅腹甲處，發出沉悶的聲響。一股污血從倭寇頭目大江義堅嘴裡狂奔而出，此賊的身體晃了晃，無聲地墜下了馬背。

「死開！」強行忍住手臂的痠痛，李彤再度將大鐵劍掄起，對著下一個朝自己反撲過來倭寇頭頂砸了下去。

倭寇舉刀招架，刀飛，臂折。大鐵劍餘勢未盡，帶著呼嘯著風聲砸中此賊的頭盔。將頭盔瞬間拍進了胸甲中，污血四濺。

無頭的屍體墜地，第三名掉頭回撲的倭寇臉上，明顯露出了畏懼神色。尖叫著試圖拉偏坐騎閃避。李彤毫不客氣將大鐵劍斜砸過去，直接砸爛了此賊的肩膀。高速飛奔的戰馬帶著受傷的倭寇繼續逃遁，慘叫聲宛若鬼哭狼嚎。

李彤也沒功夫看受傷倭寇的去向，繼續掄圓了大鐵劍開路。在慘叫聲強烈刺激下，瘋狂反撲過來的倭寇全都迅速恢復了清醒，紛紛向兩側避讓。跟在李彤左側的張維善掄起鐵鞭，呼喝酣戰，無論膽敢靠近自己的倭寇是高是矮，是胖是瘦，皆一招砸落於馬下。

此刻護在李彤右翼的張樹，則完全是另外一種戰鬥風格。汲取了倭刀優點，又結合了朴刀長處的戚家軍戰刀，在他手裡，就像蝴蝶般輕靈。每一下舞動，都落在對手的喉嚨、鎖骨或者軟肋處，刀刀奪命。

朽木友正犧牲了十幾個同夥才勉強組織起來的隊伍，轉眼間便從正中央被一分為二。李彤、張維善和張樹三人用戰馬踩著倭寇的屍體突破攔截，繼續咬住小野成幸的背影緊追不捨。跟在三人身後的家丁和大明勇士，則自動分成了前後兩部。前部繼續保持三列縱陣緊隨自家主將，後部則在百總老何的帶領下，開始結伴絞殺脫離了隊伍，分頭逃命的倭軍。

「攔住，攔住他們！」因為位置靠外而沒死在第一輪戰鬥中的朽木友正絲毫不覺得慶幸，帶著同樣幸運的藤田武雄和六個冥頑不靈的倭寇游勢，再度調整方向，如賴皮膏藥般從背後追向李彤，不死不休。

「滾開！」家丁張豹被叫的心煩，拉偏坐騎，借助戰馬的奔跑速度向外揮刀。一名距離他五尺遠的倭寇游勢，被殺了個措手不及，半邊身體橫飛而起，鮮血瞬間如瀑布般將胯下坐騎染了個通紅。

「呀呀呀——」朽木友正也被半空中落下的鮮血淋了滿頭，大叫著用雙腿控制坐騎，與家丁張豹成了斜對角。

兩匹戰馬之間的距離迅速拉近，馬背上的張豹和朽木友正相對著揮刀互砍。金鐵交鳴聲取代了怪叫，在二人周圍響成了一片，「叮叮，叮叮，叮叮噹……」

「呀呀哇哇呀呀哇哇哇——」藤田武雄瞪著通紅的兩隻眼睛，從側面撲向張豹，手中倭刀就像毒蛇口中的尖牙。

對他來說，纏不住帶隊追殺小野成幸的明軍將領，能殺掉一個明軍頭目，也是功勞。雖然過後未必會因此受到獎賞，但至少，至少能功過相抵，不會被發瘋的小野家主事者推出來嚴肅軍紀。

帶著同樣想法的，還有其他兩名倭寇游勢。他們如同隱藏於草叢中的毒蛇般，悄無聲息的加入對張豹的圍攻。不小心失去了隊友支援的張豹，身上很快就見了紅。咬著牙發出一聲怒吼，放棄對其餘三把倭刀的遮擋，揮動兵器直取朽木友正脖頸。

得手在即，朽木友正不願跟他硬拚，果斷側身閃避。張豹劈出的刀光落空，肋骨下卻又遭到致命一擊，直疼得兩眼陣陣發黑。猛地用雙腿踹了下馬鐙，他忽然騰空而起，如同一隻蒼鷹般撲向了朽木友正，任憑另外兩把的倭刀，再度於自己身上砍出耀眼的紅。

「砰！」朽木友正躲無可躲，被半空中撲下來的張豹砸了個正著。二人從高速奔馳的戰馬上同時落地，抱在一起來回翻滾。百總老何帶著十幾名勇士一擁而上，將藤田武雄等倭寇殺散，將朽木友正從張豹的遺體下逼出來，亂刃分屍。

「饒命——」親眼看到朽木友正被剁碎，藤田武雄魂飛膽喪，再也不敢糾纏，逃向遠處的山林。百總老何策馬追了十幾步，卻無法追上。憤怒地丟下鋼刀，俯身從馬鞍旁接下騎弓，扯動弓弦三箭連珠，「嗖嗖嗖」，前兩箭因為馬背顛簸，貼著目標肩膀飛過。第三箭，不偏不倚，正中藤田武雄的後脖頸。

「殺光他們，給張兄壯行！」百總老何收起弓，從身體另外一側抄起備用戰刀，高高地舉過了頭頂。

「殺光他們，給張兄壯行！」一眾負責清理殘餘倭寇的家丁和勇士們舉刀相和，隨即再度衝向各自的目標，將後者接二連三砍於馬下。

百總老何，卻懶得跟周圍弟兄們爭這些斬首之功。策動戰馬，加速追向前方的隊伍。自家野心勃勃的千總絕對不會放棄奪回朝鮮李氏初代國王金印的目標，他堅信這一點。他必須儘快趕上去給自家千總幫忙，以免時間拖延太久，周圍有大隊倭寇聞訊傾巢而出。

「金印，金印留下，要麼，留下你自己的狗命！」事實也正如他所料，才追了百十餘步，前方就又傳來了李彤大聲的咆哮。而更遠的西南方，隱隱已經有煙塵騰空而起，很顯然，是一支大軍，正在拚命朝這邊趕。

「渡邊君，拜託了！」也看到了即將趕到的援軍，小野成幸強忍心中恐懼，朝著身側一名高級武士大喊。「半刻時，只需要堅持西洋半刻時……」

回答他的，只有凌亂的馬蹄聲。被點了將的立花家高級武士渡邊彥四郎撥歪馬頭，像受驚的麻雀般不顧而去。

「大倉君，重田君，崗村君……」小野成幸顧不上生氣，歪著脖子繼續請求周圍僅剩下的游勢們去送死。

被點了名字的游勢們毫不猶豫地撥歪坐騎，分散開向斜前方衝去，恨不得距離小野成幸越遠越好。

「給他們！」不等小野成幸點到自己，來歷神秘的天野源貞成，忽然側過身體，朝著他大聲「提議」。

「什麼！」援軍不久就會趕至，小野成幸如何肯前功盡棄？瞪圓了眼睛大聲咆哮，「天野源君，你說什麼！莫非你忘記了是誰收留了你？」

「我對令兄承諾過，自己戰死之前，努力保護你不死在敵將刀下。」天野源貞成紅著臉，咆哮聲宛若犬吠，「金印丟給他們，丟得越遠越好。如果你死了，金印照樣落在他們手裡。」

「第一軍團，第一軍團馬上就到！」小野成幸又急又氣，眼淚瞬間滾了滿臉。

「第一軍團搶回金印，功勞也是小西行長的，與死人無關。」天野源貞成猛地舉起刀，同時放慢速度，「我頂多能替你爭取一西洋分鐘，不想死，你就丟下金印。」

「你，你這養不熟的瘋狗！」小野成幸流著淚大叫，伸手從馬鞍旁解下裝金印的皮袋，狠狠向橫側甩了出去。然後趴在馬背上，頭也不回遠遁。

第二十三章 秋光

「金印，金印給你了。真的，馬上沒有，沒有其他，空了，你看得見。不要追，不要，否則，我們的人趕來，兩敗俱傷！」見小野成幸終於採納了自己的提議，天野源貞成立即放棄了跟追兵拚命的打算，一邊再度策動坐騎加速，一邊扯開嗓子，用半生不熟的大明官話大聲叫嚷。

他的官話，說得遠不及小野成幸流利。周圍的馬蹄聲又過於嘈雜，能清楚傳到追兵耳朵裡的，恐怕不足最初的五分之一。然而，追兵的主將李彤，卻出人預料的撥轉坐騎脫離隊伍，直奔金印落地處。一個乾淨俐落的海底撈月，俯身將裝著金印的皮袋子從地上抄了起來，緊跟著，嘴裡發出一聲呼哨，帶領著麾下弟兄，掉頭而去。

「多謝小野將軍物歸原主！」張維善唯恐小野成幸內心的感受過於輕鬆，忽然扯開嗓子高聲大叫。

「多謝小野將軍物歸原主！」依舊跟在張維善身後保持著三列縱隊的弟兄們，一邊隨著他掉頭兜轉，一邊扯開嗓子齊聲重複。不管逃命者能不能聽得懂。

「多謝小野將軍物歸原主！」

「多謝小野將軍物歸原主！」

正在周圍追殺逃散倭寇的弟兄們，也紛紛收攏坐騎歸隊。叫喊聲，一波接著一波，在曠野之中來回激盪。

他們目的達到了。

他們成功搶回了金印。

他們用自己的精神，壓垮了倭寇斥候頭目，逼著此賊主動將金印物歸原主。

他們可以回去了，現在就策馬回轉，以最快速度返回遼東，接受同伴們的欽佩和上司的褒獎。

「真的，那倭寇真的將金印交出來了。會不會，會不會弄個假的來，來金蟬脫殼？」正拚命策馬追過來的祖承志不敢相信自己親眼看到的事實，一邊繼續向李彤靠近，一邊大聲要求後者趕緊打開皮袋檢測。

「祖游擊自己看，生死關頭，倭寇未必來得及造假。」李彤想都不想，將裝著金印的皮袋子朝祖承志懷裡拋了過去，剎那間，從頭到腳，都灑滿了陽光。

自打當初在雨夜中遭到小野成幸的刺殺以來，他還是第一次，像今天這般意氣風發。最近幾個月裡所承受的種種委屈和羞辱，彷彿忽然間就洗刷了個乾乾淨淨。南京城中所發生的那些事情，在這一瞬間，彷彿也突然被他徹底拋在了腦後。雖然不可能全部遺忘，卻再也不會像一塊塊石頭般壓在他心口處，讓他連呼吸都比周圍的同齡人沉重。

他叫李彤，效仿班定遠投筆從戎的書生李彤。大明開國元勛李文忠的後人李彤。憑藉著自己的身手，來軍中奪取功名。從現在起，與南京官場再無瓜葛，與紈袴子弟四個字，也再無關聯！

「果然是真的，李千總威武！」祖承志才顧不上去留意李彤身上所發生的變化，將皮袋子迅速打開，借著頭頂上的陽光向內掃了幾眼，然後又迅速綁好，像抱孩子般緊緊抱在了自己胸前。

「李千總威武！」奉命跟著祖承志一起到奪回金印的祖氏家丁們，如釋重負。興高采烈地大聲歡呼，一個個臉上寫滿了慶幸和佩服。

在接受副總兵祖承訓指派的剎那，他們每個人幾乎都自認為此行多半兒要有去無回。雖然憑著對祖承訓平素相待之恩的感激和作為武夫的自尊，沒有表示出半點兒抗拒。但一路上所表現出來的士氣和熱情，卻絕對算不上有多高昂。

誰也沒有想到，看起來頂多二十歲上下，嘴巴上的茸毛都沒褪乾淨的兩個書生千總，居然如此輕鬆地就帶著他們完成了任務。整個過程大夥除了趕路趕得非常辛苦之外，幾乎沒付出任何代價。當然，傷亡不是沒有，但全部加起來都不到十個。比起大夥預計中的犧牲，簡直可以堪稱微乎其微。

「趕緊回村子那邊，更換了備用坐騎。然後直奔馬寨水畔！」一片熱情的歡呼聲中，李彤的臉色迅速發紅。果斷揮了下手臂，大聲提醒。「倭寇的援軍馬上就到，咱們沒有任何功夫耽擱！」

「是。」一眾祖氏家丁們齊聲答應，彷佛早已經追隨了李彤多年一般，對他的命令毫無抗拒。

「這幫孬貨，得到點兒便宜，就將舊主忘了個一乾二淨！」祖承志心中本能地湧起了幾分不舒服，但是很快，他就將這種不該有的感覺驅除出身體之外。

如果不是李彤和張維善兩個主動請纓，僅憑著他自己和這群祖氏家丁，恐怕全死在朝鮮，都不可能將金印再從小野成幸手裡奪回來。更甭提還奪得如此輕鬆。

有本事的人，就該受到弟兄們的崇拜，這是軍中最基本，也是最簡單的規則。誰都無法改變。因為只有追隨在有本事的人身後，大夥才能以最小的傷亡去建功立業，才有希望從一介大頭兵變成軍官，將領，甚至像祖承訓那樣封妻蔭子。而跟在一個沒本事的人身後，大夥只能白白地被犧牲，既流血又流淚，然後死不瞑目。

「快點兒，再快點兒，別心疼坐騎，咱們有的是備用戰馬更換。」張樹的聲音，忽然在他身後響了起來，隱隱約約，帶著幾分焦慮。

「倭寇的援兵已經到了，這麼快？」迅速從驚喜過度中恢復清醒，祖承志扭頭朝身後張望。目光透過馬蹄帶起的煙塵和草屑，正看到一大群全副武裝的倭國騎兵，迎面攔住了小野成幸的馬頭。

「好像還不到三里遠！」激靈靈打了個哆嗦，他慌忙用繩子將皮袋捆在自己胸前，然後雙腿狠狠磕打戰馬小腹。

「吁吁吁——」已經滿身是汗的戰馬，被刺激得嘴裡發出一聲嘶鳴，張開四蹄，向東北方狂奔。轉眼間，就又將速度增加到了極致。

「駕，駕，駕……」所有弟兄們，也都發現了危險臨近，爭先恐後催促壓榨出胯下坐騎的最後體力，奔向先前大夥伏擊倭寇的朝鮮村莊。一邊跑，有人還一邊不停地抬衣袖擦汗，心中的喜悅，轉眼間就變成了慶幸和震驚。

慶幸的是，大夥居然在倭寇的援軍趕來之前，就搶回了金印，並且跟那群倭寇斥候脫離了接觸。震驚的則是，剛才大夥竟然距離倭寇的援軍如此之近，差一點兒，就與後者迎面相撞。

「如果剛才那個倭寇斥候頭目沒被嚇住，不肯交出金印……」忽然間，一個古怪的設想，湧上了祖承志心頭，讓他背後的寒毛根根倒豎。

如果那樣的話，李千總到底是會帶領大夥追上去，跟倭寇斥候頭目同歸於盡？還是會放棄任務，帶領大夥無功而返？

抬頭看了看前方正帶領弟兄們加速撤離的李彤，祖承志發現，自己根本猜不出答案。

此時此刻，唯一的答案就是：

幸好沒有什麼如果。

「少爺，給咱們提供衣服的那支朝鮮義軍，派人追了過來，說可以跟咱們一道抵擋倭國追兵。」還沒等隊伍趕到先前伏擊小野成幸等人的七星峪村，家丁頭目李盛已經帶著朴七、杜杜和三個陌生打扮的朝鮮義軍將領迎了出來。

「多謝了，但是追兵來勢凶猛，咱們不能拖累朝鮮弟兄。」再一次出乎祖承志意料，膽子大到敢搶在大隊倭寇抵達前的間隙逼小野成幸交出金印的李彤，居然變得無比謹慎。想都沒想，就婉拒了朝鮮義軍的好意。

這個答案，同樣出乎朴七的意料。後者立刻滿臉沮喪地扭過頭，用更加委婉了語氣，將李彤的意思翻譯給了自己的同族。

那三名朝鮮義軍將領聞聽，心裡覺得好生失望。紅著臉，朝著李彤再度發出邀請。

「沒時間了，趕緊進村。取了備用坐騎，然後徑直向北。祖將軍在沿途留下了人馬專門負責接應咱們回遼東。」不待將朝鮮義軍將領的話翻譯成漢語，李彤搶先向所有人下令。

「是。」無論是他和張維善兩人原來所帶的弟兄，還是前幾天才被祖承訓臨時調撥給他的祖氏家丁，皆大聲領命。策馬繞過朴七和那三名義軍將領，直撲村子深處的打穀場。

「快走，倭寇的大隊馬上就會追過來，再不走就來不及了。」李彤自己，也策馬衝向村內，同時扭過頭，對著朴七等人高聲吩咐。

事實上，不用他說，那三名朝鮮義軍將領，也能看到從西南方快速湧來的煙塵。只好放棄了對「天朝貴客」的邀請，撥轉坐騎，自行逃命。

沒等他們的身影去遠，李彤、張維善兩個，已經帶著麾下所有弟兄從村子東北口衝了出來。這一回，大夥全都更換了備用坐騎，將原來的坐騎，與剩下的備用坐騎一起，空著鞍子拴在了身後。

總計不到一百騎兵，卻帶著將近三百匹戰馬。一心逃命，對手很難追趕得上。於是還沒到天黑，身後的大隊倭寇，就被甩沒了影子。而大夥的坐騎，居然還沒更換完一輪兒。借著天上的月光和星光，竟又跑出了四十餘里，才找了個僻靜的山谷歇緩體力。

「那三個義軍將領我都見過，跟幾天前給咱們提供衣服的那支義軍，的確是一夥。」擔心給李彤留下自作主張的印象，影響到將老婆孩子遷入大明安居的計劃，朴七趁著替大夥打水的機會湊上前，賠著笑臉向對方解釋。

「我知道！也相信你肯定不會胡亂領人來見我。」對朴七還有許多倚重之處，李彤也不願意寒了此人的心，沉吟了一下，笑著點頭，「但倭寇失了金印，肯定不會善罷甘休。咱們過後可以渡江返回遼東，而你這些同族，恐怕會被倭寇死死咬住不放。那樣的話，他們即便人數再多，能抵得住倭寇清剿幾輪？」

「千總……」沒想到李彤之所以不肯跟朝鮮義軍合兵一處，居然是為了不給義軍招災，朴七頓時心裡發暖，紅著眼睛躬身行禮，「千總如此慈悲，小人，小人願意為千總粉身碎骨。」

「粉身碎骨就不必了。你死了，讓我上哪找如此合適的通譯去？」明明還不到二十歲，李彤卻像個在官場打了好幾年滾兒的老江湖一般，拍著朴七的肩膀，大聲嘉許。

聞聽此言，朴七更是感動得心潮澎湃。而在旁邊偷眼看熱鬧的祖承志，則對幫自己奪回金印的年輕千總更為好奇。勉強耐著性子拖到朴七告辭離去，就非常不見外地扯了李彤袖子一把，以只有兩個人能聽見的聲音追問：「你剛才，剛才說的全是真的，只是為了不拖累那些朝鮮義軍，才不跟他們合兵一處？雖然他們幫不上什麼忙，但關鍵時刻，卻也能替咱們將追兵擋上一擋。」

「他們借給咱們衣服時，祖帥還沒渡江回國。隨時可以調頭回來撲殺他們。」李彤迅速朝周圍看了看，警惕地搖頭，「而現在，祖帥他們已經回到了遼東，而咱們手裡，還多了可以證明朝鮮國王正朔的金印。」

「你是擔心那夥朝鮮義軍見財起意！」祖承志楞了楞，滿臉難以置信，「不應該吧，此刻他們的國王也在遼東。他們拿了金印去，還能冒名頂替不成？」

「不怕一萬，就怕萬一。」李彤又朝周圍看了看，疲倦地搖頭。「況且我先前已經被朝鮮官兵追殺過一次。在回到遼東之前，哪怕是朝鮮國王和大相親自出面，我都不會跟他們聯手。免得指望不上他們的戰鬥力，還得時刻擔心他們背後捅刀。」

「這倒也是，小心駛得萬年船。」祖承志想了想，遲疑著點頭。但是在內心深處，卻對李彤的決定很是不以為然。

面對敵軍之時膽子大得沒了邊兒，面對友軍之時，反而謹小慎微。這李千總，年紀輕輕的，怎麼脾氣行事如此讓人捉摸不透？莫非他上輩子就是個文官，帶著前世記憶轉生的？還是以前吃過自己人的大虧，所以才總是在不該懷疑的時候疑神疑鬼。

帶著滿肚子的困惑，祖承志在夜裡睡得非常不踏實。以至於第二天上午趕路的時候，總是在馬背上半夢半醒。然而，到了第二天下午，他就再也顧不上打瞌睡了。兩股朝鮮劫匪從隊伍左右兩側包抄過來，如有著血海深仇般，向所有大明將士舉起了鋼刀。

「跟在我身後，保護好金印！」李彤丟下一句話，同時從馬鞍下抄起大鐵劍，策動坐騎，直奔正在快速合攏的兩股朝鮮劫匪。修長的手臂凌空橫掃，如秋風掃枯葉般，將最靠近自己的兩名朝鮮劫匪從馬背上掃了下去。

「跟上，除非你死了，不准丟下金印！」張維善策馬從祖承志身邊超過，手中鐵鞭揮出了一道黑影。將試圖從側後偷襲李彤的一名劫匪，給砸了個筋斷骨折。

「跟上，別掉隊，不用你出手。只要跟緊了就好！」張樹揮舞著戚刀第三個從他身邊衝過，招式詭異得就如一條銀蛇，所過之處血光四濺。

「祖游擊，跟在隊伍中間走。以快打快，劫匪再多也不管用！」唯一還對祖承志保持著尊敬的，只有家丁頭目李盛。一邊高聲向他通報即將採取的戰術，一邊揮舞長槍，將從側面貼上來的劫匪捅了個透心涼。

「跟上！」

「跟上！」

「前鋒營的弟兄們，跟上。直接殺穿他們！」

「讓他們看看什麼才是真正的騎兵！」

……

李澤、張洪生、老何等人，各自帶著身邊弟兄，如飛而過。以自家千總為前鋒，將兩支劫匪隊伍，從即將交匯處硬生生撕開一道寬闊的豁口。

「跟上去，別給祖帥丟人！」有股屈辱的感覺，迅速從腳底湧到頭頂，祖承志扯著嗓子大聲咆哮。

論年齡，他是李彤和張維善兩人年齡加起來之和。論戰鬥經驗，他也是後兩者的十倍甚至更多。

然而，最近幾天，他卻先被「手把手」教了一回如何用兵，隨後又被「手把手」地教了一回，什麼叫做英勇！

「跟上去！」

「殺穿他們！」

「跟上……」

同樣倍感屈辱的，還有那些來自祖承訓帳下的家丁們。他們以前個個自認為勇冠三軍，然而，此次時刻，他們卻發現自己一向引以為傲的勇氣，在兩個投筆從戎的兩個書生面前，根本不夠看。那兩書生自打朝鮮叛匪出現的那一瞬，就已經果斷舉起了手中的兵器。那兩倆書生彷彿根本察覺到從兩翼包抄而至的朝鮮叛匪足足是自己這邊的二十倍，就毫不猶豫地發起了強突。

俗語有云，知恥而後勇。當一群老兵油子因為不甘心讓自己眼裡的菜鳥捨命為自己開路之時，所爆發出來的戰鬥力，瞬間就翻了一番。所有祖氏家丁大吼著揮刀，朝著從側面撲過來的朝鮮叛匪猛砍。凡是敢靠近他們的叛匪兵將，皆被亂刀斬落於馬下。

第一波上來的朝鮮叛軍很快便被殺得魂飛膽落，凡是僥倖沒有戰死者，也努力拉緊了坐騎韁繩。任來自身後的號角聲催得再急，都不肯繼續向大明勇士的隊伍靠近。而以李彤、張維善、張樹三人為先鋒的大明勇士，則如同洪流般從硬砍出來的缺口衝了過去。兩百餘匹空著鞍子的戰馬緊跟在隊伍之後，搖頭擺尾，對來自兩側的威脅不屑一顧。

「放箭！」督戰的朝鮮叛軍主將李爾由氣急敗壞，從身邊親信手中搶過一張騎弓，帶頭向明軍隊伍前方射去。恨不得一箭將隊伍最前方那個大明將領射下馬來，以挫對明軍士氣。

「嗖嗖嗖嗖……」此人周圍的親信沒膽子策馬去封堵大明勇士去路，也紛紛從馬鞍下取出騎弓，隔著三、四十步遠，朝著勇士的後背和馬腹亂射。

這一招看似高明，實際效果卻微乎其微。

騎弓有效射程原本就只有五十幾步，倉促射出的羽箭，被呼嘯而來的秋風一捲，沒等追上大明勇士的背影，就紛紛失去了力道，墜落於地。零星幾支僥倖射中了空著鞍子的戰馬，令可憐的畜生大聲悲鳴。然而，草食動物的合群本能，卻使得戰馬只要還有力氣奔跑，就堅決不肯掉隊，一路落著鮮血越跑越遠。

「追過去，用鐵炮，用鐵炮招呼他們，無論如何，都必須留下金印！」朝鮮叛軍主將李爾由不甘心失敗，咆哮著下達第二道命令。

已經被大明勇士甩開了五、六十步的朝鮮叛匪聞聽，一個個竟如蒙大赦。紛紛放緩馬速，目送自家隊伍中的鐵炮手們單獨追了上去，在顛簸的戰馬上瞄著大明勇士的後背開火。

這一招，效果還不如亂箭攢射。準頭只有五、六十步左右的劣質火繩槍，在顛簸的馬背上開火之後，竟無一彈命中。反而讓大明勇士的戰馬受到了驚嚇，張開四蹄，一匹匹跑了個風馳電掣。

「這群不知道感恩的白眼狼，回去遼東之後，老子定然要其那個愛哭國王好看。」不多時，火繩槍聲也漸漸奚落。祖承志氣得滿臉鐵青，啞著嗓子大聲發誓。

「他們既然連金印都敢搶，眼裡哪還有朝鮮國王。」有驚無險地衝破並擺脫了朝鮮叛軍的夾擊，百總張洪生談興大起，回過頭，大笑著提醒。「要我說，這沒準兒又是那個叫什麼君的高麗王子搗的鬼。他爹要是死在了大明，他正好在倭寇的支持下做朝鮮偽王。」

「那可不一定！」祖承志雖然在路上經常無意識地拿捏身份，但是現在，卻越看越覺得周圍的「菜鳥」們順眼，搖搖頭，非常耐心地反駁，「坊間一直有傳言，說朝鮮跟倭寇是假打，想要聯手將大明精銳騙到朝鮮境內，一舉全殲。然後再合兵一處，瓜分大明江山。老子原本還有些不信，現在看來，傳言可能未必就是空穴來風。」

「即便不是跟倭寇聯手，朝鮮王父子兩頭下注，也是事實。」百總祖寶皺著眉頭，甕聲甕氣地附和。

周圍的祖氏家丁紛紛點頭，都覺得祖承志和祖寶兩人的猜測很有道理。否則，大夥非但無法解釋清楚今天為何朝鮮義軍忽然就變成了叛匪，更無法解釋清楚，半個多月前在平壤城內忽然射向明軍背後的那場箭雨。

想到當日大夥曾經遭受到的背叛，眾家丁看向隊首李彤的目光，就愈發充滿了佩服。就在一日之前，他們當中許多人還覺得，年少的千總勇則勇矣，心性卻過於多疑。居然連曾經借給自己衣服的朝鮮友軍都要防備。而現在，血淋淋的現實卻告訴他們，並非少年千總多疑，而是大夥剛好了傷疤就忘了疼。

「整隊，跟上我！」正當他們滿懷感激地，想要向李彤表示一下敬意之時，忽然間，又看到後者將血淋淋的大鐵劍舉過了頭頂。「錐行陣！鑿穿他們！」

「鑿穿他們！」眾家丁齊齊打了個冷戰，隨即大吼著將兵器舉了起來，再度策馬加速。

正前方兩百步外，又有兩隊朝鮮叛匪狂奔而至。如同一群發了瘋的野猪般，竟然打算正面攔截奔馳的馬群。

這是一種玉石俱焚的戰術，即便能成功將明軍隊伍攔下，擋在隊伍正前方的那些朝鮮叛匪，也有一大半兒會被戰馬撞翻在地，然後被敵我雙方的馬蹄踩成肉醬。然而，帶隊的叛匪頭目金永健，卻絲毫不拿手下弟兄的性命當回事兒。竟然趕在明軍的第一匹戰馬殺至之前，繼續用刀子逼著叛匪們用身體和坐騎，將正對著明軍前鋒的位置加厚，加固，一層又是一層。

「跟上我！」眼看著距離叛匪越來越近，近到已經能看到對方眼睛裡的絕望。李彤嘴裡，忽然又爆發出一聲斷喝，左側膝蓋同時抬起來狠狠頂了一下胯下戰馬的脖頸。

「吁吁吁吁——」百裡挑一的遼東良駒吃痛，嘴裡發出一聲長嘯。身體騰空而起，忽然來了個斜轉。緊跟著，下落的前蹄，直接踩向攔截者隊伍的左翼。

「啊——」「呀——」「小心——」雜亂的驚呼聲此起彼伏，正在僥倖自己沒被逼著堵正面的朝鮮叛匪們，本能拉動坐騎閃避。而李彤手中的大鐵劍，卻搶在馬蹄落地的瞬間向斜前方掃了過去，將兩名叛匪連人帶馬，一並砸了個筋斷骨折。

「死開！」張維善和張樹兩個緊跟著他轉向，鐵鞭和戚刀翻飛，將另外兩名叛匪掃落塵埃。李盛、李澤、張洪生等人快速跟上，如兩道劍刃般，將各自身邊的叛匪挨個放倒。

叛軍頭目金永健努力打造出來的人肉城牆，如奶酪一樣，沿著中央偏左兩丈遠的位置向內塌陷。最厚實處的叛匪沒發揮半點作用，眼睜睜地看著高速飛奔而來的明軍，撞進了自家左翼。而先前僥倖被自家主將安排於人肉城牆左翼的叛匪們，則被一排接一排撞爛，一排接一排分崩離析。

馬蹄交錯，鮮血和碎肉四下飛濺。在瀲灩的秋光中，繽紛宛若落英。

第二十四章　孤軍

「擋住他，擋住他，回去之後每人發二兩白銀，十畝水田！」沒想到自己精心布置的亡命大陣，居然如此不堪一擊。叛匪頭目金永健惱羞成怒，揮舞著寶劍，逼迫自己的親兵上前封堵衝陣者的去路。

「攔住他，攔住他，李將軍馬上就能追過來，前後夾擊！」另外一個叛匪頭目崔懷勝，也氣急敗壞，啞著嗓子高聲鼓舞士氣。

他說得乃是事實，雖然朝鮮叛匪大將李爾由被明軍遠遠甩在了身後，但是，只要豁得出去將戰馬活活累死，此人用不了太久，就能帶領大軍追上來。而他和金永健兩人，只要將明軍拖在這裡一刻鐘，也許就能徹底鎖定勝局，留下金印。

金印必須留在朝鮮。這一點，無論是奉命組織義勇拚死抵抗的光海君，還是已經被手下人「脅迫」投靠了日本的臨海君，如果得知情況的話，都會舉雙手雙腳贊同。做為朝鮮幾大世家之一的崔氏，也早就認識到這一關鍵。作為崔氏最聰明的小少爺，崔懷勝則更進一步，巴不得能將金印搶在自己之手。

他足夠果斷，也足夠聰明。只可惜，他高估了自家麾下嘍囉的勇氣，也低估了祖承志的戰鬥經驗。發現自家左翼已經崩壞在即，那些被金永健逼著上前封堵明軍去路的嘍囉們，叫嚷得一個比一個聲大，卻誰都不肯去擋李彤的馬頭。只敢從兩側尋找機會下手偷襲。而急於雪恥的祖承志，則敏銳地發現了朝鮮叛匪色厲內荏，扯開嗓子大喊了一聲「擒賊擒王」，脫離隊伍，直撲金永健本人。

「擒賊擒王！」至少有一半兒以上祖氏家丁揮舞著兵器響應，隨即撥轉坐騎，緊緊跟在了祖承志身後。他們這樣做令明軍的隊伍迅速一分為二，氣勢大不如前。然而，他們同時也打了朝鮮叛匪一個措手不及。

那些巴不得遠離戰團的朝鮮匪徒們，短時間內，根本來不及彼此配合。只能大聲叫囂著各自為戰。而單打獨鬥，祖承志卻從沒害怕過任何人。一刀一個，將試圖阻擋自家去路的匪徒砍下馬背。

「擋我者死！」又三名朝鮮騎兵擋在了馬頭前，祖承志奮力揮刀，抹斷一其中人的脖頸。然後借著戰馬奔跑的速度手臂斜揮，像割莊稼般，將另外一名朝鮮叛匪掃落於地。第三名與他快速接近的叛匪，生著一副女人面孔，膽子也小得可憐。見自家袍澤接連戰死，慘叫一聲，主動拉偏坐騎讓開去路。

「去死！」祖承志卻不領情，俯身揮刀回抽，在女人面孔的大腿根兒處抽開一條半尺寬的傷口。剎那間，血落如瀑。生著女人面孔的朝鮮叛匪再也控制不住坐騎，慘叫著從戰馬身側栽落。

「不想死就快點兒讓路！」三十多名祖氏家丁，沿著祖承志開闢出來的「岔路」快速向前推進。

同時將從側面擠壓過來的朝鮮叛匪挨個斬於馬下。嚴重缺乏訓練，士氣也極度低落的朝鮮叛匪們，被砍得紛紛撥偏馬頭，轉眼之間，就將「岔路」也變成了一條血肉通道。

「攔住他，攔住他！」忽然發現有一隊大明勇士馬上就要殺到自己面前，正努力組織親信堵截李彤的叛匪將領金永健被嚇得魂飛天外，連忙將寶劍指向祖承志，臨時調整部署。

這一下，可是徹底亂了自家陣腳。那些原本就不願意衝到李彤身邊送死的朝鮮叛匪精銳，聽到命令之後果斷改變方向，撲向祖承志。而靠近祖承志身側的叛匪嘍囉，卻正被逼得努力朝李彤所在位置閃避。兩種懷著不同目的的朝鮮騎兵無意間撞在了一起，你擠我，我推你，像下餃子一般紛紛從馬背往地上掉。

「千總，與其這樣離去，不如給朝鮮人來一記狠的。」護衛在李彤身側的戚家軍老兵李樹經驗豐富，發現敵軍陷入混亂，且祖承志距離敵軍主將已經不足三丈遠，立刻扯開嗓子高聲提醒。

這個建議，有些主次不分。無論當下官職，還是在臨時隊伍中所擔任的角色，大夥都應該以李彤為主才為妥當。然而，剛剛做了不到一個月千總的李彤，卻還沒來得及學會爭權奪利。扭頭迅速向周圍看了看，確信張樹的提議的確可以收到奇效，果斷拉偏了馬頭，「弟兄們，跟著我，擒賊擒王！」

「跟上千總，擒賊擒王！」已經有些後悔的張樹，暗暗鬆了口氣，高舉著戚刀大聲重複。

「跟上千總，殺了那個帶隊的朝鮮狗官！」李盛、李澤、老何、張洪生等人齊聲響應，將自家千總的命令，迅速傳入所有弟兄的耳朵。

「擒賊擒王！」「擒賊擒王！」已經將朝鮮騎兵左翼殺穿的大明勇士們，跟在自家千總李彤身後快速調整方向，從側面撲向手忙腳亂的金永健，令朝鮮人的情況雪上加霜。

「擋住，擋住他們。李將軍馬上就到！」叛匪頭目崔懷勝被逼無奈，只好親自帶著家將上前迎戰。同時聲嘶力竭地鼓舞麾下爪牙士氣。

「擋住他們，擋住他們，咱們這邊人多！」眾崔氏家將不敢讓自家少爺戰死，硬著頭皮一擁而上。同時大喊著互相壯膽兒。

「不想死就讓路！」李彤揮動大鐵劍，將距離自己最近的朝鮮匪徒打得從馬背上倒飛出去，不知去向。另外一名朝鮮匪徒被嚇了一跳，手上的動作明顯遲滯。張維善毫不客氣揮動鐵鞭，將此人面門砸了個稀爛。

二人已經不是第一次這樣配合，所以每個動作，都熟練得宛若行雲流水。硬著頭皮上前交戰的崔氏家將們，被殺得顧此失彼。全憑著人多，才勉強不至於崩潰得過於迅速。

然而，跟在李彤身後的李盛，卻依舊嫌對手太耽誤自家少爺功夫。趁著沒人注意自己，悄悄將鋼刀插入刀鞘，順勢從馬鞍下取出一張騎弓。隔著不到三丈遠，彎弓搭箭，一箭正中敵將崔懷勝眼窩。

「啊——」瞪圓了眼睛尋找機會準備偷襲李彤的崔懷勝，嘴裡發出一聲慘叫，身體晃了晃，迅速落下馬背。

「少爺！」

「少爺中箭了！」

「保護少爺！」

……

崔氏家將們再也不顧上攔阻李彤，爭先恐後拉偏坐騎讓開去路。然後冒著被大明勇士追上砍死的風險，抄起昏迷不醒的自家少爺，倉皇遠遁。

這一跑，導致整個左翼分崩離析。沒人再敢上前跟李彤和張維善兩個交戰，沿途所有朝鮮匪徒像受了驚的螞蚱般四散奔逃。

「擋住他們，每人二十兩銀子！回去就兌現。匪徒的頭目金永健也沒膽子留在原地接受兩股明軍的夾擊，嘴裡發出一聲嚎哭，撥轉戰馬，落荒而走。

「留下他！」李彤跟此人還隔著兩三丈遠，來不及追趕，扭過頭，朝著李盛大聲吩咐。

「遵命！」已經將騎弓對準了敵將後背的李盛，高聲答應。隨即迅速拉動弓箭，「嗖嗖嗖——」三箭連珠。

其中兩支因為馬背顛簸偏離目標，不知去向。最後一支，卻正射中敵將胯下的馬臀，瞬間深入盈寸。

「吁吁吁——」戰馬吃痛不過，悲鳴著上竄下跳。原本騎術就非常稀鬆的金永健尖叫著在馬背上搖晃，起伏，然後轟然墜地。

「趕緊去死！」祖承志恰恰策馬追到，俯身，揮刀，海底撈月。刀光過處，撈起一顆血淋淋的人頭。

顧不得撿敵將的首級搶功，下一個瞬間，他努力調整坐騎，同時將面孔轉向李彤，「千總，敢不敢殺朝鮮人一個狠的，讓他們以後見了咱們就打哆嗦。」

「李某正有此意！」李彤大笑著回應，也果斷拉轉馬頭，朝著亂做一團的朝鮮騎兵衝去，所過之處，如入無人之境。

「弟兄們，殺光這群忘恩負義的狗賊！」張維善毫不猶豫跟了上去，同時高高地舉起了手中鋼鞭，大聲呼喝。

「殺光忘恩負義的朝鮮狗賊！」張樹、李盛等人，齊聲重複。隨即策動坐騎，緊緊地跟在了兩位年輕的千總身後。

「殺光朝鮮狗賊！」無論是張、李兩家的家丁，還是選鋒營的弟兄，都咆哮著跟上。刀劍齊揮，將朝鮮叛匪一排接一排砍下馬背。全然忘記了，他們這邊的總兵力尚不如敵軍的五分之一。

「游擊……」幾名祖氏家丁策馬從祖承志身邊衝過，扭過頭，滿臉不安地向後者請示。

金印已經奪回，祖承志回到遼東之後，官復原職肯定是板上釘釘。所以此時此刻，儘管他們非常希望，能跟在李千總身後殺個痛快，卻不得不考慮自家游擊將軍的面子問題。

事實證明，他們的擔心純屬多餘。正在策動戰馬追趕李彤腳步的祖承志狠狠瞪了照顧自己情緒的家丁一眼，厲聲斷喝：「游個屁擊？老子現在是一名大頭兵！趕緊去給千總幫忙，殺到這群朝鮮人知道怕字為止。」

「是。」家丁們興高采烈地答應一聲，策馬加速，轉眼間就跟上了選鋒營弟兄的腳步，與大夥一道，將朝鮮匪徒殺得人仰馬翻。

祖承志自己也衝了上去，揮刀接連砍翻了數名慌不擇路的朝鮮匪徒。但是，很快，他就徹底失去了繼續砍殺弱雞的興趣，拉動坐騎跑上附近的一處土丘，開始替弟兄們觀察追兵動靜。

先前被他們甩掉的那支規模龐大的朝鮮騎兵還沒有追過來，周圍的目光可及處，也發現成規模軍隊移動所帶起的煙塵。不停地有戰馬朝各個方向狂奔而去，馬背上的朝鮮匪徒個個盔斜甲歪，汗流浹背。

如果取下身後的騎弓，祖承志有把握像「摘」桃子一般，將大部分漏網之魚射落於地。然而，他卻沒有動手，只是望著漏網之魚們倉皇逃竄的身影冷笑著搖頭。

沒有斬盡殺絕的必要，我軍和敵軍數量相差過於懸殊，也沒有將所有匪徒殺光的可能。這當口，最重要的是，在匪徒們的心裡種下一顆顆恐懼的種子，讓他們將種子帶回去，慢慢在匪徒的隊伍中生根發芽。

恐懼像瘟疫一樣，能夠在同類當中快速傳播。

祖承志可以預見，今天從戰場上逃走的朝鮮匪徒，日後在戰場再遇到明軍，腿肚子肯定立刻開始發軟。而那些聽聞了明軍「凶猛」之名的朝鮮匪徒，日後再被長官帶著與大明為敵，心中就會立刻犯起嘀咕。

如果身後那支追兵，能收容十個以上從眼前戰場逃走的朝鮮匪徒，其軍心肯定就會受到影響。如果有五十個以上倉皇逃命的匪徒，被身後那支追兵收留。其追趕速度和追趕的決心，都有可能會大幅下降。

畢竟，戰鬥都需要由士卒來完成。主將再悍不畏死，再足智多謀，都不可能如古書上那樣單槍匹馬橫掃千軍。當麾下大部分士卒都對被追殺對象心懷畏懼，如果為將者還不主動放棄，等同於給被追殺目標送人頭。

「這傢伙才多大，怎麼也懂這些？」忽然間心中升起一股好奇，祖承志迅速將目光轉向戰場深處，努力去尋找那個熟悉而又陌生的身影。

從十八歲投軍謀取功勞，到三十八歲做到游擊。他自己絕對算得上身經百戰。所以懂得多一些，絲毫不值得大驚小怪。可李彤和張維善兩個還不到二十歲年紀，怎麼會跟他這個沙場老將一樣經驗豐富？

下一個瞬間，祖承志就找到了正確答案。十餘名來不及落荒而逃的朝鮮匪徒大叫著轉身，試圖憑藉人數優勢，掉頭反咬。李彤和張維善兩兄弟不慌不忙接下了來自正對面的反撲，張樹、李盛、李澤和張洪生等人從側面殺上去，將其餘朝鮮匪徒像砍瓜切菜般斬下坐騎。

「原來是戚爺爺帳下的虎賁在幫他們。怪不得年紀輕輕，就敢學古人投筆從戎。」滿臉羨慕地點了點頭，祖承志迅速將目光轉向別處。

由於朝鮮匪徒已經潰不成軍，大明勇士的隊伍，也一分為三。其中一個最大的，仍然以李彤為鋒，繼續碾壓敢抱團取暖的殘匪。另外兩支規模在二十人左右的，則在兩名百總的帶領下，從東西兩個方向，對其餘匪徒進行清場。殺掉匪徒當中膽敢掉頭反咬和停在原地哭喊求饒者，對撒腿逃命者不屑一顧。

「還真是什麼將，帶什麼兵！」臉上的羨慕快速變成了欣賞，祖承志笑著再度點頭。

在遼東，每一位成了名的將領，都會有自己獨特的戰鬥風格。而將領們的風格，也會迅速影響到麾下大部分親信。就像他的族兄祖承訓，素來喜歡帶頭衝鋒陷陣。於是，前鋒營中百總、千總們，打起仗來就個個都悍不畏死。而李如松的弟弟李如梅，則喜歡用計策誘騙對手上當，然後再給予必殺一擊。於是乎，李如梅麾下的百總、千總們，在作戰時就陰招迭出，不到萬不得已，堅決不會跟敵人硬碰硬。

「雖然他也姓李，但跟遼東李家那哥幾個，卻不太一樣！」又快速向李彤掃了一眼，祖承志心頭再度湧起一團疑雲。「不是出自遼東李氏，怎麼一來遼東就能做上千總？並且身邊還有戚少保麾下的虎賁做家丁？莫非他們兩個出身非同一般？莫非那套投筆從戎的說法是真的？既然家世顯赫，又何必來戰場上謀取功名？這都什麼年月了，大明居然還有不怕死，敢親自拎著兵器上戰場上的書生？」

這回，他沒找到任何答案。

兩個年齡加起來都沒他一個人大的書生千總，揮舞著兵器，將最後一股朝鮮匪徒驅散。隨即，帶著滿身的陽光，策馬向他所在的土丘衝來，遠遠地朝他舉起了手臂，「走了！祖游擊。趁著天還沒黑。」

「走啦！早點兒返回遼東，大夥心裡都落個踏實。」一群渾身是血的漢子跟上來，學著李彤和張維善的模樣，朝祖承志揮舞手臂。

其中一大半兒都是祖氏家丁，然而這一刻，他們卻彷彿已經忘記了各自的身份，跟在兩個少年千總背後亦步亦趨。

「來了！」剎那間，祖承志心中的疑雲，被陽光驅散。策馬衝下土丘，加入隊伍，與所有人一道，重新踏上歸途。

「快走，快走，去向大人和鞠將軍彙報。」發現明軍沒有尾隨追殺，一個已經跑出了四里多遠的朝鮮騎將[注二十四]忽然良心發現，哆嗦向一道逃命的同伴提議。「我等吃了敗仗，沒臉去見臨海君大人。姜將軍可以自己去，我等分頭整頓殘兵，以便今後雪恥。」幾個騎將皺著眉頭互相看了看，然後丟下一句硬邦邦的話，果斷策馬與此人分道揚鑣。

「你們，你們這樣走了，怎麼對得起臨海君殿下？」姜姓騎將被同伴們的冷酷弄得好生惱怒，揮舞著兵器大聲譴責。

沒有人回應他的話，剛剛死裡逃生的將領們只管策動坐騎越跑越遠，任他如何呼喚都堅決不再回頭。

的確，他們都是朝鮮李氏的臣子，有義務跟自家主公臨海君生死與共。也明白臨海君投靠倭寇，未必不是在效仿「程嬰獻孤」注二十五。可今日的戰鬥，卻讓他們認識清楚了一個血淋淋的事實。那就是，明軍的戰鬥力，遠在倭寇之上，更是讓朝鮮各路兵馬望塵莫及。照這種情況推算，倭寇即便挾傾國之力而來，也肯定不是明軍的對手。被趕回老巢是早晚的事情，根本不存在什麼懸念。而既然雙方勝負不存懸念，朝鮮君臣兩頭下注的行為，就徹底變成了一個笑話。所有追隨在臨海君身後投奔倭寇者，如果不趕緊改換門庭，最後恐怕都落不到什麼好下場。

「呸！區區一支孤軍而已，居然能將你們嚇沒了膽子。」自以為聰明的姜姓騎將，對戰局走向的推測，卻沒有同伴那般清醒。見大夥全都不肯理睬自己，氣得狠狠朝地上吐了一大口唾沫，撥轉坐騎徑直向東。

他要去的地方叫寧邊，距離戰場其實只要四十多里路程。豁出去他自己和胯下坐騎的小命兒全力飛奔，天剛剛擦黑，就已經衝進了城門洞。

「姜將軍，你怎麼一個人回來了？是奉命回來送捷報嗎？」

「弘立兄，你回來了？戰果如何？」

「金永健將軍和崔懷勝千戶呢，他們兩個去哪了？」

……

注二十四、騎將：又名騎士將。朝鮮軍中武職，位居千總之下。

注二十五、程嬰獻孤：戰國時期趙氏蒙冤，仇家要斬草除根。趙氏門客程嬰就拿了個假嬰兒獻給了仇家，遭到世人唾棄。但趙氏孤兒卻因此逃過一死，最後成功復仇。

當值的城門將和幾位百戶，都是他的老熟人兒。黑暗中看不出他的狼狽模樣，紛紛圍攏上前，熱情地打招呼。

「戰死了，金將軍和崔千戶都戰死了。快帶我去見殿下，明將異常凶猛，光靠著李爾由的兵馬，即便追得上他們，也未必能留他們得下！」

「什麼！不是說他們只有區區一百人嗎？」

「怎麼可能，李將軍麾下可是有足足兩千騎兵！」

「怎麼會這樣？他們，他們難道都刀槍不入？」

……

當值的城門將和眾百戶們大驚失色，一邊七嘴八舌地嘀咕著，一邊簇擁起回來報信兒的姜弘立朝臨海君的行轅狂奔。

雖然做了倭寇的提線皮偶，臨海君的行轅內，卻依舊保持著足夠的奢華。手指頭粗細的蜜蠟從大堂門口兒，一路點到帥案。讓所有人都能清楚地看到，前來報信者那滿身的血污和泥漿。

「殿下，金永健將軍戰死。明軍已經翻過小香山，奔安遠堡方向去了。」頂著一長串嫌棄和質疑的目光，拚死趕回來彙報噩耗的姜弘立雙膝跪地，放聲嚎啕。

「嗯，孤知道了。」被倭寇第二陣主將加藤清正推出來代替朝鮮國王行使權力的臨海君從帥案後低下頭，看了滿身泥漿和血污的姜弘立一眼，淡然回應。彷彿剛剛睡醒，記不起來金永健是哪個，也跟那支剛剛毀在大明勇士刀下的朝鮮匪軍，沒任何關係一般。

姜弘立的哭聲，戛然而止。他錯愕地抬起頭，盯著燭光下的臨海君，語無倫次：「殿下，金將軍對殿下一向忠心耿耿……」

「你說的是誰，金永健？怎麼會是他？不可能，這不可能！」臨海君忽然從帥案後站了起來，紅著眼睛大聲抗議。「他那麼好的身手，用兵又素來謹慎小心。他，他怎麼可能死在明軍手裡，你看錯了，你肯定看錯了。來人，把他給孤拖出去，孤不想再見到他。」

「殿下，你醒醒！金永健將軍戰死了，傳國金印也沒能奪回來。」沒想到自己冒死效力的，居然是這樣一個貨色。姜弘立忍無可忍，跳起來大聲提醒，「您現在需要帶領我等給金將軍報仇，拿回金印，然後在加藤大將軍的支持下，重整三千里河山！而不是為金將軍哭喪。」

「對，對，報仇，報仇！」臨海君打了個哆嗦，連連點頭。一不小心，眼淚就滴滴答答掉了滿地。

「殿下最近幾天生病，原本就昏昏沉沉。他又天性仁厚，乍一聽聞金將軍的死訊，難免精神恍惚。」寧邊府大總管鞠景仁無奈，只好主動站出來，替臨海君解釋。

隨即，又迅速將目光轉向東西兩班文武，皺著眉頭補充：「各位同僚，既然殿下身體有恙，咱們不如先送殿下回後宅歇息。報仇之事，待殿下走了之後再仔細商議。」

「理應如此。」

「大總管此言甚是。」

「殿下身體有恙，的確不應操勞過度。」

「殿下……」

眾文武紛紛點頭，誰都不肯出面反對鞠景仁的提議。

他們倒不是畏懼鞠景仁的權勢，而是一時半會兒無法弄明白臨海君今天是真的被接踵而至的壞消息給嚇傻了，還是借機裝瘋。所以，一個個乾脆聽之任之。

反正當初「劫持」臨海君和大夥投靠倭寇第二軍團主將加藤清正的，正是鞠景仁。黑鍋背一個是背，背兩個也是一樣輕重。

「來人，速速送殿下回後宅。」鞠景仁要的就是這種效果，皺著眉大喝一聲，催促親衛將裝傻充楞的臨海君送走。卻不待後者的腳步聲去遠，就快速走到帥案之後，在臨海君的位置上，大馬金刀地坐直了身體，高聲向姜弘立吩咐：「你仔細說一遍，這仗到底怎麼輸的？密報上說，明軍不是一支孤軍嗎？他們究竟有多少人？居然能將一個營的勇士殺得大敗？其他將領呢，怎麼只有你自己逃了回來？」

「李，李大將派人傳令，要求金將軍帶著，帶著我們去圍殲明軍。」被鞠景仁囂張跋扈的動作，嚇得暗中打了個哆嗦，姜弘立的聲音，迅速變得又粗又啞，「但是崔千戶以為，區區一百明賊，不值得兩路大軍同時前去圍攻，就故意讓大夥走得慢了一些，然後……」

「該死！」鞠景仁以手拍案，怒不可遏，「崔懷勝呢，他哪裡去了，來人，速速抓他前來見我。」

「崔，千戶也戰死了。被明賊用弓箭射中了眼眶。」姜弘立又打了個哆嗦，心中忽然好生後悔。

第二十五章 圍獵

後悔藥向來無處可買。

既然選擇了回來彙報戰況，他就只能將戰鬥的整個經過，老老實實地陳述清楚。雖然帥案後向他詢問戰況的，早已不是他所效忠的臨海君。雖然，他心裡已經明確知道帥案後的那個人，有可能會將他和他背後的整個家族拖入深淵。

「兵法上有云，歸師勿遏。金永健是自己找死，怪不得別人。」相比於臨海君的瘋瘋癲癲，鞠景仁明顯要理智且沉穩甚多。皺著眉頭聽完姜弘立的彙報之後，忽然笑了笑，大聲點評。

「總計一百多人馬，怎麼可能稱得上是歸師？」姜弘立楞了楞，在自己肚子裡小聲嘀咕。

朝鮮的貴胄之家全以族中子弟能說漢語，寫漢字為榮。作為前年的新科進士，他當然知道「歸師勿遏」這四個字，出於《孫子兵法》中的名篇。然而，白天時他們所試圖堵截的那支明軍，全部加起來頂多也就一百出頭，金永健麾下兵力是這支明軍的十好幾倍，怎麼可能不試圖將其攔下，卻去考慮什麼歸師勿遏？

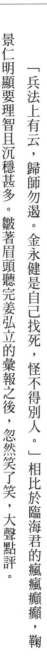

然而，嘀咕歸嘀咕，他卻沒勇氣當著這麼多人的面兒，反駁寧邊大都督鞠景仁的結論。原因很簡單，後者既然敢坐在屬於臨海君的位置上發號施令，就不可能是無心之舉。這種時候，任何人站出來跟此人唱反調，肯定會被當做出頭椽子，直接劈成碎柴以儆效尤。

好在寧邊大都督鞠景仁對戰事的點評，也只是做做樣子。見他久久不再說話，便當他是默認了自己的結論。笑了笑，將目光迅速轉向了左側第一位置站立的兵馬節制使鄭凱成：「鄭節制，如今寧邊、定州、安州三地，還有多少兵馬可供調遣？」

「回大總管的話，寧邊如今還有一萬五千官軍，定州和安州兩地的兵馬，加在一起也有近萬人。」兵馬節制使鄭凱成的胸口，像堵了狗屎一樣難受，卻不得不邁步出列，老老實實地向帥案後高聲彙報。

「居然還有這麼多，忠心是否可靠？」鞠景仁故作驚訝地瞪圓了眼睛，大聲追問。

「這……」鄭凱成不知道該如何回答才好，猶豫再三，方小心翼翼地解釋道：「寧邊城內，原本都是大都督您的本部，忠心自然可靠。但定州和安州兩地的兵馬，原本都是抗倭的義勇。先前，恰奉臨海君殿下之命，向倭，向日本人輸誠，已經令軍心大亂，多虧了大都督您派去的人鎮壓果斷，才不至於釀成大禍。如果再帶著他們去與大明為敵……」

「你不用管老夫怎麼用兵，就告訴老夫，他們能不能拉得出去就行了！」鞠景仁拍了下桌案，很是不滿地打斷。

「拉，拉自然是拉得出去。但，但未必能夠上陣野戰。」鄭凱成猜不出鞠景仁除了想要將臨海君架空之外，還有什麼其他企圖。斟酌了片刻，結結巴巴地給出答案。

「嗯，能拉出去就行，至於作戰，倒也用不到他們。」鞠景仁手捋鬍鬚，輕輕點頭。隨即，又將目光轉向右側首位的寧邊府尹兼兵馬防禦使金悌男，「金府尹，先前陣亡的金聖強和今天陣亡的金永健，都是你的族人吧？你可願意帶兵替他們兩個復仇？」

「如果有機會，老夫寧願先將你這鵲巢鳩占的賊子幹掉！」寧邊府尹兼兵馬防禦使金悌男心中大罵，卻不得不硬著頭皮出列，恭恭敬敬地回應：「正是。多謝大都督，本官恨不得現在就領軍出征，將那夥明賊碎屍萬段！」

「碎屍萬段就不必了，你只要帶一哨騎兵抄近路前往鴨綠江畔，占住靠近義州的那幾個主要渡口即可。野戰不行，以十倍兵力死守渡口，你總不至於再輸。」

「若是明，明賊不做強攻，掉頭前往他方該如何應對？」金悌男心裡又恨又怕，硬著頭皮提出疑問。

「你只要讓他們沒辦法立即渡江，便是大功一件。老夫會敦請加藤元帥，由他派遣精銳武士，前來助戰。與老夫一道，將那夥明賊挫骨揚灰。」寧邊大總管鞠景仁笑了笑，故意將加藤元帥四個字，說得格外大聲。

左右兩廂的朝鮮文臣武將聞聽，心裡齊齊打了哆嗦，一個個既不敢言，又不敢怒。卻都清楚地意識到，如果先前「劫持」臨海君投倭的行為，還有些半推半就的話，現在的鞠景仁，則是準備弄假成真，甚至準備隨時取而代之。

「陛下對鞠某有知遇之恩，鞠某沒齒難忘！」自古以來賣國求榮之輩，都非常擅長給自己的行為找理由，寧邊大都督鞠景仁也是一樣。見同僚們都被自己壓制得不敢作聲，乾脆將心中的想法「坦然相告」，「然而陛下一面向大明求援，一面安排臨海君與加藤元帥虛與委蛇之舉，卻大錯特錯。大明對陛下親如慈父，陛下暗地裡尚以小人之心待之。他日萬一陛下復國，我等這些曾經奉命以身事倭者，豈有活著的道理？恐怕身敗名裂都是僥倖，弄不好，身後的家族都要跟著灰飛煙滅。」

「陛下何時命令你劫持臨海君殿下投倭了，分明是你花言巧語，騙了臨海君殿下，現在見他心生悔意，又逼迫我等與你同流合污。」站在鄭凱成身側的虞侯張國良忍無可忍，站出來，指著鞠景仁鼻子大聲揭露。

「來人，張國良私通明賊，罪無可恕。拉出去，斬首示眾！」鞠景仁毫不猶豫地拍了下桌案，宣布對張國良的懲處決定。

「是。」早在門外等得不耐煩的一眾親信咆哮著衝入，拖起張國良，轉身就走。不多時，門外傳來一聲慘叫，緊跟著，有兩名滿臉橫肉的劊子手，用托盤將一顆人頭呈了上來。

「諸位，有誰還想做大明的域外孤臣，儘管站出來。鞠某絕不耽擱你。」寧邊大都督鞠景仁又拍了下桌案，一邊笑一邊發狠。

這下，議事廳裡徹底安靜了。所有文臣武將，全都低下頭，噤若寒蟬。連呼吸聲音都不敢太大，以免自己被猜忌為心懷不滿，成了張國良第二。

不出聲，鞠景仁就當他們都贊同了自己。手推桌案，長身而立，「既然諸位都無異議，從今日起，寧邊、安州、定州三地，便擁臨海君殿下為王。改奉日本為宗主，與明國一刀兩斷。」

「這……」鄭凱成和金悌男二人雙雙打了個哆嗦，本能地想提醒鞠景仁，寧邊府距離大明的九龍城沒多遠。假裝被迫與倭人合作，還不至於惹得明軍立刻前來報復。如果公開推臨海君為朝鮮王，為倭人前驅，恐怕即便大明遼東官員懶得搭理，躲在九龍城的朝鮮王李昖，也會催著明國大軍儘快打上門來。

然而，當目光看到托盤中那顆死不瞑目的人頭，他們兩個，又雙雙閉上了嘴巴。先前與倭寇「虛與委蛇」也好，現在公然投靠也罷，都是鞠景仁自己做的決定。他們兩個，不是沒有努力反對，而是「迫於」此人淫威，不得已從之。將來有了機會，完全可以推個一乾二淨，根本沒必要非得現在跳出來找死！

「鄭節制，金府尹，莫非你們兩個還有話說？」鞠景仁從帥案後傳來，每一個字，都寒氣四射

「我等願意唯大都督馬首是瞻。」兵馬節制使鄭凱成和府尹金悌男果斷躬身下去，高聲表態。

「那就下去挑選精銳騎兵，追蹤明寇。」鞠景仁滿意地點點頭，大聲命令。「鄭節制，你去安州。金郡守，你去定州。老夫與加藤元帥聯絡過後，親自從寧邊出兵與你們兩個呼應。老夫就不信，咱們集中三府精銳，還奈何不得區區一百明賊。」

「胡鬧，偉績，你真是胡鬧。既然知道那是朝鮮的傳國金印，怎麼就只派了區區一百人馬去追還？並且沿途還不留下一兵一卒接應！」就在寧邊大都督鞠景仁調兵遣將，發誓要將李彤等人與朝

鮮立國金印一道留下的同時，遼東九龍城內，大明遼東總兵楊紹勳耐著性子聽完了祖承訓的彙報，念著後者的表字大聲呵斥。

「啟稟都督，不是末將不留人馬接應，而是不能。卑職與李千總分開之後，又接連遭到兩股敵軍追殺。多虧了王守義捨命斷後，才將麾下大部分弟兄平安帶過了鴨綠江。」祖承訓滿臉通紅，聲音聽起來低沉而嘶啞。原本粗壯的身體，也因為疲倦和傷痛而不停地顫抖。

「怎麼會這樣？朝鮮國王不是說天朝大兵一至，倭寇就會望風而潰嗎？」

「對啊，那個朝鮮的兵部侍郎也說過，朝鮮各地軍民都深恨倭寇，聽聞天朝大兵入境，一定會奮起響應，負弓箭乾糧以為先導嗎？」

「不是兵部侍郎，是兵曹判書，你再亂用官名，小心被人彈劾。」

「對，就是那個兵曹判書，叫，叫什麼李德馨[注二十六]的。親口對我說，倭寇個子矮小，戰馬也矮小。看上去就像猴子騎驢。我麾下親兵一個能打八個！」

「怎麼聽起來好像是朝鮮人在幫倭寇？而不是咱們？」

周圍的其他遼東將領眉頭緊皺，竊竊私語，都無法相信祖承訓剛剛親口所陳述的一系列事實：倭寇的總兵馬和戰鬥力，都遠超過了朝鮮國王及其麾下臣子的彙報。而朝鮮各地軍民，也不像其國王所說的那樣，在捨命與倭寇廝殺。倒是其中有不少朝鮮將領，已經心甘情願地做了倭寇的鷹犬，各自帶領屬下，千方百計與明軍為敵。

「敢問祖將軍，你剛才說殺入平壤之前，曾經向朝鮮官員詢問城內倭寇情況。對方回答你說只有區區千餘。此人姓氏名誰，官居何職？」一片嘈雜的交頭接耳聲中，忽然有一句頗具條理的詢問，顯得突兀且又清晰。

「敢問這位仁兄是……」縱使接連吃了敗仗，祖承訓的骨子裡的桀驁依舊沒多少收斂，扭過頭，對著問話的將領冷笑著拱手。

對方身穿游擊袍服，職位比他低了兩大級。個子也足足低了一頭。但是，此人卻沒有因為祖承訓的惱怒而做任何示弱。不卑不亢地拱起手還了個禮，沉聲回應：「在下吳惟忠，現任薊鎮山海路游擊。奉聖上之命，帶一千鳥銃手前來聽候調遣。」

「你是吳汝誠？官越做越小的那個浙江鐵頭參將吳汝誠？」祖承訓大驚，臉上的不滿之色瞬間消散了個乾乾淨淨。拱起手長揖及地，「遼東祖偉績，久聞吳將軍大明。今日得見，實乃三生之幸！」

「不敢，不敢，吳某在薊鎮，也久仰祖兄威名！」先前對著滿臉怒色的祖承訓不卑不亢，此刻對上了祖承訓的客氣，游擊吳惟忠卻著了慌。連忙側開身體，長揖相還。

「鐵頭參將，哪個鐵頭參將？」

「他為何官會越做越小？」

黃應、謝應梓、楊五典等參將紛紛側頭，實在弄不明白，除了老上司李成梁之外，幾乎誰的面子都不給的祖承訓，今天怎麼會對一個外來的游擊將軍如此客氣？

注二十六、李德馨：朝鮮兵曹判書，相當於兵部侍郎。遊說大明出兵朝鮮的主要人物。以善哭而聞名。

另外幾個消息靈通的將領，如寬甸堡副總兵佟養正、九龍城副將王有翼等，則與祖承訓最初一樣大驚失色。啞著嗓子，向周圍的人解釋道：「原來是參將，現在是游擊，卻不是因為吃敗仗的，普天之下還有哪個？」

「當年戚帥遭賤人彈劾卸職，有三人不顧傳旨欽差威脅，掛印出營相送。吳鐵頭便是其中之一。」

「原來是他，怪不得根本不顧忌祖將軍的顏面。當年這位，可是連太監張誠都敢正面直接懟！」

「為了報戚帥知遇之恩，這吳鐵頭連大好前程都捨了。過了這麼多年，才重新做回了游擊，也真是有情有義。」

「游擊又怎麼。整個薊鎮上下，誰敢真的把他當個游擊使喚？」

「就是，老子麾下如果有一個這樣重情重義的兄弟……

聽到周圍嘈雜的議論聲，游擊吳惟忠臉色愈發慚愧。連忙又給祖承訓行了個禮，大聲解釋道：

「將軍莫怪卑職多嘴。卑職昨天傍晚才抵達九龍城，今天一大早便被叫來參加軍議，對朝鮮之事著實糊塗得很。所以不得不問得明白一些，還請將軍不吝賜教。」

「汝城兄客氣了，剛才祖某不是針對你。乃是一想到在朝鮮的經歷，心中就鬱悶無比。」祖承訓一改先前倨傲，迅速解釋了一句，然後非常認真地回應道：「當初騙我說平壤城內倭寇不足千人的，乃是朝鮮順安郡郡守，姓黃名瑗。後來帶人從背後向前鋒營放冷箭的，應該也是這廝。當初將他引薦給我做嚮導的，乃是朝鮮禮部尚書，不，禮曹判書，兼問安使尹根壽。最初與李德馨一道跪在郝巡撫門外哭了三天三夜的，也是這廝。」

「那姓尹的呢，他如今何在？」吳惟忠經驗豐富，立刻猜測到尹根壽可能有問題，皺著眉頭快速追問。

不待祖承訓回應，他輕輕拱手，「祖將軍莫怪，在下以前跟倭寇交手次數頗多，知道這群賊人天性狡詐，最喜歡玩陰招。」

「姓尹的在朝鮮太白山中，攔著祖某不准回撤。祖某懷疑他居心叵測，就帶著弟兄們在那兒跟他分道揚鑣了。」祖承訓心中大生知己之感，咬牙切齒地回應。

「然後就有朝鮮兵馬與倭寇一道追殺於你？」吳惟忠聞聽，更加相信自己的判斷沒錯。拱起手繼續大聲請教。

「沒錯，並且大部分都是朝鮮叛賊，真正的倭寇只有一支。包括祖某跟李千總分兵之後出現的那兩夥賊軍，也都是朝鮮人，根本不是倭寇。」祖承訓咬著牙，紅著眼睛連連點頭。「可惜我那好兄弟王守義，已經堅持到了鴨綠江畔，依舊沒逃過他們的毒手。」

「該死！」吳惟忠聽了，忍不住跟他一道咬牙切齒。但是他初來乍到，又當著一大堆級別比自己高出許多的將領之面兒，也不好胡亂做出結論。猶豫再三，才拱著手補充：「祖將軍不必跟他們生氣，那朝鮮諸將與倭寇開戰不到三個月，就丟光了國土。本事想必極為有限。這次讓祖將軍吃了大虧，憑的完全是使陰耍詐。下次我軍再揮師入朝，定然能讓他們老賬新賬一起償還。」

佟養正、黃應、謝應梓、楊五典等遼東將領，昨夜都睡得迷迷糊糊。先前一大早被從被窩裡揪出來聽祖承訓向楊紹勛彙報情況，根本沒顧得上剖析其中細節。此刻聽了吳惟忠跟祖承訓兩個的對話，才終於就抓到了重點。如今於是乎，也紛紛皺起了眉頭，大聲附和道：

「對，就是這麼個理兒。下次揮師過江，見了朝鮮兵馬，別問是敵是友，直接繳了他們的兵器就是。」

「凡是曾經對祖將軍動手的，全部殺掉，一個別留！」

「要我說，咱們這就去問問那狗屁朝鮮王，為何祖將軍遇到的情況跟他先前所說的那些半點兒都不一樣。」

「對，大不了將那狗屁朝鮮王也廢掉。省得他繼續丟人現眼。」

「對，什麼他娘的國王，山溝裡的土酋而已。這些年來，死在咱們兄弟刀下的土酋……」

「嗯，嗯，哼哼！」一陣劇烈的咳嗽聲，忽然從帥案後傳了過來。將所有議論聲瞬間切斷。眾將忽然意識到，大明遼東總兵楊紹勛就坐在帥案後，趕緊閉上了嘴巴，低下頭看各自的靴子尖兒。

「末將喪師辱國，還請都督治罪，以正軍紀。」祖承訓也意識到，自己還沒有過關。鐵青著臉，主動向楊紹勛請求處置。

「祖將軍不必如此，此番出兵，原本目的，就是試探倭寇與朝鮮內部虛實。既然已經試探清楚，你便有功無過。」大明遼東總兵楊紹勛性子雖然綿軟，卻不是個沒擔當的。笑了笑，輕輕擺手。

不待祖承訓躬身致謝，他又快速補充道：「楊某先前只是覺得，李、張兩位千總帶著百餘名兄弟去爭金印，萬一得手，卻被賊人堵在朝鮮回不來，著實可惜！畢竟他們和劉繼業三人，乃是朝廷決定向朝鮮用兵以來，最先投筆從戎的三位貢生。此刻大明上下，說不定有多少讀書人正瞪圓了眼睛看著他們，以便決定自己是否也到軍中一展身手。」

「可不是麼，沒等正式入朝，就重傷了一個，兩個下落不明，足以讓其他書呆子望而卻步了。」

「都怪那該死的朝鮮佬！」

「他們還是走了李家六公子門路，若是六公子知道此事……」

「更可惜的是那劉家小娘子，從南京千里迢迢送夫送到遼東，唉——」

四下裡，議論聲再起。佟養正、黃應，謝應梓，楊五典等遼東將領，紛紛嘆息著搖頭。

祖承訓帶著七、八百人，還差點被朝鮮叛軍給截殺於鴨綠江南岸。李彤和張維善兩個只帶著區區一百弟兄，又要去奪回金印，又要面對無數敵我難辨的朝鮮兵馬阻攔，怎麼可能全身而返？恐怕到現在，已經葬身於某條無定河邊了吧！虧了那個姓劉的小娘子，還眼巴巴地在九龍城內盼著丈夫，一天不知道要哭多少回？

唯獨祖承訓本人，絲毫沒感覺到任何氣餒。跺了下腳，大聲說道：「都督，末將之所以捨了老臉急匆匆往回跑，就是為了向您搬兵。末將麾下的弟兄連遭暗算，已經不堪再戰。但是，只要都督再給祖某三千生力軍，祖某保證，一路從鴨綠江殺進平壤，把李、張兩位兄弟連同金印一道給您接回來。」

「嗯？」非但遼東總兵楊紹勛大吃一驚，其餘眾將也紛紛扭過頭，看向祖承訓的目光裡充滿了困惑。

也不怪大夥反應古怪，此人剛剛說的話，與先前的那些話，未免差別太大了些！先前也是此人口口聲聲在說，朝鮮軍民皆不可靠，日軍數量龐大且戰鬥力強悍，怎麼轉眼就變成了再給他三千子弟，他就能揮師直搗平壤？

要知道，先前追隨他祖某人入朝的那支隊伍，戰兵和輔兵加在一起，總數高達六千。帶著六千生力軍兀自從平壤輸回了鴨綠江，怎麼第二次入朝只帶先前的一半兒人馬，反倒能做到先前做不到的事情，讓倭寇和叛匪聞風而逃。

「都督，末將請纓再度入朝，並非是要去搶那座平壤城。末將雖然愚魯，卻不至於狂妄到以區區三千弟兄，就敢強攻數萬倭寇所駐堅城的地步。」敏銳地察覺到自己先前將話說得太滿，祖承訓趕緊大聲解釋，「末將只是想，將李、張兩位千總以及他們兩個麾下的弟兄接回來。如果運氣好，說不定朝鮮國的傳國金印，已經到了他們手裡。那件寶物乃是我大明太祖所賜，如果任由其流落在外，非但會令朝鮮局勢平添變數，我大明太祖在天之靈，恐怕也會震怒異常。

「原來只是接應自家弟兄，不是準備給倭寇和朝鮮叛匪去算帳，那樣的話，三千子弟倒也勉強夠用。」

「祖副總兵也算仗義，知道小李千總是為了救他才陷落在朝鮮，所以冒著被倭寇圍攻的風險也要帶人去救他。」

「嗯，三千子弟攻城掠地肯定不夠。打了就跑，倭寇卻未必能攔得住。」

……

佟養正、黃應，謝應梓，楊五典等遼東將領恍然大悟，目光裡的困惑也迅速變成了讚賞。

「嗯——」作為肩負守衛遼東和威懾蒙古諸部雙重責任的遼東總兵，楊紹勛卻不能像麾下武將那樣意氣用事。手捋鬍鬚，繼續低聲沉吟了片刻，才搖了搖頭，非常惋惜地回應道：「祖將軍壯志可嘉，李、張兩位千總，為維護我大明天威奮不顧身，也的確應該老夫不惜一切代價派人前去接應。然而——」

故意嘆了口氣，他聲音迅速轉低，彷彿帶著一百二十倍的無奈，「按照祖將軍先前所說，你跟他分別是在四日之前。這麼長時間音訊皆無，老夫連他們兩個此刻位於何地，是死是活都弄不清楚，豈能輕易再派兵過江？若是能找到他們兩個，哪怕是屍首也好，萬一找不到他們兩個，新過江的弟兄又遭到了倭寇和朝鮮叛匪的圍攻，你讓老夫救，還是不救？」

「這——」祖承訓語塞，額頭上的青筋急得根根亂跳。

「唉——」佟養正等將領見狀，再度相顧嘆息著搖頭。

遼東總兵楊紹勛的話聽起來有些絕情，卻絕對占著道理。且不說隔了這麼久，李彤和張維善等人是死是活很難預料。即便他們兩個還活著，貿然派三千人去救，萬一這三千人再失陷於朝鮮，遼東這邊該如何是好？

若是另派更多的人去救，就成了添油戰術，整個戰局都變得極為被動。而放任這三千人不管的話，又未免太無道理。憑什麼一百人的性命被看得寶貴無比，另外三千人反倒被視為草芥泥沙？

「啟稟都督，末將以為，李、張兩位千總，沒那麼容易死在朝鮮叛匪和倭寇手中。」眼看著放棄李彤和張維善等人，就要成為定論。千戶顧君恩不顧自家官職低微，從靠近門口位置出列，大步上前提醒。

「怎麼，顧千總突然得到了他們兩個送回來的消息？或者跟他們兩個相交莫逆，知道他們兩個有一套不為人知的保命本事？」遼東總兵楊紹勳的額頭皺了皺，沒好氣地質問。

「沒，卑職沒有。」顧君恩被說得滿臉通紅，卻堅持不肯低頭退讓，「啟稟都督，卑職雖然跟他們兩個沒有太多交往，卻發現他二人身邊都有十幾個戚家軍的老兵相隨。無論經驗還是本事，都可以幫助他們在關鍵時刻化險為夷。此外，據卑職瞭解，他們兩個最初去營救祖將軍，身邊帶了只有四十幾人。卻一路殺到了朝鮮附近的太白山，又一路殺回了平安東道，沿途的倭寇、朝鮮叛匪和女直野人，都對他們無可奈何。」

「哦，有這等事？」遼東總兵楊紹勳聽得大吃一驚，瞪圓了眼睛高聲追問。

「卑職絕對不敢有半句虛言！」顧君恩要的就是這個效果，拱了下手，硬著頭皮繼續補充，「他們兩個乃是李如梓將軍所薦，麾下弟兄也出自李如梓將軍所在的選鋒營。昨夜卑職回到九龍城時，就探聽得知，他們兩個麾下的大部分弟兄，已經回到鴨綠江北。只是主將未歸，李將軍此刻又奉命去巡視女直各部，所以才沒人能夠前來向總督您彙報。至於他們兩個的戰績，其中有一部分，乃是祖將軍、卑職，以及前鋒營僥倖歸來的弟兄們都親眼所見，卑職更是不敢誇大其詞。」

這幾句話，聽起來前言不搭後語，並且很多地方與楊紹勳所問關係不大。落在後者耳朵裡，卻別有一番滋味。

正所謂，南戚北李。已故的戚少保在薊鎮和南直隸等地的軍隊中，威望無人能比。致仕在家的李成梁，在遼東軍中，也是一呼百應。祖承訓、佟養正、黃應、謝應梓、楊五典等將，都出自他的麾下。他的幾個兒子，也都身居要職，並且威名赫赫。

特別是李家大公子李如松，前一陣子剛剛率部平定了寧夏之亂，深受皇帝陛下器重。據說，已經是欽定的領兵入朝主帥。六郎李如梓乃是李如松的左膀右臂，他之所以在兩個投筆從戎的書生身上花費那麼大的力氣，背後未必不是受了自家大哥的指使。

如果沒等李如松這個欽定的入朝主帥抵達九龍城，先傳出來遼東總兵對兩個書生見死不救的消息，其結果，恐怕由不得楊紹勳不仔細掂量。

接下來發生的事實，也正如顧君恩所望，不用仔細掂量，楊紹勳心中就立刻改變了主意。只見他，猛地將輕捋鬍鬚的右手舉了起來，用力拍打桌案，「好一雙文武雙全的勇士，若非顧千戶你提醒，老夫差點兒就埋沒了他們！既然他們兩個麾下的大部分弟兄，已經返回了鴨綠江北。那他們兩個只帶領些許親兵，在朝鮮往來千里的傳聞，想必就是事實。如此重情重義，有勇有謀的後起之秀，老夫豈能坐視他們陷入險境不聞不問。三千精銳未必夠，祖將軍，老夫的標營交給你。你帶著他們，無論如何都必須將兩位後起之秀給老夫平安接回遼東。」

「謝都督！」祖承訓喜出望外，趕緊躬身領命。

還沒等將令箭拿到手，議事廳外，卻忽然傳來了兩聲低低的咳嗽，「嗯，哼！」緊跟著，一個五短身材，白皙面孔的文官，邁著四方步踱了進來。先冷眼朝著帥案之後的楊紹勛掃了掃，然後又瞪了祖承訓一眼，大聲質問：「祖將軍這是準備領兵討伐哪路不臣？兵部可曾予以授權？朝廷的調兵文書又在何處？若是都沒有，本巡撫恐怕就無法對祖將軍的行為，視而不見。」

第二十六章 正邪

「見過巡撫！」

「巡撫晨安！」

「不知巡撫駕臨，卑職有失遠迎，恕罪，恕罪！」

……

沒等祖承訓做出回應，四下裡，問候聲已經響成了一片。包括遼東總兵楊紹勛，都不得不從帥案後走出來，主動向剛剛進門的文官，大明遼東巡撫郝傑行禮。

而那大明右副都御史，遼東巡撫郝傑，雖然職位只是正三品，比五軍都護府都督同知兼遼東總兵楊紹勛矮了整整兩大級，架子卻比後者大了三倍。冷哼一聲，邁開四方步，如同一隻鬥雞般，一步三晃地走到了帥案後，轟然落座。

楊紹勛被羞辱得臉紅脖子粗，卻只能忍氣吞聲。沒辦法，雖然按道理，總兵和巡撫都屬於朝廷差遣，並無定級。而他的都督同知頭銜乃是從一品，遠高於郝傑的正三品右副都御史。但是，在目前大明文貴武賤的情況下，哪怕是五軍都督府左、右都督在場，都得給郝傑這個三品右副都御史讓座。更何況，他這個遼東總兵的任期已經臨近結束，很快就要調往他處另做安排。注二十七

連遼東總兵都在郝傑面前畢恭畢敬，祖承訓這個副總兵加正二品都督僉事，更沒膽子當眾招惹遼東巡撫。趁著郝傑沒有再次對自己發難，主動上前朝著帥案後深施一禮，高聲解釋道：「啟稟巡撫，末將並非無故興兵。乃是先前受了巡撫之命過江試探軍情，不幸留了一支斷後的隊伍在對岸。所以今天才向楊帥請求增派援兵，前去接弟兄們返回遼東。」

「高明，能以一介家丁，做到副總兵，祖某個果真有他的一套。」距離祖承訓最近的佟養正與黃應互相看了看，都在彼此的眼睛裡看到了讚賞。

在他們看來，遼東巡撫郝傑剛進門時向祖承訓問的那幾句話，絕對句句都包藏著禍心。換了他們兩個來回答，無論如何，都無法擺脫此人的陷阱。而祖承訓的幾句回應看似謙卑，卻直接將出兵去救援李張兩位千總，與先前奉命過江試探敵情這兩場戰事合二為一。讓郝傑朝廷之命私下用兵的指責，徹底落空。

只可惜，郝傑既然能壓得遼東總兵楊紹勛大氣兒都不敢出，心中的彎彎繞之多，又豈是他們兩個武夫所能相比較？聽了祖承訓的辯解之後，只是冷冷一笑，就再度沉聲問道：「如此說來，祖將軍試探敵情的任務尚未完成，所以特地跑回來向楊總兵求救嘍？老夫就奇怪了，先前不過是派你過河去查看敵軍虛實而已，怎麼耗了半個多月，還不見你回來繳令？你乃是成名多年的老將，多少大戰都曾經乾淨俐落地贏了下來。如此小的一件任務，怎麼反倒留下了那麼多首尾在朝鮮，必須再帶

更多兵馬重新走上一遭？」

「這……」祖承訓被問得額頭冷汗直冒，肚子裡的話語也全都卡在了嗓子眼兒，半晌無法回答一個詞。

硬將兩件事往一起捏，他就必須承認，自己沒有按時完成郝傑上次交代的任務。甚至會引發對擅自進攻平壤以及貪功冒進、喪師辱國等一系列罪名的追究。而如郝傑所願將兩件事分開，他則必須承認自己剛才曾經嘗試擅自興兵，輕慢朝廷。非但他自己可能為此丟官罷職，甚至連老好人楊紹勛都得牽連進去，不得善終。

「啟稟巡撫，有關倭軍與朝鮮各方勢力的情況，祖將軍已經著令卑職整理成文，昨夜就呈送到了楊總兵帳下。想必楊總兵那邊還沒處理完畢，所以尚未轉呈巡撫。」關鍵時刻，依舊得靠自家兄弟。不忍看祖承訓被郝傑欺負，千總顧君恩再度出馬，大聲解釋，「至於留下的首尾，那是因為祖將軍不忍坐視我大明太祖皇帝賜給朝鮮王的金印落入倭寇之手，才派遣少量精銳跟隨李、張兩位千總去向倭寇追奪。今日向楊總兵求援，也是為了金印，並非無緣無故興兵。」

「的確如此！」不待巡撫郝傑對顧君恩擺官架子，老好人楊紹勛果斷大笑著接口。「巡撫莫怪老夫這邊不及時通報，事發突然，楊某斷然不敢因為畏懼引起那些刀筆吏的彈劾，就讓我大明太祖

注二十七、明代巡撫和總兵都屬於派遣，並無定級。但總兵通常加五軍都護府左、右都督或者都督同知銜，是從一品到正一品。郝傑此時則是以右副都御史身份出任遼東巡撫。

陛下在天之靈蒙羞。所以剛才聽聞李、張兩位千總，是為了奪回太祖御賜之物而留在了朝鮮，才迫不及待想要派兵將他們與金印一道接回來。」

「的確如此，我大明太祖所賜之物，豈能落入倭寇的髒手之中。況且此物還涉及到朝鮮國的王位傳承。」祖承訓如蒙大赦，抬手快速擦了一下額頭，高聲補充。

一碼歸一碼，試探敵情的任務，祖某人已經完成了。至於為何沒上報到巡撫那邊，是因為流程還沒走完。而搶奪金印和接應弟兄們回遼東，也不是什麼首尾，更不是什麼無令興兵。大明太祖皇帝的威嚴不容冒犯，身為大明將領，不能因為害怕受到某些窩裡橫的言官污蔑，就坐視太祖皇帝賜給朝鮮李氏國王的金印落入倭寇掌控。

「喔，原來如此，看來是老夫誤會祖將軍了！該去，的確該去，即便老夫聞聽此事，也肯定不顧一切維護太祖的威嚴。」遼東巡撫郝傑，即便再喜歡擺官架子，再喜歡雞蛋裡挑骨頭，也不敢當眾宣布，大明太祖的御賜之物可以隨便丟棄。橫了祖承訓和顧君恩哥倆一眼，緩緩點頭。

「嘿嘿，原來這滿嘴毒牙般的郝某人，也有咬人不動的時候。」

「呵呵，這窮酸。有本事你繼續挑刺啊，看看皇帝陛下，會不會容忍你慢待他的祖宗。」

「這廝，當年排擠李成梁大帥[注二十八]，就花樣百出。如今不知道哪根筋又擰了，居然連老好人楊總兵都不放過……」難得見郝傑吃一次癟，佟養正、黃應、謝應梓、楊五典等遼東將領，個個在心中大呼痛快。然而，還沒等他們臉上的笑容消散，坐在帥案後的遼東巡撫郝傑，卻又以手輕輕拍案，「但是，老夫心中依舊有一事不明。你們所說的李、張兩位千總，又是什麼來歷？他二人如此驍勇，想必在軍中並非無名之輩，為何老夫記憶當中，卻始終沒任何印象？」

「這……」李氏兄弟不在場，其餘眾將都猜不出郝傑的葫蘆裡究竟賣的是什麼藥，警惕地以目互視，誰也不知道該如何回答才好。

「怎麼，莫非遼東軍中，還有不可為老夫這個巡撫所知之事嗎？」郝傑的臉，立刻就沉了下來，刀子般的目光在周圍反覆掃來掃去。

眾將見此，愈發不願觸他的晦頭，以免遭受無妄之災。至於遼東總兵楊紹勛，因為無論如何都逃不過去，只能清了清嗓子，強笑著解釋道：「巡撫有所不知，李千總和張副千總，乃第一批投筆從戎的讀書人。遼東都指揮使司同知、參將李如梓以為，大戰在即，重用此二人可鼓勵賢才爭相投軍報國，所以特地稟明楊某之後，授予二人選鋒營左部千總和副千總之職。這二人數日前奉命過河去尋訪祖副總兵的消息，聽聞前鋒營遇險，立即奮不顧身，帶領親兵前去接應。」

一番話，說得滴水不漏。既點出了自己批准李如梓舉薦李彤和張維善二人的緣由，又用實例證明了二人的表現的確對得起自己慧眼識珠。卻不料，遼東巡撫郝傑聽聞之後，又是回以一聲冷哼，隨即，板著臉追問：「哪怕是千金買馬骨，讓他二人現在李如梓麾下做贊畫[注二十九]也足夠了。豈能

注二十八、郝傑一五八八年出任遼東巡撫，一五九一年鬥倒李成梁。

注二十九、贊畫：明代軍中官職，類似於唐代的參軍。沒有品級，屬於武將或者巡撫等官員的私聘。武將或者巡撫去職後，贊畫跟著離開，朝廷不會繼續承認其地位。

不經兵部核准，就直接授了五品軍職？朝廷的武職，又什麼時候准許遼東將門私相授受了？」

這話，就實在過於惡毒了。自打蒙古諸部重開邊釁以來，遼東、薊鎮、寧夏等地的總兵、參將們，誰手裡的空白告身不是一大把？麾下有哪個兄弟作戰有功，或者驍勇善戰，直接填了此人名字就可以派出去獨當一面。只要過後將名字和官職朝兵部報備，走個過場就行，從沒聽說兵部留難過誰，也沒見哪位言官拿任命出來說事兒。怎麼今天到了巡撫郝傑這裡，竟直接變成了「私相授受」？

即便性子再軟，再不願意招惹御史台那群瘋狗，遼東總兵楊紹勛也不敢隨便扛下「武職私相授受」這個罪名，更不敢眼睜睜地看著郝傑借著這個由頭，將大火再次燒到遼東李氏身上。當即，把心一橫，雙手扶住桌案，居高臨下地說道：「巡撫這是何等話來，攫取驍勇善戰之士，授予官職，以期鼓舞軍心，殺賊報國，已經是軍中多少年來的慣例，莫非巡撫卻對此一無所知？」

「慣例，卻不等於合乎朝廷法度。」遼東巡撫郝傑今天是鐵了心要雞蛋中挑出骨頭來，抬頭翻了翻眼皮，冷笑著強調。「正如殺良冒功和吃空餉，自古以來，軍中幾乎無法杜絕。但朝廷派遣巡撫督查三司，也是為了盡可能地減少這種事情，以免有人膽子越來越大，最後重演晚唐藩鎮之禍。」

「你……」老好人楊紹勛氣得直打哆嗦，真恨不能揚起拳頭，給郝傑來一個滿臉開花。

然而，他卻沒有勇氣那樣做。雖然他的名義職位，遠高於眼前這個惡毒的傢伙。然而，督察承宣布政司，提刑按察司和都指揮使司，乃是朝廷明文授予巡撫的權力。郝傑職位再低，只要頂著巡撫的差遣，挑遼東所有文臣武將的刺兒，就名正言順。而他如果膽敢當眾動手毆打巡撫，就直接坐實了心中有鬼，準備效仿晚唐那些藩鎮與朝廷分庭抗禮的罪名。

「總兵、巡撫，末將有一事不明，還請兩位大人解惑？」在場眾將之中，唯一跟李氏扯不上任何關係的吳惟忠聽得心中煩躁，快步上前，大聲求教。

「何事？」正被逼得無法下台的楊紹勛心中一喜，果斷轉過身來，大聲吩咐，「吳游擊儘管明言，軍中向來不需要什麼拐彎抹角。」

「末將在薊鎮，也提拔過幾個得力屬下。在兵部等待批覆期間，雖然讓他們行使了百戶、千戶之權，官職前卻加了一個『試』字。剛才聽總兵和巡撫爭論，卻忽然發現，遼東這邊似乎與薊鎮大不相同！不是卻是為何？」吳惟忠笑了笑，緩緩問道。

正所謂，一語驚醒夢中人。遼東總兵楊紹勛聞聽，立刻就有了精神。雙手互相拍了拍，大笑著回應，「都是邊塞重鎮，怎麼可能大不相同？遼東這邊，也有一個試字。在軍中文書上寫的清清楚楚。只兵部從未駁回過舉薦，所以大夥口頭之上，便將這個『試』字給省略了。來人啊，給本官取花名冊來，請巡撫核驗。看看李彤、張維善和劉繼業三人官職前頭，到底寫沒寫這一個『試』字？」

「是。」周圍親信扯開嗓子答應一聲，轉身便走。楊紹勛朝著吳惟忠輕輕點頭，轉過身，再度將面孔對上臉色鐵青的郝傑，「巡撫稍待，遼東將士的花名冊馬上就能取來。朝廷的規矩，楊某絕不敢觸犯，在兵部批覆之前，試千戶、試副千戶，試百戶，絕對不容有錯！先前只是大夥都說順了嘴，所以就沒提這個多餘的字，還請巡撫切莫深究。」

他手下養著一大堆書吏、贊畫，在花名冊上加一個「試」字，還不簡單？而只要有這個「試」字在，郝傑對於他和李如梓兩人的指責，就再度落在了空處。無論怎麼胡攪蠻纏，都掀不起太大風浪來。

當即，寬甸堡副總兵佟養正、九龍城副將王有翼等一干受過原遼東都指揮使李成梁提拔，或者出身於李成梁門下的將領們，全都喜形於色。一個個抱著膀子，等待看郝傑這個文痞如何收場。而遼東巡撫郝傑，則惱得臉色黑中透紫，重重拍了下桌案，大聲回應，「不必了，既然花名冊寫的是『試千戶與試副千戶』，錯就不在總兵身上。但是……」

狠狠瞪了吳惟忠這個陌生游擊一眼，他聲音依舊又硬又冷，「即便為了鼓勵民間勇敢之士效仿，一到軍中，就試領五品官職，也是太過於兒戲！我大明的武職，何時變得如此不值錢了？若是任人唯親，讓底下拚死作戰的弟兄該如何心服？」

「你還沒完了！」遼東總兵楊紹勛心裡暗罵，臉上，卻迅速堆滿了快意的笑容，「巡撫有所不知，這二人，還有那個試百總劉繼業，都是南京國子監的貢生，卒業在即。隨時都可以補缺出任地方官的。他們三個貢生捨了大好前程來為國殺賊，楊某總不能太寒了天下讀書人的心。」

「貢生？」郝傑大吃一驚，準備在肚子裡的一堆惡毒說辭，頓時一個字也吐不出。

貢生不同於舉人，但一樣有出仕的資格。只要家中運作得當，輪不到縣令，卒業後到某個縣城做個教諭總沒問題。一年年資歷積累下來，未必就不能像海瑞那樣主掌一部，甚至牧守一方。注三十並且大明朝雖然重文輕武，但有王陽明這個先例在，對於敢去上陣殺敵的讀書人，朝野往往會高看一眼。只要他們不倒楣地戰死沙場，仕途通常都不會過於坎坷。

道理很簡單，大明再重文輕武，卻不能完全沒有武將。只要邊境上一天沒有太平，就需要有人披掛上陣。武將們通常不擅長做表面文章，很容易被人抓住把柄彈劾。而文官們雖然做事仔細卻不擅長指揮作戰，出任邊鎮督撫，又難免被麾下的驕兵悍將欺騙。所以，有膽子大的書生敢投筆從戎，文官們通常依舊將他視為自己人，並且期待他儘快成長起來，以便日後為以文御武的大方略添磚加瓦。

「是啊，貢生，這年頭，指手畫腳的書呆子趙括不少，有膽子披掛上陣的班超，可不多見！」難得見到郝傑犯起了猶豫，遼東總兵楊紹勛笑了笑，大聲補充，「所以，老夫聽聞他們為了奪回我大明太祖皇帝的御賜之物，下落不明，才急著派遣標營，過河去接應他們！軍情如火，來不及與巡撫仔細商量，還請巡撫切莫見怪。」

「該接，的確該接。」彷彿突然間換了個人一般，遼東巡撫郝傑手捋鬍鬚，頻頻點頭。

正當楊紹勛鬆了一口氣，準備趕緊吩咐祖承訓帶著自家的標營出發之時。大明遼東巡撫郝傑卻忽然再度放下手，用手掌輕拍桌案，「不過，祖將軍剛剛帶著麾下弟兄回到遼東，人困馬乏且銳氣已折。著實不宜再領軍出發，老夫這裡，還有個上上之選。無論對朝鮮的熟悉，還是領軍能力，都絕對不在祖將軍之下！由他率族中精壯出征，我軍可以不費一兵一卒，就將李、張兩位千總平安接過馬寨水。」

說罷，也不管楊紹勛、祖承訓和其他一干遼東將領如何反應。抬起頭，朝著議事廳外大聲吩咐，「來人，給老夫傳建州左衛都督，龍虎將軍佟努爾哈赤注三十一，著他入內拜見楊總兵，接令出征！」

注三十、教諭：古代縣學的負責人。類似於現在的縣教育局長兼文化局長。海瑞以舉人身份出仕，最高做過南京吏部侍郎。
注三十一、努爾哈赤早年曾經姓佟，朝貢時都以佟努爾哈赤自稱。愛新覺羅是皇太極時期才追改的姓。

哪裡還用得到親兵去傳？他的話音剛剛落下，門口就響起了一聲清晰的回應：「末將在！」緊跟著，有個長臉細眉，矮顴骨、凸下巴的壯漢快步走入，朝著帥案躬身行禮，「大明建州左衛都司注三十二，佟努爾哈赤，參見巡撫，參見總兵！」宛若油鍋落進了髒水，頓時，整個議事廳就亂了套。不顧巡撫郝傑在場，祖承訓、佟養正、黃應、謝應梓、楊五典等遼東將領，圍攏上前，指著此人的鼻子破口大罵。

「李山，你這個王八蛋，還有臉來？」

「怪不得大帥被人咬得那麼準，原來是你這忘恩負義的傢伙出賣了他！」

「佟奴兒，滾回你的老窩去，否則，老子今天非宰了你不可！」

「李山，你來的正好，老子正準備去建州衛找你！」

「倒插門兒，滾出去，這裡沒有你站的地方……」

……

劈頭蓋臉挨了一頓臭罵的佟努爾哈赤，卻沒有露出絲毫的怨恨表情。抬手先抹了抹滿臉的唾沫星子，然後笑呵呵向周圍做了個羅圈兒揖，「小弟佟努爾哈赤，見過諸位哥哥。哥哥們冤枉死小弟了。小弟能有今天，全憑李帥提携扶持。即便爛了良心，也沒膽子出賣他。」

他不分辯還好，一分辯，祖承訓等人肚子裡的火更無法遏制。揮動拳頭，直接朝著他的臉上，身上亂捶。一邊捶，一邊繼續罵道：「狗賊，你還敢狡辯？不是你，大帥的一舉一動，怎麼會落入言官手裡。不是你，大帥討伐諸舍利部殺賊立威之舉，怎麼會變成亂殺無辜？不是你，朝鮮王向大帥送禮之事，怎麼會……」

一樁樁，一件件，都是去年言官們給李成梁總結的罪名。而如果沒有內鬼，遼東巡撫郝傑即便本事再大，也不可能每一件事都能找到相應的證據。

祖承訓等人原本猜不出，到底是誰出賣了自己的老上司。今天見遼東巡撫郝傑忽然要對佟努爾哈赤委以重任，立刻就明白了，就是這位曾經在李成梁帳下當過親兵，後來又被李成梁收做養子，親手扶植起來對付尼堪外蘭、科克蘇胡等部的心腹番將，見勢不妙，果斷投靠了新來的遼東巡撫。

「諸位，諸位兄弟，不要胡鬧，下手輕一些。這裡是中軍，中軍，把他打壞了，大夥面子上都不好看。」原本這當口該站出來斥退眾人的遼東總兵楊紹勛，慢悠悠上前，有氣無力的在圈子外圍提醒。與其說是想要救佟努爾哈赤，不如說是在火上澆油。

遼東總兵李成梁丟官罷職，表面上，他楊某人直接由副總兵扶了正，受益甚大。但是，從實際利益角度，他卻吃了虧。因此，在內心深處，他卻絲毫不念郝傑和佟努爾哈赤的人情。

以他的年齡和資歷，如果沒有那兩個攪屎棍胡鬧，任期結束之後。他原本可以穩穩地升到一個基本上沒啥戰事的太平所在，做個主管漕運，或者鹽運的高級武官，然後再做上幾年，就可以拿著大把的銀子告老還鄉。而李成梁一撤，僅剩一年多的任期的他，卻非但要累死累活地維持此人與郝傑明爭暗鬥留下的爛攤子，還得同時面對倭寇入侵朝鮮這場惡戰。稍不留神，就會吃一大堆掛落，

注三十二、都司：明代邊境地區羈縻衛所，由部落首領任都指揮使司，簡稱都司，都督。實權僅限於本部落，只是名義級別很高。

令大半輩子的努力，都付諸東流。

「揍他！」

「揍這忘恩負義的傢伙！」

「沒有大帥維護，他早就被尼堪外蘭給剁成肉泥了，哪有今天？」

「三姓家奴，今天不給你長長記性……」

見楊紹勛不給佟努爾哈赤撐腰，祖承訓等人打得更加痛快，拳拳到肉。只是故意避開了心口，後頸、太陽穴和下陰等要害位置，以免將此人活活打死，害得大夥當中必須選出一個倒楣鬼來給他償命。

「住手，爾等將中軍當做了什麼地方？」見眾將如此不給自己面子，遼東巡撫郝傑忍無可忍，抬起手掌，力拍桌案，「來人，入內維持秩序。有再敢堂上咆哮者，軍法從事。」

「遵命！」二十幾名親兵快速走入，目光如同手中的雁翎刀一樣冰冷。正在圍著佟努爾哈赤痛毆的祖承訓等人不敢再給郝傑處罰自己的理由，恨恨地朝地上啐了幾口，緩緩後退。

「巡撫息怒，巡撫息怒，弟兄們是誤會了末將，所以才打了末將幾下。無妨，不耽誤末將為國效力。」佟努爾哈赤倒也硬氣，雖然被打得口吐鮮血，卻咬著牙站穩了身體，拱手給所有毆打自己的同僚求情。

如此一來，原本想懲治幾名武將給他出氣的遼東巡撫郝傑，反而不便再下狠手了。皺著眉頭沉吟了片刻，輕輕點頭：「也罷，既然你心中一直念著昔日的袍澤之義，老夫也只能成全你。但是……」

頓了頓，目光迅速掃過祖承訓、佟養正等遼東悍將，他的聲音陡然轉高，「讓李總兵以寧遠伯身份回家榮養，乃是朝廷的決斷。從今以後，誰要是再拿此事生釁，就是公然誹謗朝廷。老夫保證一查到底，看看他以前都做過什麼惡事，為何現在如此心虛？」

「查就查，大不了是個撤職回家。」祖承訓等人小聲嘀咕，卻誰也不敢公開跟郝傑硬頂。

眼下的大明巡撫，權力雖然沒有膨脹到像崇禎時期那種不經請示直接斬殺總兵的地步。給副總兵、參將、副將下絆子讓他們丟官罷職，卻也非常輕鬆。更何況，遼東形勢複雜，在場眾將率部平定女直人、蒙古人以及其他各族叛亂過程中，或多或少，都會幹一些斬草除根和隱瞞戰利品不報的事情。被刻意深究，便能往殺良冒功和貪污兩大罪名上靠。

「佟努爾哈赤聽令，回去之後，你先請郎中診治。若是傷勢無妨，即可領建州左衛將士出發，渡過馬寨水，助李、張兩位千總從倭寇手裡奪回太祖御賜金印，並護送金印和他二人平安返回遼東。」見眾將都被自己震懾住了，遼東巡撫郝傑深吸一口氣，大聲命令。「朝鮮那邊的具體情況，你下去後，儘管去找祖副總兵請教。祖將軍，軍情並非兒戲，你切莫將私人恩怨，置於國事之上。」

「遵命。」佟努爾哈赤揚眉吐氣，回答得格外大聲。

「末將不敢。」祖承訓心裡，早已將郝傑的祖宗八代問候了個遍。在大庭廣眾之下，卻也只能強忍怒氣向後者拱手。

拱手服軟歸拱手服軟，他卻堅決不肯讓佟努爾哈赤得到機會，去白撿功勞。因此，從中軍議事堂退出之後，立刻將自己的心腹兄弟顧君恩叫到身邊，搶在被佟努爾哈赤找上門來之前，快速吩咐：「你拿了我的佩刀，你找佟養正、王有翼、黃應、謝應梓、楊五典他們幾個借家丁。一百也好，五十也罷，天黑之前，必須神不知鬼不覺拉起一支五百人以上的精銳來。然後帶著他們星夜渡過鴨綠江，接應李、張兩位千總。活要見人，死要見屍。」

「這……」沒想到自家結義兄長，竟然膽子如此之大，顧君恩頓時不知所措。楞楞半晌，才小聲提醒，「今天郝巡撫挑您的無令出兵只是個由頭，從始至終，他的目的，就是扶那三姓家奴上位。大哥你如果……」

「兩姓半，入贅董家，又被大帥收為養子。郝傑那廝心高氣傲，只是想利用他來對付大帥的舊部，才不會准他再改姓郝。」祖承訓翻了翻眼皮，不屑地打斷。隨即，又快速補充，「我正因為現在看出來了，才更咽不下這口氣。想必佟養正他們也是一樣，再能忍，也不會任由姓郝的朝大夥臉上抹屎。所以，你儘管去，不用怕他們不肯借人。至於兩姓半家奴那邊，他想知道朝鮮的軍情，老子就豁出去不睡覺，給他講上三天三夜。」

「我不是擔心佟將軍他們不肯借人，我是擔心，姓郝的吃了癟，以後會咬著大哥不放！原本，原本他是想拉攏你的，如今卻弄得……」顧君恩點了點頭，臉上的表情卻依舊非常猶豫。

「沒事兒，你不用想那麼多。」祖承訓看了他一眼，苦笑著搖頭，「今日帶頭毆打兩姓半家奴，老子已經將姓郝的得罪狠了。不差再多得罪一次。更何況，老子欠李張兩位兄弟的，是救命之恩。」對著天空長長吐了口氣，他幽幽地補充：「老子怕遼東巡撫收拾，老子更怕，今後戰場上落了難，周圍沒有任何兄弟肯施以援手。」

第二十七章　玄機

事實正如祖承訓所料，對於巡撫郝傑公然啟用佟努爾哈赤，給大夥臉上抹屎的行為，非但佟養正、黃應、謝應梓、楊五典等受過李成梁恩惠的遼東眾將無人能夠容忍，就連剛剛奉命抵達遼東沒幾天的昌平右營參將趙之牧，無意間發現佟養正借家丁給顧君恩過江救人之舉，也主動送了三十名心腹家丁過來。

於是乎，祖承訓想要集結的五百精銳，很快就集結到位。由千總顧君恩率領，帶足乾糧和馬匹，連夜渡過了鴨綠江。

本以為這下一定能打南岸各地的倭寇和朝鮮偽軍一個措手不及。誰料，第二天早晨，大夥剛剛在南岸的一個村落裡休整完畢，準備再度上馬出發，身背後的江面上，就又傳來了一陣震耳欲聾的戰鼓之聲。

「咚咚咚咚，咚咚咚，咚咚咚——」

「咚咚咚咚，咚咚咚，咚咚咚——」

「咚咚咚咚，咚咚咚，咚咚咚——」

宛若早春時節的驚雷，剎那間傳遍大江上下，唯恐躲在暗處的各方斥候聽之不見。

「媽的，這到底是怎麼回事？不過河來與賊人廝殺，亂敲個什麼狗屁戰鼓。」千方百計想掩蓋自家行蹤的千總顧君恩聽得頭皮發麻，朝著江面上大張旗鼓的戰船破口大罵。

話音剛落，卻又見祖承訓的親兵祖星帶著幾名家丁如飛而至。遠遠地就高舉了一支令箭，大聲喊道：「顧千總，大事不好。朝廷有令，朝鮮王和他的屬下官吏不得在遼東久居。欽差宋應昌注三十三昨天後半夜趕到，連夜擂鼓聚將，勒令趙之牧、吳惟忠二人今早渡河，拿下義州，以供朝鮮王及其屬下鼓舞其軍民，與倭寇死戰，光復舊土。」

「收復個屁，義州城距離大明這麼近。天兵一上船，裡邊的朝鮮偽軍立刻就會跑個精光。」顧君恩又氣又急，真恨不得掉頭殺回遼東去，狠狠抽上那位宋姓欽差幾個大嘴巴。

朝鮮君臣是主動跑到遼東避難的，不是總兵楊紹勛派人過河抓來的，大明從始至終，沒有任何強迫行為。而朝鮮國王李昖雖然是個慫包，只要此人躲在遼東，哪怕讓倭寇暫且占領了整個朝鮮，大明都隨時可以發兵將其趕回老家。可若是李昖這廝在義州城內睡得不踏實，哪天突然一狠心宣布向倭寇投降，大明再想派兵入朝，就徹底沒有了恰當理由。

「祖帥派你過河接人的事情，也被姓郝的發現了。他昨天後半夜在欽差面前大發雷霆，要欽差當著所有人的面兒，追究祖帥喪師辱國和無令出兵之罪，將祖帥斬首示眾。多虧了楊總兵和佟養正等人仗義執言，那位姓宋的欽差才沒完全聽信姓郝的一面之詞。不過卻將祖帥降為鳳凰城游擊，負責督造修理鎧甲兵器。」根本沒心思聽顧君恩的抱怨，祖星抬手抹了一把臉上的油汗，繼續大聲彙報。

「該死，祖帥當初過江，可是他郝某人親自下的令。」顧君恩聽得心臟直抽搐，咬住牙大聲抱怨。

「那宋欽差也是糊塗，總不能不問青紅皂白，就把祖帥連降三級。」

「可不是麼，他要處置祖帥，也得先問清楚前因後果。」

「媽的，姓宋的肯定又是個文官。那幫文官彼此同氣連枝，最喜歡聯起手來對付咱們這些大老粗。」

「咱們靠殺賊立功，那群文官靠禍害咱們立功。說到底，根子還在朝廷那邊……」

佟立、趙聲、黃坊等來自遼東眾將麾下的家丁頭目，一個個也氣得臉色發黑。說出來的話，每一句都充滿了火藥味道。

顧君恩聞聽，頓時嚇得不敢再給祖承訓叫屈。縱馬向前迎了幾步，一邊拚命給祖星使眼色，一邊繼續大聲詢問：「那祖帥派你來幹什麼？切莫說要我等回頭。否則，肯定是被人逼迫才下的此令，顧某斷不敢從。」

「不是，絕對不是。」祖星楞了楞，趕緊高聲解釋，「祖帥說，姓宋的只是初來乍到，拿他立威而已。哪怕現在將他貶為小旗，只要朝廷想要出兵朝鮮，早晚還會將他官復原職。祖帥讓追我來，

注三十三、宋應昌不僅僅是欽差，還以兵部侍郎身份，經略薊遼山東保定等處防海禦倭軍務，簡稱經略。權力和地位都高於楊紹勛和郝傑。

是怕你們發現有人渡江替朝鮮光復了義州，就猶豫不前。他要我告訴你，送朝鮮那個狗屁王回義州，雖然是個昏招，卻說不定能嚇倭寇和朝鮮偽軍一大跳。趁著倭寇和朝鮮偽軍的目光，都落在朝鮮國王身上，你正好去把李千總他們給接回來。」

「祖帥義氣！」顧君恩心中的石頭轟然下落，身體晃了晃，拱起手向北行禮，「你回去向祖帥覆命，就說顧某哪怕戰死在朝鮮，也絕不敢辜負他的委託。」

「祖帥還有另外幾句話，讓我帶給你。」親兵頭目祖星口齒伶俐，迅速接過他的話頭，「你帶著家丁去接李千總回來，是出於對大明太祖皇帝的崇敬和對兄弟的義氣。於公於私，都占著道理。今後不管誰派人來追，只要敢叫你回頭，一概視為越權。哪怕是薊遼經略，也沒資格管到別人的家丁頭上。」

「末將明白。」顧君恩聞聽，心中又是一凜。隨即朝著北方再度遙遙拱手。

佟立、趙聲、黃坊等家丁頭目聞聽，立刻也明白，祖承訓這是拚著前途不要，也非得報答李彤的救命之恩了。一個個也紅著眼睛，在馬背上朝著北方拱手而拜。

「還有。」祖星勒住坐騎，趴在馬背上大喘特喘，「祖，祖帥還說，如果此行還能遇到尚未勾結倭寇的朝鮮文武，就讓他們給朝鮮一個叫柳成龍的傢伙帶句話，問他當日大明與朝鮮聯手攻打平壤，為何糧草輜重遲遲運送不至。又為何原本五路朝鮮大軍，沒等抵達平壤城外，就消失了四路。剩下一路，還勾結倭寇，在明軍身後放箭偷襲？這些事情他若給不出一個解釋，祖帥哪怕拚著性命不要，也會將大明主力攔在鴨綠江北。以免有人跟他一樣，捨命去為朝鮮而戰，最後卻落了一身罪名。」

「遵命。」顧君恩咬牙著，在馬背上拱手，隨即，奮力將鋼刀抽出來舉過頭頂，「弟兄們，夠義氣跟我走。不完成祖帥委託，顧某誓不回頭。」

「不完成祖帥委託，誓不回頭！」佟立、趙聲、黃坊等家丁頭目大聲附和，策動坐騎，帶領眾家丁緊緊跟上，如一群下山的猛獸，轉眼之間，就消失在了晨光之中。

「李千總，我家祖帥對你仁至義盡了。老天爺保佑，你可千萬堅持住，千萬別落在倭寇和朝鮮人之手，千萬不要戰死。」目送眾人的身影遠去，家丁頭目祖星雙手合十，對著天空默默祈禱。

有些情況，他沒敢告訴顧君恩。祖承訓，也不准他告訴。事實上，宋應昌不僅僅是欽差，還是大明即將對朝鮮用兵的總經略官。而祖承訓目前所受到的懲罰，也不僅僅是以游擊身份，前往鳳凰城督造修理鎧甲兵器，戴罪立功。還面臨著「縱兵劫掠，貪功冒進，兵敗潰逃，以及肆意攻擊朝鮮友軍……」等一系列罪名，等待陸續查實後再追加懲處。

如果李彤等人無法帶回太祖的金印做物證，如果沒有任何非祖承訓的嫡系部將為此人做人證，哪怕此人是老帥李成梁親手提拔的嫡系，哪怕朝廷接下來還要對李成梁之子李如松委以重任，等待著祖承訓的，也必將是懸首轅門的結局。

「老天爺保佑，李千總，你千萬別死，千萬不能死！」祈禱聲越來越大，被風吹著，在山林間一遍遍重複。

「呵，呵——」七、八十條漢子，三百多匹駿馬，大呼小叫地在秋日的曠野上馳騁。

李彤衝在第一位，緊跟在他身後的是李盛、祖承志與張洪生。張維善和老行伍張樹則策馬綴在了整個隊伍的末尾，各自手擎一把巨大的魔神銃，隨時準備狙殺敢於追入射程之內的敵軍。

馬背上瞄準非常不易，特別是用射程遠超過鳥銃的魔神銃瞄準，更是難上加難。然而，跟在隊伍後方的一夥朝鮮騎兵，卻早就用同伴的性命為代價，試出了二人的準頭，因此，他們雖然看起來人多勢眾，卻遠遠地跟在了半里之外，就像一群追著吃熱乎馬糞的蒼蠅。

早就察覺「蒼蠅」們沒有鬥志，李彤和張維善等人也不怎麼在乎對方的追蹤。只是覺得不勝其煩而已。但是，只要二人將隊伍停下來，做出決一死戰的姿勢，那夥高麗騎兵立刻就調轉馬頭，一哄而散。故而，趕了幾次之後，他們也懶得再趕了，只能任由朝鮮偽軍跟在自己身後繼續做跗骨之蛆。

「將軍，他，他們跟在咱們身後，肯定沒安好心。」最瞭解同胞的只有同胞，發現李彤好似對跟上來的朝鮮官兵視而不見，嚮導朴七忍不住湊到他身邊低聲提醒。

「不止是身後，左側，右側，還各有一支隊伍，目的肯定不是為了護送咱們安全返回遼東。」李彤笑了笑，非常認真的解釋道。

「兩邊也有？」朴七頓時嚇得寒毛倒豎，伸長了脖子四下觀望。卻發現自家隊伍左側和右側，只有連綿起伏的丘陵和落光了葉子的大樹，根本找不到半個人影。

「甭看了，等你發現了他們，羽箭都插胸口上了。」李彤白了他一眼，輕輕拉住坐騎，「你不是斥候，現學本事也來不及。有多餘的精神，不如好好照顧一下坐騎。等敵軍殺過來之時，趕緊撒腿逃命，免得拖累大夥還要保護你。」

「將，將軍，小的，小的不會跑，小的，小的跟您共同進退。小的如果敢丟下您獨自逃命，就，就讓小的天打雷劈。」朴七激靈靈打了個冷戰，再也顧不上尋找左右兩側的敵軍藏在什麼位置，紅著臉大聲發誓。

「所有人停下，吃乾糧，給戰馬餵水餵料，然後更換坐騎。」李彤卻懶得聽他的誓言，扭過頭，對身後所有弟兄們高聲吩咐。

「停下，吃乾糧，給戰馬餵水，然後更換坐騎。」

「停下，吃乾糧，給戰馬喂水，然後更換坐騎。」

「停下……」

祖承志、李盛、張洪生、老何等人扯開嗓子大聲重複，將命令迅速從隊首傳到隊尾。整個隊伍在行進中，猛地一滯，隨即緩緩停了下來，剎那間，人喊馬嘶聲響成了一片。

墜在他們身後半里之外的那支朝鮮偽軍也趕緊停住了腳步，一邊派出人手在雙方之間的空地上警戒，一邊抓緊時間吃乾糧，恢復體力。

對他們來說，跟蹤明軍卻不作戰，絕非一件簡單的任務。特別是得知前方的明軍人數雖然少，卻已經接連殺死了自家多員大將的情況下，他們的精神，變得比被跟蹤的目標還要緊張。

所以這一路上，非但沒有一個明軍落單被他們所擒殺，他們自己，反倒有二十多名兵卒稀裡糊塗掉下了坐騎，楞生生摔成了重傷號。好在距離鴨綠江已經沒多遠了，否則，按照同樣的速度繼續減員，用不了三天，這支兵馬就會因為傷兵的太多而自行崩潰。

「啟稟兩位將軍。他們，他們好像在等，等什麼厲害的援軍過來，然後一擁而上跟蹤。」將身後那支朝鮮偽軍的表現全都看在眼裡，朴七不敢耽擱，再度湊到李彤和張維善兩人身側，小聲說出自己的判斷。

「你說得對，另外兩支叛軍隊伍，抱的肯定也是同樣的心思。」這回，李彤沒有給他冷臉色看，笑了笑，和顏悅色地回應。「所以咱們現在儘管放心休息，在他們要等的人馬出現之前，他們沒膽子發起進攻！」

「可，可如果他們要等的人來了之後，咱們，咱們就要四面受敵了！」朴七大急，擦著額頭上的汗珠結結巴巴地補充。「雖然，雖然他們三家全都是無膽匪類，可，可螞蟻多了，也能咬死老虎！」

「那有什麼辦法？除非你能讓他們別跑，堂堂正正的迎戰。否則，咱們掉頭殺過去，頂多也是將他們驅散而已。用不了一個時辰，他們就又得像癩皮狗般重新跟上來。」張維善看得好生有趣，故意拋出最難解決的問題來考驗他。

此時此刻，身為朝鮮人的朴七，對大明的感情，遠超過了對自己的同族。想了想，咬著牙提議：「咱們，咱們可以假裝害怕，加速逃走。身後這夥叛軍和兩側的其他叛軍，肯定不願意放咱們離開，只能努力策馬緊追。然後趁著他們追得著急，兩位千總帶著弟兄們掉頭殺個回馬槍。賊人沒有防備，肯定會被您兩個殺得潰不成軍。」

這個主意如果出在三天前，李彤和張維善兩個，肯定會欣然採納。然而，到了今天，大夥距離馬寨水的已經只有小半日路程，他們兩個卻不想多浪費一兵一卒。

按照二人的推算，朝鮮叛軍所等待的依仗，應該就藏在馬寨水附近。所以，他們必須盡可能地節省弟兄們的體力，給那支隊伍兜頭一棒。

打垮了那支必然會出現的生力軍，大夥身後和身側的朝鮮追兵立刻就會失去主心骨幹，嚇得落荒而逃。而如果在那支生力軍出現之前就掉頭攻擊朝鮮追兵，無論將後者擊潰多少回，只要做不到斬盡殺絕，他們用不了多久，依舊會像蒼蠅般聚集起來。

「兩位千總英明神武，肯定，肯定有更高明的殺招。小的，小的逾越了。」見李彤和張維善只是相視而笑，卻遲遲不肯對自己的提議表態，朴七一著急，又把手臂舉過了頭頂，「小的，小的可以對天發誓，剛才是真心想幫兩位千總的分憂。小的，小的雖然也是朝鮮人，可，可小的，小的卻還，還知道什麼叫做良心。」

「你剛才所獻的破敵之策不錯，就是晚了點兒。」溫和地向朴七笑了笑，李彤輕輕擺手，「不用瞎操心了，趕緊去吃些乾糧，順便照顧馬匹。這裡距離鴨綠江已經沒幾步了，叛軍到底在等誰，估計用不了多久，便能見到分曉。」

「您，您是說，最厲害的敵軍，早就等在了鴨綠江畔？」朴七聽得兩眼發直，臉色瞬間變得愈發蒼白。

如果敵軍四面合圍，光憑著不到一百弟兄，李彤和張維善兩個恐怕沒有絲毫的勝算。萬一明軍戰敗，別人還好，做了俘虜之後，可能還有命在。而他朴某人，恐怕連做俘虜的資格都沒有，直接就得被自己的同胞剁成肉醬。

「等在哪裡我不知道，但我肯定他不會眼睜睜看著咱們過江。所以……」李彤又笑了笑，低聲給出一個讓朴七心驚膽戰的答案。

然而話音才說到一半兒，他卻猛地閉上了嘴巴，三步並作兩步來到一匹戰馬身側，一縱身跳了上去。腳踩馬鞍舉頭眺望，「好像已經來了，不對，怎麼這麼亂！彷彿逃命一般！莫非朝廷大軍已經抵達遼東，一口氣殺過了江？」

「不可能，李六郎前幾天還說，朝廷沒三四個月功夫，調不齊足夠的兵馬！」張維善大吃一驚，也縱身跳上馬鞍，手打涼棚向北方張望。

首先映入視野中的，是一大團暗黃色的煙塵。緊跟著，數百名朝鮮騎兵，從煙塵下鑽出，如同受驚過度的野鹿般四散奔逃。再往後，則是黑壓壓的一片人頭，數不清到底是多少，成千，或者上萬？起起伏伏，就像一股股黑色的湧潮。

「全體上馬——」李彤的雙腳迅速下墜，雙腿分開，橫跨於鞍子兩側。身體前傾，用左手拉坐騎的韁繩，右手則從鞍下迅速撈起了銹跡斑斑的大鐵劍。

「歸師勿遏！」沒等他發出攔截朝鮮潰兵的命令，老行伍張樹已經一個箭步衝至，抬手拉住了他的韁繩。「咱們人數太少，攔也攔不下幾個，不如先放賊人過去，再尾隨追殺。」

「鹿群逃難，老虎不擋，不擋在前頭！」始終沒多少存在感的少女杜杜，用剛剛學會的漢語，結結巴巴地幫腔。

「好像沒人追殺。」張維善的聲音緊跟著傳了上來，令李彤激動的頭腦迅速恢復冷靜。

「炸營了！沒人追殺，朝鮮人為啥要逃？」另外一個老行伍李盛也迅速從馬鞍上跳下，頂著一腦門子霧水喃喃自語。

「老天爺保佑，朝鮮人居然自己炸了營。這回，看誰還敢擋在咱們回去的路上？」

「老天爺開眼。」

「老天爺仗義。」

……

四下裡，歡呼聲轟然而起。先前已經懷了拚死之心卻強作鎮定的弟兄們，一個個笑逐顏開。被三股陰魂不散的朝鮮偽軍跟了好幾天，要說心裡頭絲毫都不緊張，那絕對是打腫臉充胖子。事實上，大夥都跟他們的兩位千總一樣，早就料定了偽軍不會放自己平安返回遼東，最後的決戰，要麼發生於渡口，要麼發生於大夥下馬登船的瞬間。

那必然會是一場艱苦的對決，面對數十倍於己的敵軍，大明將士即便能成功潰圍而出，所剩者也不會超過三分之一。所以，最近兩天來，大夥表面上耀武揚威，態度囂張。內心裡頭，卻早就做好了必死的準備，就等著最後一路敵軍的出現。

誰也沒想到，最後一路敵軍，居然自行崩潰了。看數量，恐怕足足有七、八千眾，就像一群受驚過度的麻雀般，黑壓壓地朝著南方飛奔，士兵和將領各不相顧，沒有任何秩序，也沒有任何陣型。

「老天爺保佑大明！」嚮導兼通譯朴七，最後一個從震驚中緩過神來，雙手合十，對空而拜。

伏兵自行崩潰了，危險自動消失。兩位千總老爺可以一帆風順返回遼東，他這個沒功勞也有苦勞的嚮導，也可以順利變成李千總的家丁，帶著全家老小去做大明的軍戶，從此永遠離開朝鮮，離開那群昏庸無能又恬不知恥的貪官污吏……

而事實上，老天爺給予明軍的照顧，遠不止眼前這些。沒等朴七將身體重新挺直，大夥的身後，忽然響起了一陣喧譁，「天兵過江啦——」

「殺國賊——」

「殺啊，天兵來了——」

「反正，反正——」

……

因為用得都是朝鮮話，所以喊聲雖然嘈雜。朴七卻能分辨得出其中大部分內容。然而，他卻看不懂身後正在發生的事情。原本他先前無論怎麼努力都找不到的另外兩支朝鮮騎兵，爭相從藏身處衝了出來。手中鋼刀寒光耀眼，砍向的不是明軍，卻是跟在明軍身後第三夥朝鮮人。

「我操，他們怎麼自己打起來了？」祖承志看得兩眼發直，一把扯住朴七的衣袖，用滿嘴的遼東土話大聲追問。

「另外兩支騎兵居然不是來追殺咱們的！那先前他們怎麼沒跟追兵動手？」

「我操，這是幹啥呢？倒戈之前也不派人聯絡一下。」

同樣看不懂朝鮮偽軍作為的，還有老何、張洪生和李澤等人，一個個轉過頭，各自最熟悉的髒話和士話脫口而出。

「管他們為啥自己打了起來，全體掉頭，跟我來！」下一個瞬間，李彤的話，在所有人頭頂上炸響。「先砍翻了鞠景仁再說。」

這是他到目前為止，唯一能掌握的敵軍情報。身後那支追兵的主帥名叫鞠景仁，乃是朝鮮寧邊大都督。數日之前，忽然「劫持」了奉命招攬軍民抵抗倭寇的王子臨海君，投奔了倭寇第一軍主帥加藤清正。如今，安州、寧邊、定州三地的朝鮮偽軍，都歸此人掌控。先前陰魂不散跟在大夥左右兩側的偽軍，也是此人的部屬。

沒有更多，更不知道，埋伏在大夥前方的偽軍，為何會突然崩潰？左右兩側的朝鮮偽軍，為何會突然倒戈？但戰機就是戰機，錯過之後肯定會追悔莫及。所以，李彤根本沒任何時間去猶豫，果斷撥轉坐騎，同時高高舉起了那把從女直人手裡繳獲而來，重量奇大，質量卻十分堪憂的大鐵劍。

「殺鞠景仁，以絕後患！」

「殺！莫放跑了鞠景仁。」

「殺……」

張維善、張樹、李盛等人楞了楞，毅然催動坐騎，叫喊著跟在了他的身後。這種時刻，只要有決策，哪怕是錯的，都遠好於繼續猶豫耽擱。所以，大夥選擇無條件服從，遠好於再亂出主意干擾主將的判斷。

「殺鞠景仁，殺鞠景仁，殺鞠景仁……」周圍的其他明軍士卒也紛紛做出了正確反應，撥轉坐騎，吶喊著追了上來，在奔馳中，將隊伍拉成一個銳利的錐形。

總計只有七、八十騎，威勢卻不亞於千軍萬馬。剛剛倒戈的朝鮮偽軍，紛紛為這支騎兵讓開道路，然後又壯起膽子，大呼小叫地從側翼跟上，宛若一群追隨獅子狩獵的豺狗。

而朝鮮寧邊大都督麾下的偽軍們，則連破口大罵的勇氣都鼓不起來，一個個搶在明軍的戰馬衝到之前，紛紛掉轉頭，倉皇逃命。不分騎兵還是步卒，也不分將領還是士兵。

「孬種，別跑！先前追老子的本事哪裡去了？」李彤從背後揮劍，將一名朝鮮偽軍將領拍下坐騎，然後徑直從另外七、八名偽軍之間衝了過去，直奔搖搖欲墜的偽軍帥旗。

沒有任何人攔阻他，雖然他身體左右兩側的偽軍們，只要將刀橫過來，就有很大機會砍中他的小腹。所有偽軍將士，都只管各自逃命，誰也不願意為了一場注定看不見勝利的戰鬥，賭上自家的小命。

「別跑，都別跑，回頭來戰，張某給你機會單挑！」張維善一邊揮動鐵鞭左抽右劈，一邊大聲向周圍的偽軍將領們發出挑釁。

沒有任何將領回應他的挑釁，雖然那些偽軍將領看起來個個膀大腰圓。天兵過江了，前鋒已經重新拿下了義州。而寧邊府距離義州，只有兩三天的路程。這個時候再跟明軍為敵，純屬找死。聰明的人，必須趕緊逃回家去，然後在家族的支持下改頭換面，重新扯起支持宣宗陛下的旗號。

「孬種，全是孬種！」

「就這點膽量，還想著學人家擁兵自重？」

「偌大個朝鮮，找不到半個帶把的……」

祖承志、老何、張洪生等人，追上張維善，喘息著破口大罵。

一路衝過來，他們幾乎是暢通無阻。每個人手中的戚刀都乾乾淨淨，未沾上多少血跡。而周圍的偽軍，要麼逃得遠遠，要麼忽然變成了臨陣倒戈的「義軍」，沒有任何人可供他們發泄心中的憋屈。

「他奶奶的，這都是什麼仗啊？」老行伍張樹和李盛，忽然拉住坐騎，嘆息著搖頭。

沒必要再貼身對李彤和張維善進行保護了，這一仗，從還未開始之時，就已經鎖定了勝局。兩位千總只要不自己從馬背上掉下來，無論怎麼沖，都不會遇到危險。可以預見，回到遼東之後，他們必將前程似錦。

然而，作為心腹家丁，張樹和李盛兩個，卻為自家少爺高興不起來。

從渡江那天起，兩位少爺遇到的每一仗，幾乎都是爛仗。宛若菜鳥互啄，奶貓揮爪，打得稀裡糊塗，贏得也稀裡糊塗。

這讓習慣了當年戚繼光指揮風格的張樹和李盛，每一場仗打完了，都懷疑自己是在做夢。

而此時此刻，周圍的喊殺聲震耳欲聾，空氣中也瀰漫著如假包換的血腥味道。任何夢境，都無法做到如此真實。

不是夢，卻比做夢都要荒誕！

勝利了，更麻煩的事情卻在戰場之外。兩位老行伍相對搖頭苦笑，心頭竟感覺不到絲毫的輕鬆。

大明長歌・卷二・前出塞　完

ACP0088

大明長歌・卷二・前出塞

作者—酒徒
編輯—黃煜智
校對—魏秋綢
行銷企劃—吳儒芳
內頁排版—綠貝殼資訊有限公司

總編輯—胡金倫
董事長—趙政岷
出版者—時報文化出版企業股份有限公司
108019台北市和平西路三段二四〇號七樓
發行專線—（〇二）二三〇六六八四二
讀者服務專線—〇八〇〇二三一七〇五
（〇二）二三〇四七一〇三
讀者服務傳真—（〇二）二三〇四六八五八
郵撥—一九三四四七二四時報文化出版公司
信箱—一〇八九九台北華江橋郵局第九九信箱
時報悅讀網—http://www.readingtimes.com.tw
思潮線臉書—https://www.facebook.com/trendage
法律顧問—理律法律事務所陳長文律師、李念祖律師
印刷—勁達印刷有限公司
初版一刷—二〇二一年三月五日
定價—新台幣三八〇元
（缺頁或破損的書，請寄回更換）

時報文化出版公司成立於一九七五年，
並於一九九九年股票上櫃公開發行，於二〇〇八年脫離中時集團非屬旺中，
以「尊重智慧與創意的文化事業」為信念。

大明長歌 ・ 卷二，前出塞／酒徒作 .-- 初版 .-- 臺北市：時報文化出版企業股份有限公司，2021.03
400 面；14.8×21 公分
ISBN 978-957-13-8544-0 （平裝）
857.7　　　　109022229

ISBN 978-957-13-8544-0
Printed in Taiwan